냉전
아시아와 오키나와라는
물음

THE COLD WAR IN ASIA AND OKINAWA

냉전 아시아와 오키나와라는 물음

초판인쇄 2022년 5월 5일 **초판발행** 2022년 5월 15일

엮고 지은이 손지연 **지은이** 김동현 · 오시로 사다토시 · 사키하마 사나 · 도모쓰네 쓰토무 ·
마스부치 아사코 · 사토 이즈미 · 고영란 · 김지영 · 임경화 · 나리타 지히로

펴낸이 박성모 **펴낸곳** 소명출판 **출판등록** 제13-522호

주소 서울시 서초구 서초중앙로6길 15, 2층

전화 02-585-7840 **팩스** 02-585-7848

전자우편 somyungbooks@daum.net **홈페이지** www.somyong.co.kr/

값 26,000원

ISBN 979-11-5905-687-1 93830

ⓒ 손지연, 2022

이 저서는 2019년 정부(교육부)의 재원으로 한국연구재단의 지원을 받아 수행된 연구임
(2019S1A5A2A03034606)

총서 **004**
경희대학교
글로벌류큐·오키나와연구소

냉전
아시아
와
오키나와
라는
물음

The Cold War in Asia and Okinawa

손지연 엮음

왜, 지금, 오키나와인가.『냉전 아시아와 오키나와라는 물음』은 바로 이 질문에서 시작했다. 한국과 일본의 연구자들이 오키나와를 중심에 두고 함께 머리를 맞댄 것은 냉전과 탈냉전의 시대를 거쳐 온 동아시아의 세계성이 무엇인지, 그리고 그것을 통해 동아시아의 평화적 공존과 지식의 공동체를 만들 수는 없을까라는 문제의식 때문이었다. 오키나와전투의 비극이 여전히 현재형인 오키나와의 처지는 한 지역에 국한되는 것만은 아니었다. 일본 제국주의가 미국이라는 새로운 제국으로 재편되는 과정은 그 자체로 동아시아가 냉전과 탈냉전이라는 동시적인 시공간의 경험을 해야 하는 역사이기도 했다.

한국, 일본, 중국 등 동아시아 3국의 평화적 공존에 대한 논의는 오래되었다. 하토야마 총리의 동아시아 평화공동체 구상을 비롯해, 한국의 노무현, 문재인 대통령도 동아시아 평화 체제의 필요성에 대해서 여러 차례 언급한 바 있다. 하지만 이러한 논의에도 불구하고 대결과 갈등은 여전하다. 러시아의 우크라이나 침공이 보여주듯 국가주의적 대결의 심화는 평화적 공존을 실질적으로 위협할 수밖에 없다.

일본 내 미군기지의 70% 이상이 주둔하고 있는 오키나와의 사례에서 볼 수 있듯이 동아시아의 역사는 제국주의와 식민주의의 자장 안에서 자유로울 수 없다. 우리가 오키나와를 학문적 사유의 중심에 둔 이유도 여기에 있다. 오키나와는 동아시아 냉전체제의 상징이자, 냉전과 탈냉전의 역사가 우리에게 던지는 질문이다.

우리는 이러한 문제의식에 공감하면서 오키나와를 국가, 혹은 지역적 차원에서 논의하기보다는 동아시아 공동체를 사유하기 위한 학문적 지렛대로 삼고자 했다. 그 논의의 결과물이 바로『냉전 아시아와 오키나와라는 물음』이다.

이 책의 출발은 2019년 경희대학교에서 열렸던 국제학술대회였다. '오키나와학은 가능한가－포스트 이하 후유 시대의 도전과 전망'이라는 주제를 통해 이른바 이하 후유가 규정한 '오키나와학'을 해체하고 재구성하면서 오키나와를 동아시아적 시각에서 새롭게 바라보고자 했다.

시와 소설뿐만 아니라 활발한 연구활동도 보여주었던 오시로 사다토시 선생을 비롯해, 한국과 일본의 오키나와 연구자들은 오키나와의 타자성을 다양한 관점에서 조망하면서 동아시아 평화 공존을 위한 지식 공동체의 가능성을 모색했다.

이 책의 1부 '오키나와라는 질문'은 바로 이러한 문제의식을 오키나와의 시각에서 진단하고 있다. 오시로 사다토시는「류큐호의 사상과 재생력－전후 76년, 오키나와에서 묻다」에서 국가권력의 희생양이 되었던 오키나와의 과거와 현재를 거론하면서 냉전체제의 폭력적 재편과정에서도 '인간의 재생'에 대한 염원을 잃지 않았던 오키나와의 분투를 진솔하게 써가고 있다. '초국경적이자 국제적인' 오키나와문학의 응전을 오시로 사다토시는 전후 76년의 고난이 만들어낸 민중들의 문제 제기였다고 말하면서 그것이야말로 세계와 평화, 인간에 대한 양날의 질문이었다고 평가하고 있다.

사키하마 사나의 「포스트 이하 후유 시대의 '주체'의 행방」은 근대 자본주의의 담론장에서 오키나와라는 주체가 어떻게 구성되고 자리매김하고 있는지를 이하 후유의 사례를 비판적으로 검토하면서 개진하고 있다. 일본의 우경화 움직임 속에서 오키나와 근대사상사에서의 주체의 문제를 계보학적으로 검토하고 있는 이 글은 근대자본주의의 폭력을 타개하기 위한 새로운 주체의 가능성을 제시하고 있다.

도모쓰네 쓰토무의 「이민의 이동론적 전회와 오키나와 출신 이민자·피차별 부락 출신 이민자」는 오키나와 하와이 이민사를 중심에 두면서도 부락 출신에 대한 차별과 그들의 생존 전략을 살펴보고 있다. 하와이 이민 사회에서의 이른바 마이너리티 사이의 생존경쟁 역사는 오키나와 피차별 부락의 문제를 새로운 시각에서 바라볼 수 있는 근거가 되고 있다는 것이 그의 지적이다.

오키나와의 하와이 이민사에 대한 또 다른 시각을 볼 수 있는 것은 마스부치 아사코의 「트랜스퍼시픽 연구로서의 '오키나와학'」이다. 그는 군사주의, 제국, 식민주의의 폭력으로 자신의 땅에서 쫓겨난 유동의 역사를 '트랜스퍼시픽'이라는 관점에서 살펴보면서 국가 제국의 틈새에 놓일 수밖에 없었던 오키나와 이민의 문제를 새로운 시각으로 진단하고 있다. '이민'의 문제에 대한 그의 지적은 군사화와 냉전정치에 수렴되지 않았던 '유동'과 그러한 유동을 통한 연대의 가능성이 어디에 있는지 잘 보여주고 있다. 1부가 오키나와의 역사적 경험을 근대적 주체와 유동의 경험에서 살펴보고 있다면 2부 '상흔의 기억과 기억의 상처'는 국가폭력의 문제를 보다 정치하게 바라보기 위한 논의들로 구성되어 있다.

손지연의 「국가폭력의 전후적 기억, 국가폭력을 내파하는 문학적 상상력」은 메도루마 슌과 오시로 다쓰히로의 문학을 점검하면서 오키나와 전투의 사후 기억과 그것의 폭력적 연속을 돌파하려 했던 오키나와문학의 응전이 무엇이었는지를 규명하고 있다. 폭력의 문제에 누구보다 민감하게 반응한 두 작가가 폭력을 사유하는 방식의 차이를 '대항폭력'의 유무라고 분석하고 있는 이 글은 폭력의 문제가 과거적 사건에 국한되는 것이 아니라 여전히 유효한 식민주의적 연속에 대한 문학적 응전의 하나임을 지적하고 있다.

사토 이즈미의 「번역과 연대 – 김석희의 「땅울림」 일본어 번역에 대해」는 폭력의 문제를 사유하는 지역의 연대가 번역적 차원에서 어떻게 가능할 수 있는지를 진지하게 묻고 있다. 이 글은 『화산도』의 작가 김석범의 사례를 들면서 오키나와에서의 폭력의 문제가 제주4·3의 비극을 환기시키고 있다는 점에 주목한다. 특히 그는 제주4·3 문학의 주요 작품인 김석희의 「땅울림」의 일본어 번역을 꼼꼼하게 살피면서 탐라공화국에 대한 제주문학의 상상력이 복귀와 반복귀, 그리고 독립을 둘러싼 오키나와의 문제를 상기시키고 있는 점을 지적하고 있다. 번역 언어를 통한 예술적 보편성의 문제를 제주와 오키나와문학을 통해 타진하고 있는 것은 매우 흥미로운 논점이라고 할 수 있다.

고영란의 「'번역'되는 강간과 남성 섹슈얼리티」는 오시로 다쓰히로의 문제작이자 출세작인 『칵테일파티』와 오시마 나기사의 영화 〈교사형〉에 등장하는 강간 장면의 재현이 지닌 의미를 분석하고 있다. 그는 『칵테일파티』의 강간의 재현을 '번역'의 과정으로 이해하면서 오키나와와 일본 본토와의 폭력적 관계가 간과되면서 미군기지 문제가 일본 평화헌법의 틀로 수렴되고 있다고 지적하고 있다. 오시마 나기사의 〈교사형〉의 경우 역시 강간의 재현이 히노마루에 의해 은폐되면서 과거 식민지배나 침략전쟁의 기억에 면죄부를 주고 있다고 평가하고 있다.

3부 '오키나와/제주, 포스트 냉전의 시공간'은 이른바 포스트 냉전의 시공간 속에서 한국과 오키나와, 제주와 오키나와의 문제를 논의의 대상으로 삼고 있다. 손지연과 김동현의 「개발과 근대화 프로젝트」는 제주와 오키나와의 근대적 개발의 과정이 제주4·3과 오키나와전투의 폭력성을 은폐하는 동시에 발전과 부흥이라는 자본주의적 개발이 은폐된 폭력으로 지역을 재편성해왔음을 구체적인 사례를 통해 논증하고 있다.

김지영의 「1950년대 본토 일본문학에 그려진 '냉전기지' 오키나와」는 히노 아시헤이의 소설과 희곡인 「끊겨진 밧줄」을 논의의 대상으로 삼아 미국과 일본 본토, 그리고 오키나와의 사이에서 빚어졌던 냉전의 다양한 층위를 분석하고 있다. 특히 일본 본토 전후 문학의 오키나와 기지 표상에 주목하면서 일본 본토와 오키나와의 평화에 대한 위화적 관계를 꼼꼼하게 살피고 있다.

임경화의 「마이너리티의 역사기록운동과 오키나와의 일본군 '위안부'」는 오키나와 반환을 앞두고 벌어진 조선인 강제연행 진상조사와 '위안부' 배봉기의 증언 과정을 면밀하게 분석하면서 역사기록운동으로서의 마이너리티의 문제가 식민주의 폭력과 극복과정에서 서로 밀접한 연관을 맺고 있다고 말하고 있다. 즉 오키나와전투 체험을 기록하는 운동의 질적변화가 조선인 일본군 '위안부' 피해자 배봉기의 증언을 가능하게 했다는 것이다.

나리타 지히로의 「오키나와 한국인 위령탑 건립과 냉전체제」는 오키나와 한국인 위령탑 건립 과정과 당시의 정치적 상황 속에서 위령탑 건립이 지닌 의미가 무엇이었는지 상세하게 따지고 있다. 그는 한국 정부, 민단, 그리고 일본인 유지의 다양한 의도들이 중첩된 한국인 위령탑 건립이 그 자체로 냉전체제를 의식할 수밖에 없었던 것인 동시에 오키나와전투의 기억을 매개로 한 한일우호의 모색이었다고 지적하고 있다.

한국과 일본에서 문학, 정치학, 사회학, 역사학 등 다양한 분야에서 활발한 연구활동을 펼치고 있는 연구자들이 『냉전 아시아와 오키나와라는 물음』으로 함께 할 수 있었던 것은 오키나와가 지닌 현재적 문제에 깊이 감응했기 때문이다. 오키나와를 통해 한국과 일본, 나아가 동아시아 평화공존의 문제가 한 걸음 더 진전할 수 있는 학술적 모색이 되기를 기대한다.

2022년 4월
오키나와 '복귀' 50주년을 앞두고
손지연 씀

차례

제1부

오키나와라는 질문

류큐호의 사상과 재생력

전후 76년, 오키나와에서 묻다

오시로 사다토시

1

일본 최남단에 위치한 오키나와현은 항상 과도기 상태이다. 세계대전이 끝난 지 76여 년이 지난 지금도 바람 잘 날 없다. 종전 뒤 27년 동안은 국가 간 전후처리에 따라 일본에서 분리된 망국의 국민으로서 미국의 통치하에 놓였다. 1972년 일본 복귀 이후부터 오늘에 이르기까지 국가 전략상 군사기지 역할을 떠맡고 있다. 평화로운 섬으로 돌아가기를 바라는 수많은 현민들의 바람은 이루어지지 않았고, 지금도 신기지 건설이 강행 중이다.

미군이 통치한 27년 동안 고통과 인내를 강요받았다. 군사 우선 정책에 따라 기본적인 인권조차 보장받지 못했고, 현민들의 토지는 군사기지 건설을 위해 강탈당했다. 자유와 개인의 권리를 존중하는 민주주의 국가 미국. 이 미국을 향해 품은 기대는 빠르게 무너져 내렸다. 해방군인줄만 알았던 미군은 강압적인 군 시스템과 속내를 드러냈다.

미군 통치하의 신식민지 상황을 거부하며 희망을 향한 모색이 시작되었다. 무엇이 조국인지를, 무엇이 국가인지를, 무엇이 자립인지를 그리고 기지의 정당성을 물었다. 나라 잃은 국민의 고독한 투쟁이 시작된 것이다. 평화를 향한 질문은 오키나와의 역사가 낳은 필연적인 질문이었다. 세계대전 당시 오키나와에서는 지상전이 벌어졌고, 현민 중 1/3에서 1/4에 달하는 사람들이 희생되었다. 이 땅에서 죽은 자들의 시선을 품고 미래를 향해 질문을 던졌다. 이 질문은 사람이나 국가를 대상화하는 질문이다. 근본적인 생명의 존엄성을 인식했고, 절망 속 재생력을 시험받았다. 말하자면, 오키나와 전후의 출발은 국가권력의 희생양이 된 전쟁의 비극을 기억하는 것에서 시작되었다.

하지만 이 비극은 해소되지 않았다. 미군의 군사기지 건설은 새로운 피해자라는 또 다른 비극을 만들어냈다. 현민들은 평화로운 섬의 재생을 바라며 일본 복귀를 열망했고, 치열한 싸움 끝에 복귀를 실현했다. 하지만 일본을 향한 기대, 평화의 섬 실현, 이 모두가 환상이었다는 사실을 머잖아 깨달았다. 비극은 복귀 이후에도 이어졌다. 국가권력에 의한 자위대 주둔이나 새로운 군사기지 건설의 피해자라는 비극을 만들어냈고 어김없이 고통을 감내해야 했다.

하지만 그럼에도 많은 현민들은 군사기지 건설을 반대하며 평화를 희구했다. 오키나와의 전후는 해소되지 않은 비극과 고난의 시대 속에서 잿더미가 된 문화와 역사, 인간의 재생력에 대한 도전이었다.

전후 현민들은 수많은 고통을 감내했다. 그리고 이 경험 속에서 다원적인 시선을 획득했다. 지금을 변화시킬 뿐 아니라 미래를 바라보며 과거를 상대화하고, 평화를 요청하는 복안적인 시선을 획득했다. 이를테면 복귀 투쟁의 역사를 통해 상기된 류큐왕국이 있다. 그뿐만이 아니다. 미일안보조약의 시시비비를 논함으로써 전후 일본의 번영과 부흥에 희생되어 군사 기지화된 오키나와의 모습 역시 부각되었다.

이 사실은 오키나와의 사상을 구축했다. 이는 문학 작품의 커다란 테마이기도 하다. 정치와 대립하고 사회에 공헌하는 사상과 문학의 힘에 대한 도전이다. 희망과 자립을 모색하며 살아가는 의미를 과감하게 질문한 것이다.

2

오키나와는 과거 류큐왕국琉球王国이라 불리는 섬나라였다. 류큐왕국은 중국, 베트남 등 동아시아의 사람들과 교역하며 왕성하게 문화와 문물을 교류해 온 친밀한 이웃이었다.

류큐왕국이 목표로 하는 국가상은 '만국진량의 종万国津梁の鐘'에 새겨져 있다. '만국진량의 종'은 1458년 류큐왕국 제1 쇼尚 씨 왕조의 쇼 다이큐尚泰久 왕이 주조한 범종으로, 다음과 같은 글귀가 한문으로 쓰여 있다.

琉球国者南海勝地而鍾三韓之秀以大明為輔車以日域為唇齒在此二中間湧出之蓬莱島也以舟楫為万国之津梁

내용을 풀어 쓰면 다음과 같다. "류큐국은 남해의 승지에 자리 잡아

삼한의 빼어남을 두루 갖추었고, 대명국과 긴밀한 관계에 있으며, 일본과 떼어놓을 수 없는 관계이다. 류큐는 이 둘 사이에 솟아난 봉래도이다. 배를 통해 만국의 가교가 되어……." 이 글귀는 일본과 명나라 사이에서 해상 무역 국가로 번성한 류큐왕국의 기개를 나타낸다.

류큐왕국은 1429년에 성립되었다. 중산中山왕 쇼 하시尙巴志가 북산, 중산, 남산 세 개 왕조를 통일했고, 슈리성首里城을 건축했다. 16세기 후반 이후 도요토미 히데요시豊臣秀吉나 도쿠가와 막부德川幕府는 류큐왕국을 지배하에 두기 위해 압력을 넣었지만, 명과의 관계를 중시한 역대 왕은 이렇다 할 제스처를 취하지 않았다.

그러던 중 1609년, 류큐왕국은 사쓰마번薩摩藩의 무력 침략을 받았고 그 결과 괴뢰 정권이 들어섰다. 사쓰마번은 대명 교역 관리권을 쥐고 의무적으로 조공을 바치도록 강요했다.

1868년 일본은 오랫동안 유지되었던 막부 체제를 포기하고 메이지 정부를 수립했다. 메이지 정부는 1872년 류큐번을 설치하여 국내외에 일본 영토임을 알리려 했지만, 류큐는 청과의 관계를 지속하고자 했다. 결국 1879년 군대와 경찰을 파견하여 무력으로 류큐번을 폐지한 뒤 오키나와현을 설치했다. 이 일련의 국가권력 행사를 '류큐처분琉球処分'이라 부른다. 류큐처분 이후 오키나와현은 메이지 정부 산하에 편입된다. 이처럼 현민을 도외시한 국가 간 외교와 이권만을 우선한 전략으로 인해 지금까지 많은 사람들이 고통을 받았다.

오키나와는 전쟁 전이나 전쟁 후나 빈곤한 현이다. 현민들은 배고프지 않은 행복한 생활을 꿈꾸며 해외로 이주했다. 1899년메이지32에 27명이 하와이로 탈출한 것을 시작으로 세계대전을 거치며 동남아시아 및 남미로 많은 이들이 이주했고, 그 결과 일본 내에서 이민이 많기로 손꼽는 현이 되었다.

전쟁 전에는 일본의 해외 진출 전략에 떠밀린 사람들이, 전후에는 군사 기지화되어 토지를 빼앗긴 사람들이 생활의 터전을 찾기 위해 해외로 이주했다. 당연히 모든 사람이 이민에 성공한 것은 아니다. 오히려 가혹한 개척 이민 환경 속에서 많은 이들이 목숨을 잃었다.

세계대전 당시 이민지에서도 여러 비극이 일어났다. 적국인敵国人으로 치부되어 차별과 편견, 학대와 강제수용소로 내몰리기도 했다. 심지어 동아시아 이민자들의 경우 이주해 정착한 땅이 전장이 되었다. 현지에서 징병된 이들 대부분은 가족을 남긴 채 전사했다. 그뿐만이 아니라 민간인인 부녀자들까지 희생되는 비극마저 일어났다.

이 고난의 역사를 뛰어넘어 지금 세계 각지에 뿌리내린 오키나와현민은 무려 42만 명이 넘는다고 한다. 오키나와현에서는 1990년, 세계에서 활약하는 오키나와 출신자들과 그 가족들을 초청해 '제1회 세계 우치난추ウチナーンチュ 대회'를 개최했다. 해외에 사는 오키나와 출신자 간의 네트워크가 구축되었고, 고향 사람들과 친교를 다졌다. 그 뒤로도 5년마다 개최가 이루어져, 2016년 제6회 대회에서는 10월 30일을 '세계 우치난추의 날'로 지정해 해외 이민자와 그 후속 세대들의 교류를 추진하며 더욱 활발한 활동을 펼쳐나갔다.

하지만 어떤 면에서 오키나와 현지는 여전히 혼돈 속에 자리한다. 평화를 열망하는 현민들의 기대감은 무너졌고, 국가와 대립하는 지방자치의 자립에 대한 모색과 이에 대한 문제제기가 끊이지 않는 상황이다.

3

오키나와 사람들 사이에 회자되는 말 중에 '이차리바 초데イチャリバ,チ
ョーデー'라는 말이 있다. '한번 만나면 모두가 형제'라는 뜻이다. 현민들의
열린 마음과 타자에게 보내는 따스한 정을 나타낸 말이자, 새로운 만남
의 아름다움을 예찬하는 말이다. 타자의 고통에 공감을 표현한 '가엾다',
'마음 아프다'라는 의미의 '지무구리사チムグリサ'나 '지무카나샤チムカナシャ'
와 함께 오키나와 사람들의 연대를 상징하는 황금률이다. 오키나와가 걸
어 온 고난의 역사가 만들어낸 말이다.

또한, 1970년대에 작가 시마오 도시오島尾敏雄가 제창한 '야포네시아ヤ
ポネシア'라는 개념 역시 오키나와 사람들에게 용기를 불어넣었다. 시마오
는 일본 국토를 바닷길을 따라 호弧 형태로 재구성하여, 북쪽부터 차례대
로 지시마호千島弧, 혼슈호本州弧, 류큐호琉球弧라고 이름 붙였다. 그리고 이
3개의 호를 포괄하는 개념으로 야포네시아라는 조어를 만들어냈다. 시
마오는 류큐호나 지시마호를 통해 일본의 역사와 문화를 이해할 수 있
다는 발상을 제시했다. 이는 류큐호가 변경의 땅이라는 인식에서 탈피해
일본이라는 국가를 중앙호로 상대화하는 사상을 가능케 했다.

오키나와문학의 특징으로 거론되는 것 중 하나가 초국경적이고 국제
적이라는 점이다. 일본 내에서도 손에 꼽을 정도로 이민자가 많은 오키

나와현의 특성상 외국 땅을 무대로 한 작품들이 많고, 기지의 존재로 인해 이국 사람들과의 교류를 그려낸 작품도 적지 않다. 이러한 특징은 글로벌화된 현대 사회에 좋은 시사점을 제공하며, 세계를 잇는 평화 사상의 초석을 마련해 줄 것으로 기대된다.

또한, 오키나와가 던지는 질문은 전후 76여 년간 겪은 고난이 만들어낸 민중들의 문제제기이기도 하다. 이 질문은 부메랑처럼 자기 자신에게 돌아오는 양날의 검이기도 하다. 동시에 세계에 도전하고, 평화에 도전하고, 인간에 도전하는 질문이라고도 할 수 있다. 더 나아가, 인간의 재생력에 대한 도전이기도 하다. 인간의 축적된 지혜와 지식을 통해 미래를 상상하는 힘이 그 어느 때보다 절실히 요청되는 시대이다.

이러한 질문은 오키나와뿐만 아니라 동남아시아를 포함한 인류의 보편적인 질문과도 맞닿아 있다. 각 지역에 새겨지고 뿌리내린 토착 사상을 글로벌한 사상으로 바꾸어 확산시켜 가는 상상력은 생각만으로도 가슴벅차다. 평화 구축과 희망을 향한 길을 모색하는 인간의 재생력. 그것이 바다를 건너고 국경을 넘어 인종마저 초월하여 공감할 수 있는 언어를 희구하는 문학과 사상의 힘이 될 수 있을지, 이제 그 시험대에 올랐다.

동남아시아를 비롯한 세계인들이 스스로가 중앙호라는 자부심을 갖고 끊임없이 사상을 되묻는 것. 이것은 향후 매우 중요하고도 필수적인 행위가 될 것이다. 설령 어려운 상황이 닥쳐오더라도 끊임없이 되묻는 한 싸움은 멈추지 않을 것이다. 희망은 이러한 질문을 이어갈 때 생겨날 것이다.

포스트 이하 후유 시대의 '주체'의 행방

사키하마 사나

1. 머리말

'오키나와학'이란, 오키나와를 둘러싼 종합적인 연구를 일컫는 말이
다. 잘 알려진 것처럼 이하 후유伊波普猷, 1876~1947가 그 창시자다. 이하의
'오키나와학'은 '오키나와'에 대한 개별적이며 구체적인 기술을 목적으
로 한 것이 아니라, '오키나와'가 놓인 현재적 위치 — '근대'라는 시공간
속 오키나와가 배치되어 있는 장소 — 를 밝히고, 왜 그러한 상황에 이르
게 되었는지를 명확히 하는 것을 목표로 한다. 다시 말하면, 그것은 '오키
나와'라는 '주체'를 둘러싼 물음이라고 할 수 있다. '주체'는 종종 '아이덴
티티'라는 개념으로 대체 가능한 것처럼 거론되지만 실은 그렇지 않다.
'아이덴티티'란 '자기'의 '위치'를 확정하고, 거기에 자신을 동일화시키
는 과정이다. 하지만 '주체'는 '위치'를 확정하는 운동 그 자체이자, 복잡
한 변화를 동반한다. 그것은 때때로 예컨대, 종주국이 식민지에 대해 행
한 것처럼 일방적이고 억압적으로 주어진다. 그리고 어떤 때에는 주어진
'주체'의 위치로부터의 탈각을 목표로 하는 운동으로 전개된다. 이 때 '주

체'는 권력관계를 사고하기 위한 출발점이며, 나아가 이러한 권력관계에 대항하여 도전하는 운동 그 자체라고 할 수 있다. 지금부터 논의하겠지만, 이하의 연구는 '오키나와란 ○○이다'라는 식으로 '오키나와'를 본질화하고 그 특수성을 내세우는 데 주안점을 둔 것이 아니라, 근대 이후 세계를 뒤덮은 자본주의라는 거대 담론 속에서 '오키나와'라는 '주체'가 어떻게 구성되고 자리매김하고 있는지를 밝히고자 하는 동기로 충만하다.

이러한 물음은 오늘날 여전히 중요하게 인식되고 있다. 물론 현재 우리를 둘러싼 상황은 이하가 사고한 시대와는 다르다. 그러나 이하가 사고했던 자본주의와 '주체'에 대한 물음은 한층 더 첨예화되고 있다. 지구상을 뒤덮은 세계화의 물결로 종래의 '주체'는 설 자리를 잃었고, 억압적 권력과 이에 대항·저항하는 '주체'라는 단순한 도식은 더 이상 성립하지 못하게 된 것이다. 그런 의미에서 '주체'의 문제는 어쩌면 시대에 뒤떨어진 주제일지 모른다.

최근 활발히 논의되고 있는 정동의 정치, 포스트휴먼 혹은 논휴먼 등의 주제는 바로 오늘날의 오키나와에서 논의되어야 하며, 이러한 논의를 오키나와만큼 필요로 하는 곳은 없을 것이다. 작금의 일본 사회에서 '넷우익ネット右翼' 통칭 '넷우요ネトウヨ'의 세력은 갈수록 확대되고 있으며 오키나와 또한 예외는 아니다. 오히려 본토에 앞서 그 소용돌이 속으로 휘말려 들고 있다고 해도 과언이 아닐 것이다. 과연 그들을 진위가 분명치 않은 정보를 무분별하게 받아들이는 반지성적인 자라고 비판할 수 있을까? 아니면 국가주의에 동조하는 동화주의적인 자라고 비판할 수 있을까? 이러한 비판은 기존의 '주체'의 유효성이 상실되었음에도 새로운 전

략을 구상하지 못하고 있는 좌파의 현주소를 오히려 강조하는 것에 불과하다.

물론 그렇다고 해서 '주체'를 모두 버리자는 것은 아니다. 이 글에서 말하고자 하는 것은 이러한 상황에 조금이라도 저항하기 위해서는 '주체'에 대한 새로운 접근법이 필요하다는 것이다. 그 첫발은 지금과 같은 상황이 출현하게 된 데에 영향을 미친 글로벌 자본주의에 대한 사고를 가다듬는 일이 될 것이다. 1990년대에 유행한 '주체' 비판, 혹은 국민국가 비판이라는 담론에 (구旧)식민지[1]는 어떤 의미에서 방치되어왔다. 왜냐하면 (구)종주국이라는 제국주의적 권력에 대항하는 유효한 방법은 아직 여전히 내셔널리즘이기 때문이다. 내셔널리즘을 비판할 수 있는 이유는, (구)종주국이 (구)식민지를 지배하는 데에 내셔널리즘을 그 끝단까지 활용했기 때문인데, 이제 막 독립을 쟁취한 (구)식민지 입장에서는 내셔널리즘을 버리기란 쉬운 일이 아니었을 터다. (구)식민지는 '주체'가 내재한 폭력성을 알면서도 그것을 필요로 하는 딜레마를 안게 된다.

하지만 오해를 감수하고 말하자면, 지구상의 모든 지역 및 장소가 문자 그대로 세계화로 인해 평준화되고, 최신 기술이 널리 퍼진 지금, (구)식민지/(구)종주국이라는 종래의 도식으로는 현상을 파악할 수 없게 되었다. 자본주의가 모든 공간을 땅 고르기 하고, 엄청난 기세로 가속화해가고 있는 가운데 (구)식민지/(구)종주국이라는 단순한 도식은 무력화되었다. 물론 그렇다고 해서 이 도식이 완전히 소거되는 것은 아니다. 오히

---

1 과거의 일만이 아니라는 것을 강조하기 위해 괄호 안에 (구)라고 표기하였다.

려 종래의 구조포스트콜로니얼 구조 위에 새로운 상황세계화에 의한 기존 도식의 무력화이 덧씌워지면서 문제는 이중화되고 있다. (구)식민지는 그 상황에서 어느 날 갑자기 글로벌 자본주의의 최전선으로 내던져지고 말았다. 그렇기 때문에 (구)식민지야말로 최신 이론이 필요하다고 할 수 있다. 더 이상 종래의 '주체'에 매달리는 것은 허용되지 않는다. 그러다가는 자본주의의 소용돌이 속으로 너무 쉽게 휩쓸려 들어가 버리고 말 것이기 때문이다.

이러한 문제의식을 거듭 강조하는 것은 오키나와라는 장소가 조금 특수하기 때문이다. 오키나와는 (구)식민지가 아니다. 그렇다고 (구)종주국도 아니다. 그 어느 쪽이기도 하고, 그 어느 쪽도 아닌 곳이 바로 오키나와다. 제국주의가 비대해지는 자본을 뒤따라(때로는 앞질러) 국경선을 다시 그어가는 운동이라면, 오키나와는 늘 아슬아슬한 끝단에 내던져진 '선線'이 되어왔다.[2] '오키나와'를 출발점으로 '주체'를 사고하는 것은 글로벌 자본주의 시대를 맞이한 지금, 종래와 다른 방식의 새로운 '주체'[3]에 대한 사유로 이어질 것이다.

이 글은 이러한 새로운 '주체'를 구상하기 위한 예비 작업이라고 할 수 있다. 주요 논점을 서둘러 말하면, 2장에서는 오키나와 근대사상사에서 '주체' 문제의 계보를 밝힌다. 특히 이하 후유의 텍스트를 읽는 행위를

---

2   자본주의 관점에서 오키나와의 '주체' 문제를 사유하기 위해서는 도미야마 이치로의 다음 책이 참고가 된다. 冨山一郎, 『近代日本社会と「沖縄人」―「日本人」になるということ』, 日本経済評論社, 1990; 『暴力の予感―伊波普猷における危機の問題』, 岩波書店, 2002, 『流着の思想』, インパクト出版会, 2013.

3   더 이상 '주체'라고 부르면 안 될 터인데, 달리 방법을 찾지 못해 우선은 작은따옴표 안에 넣어 호명하기로 한다.

통해 오키나와 언론들이 어떻게 '주체'를 사고해왔는지 고찰한다. 1972년 시정권施政權 반환, 이른바 '조국복귀'라는 일대의 정치 이벤트를 배경으로 이하 후유론이 대거 등장했다. 주로 이하를 동화同化/이화異化라는 문맥으로 독해하는 방식이었다. 이러한 문맥의 연장선상에서 현재도 '주체'를 둘러싼 물음은 근현대 오키나와 사상사에서 가장 큰 물음이 되고 있다. 이어지는 3·4장에서는, 동화/이화라는 문맥에서 이하 후유를 독해해 온 기존의 논의 방식의 한계를 지적하고, 이하 후유의 가능성과 한계를 가늠해 보고자 한다.[4] 이를테면, 이하는 자본주의 담론에 의해 결정되는 '오키나와'라는 위치에 저항하고 거기에서 탈출을 시도하나 이하의 도전은 결과적으로 실패로 끝나게 되는 사정을 논의한다. 5장에서는 '주체'를 둘러싼 문제의 현재적 위치를 확인한다. 앞서 언급한 바와 같이 '주체'라는 주제는 여전히 퇴색하지 않고 현재적 과제로 남아 있다. 이하 후유의 실패를 떠올려보면, 실은 이하가 오늘날 우리가 안고 있는 과제를 일찍이 간파하고 사색하고 있었음을 알게 된다. 이하의 가능성이 무너진 지점에서 출발할 때, 거기에서 어떤 가능성을 얻을 수 있을지 그 단서를 찾아보기로 한다.

---

4   이에 관한 상세한 논의는 필자의 박사논문을 참고 바란다. 崎濱紗奈, 『伊波普猷の「日琉同祖論」-「政治神学」から「政治」へ』, 東京大学大学院総合文化研究科超域文化科学専攻表象文化論コース博士論文, 2021.

2. 근현대 오키나와 사상사에서 '주체'의 계보

'근현대 오키나와 사상사'란 무엇일까? 다음 두 가지로 정의하고자 한다. 하나는, 서구를 진원지로 하는 근대화modernization — 국민국가와 자본주의의 탄생 — 와, 그 세계적 보급이라는 큰 문맥 한가운데 '오키나와'라는 '주체'가 어떻게 형성되었는가를 고찰하는 것이며, 다른 하나는, '오키나와'라는 '주체'를 구성하는 권력을 비판하는 행위 속에서 스스로 '오키나와'라는 주체를 재구축하는 것이다. '오키나와학의 아버지'라고 불리는 이하 후유는 바로 이 두 가지를 시도했다.

이하 후유론의 대부분은 1972년 '복귀'를 전후한 시기에 집중되었다. 주지하는 바와 같이 오키나와는 1945년, 일본 제국의 패전으로 본토와 분리되었고, 1951년 샌프란시스코강화조약으로 일본이 주권을 회복한 뒤에도 오키나와는 여전히 미군의 통치하에 있었다. 1956년에 일어난 '섬 전체 투쟁島ぐるみ鬪爭'으로 상징되듯, '총검과 불도저'로 토지를 강제 수탈한 미군에 대한 반감이 오키나와 전역을 뒤덮었다.[5] 점령하에서는 불합리한 사건과 사고가 잇따랐다. 어린 소녀가 폭행당하고 살해된 '유미코 사건由美子ちゃん事件'과 '미야모리宮森초등학교 제트기 추락사고', '고자コザ폭동'을 일으킨 원인이 된 '이토만 역살 사건糸滿轢殺事件'은 오키나와에 '평등'이 실현되지 않았음을 말해준다. 미군의 폭압적 점령정책에서 벗어나기 위해 이른바 '조국복귀운동'이 대중적으로 광범위하게 전개되

---

5   森宣雄·鳥山淳, 『「島ぐるみ鬪爭」はどう準備されたか—沖繩が目指す〈あま世〉への道』, 不二出版, 2013.

었다. 물론 이렇게 단순화시켜 말하는 것은 적절치 않다. 이 운동은 전쟁 전의 정신을 계승하는 우파적 사상부터 일본국 헌법에 명시된 3대 원칙(국민주권, 평화주의, 기본적 인권의 존중)을 동경하는 자유주의 좌파적 사상에 이르기까지 폭넓은 정치관을 포괄적으로 담고 있다. 정치적 입장은 각기 달라도 '일본'에 있어 '오키나와'란 무엇인가? '오키나와'에 있어 '일본'이란 무엇인가? 라는 질문은 공통된다.

이하 후유는 바로 이러한 물음을 끊임없이 던진 사상가였기에 가장 활발하게 논의되어 왔다. 예컨대, 히야네 데루오比屋根照夫는 "일본과의 동질성을 강조하는 동시에 이질성도 강렬하게 주장하는 일견 모순적으로 보이는 명제를 긴장된 자세로 주장"한 점을 들어 이하 후유를 평가했다.[6] 그 외에도 호카마 슈젠外間守善, 오타 마사히데大田昌秀, 오시로 다쓰히로大城立裕, 아라카와 아키라新川明, 다카라 구라요시高良倉吉 등 많은 연구자들이 각자의 방법으로 이하를 논의했는데, 그들 대부분이 '복귀'와 '처분'을 겹쳐 생각하는 경향을 보인다.[7] '류큐처분琉球処分'기에 '제국 일본'과 '오키나와'의 관계를 사유하고 이를 정의한 사상가로 이하를 중요한 참조점으로 삼은 탓이다.

'일본'에 있어서 '오키나와'란 무엇인가, '오키나와'에 있어 '일본'이

---

6   比屋根照夫, 『近代日本と伊波普猷』, 三一書房, 1981, 149쪽.

7   外間守善 編, 『伊波普猷－人と思想』(平凡社, 1976), 外間守善, 『伊波普猷論』(平凡社, 1993), 大田昌秀, 「伊波普猷の学問と思想」, 『沖縄学の黎明－伊波普猷生誕百年記念誌』(沖縄文化協会, 1976), 大城立裕, 「伊波普猷の思想－「琉球民族」アポリアのために」, 外間守善編, 『伊波普猷－人と思想』(平凡社, 1976), 新川明, 『異族と天皇の国家－沖縄民衆史への試み』(二月社, 1973), 金城正篤・高良倉吉, 『伊波普猷－沖縄史像とその思想』(清水書院, 1972).

란 무엇인가 라는 물음은 다음과 같은 입장으로 나뉜다. 즉, '오키나와'와 '일본'을 별개의 '주체'로 간주하고, '오키나와'의 '일본'에 대한 입장을 밝히려는 입장. 요컨대, 이하 후유가 주장한 '일류동조론日琉同祖論'을 둘러싸고 두 가지 다른 해석이 제출된다. 하나는, '일류동조론'을 '오키나와'라는 '개성個性'을 지키기 위한 '전략적 동화주의'라며 옹호하는 것이고, 다른 하나는, 이하의 전략성에 일정한 이해를 나타내면서도 '일류동조론'이 직간접적으로 전전戰前기의 오키나와 사람들의 극단적 '동화주의'를 지지한 것이라며 비판하는 입장이다. 앞서 언급한 연구자 중 호카마 슈젠, 오타 마사히데, 오시로 다쓰히로, 다카라 구라요시는 전자의 입장, 아라카와 아키라는 후자의 입장으로 이해할 수 있다. '전략적 동화주의'라는 해석을 제시한 연구자들은 이하의 '고뇌'를 자신들의 고뇌와 겹쳐 생각했다. 열광적으로 전개된 '조국복귀운동'의 결과 오키나와는 일본으로 재통합되었다. 하지만 1969년 사토-닉슨 회담에서 결정된 바와 같이 오키나와인들이 원했던 방식, 즉 '본토수준'의 대우, 미군기지의 철거 혹은 대폭 축소하는 형태로는 실현되지 못했다. 바라지 않는 형태의 '복귀'가 이미 기정사실화 된 가운데, '일류동조론'을 '전략적' 담론으로 평가한 이들은 '일본'으로의 통합이 기정사실화 되었을 때 '오키나와'가 '일본'이라는 국가에 동화·흡수되는 소극적·수동적 존재가 아니라, 그 '개성'을 '일본'이라는 국가 내부에 어떻게 재배치할 것인가라는 문제의식을 이하 후유의 텍스트 속에서 발견한다.

한편, '복귀'에 의문을 품는 입장에서 '국민국가'라는 제도 자체를 비판적으로 되물어야 한다는 '반反복귀'론을 제창한 이들은 '복귀'를 기정사실로 자명하게 받아들이는 것은 '동화주의'라며 날카롭게 비판한다.[8] '일류동조론'이야말로 이러한 '동화주의'를 낳게 한 원흉이며, 그 제창자로 알려진 이하 후유는 철저한 비판의 대상이 되었다. '복귀' 사상은 '오키나와'에 대한 주체적인 사고가 결여되어 있다고 보았다. 좌파·우파를 불문하고 '복귀' 사상의 내부에 전전 오키나와의 정신과 관통하는 지점이 있다고 믿었던 것이다. 그 정신이라는 것은 '일류동조론'에 기반한 '일본'과 '오키나와'의 연속성을 자연화하고, '처분'이라는 합병의 흔적을 불가시화不可視化하려는 것에 불과하다. "최고의 지성이 오키나와와 오키나와인의 문화적 우수성과 더불어 '일류동조론'에 기대어 분발을 호소하며 '동화=황민화'의 길이야말로 오키나와인이 나아갈 방향이라고 말해왔다. 그리고 사람들은 현실의 차별이나 소외가 심각해질수록 이하가 주장한 동조론으로 자위하면서 '동화'의 길로 자기 구제의 염원을 담아 계속해서 달려갔다. (…중략…) 이하의 학문적 업적에 대한 평가와 '일류동조론'에 걸었던 선의의 사명감은 그렇다 하더라도, 그의 학문이 정치적, 사상적으로 부정적인 영향을 미쳤다는 사실은 절대 면책되어서는 안 된다"[9]라는 아라카와 아키라의 통렬한 비판은 오키나와전沖縄戰의 '집단자결集団自決'로 상징되는 비극을 두 번 다시 반복하지 않겠다는 의지가 반영된 것에 다름아니다.

8　아라카와 아키라(新川明, 1931~), 가와미쓰 신이치(1932~), 오카모토 게이토쿠(岡本恵德, 1934~2006)가 대표적 논자로 알려져 있다. 반복귀론에 대해서는 다음 글을 참조 바람. 仲里効,「ふるえる三角形－いまに吹き返す〈反復帰〉の風」,『世界』第759号(岩波書店, 2006.12, 125~132쪽), 屋嘉比収,「「反復帰」論を, いかに接木するか－反復帰論, 共和社会憲法案, 平和憲法」,『情況』第3期第9巻第8号(情況出版, 2008.10, 16~33쪽).

9　新川明,『異族と天皇の国家－沖縄民衆史への試み』, 앞의 책, 343~344쪽.

‘복귀’ 이후의 ‘주체’ 문제는 이처럼 이하 후유론의 연장선상에서 전개되어 왔다. 특히 ‘반복귀’를 주장하는 이들은 이하의 사상을 비판적으로 극복하려는 시도를 다양하게 전개해 왔다. 저널리스트이자 사상가인 아라카와 아키라는 ‘오키나와’와 ‘일본’의 이질성을 강조하는 방식으로 ‘일본’에 대한 저항의 발판을 구축하고자 했다. 또한, 시인이자 사상가인 가와미쓰 신이치川満信―는 ‘오키나와’와 ‘일본’을 둘만의 관계로만 바라보는 폐색감을 타개하기 위해 ‘아시아’라는 틀을 도입한다. 문학자 오카모토 게이토쿠岡本惠德는 ‘오키나와인’을 본질적으로 결정하는 ‘주체’가 아닌, 상황에 따라 재구축해 가는 행위 수행적인 ‘주체’로 바라보는 시점을 제시한다. 그런데 여기서 제출된 ‘동화주의’ 극복을 둘러싼 시도는 아포리아를 낳는다. 특히 아라카와 아키라와 오카모토 게이토쿠의 논의가 서로 대립한다는 신조 이쿠오新城郁夫의 주장은 주목할 만하다. 요컨대, 저항하기 위한 정치적 목적이 있다고 하더라도 ‘오키나와’를 ‘이질성’으로 한정해 정의할 경우, 그것은 배제와 포섭이라는 폭력을 잉태하기 마련이며, 그와 동시에 단순히 ‘주체’를 부정할 경우, 기지 문제가 상징하는 바와 같이 포스트콜로니얼 상황의 문제계를 구성하는 권력관계를 불가시화하는 결과로 이어질 위험이 있다는 것이다. 이러한 난제에 대해 신조 이쿠오는 끊임없이 갱신하는 ‘정치적 주체’를 구축해야 한다는 잠정적 답변을 내놓는 동시에 어디까지나 ‘윤리’에 입각해야 한다는 점을 강조한다.[10]

---

10   新城郁夫,『沖縄に連なる―思想と運動が出会うところ』, 岩波書店, 2018.

한편, 저항이라는 정치적 목적 — 현재로서는 헤노코辺野古 신기지 건설을 저지하는 요구를 실현하는 것 — 을 위해서는 우선 '오키나와'라는 저항을 위한 '주체'를 전략적으로 구축해야 한다는 입장 또한 존재한다. 이들은 기지의 '현외이설県外移設'을 주장한다.[11] 최근에는 '독립'을 논의하는 움직임도 활발해지고 있다.[12]

3. 이하 후유론의 한계와 1910년대 이하 후유의 사상

앞서 언급한 바와 같이 '복귀' 이후의 오키나와 사상사에서 '주체'를 둘러싼 논의는, 이하 후유의 해석을 출발점으로 하여 동화/이화라는 문제계를 구성하거나, 이러한 문제계가 내포한 문제를 극복하려는 시도로 전개되어 왔다. 그렇다면 여기서 다음과 같은 질문을 던져보자. 과연 동화/이화라는 맥락에서 이하 후유를 독해하는 것이 타당한가? '복귀'와 '처분'을 겹쳐 생각했던 것이 이러한 독해를 강하게 규정해 왔음은 이미 언급했다. 거듭 말하지만 당시에는 이러한 독해가 제출될 필연성이 있었다. 하지만 이러한 독해는 무의식중에 '오키나와'와 '일본'이라는 '주체'

---

11 野村浩也,『無意識の植民地主義—日本人の米軍基地と沖縄人』(お茶の水書房, 2005), 知念ウシ,『シランフーナーの暴力』(未來社, 2013), 高橋哲哉,『沖縄の米軍基地—「県外移設」を考える』(集英社, 2015).

12 松島泰勝,『琉球独立への道—植民地主義に抗う琉球ナショナリズム』, 法律文化社, 2012・2013년에는 류큐민족독립종합연구학회(琉球民族独立総合研究学会)가 설립되었으며, 주요 잡지로는『우루마네시아(うるまネシア)』(Ryukyu企画)가 있다.

를 전제함으로써 '동화'라는 과정의 복잡함을 불가시화해버렸다는 점에서 한계를 갖는다.

동화assimilation란, 어떤 주체 A가 다른 주체 B에게 스스로를 동일화시켜가는 과정을 말한다. 하지만 간과해서 안 될 것은, '동화'란 무릇 경계가 불분명한 곳에 폭력적으로 선을 그어 경계를 획정하는 것으로 성립된다는 점이다. 천광싱陳光興에 따르면 제국화와 식민지화 과정은 서로 떼어놓을 수 없는 불가분의 관계이다.[13] 제국은 그 성립 당초부터 제국으로서 완성된 것이 아니었다. 여기에는 두 가지 이유가 있는데, 하나는 근대 국민국가의 성립 시기부터 내부의 획일성을 확보하지 못했고 오히려 상당한 지역 차이를 끌어안고 있었다는 것이다. 또 다른 하나는, 국민국가의 윤곽을 확정할 때 반드시 타자를 필요로 했다는 것이다.[14]

도미야마 이치로는 도리이 류조鳥居龍蔵가 수행한 인류학 조사에 주목하여 '오키나와'라는 주체와 '일본'이라는 주체가 상호보완적인 형태로 성립했음을 분석했다. 도리이는 '아이누', '오키나와인(류큐인)', 타이완의 '생번生蕃' 등 새롭게 획득한 영토에 거주하는 사람들을 조사하고, 그들의 신체적 특징을 범주화함으로써 '일본인'의 윤곽을 명확히 해가는 작업을 수행했다.[15] 여기서 중요한 것은 그 조사 대상('아이누', '오키나와인', '생번', 이후 만주와 몽골 지역 사람들까지)뿐만 아니라, 역조사逆照射된 '일본인'의 윤곽

---

13   Chen, Kuan-Hsing, *Asia as Method : Towards Deimperializaion*, Durham : Duke University Press, 2010; 陳光興, 丸川哲史訳,『脱帝国－方法としてのアジア』, 以文社, 2011.

14   酒井直樹,『日本思想という問題－翻訳と主体』, 岩波書店, 1997.

15   冨山一郎, 앞의 책 참조.

도 선명히 했다는 점이다.[16] 이른바 동화정책은 이러한 해부 과정을 거쳐야 가능했다. 즉, 본래 애매했던 경계에 명확한 선을 긋고, '일본인', '아이누', '오키나와인'이라는 주체를 창출한 후, '일본인'으로 '동화'해가는 과정이 바로 동화정책이었다.

이하가 사색을 거듭한 시대는 제국의 지知로 '오키나와'/'일본'이라는 주체가 창출되고, '오키나와'를 '일본'으로 동화시켜간 시대이다. 이하는 그러한 시대 한 가운데에서 근대적 교육을 받은 1세대다. 이하의 저작을 살펴보면, 동화정책에 대한 비판과 '오키나와'의 '개성'을 강조하는 모습을 쉽게 찾아볼 수 있다. 아울러 '일류동조'를 주장하며, '일본'의 '오키나와'에 대한 차별과 '오키나와'의 '일본'에 대한 열등감을 불식시키려는 노력 또한 포착된다. 이렇게 볼 때 '전략적 동화주의'라고 할만하다. 그러나 후술하겠지만 이하는 '소철지옥蘇鉄地獄'을 계기로 생각을 완전히 바꾼다. '전략적 동화주의'라고 옹호하든, '동화주의'라고 비판하든, 지금까지의 이하 후유의 독해는 '일본', '오키나와'라는 주체 없이는 성립되지 못했다. 이러한 독해는 자칫 '아이덴티티'라는 함정에 빠뜨릴 위험이 있다. '아이덴티티'라는 견고한 장場을 확보하는 순간 통치자는 그것을 이용해 더 세련된 통치법을 마련하게 될 것이기 때문이다. 그것은 1910년대 이하 후유 자신이 빠져들었던 함정이기도 하다.

여기에 자크 랑시에르Jacques Ranciere의 논의를 참조해 보고자 한다. 랑

---

16 "관찰되거나 언급되는 것은 언제나 '류큐인'의 징후이며, '일본인' 자신은 관찰되는 객체를 통해 확인될 뿐"이라는 도미야마의 지적은 중요하다. 위의 책, 137쪽.

시에르는 '정치la politique'[17]와 '정치철학'의 차이에 대해 다음과 같이 말한다.[18] '정치la politique'란 '몫이 없는 자'가 자신의 '몫'을 찾아 '평등'을 표출하고, 스스로를 주체화하려는 시도에 불과하며, 좀더 직접적으로 말하면, 그것은 위정자가 행하는 배분에 대해 이의를 신청하는 것이다. 따라서 위정자의 입장에서 보면 '몫이 없는 자들의 몫'이라는 것은 본래 몫이 부여되어서는 안 되는 이들이 그것을 요구하는 '오류tort'인 것이다. 여기서 위정자는 '오류'를 없애기 위해 이의신청의 목소리를 '울음소리', 즉 의미 없는 소음으로 무시해 버린다. 몫이 없는 자들과 위정자 사이에 다툼이 발생했을 때 '정치철학'은 이 항쟁을 조정하려고 한다. 즉, 진리에 기반해 '공정'하게 재분배하려는 것이다. 이때 '정치철학'은 몫이 없는 자의 몫을 요구하는 목소리를 무시하지는 않지만, 재분배라는 방법을 취하여 결과적으로 '정치la politique'를 소거한다. 그 위에서 새로운 질서가 개시되는 것이다.

아이덴티티라는 것은 자칫 랑시에르가 말하는 '정치철학'적 배분에 기여하게 될 수 있다. 왜냐하면 아이덴티티라는 것은 어떤 정해진 위치를 고정하는 것을 통해 자기동일성을 지키려는 개념이기 때문이다. 『고류큐古琉球』1911로 대표되는 이하 후유의 '개성'론은 그야말로 이러한 '정치철학'적 태도라고 할 수 있을 것이다. 다음 인용문은 이 시기 이하의 사상적 특징을 잘 보여준다.

---

17   이하가 말하는 '정치'와 구분해 '정치(la politique)'로 표기함.
18   Rancière, Jacques, La Mésentente. Paris : Galilèe, 1995: 松葉祥一・大森秀臣・藤江成夫 訳,『不和あるいは了解なき了解－政治の哲学は可能か』, インスクリプト, 2005.

나는 누구나가 다른 사람이 도저히 흉내 낼 수 없는 특질을 가지고 있다고 생각합니다. 각자가 가지고 있는 개성은 무쌍절륜無雙絶倫입니다. 즉 각자는 신의神意를 확실히 하는 동시에 무쌍절륜한 상태를 발현할 수 있습니다. 바꿔 말하면 각 개인은 이 우주에서 타인이 점유할 수 있는 성질의 것이 아니며, 또한 타인과 중복되지 않는 신의神意를 발현하는 존재이기도 합니다(조시아 로이스의 『세계와 개인』 참조). 이것을 보면, 하늘은 오키나와인이 아닌 다른 사람에게서는 결코 발현될 수 없는 것을 오키나와인으로 하여금 발현케 합니다. 즉, 오키나와인이 아니면 도저히 발현하지 못하는 것을 오키나와인으로 하여금 발현하게 하는 것입니다. 개성이란 이러한 것입니다. 오키나와인이 일본 제국에 위치하는 자리도 이것으로 결정된다고 생각합니다.강조는 원문[19]

위의 글은 이하의 사상을 '전략적 동화주의', 즉 '일본'으로의 동화를 강조할 때 '오키나와'라는 '개성', '독자성'을 지켜내려는 것으로 종종 독해되어 왔다. 실제 이하에게 그러한 동기가 있었음은 분명하다. 하지만 그렇다고 해서 이하를 무조건 평가할 수는 없는 노릇이다. 왜냐하면 이하는 위정자의 시선에서 위정자가 구성하는 '오키나와'라는 주체에게 배분되어야 할 '올바른' 몫을 계산했기 때문이다. 그 재분배의 결과로서 '개성'은 적절한 위치를 부여받고, '일본', '오키나와'라는 표상이 새로운 형식으로 출현한 것이다. 이는 랑시에르가 말하는 '정치철학'과 정확히 일치한다.

---

19   伊波普猷, 「琉球史の趨勢」, 服部四郎·仲宗根政善·外間守善編, 『伊波普猷全集』第7巻, 平凡社, 1975, 10쪽.

물론 이하의 태도가 '정치철학'적이라고 해서 그것이 곧 '개성'론의 의의를 부정하는 것은 아니다. 왜냐하면 잘 알려진 것처럼 이하가 '개성'의 중요성을 주장하던 시기는 '오키나와'는 '일본'에 비해 압도적 열등자로 간주되었고, 그 가치를 상찬하는 것조차, 다시 말해 '정치철학'적인 재분배조차 전혀 불가능한 상황이었기 때문이다. 그런 의미에서 이하의 '개성'론은 당시로서는 선구적이며, 또 혁신적이었다고 할 수 있다. 그러나 그 후 제국 일본이 조선을 식민지화하고, 나아가 만주국 경영에 손을 대기 시작하면서 이하가 구상한 다문화주의적 노선을 답습한 주장도 등장하게 된다.[20] 또한, '소철지옥'으로 상징되듯 경제 파탄에 이른 오키나와를 구제하기 위해 정부는 그야말로 '정치철학'적인 '올바른' 배분을 계산하여, 그 배분안에서 '오키나와'라는 주체를 재구성했다. '오키나와' 또한 그 틀 안에서 스스로를 주체화했다(결과적으로 그것은 1930년대의 '생활개선운동'으로 상징되는 극단적인 '동화주의'를 야기하게 된다).

　　여기에서 중요한 것은 자본주의라는 문제이다. 이하는 자본의 예측 불가능한 상황에 '오키나와'가 방치되는 것을 바라지 않았다. 이러한 상황을 일시 정지시켜 '개성'이라는 영역을 확보하고자 했던 것이다. '처분' 이후에도 오랫동안 '구관온존旧慣温存' 정책을 유지하는 한편, '토지정리' 사업을 실시하는 등 일본 자본주의의 소용돌이에 휘말리게 된다. 이하의 대표작 『고古류큐』[1911]는 바로 그러한 시대에 발표되었다. 이 시기 '오키

20　예컨대, 일선동조론의 주창자로 알려진 기다 사다키치(喜田貞吉)의 복합민족론은 그 전형적인 사례라고 하겠다. 복합민족론과 단일민족론의 공방에 대해서는 오구마 에이지(小熊英二)의 『단일민족신화의 기원(単一民族神話の起源-〈日本人〉の自画像の系譜)』(新曜社, 1995)을 참고 바란다.

나와'가 놓여 있던 자리는 매우 어중간했다. 경제학자 무카이 기요시向井清史는 이를 '변경辺境'이라 명명했다.[21] '변경'이라 함은 "이질적인 문화와 역사적 전통을 계속 유지하면서, 실질적으로 자본주의에 포섭되는 것이며, 포섭되는 쪽에 이것을 적극적으로 재편성해 가려는 의도나 필연성이 없는 것"[22]을 뜻한다. 무카이는 식민지 타이완과 오키나와의 제당업을 비교하며, 전자는 총독부를 통해 대규모의 자본이 투자된 반면, 후자는 임기응변식 정책에 지나지 않았다고 지적한다. 도미야마 이치로는 이 무카이의 '변경'론을 이어받아 '오키나와'란 '국경선' 그 자체라고 주장한다.[23] 여기서 '국경선'이란 이쪽과 저쪽을 명확히 구분하는 것이 아니라, "그 어느 쪽도 아닌" 것을 가리킨다. 즉, 전근대적 사회를 뿌리부터 바꿔 쓰고 (탈영토화) 자본주의 사회로 변모시키는(재영토화) 자본의 움직임이 '오키나와'를 둘러싸고 꿈틀거리고 있는 것이다.

이하는 '개성'이라는 장場을 확보하는 것으로 국경선을 확정하려한 제국, 혹은 그것을 구동驅動하는 자본주의 그 자체에 저항하려 한 것이다. 거듭 말하지만, 탈영토화와 재영토화라는 움직임 속에서 부단히 '변경'이라는 장소에 노출되는 것을 거부하고, '국경선' 그 자체를 걷어내어 식민지를 포함한 '개성'을 배치한 보편적 공간으로서 제국 일본을 재구성하고자 했던 것이다.[24] 즉, 이하 후유는 끊임없이 꿈틀대는 자본의 움직

---

21   向井清史, 『沖縄近代経済史—資本主義の発達と辺境地農業』, 日本経済評論社, 1988.

22   위의 책, 4쪽.

23   冨山一郎, 앞의 책 참조.

24   다만, 이하 후유 역시 오타 쵸후(太田朝敷)처럼 '아이누'나 '생번'과 거리를 두었다. '아이누', '생번', '류큐민족' 간의 차이에 대해 이하는 다음과 같이 언급한 바 있다. "류큐민

임, 즉 예측 불가능한 영역을 일시 정지시켜 정당한 배분이 실현되는 '정치철학'을 구상하고자 한 것이다. 그 '정치철학'적 공간을 이하는 '대국민'이라는 용어로 표현했다. 제국 일본이란, '오키나와', '타이완', '조선'과 같은 '무수한 개성'을 존중하고 이들이 있어야 할 장소에 정당하게 배치한 보편적 공간에 불과하다. '신神'[25]이 정당하게 '개성'을 배치한 세계에서는 예측 불가능한 자본의 움직임은 정지되고, '개성'은 주어진 장소에서 조용히 쉴 수 있게 되는 것이다.

4. '정치'의 소거 원原일본＝원原오키나와로서의 일류동조론

그런데 이하는 그 후 '개성'론에서나 볼 수 있는 '정치철학'적 발상을 스스로 방기할 수밖에 없게 된다. 왜냐하면 오키나와를 습격한 미증유의 경제 위기 '소철지옥'은 이하가 상상해온 '개성'을 싫든 좋든 와해시켜버리고, '오키나와인'이라는 주체는 자본주의 시스템에 의해 또 다른 형태로 인종화되는 사태에 직면했기 때문이다. 도미야마가 지적하듯, 1920

족이라는 미아는 2천년간, 중국해 도서(島嶼)를 방황했으나, 아이누나 생번처럼 피플로 존재하지 않고 네이션으로 공생했습니다. (…중략…) 오키나와인은 과거 그 정도는 이루었기 때문에 다른 부현(府県) 동포와 마찬가지로 20세기의 무대에 설 수 있는 것입니다. 아이누를 보십시오. 그들은 우리들 오키나와인보다 훨씬 더 이전부터 일본 국민의 일원이었습니다. 그런데 지금은 어떻습니까? 피플로 존재하고 있지 않습니까? 잘 어울리지 못하고 각을 세우고 있지 않습니까? 그들은 쇼 쇼켄(向象賢 : 류큐 근세기의 정치가)도 사이온(蔡温 : 류큐국 문신)도 보유하지 못했습니다." 伊波普猷, 「琉球史の趨勢」, 『伊波普猷全集』 第1巻, 平凡社, 1974, 61~62쪽.

25 1930년대 이하가 상정한 '신'이란 원시공동체와 깊은 관련이 있다.

년대 이후, '소철지옥'이라고 불리는 오키나와의 경제 붕괴로 현 밖으로 노동력이 대량 유출된다. 그중 오사카大阪를 중심으로 한 본토 대도시권으로 건너간 오키나와 출신 노동자 대다수는 언어와 풍습이 다르다는 이유로 차별받았다. 그리고 조금이라도 값싼 노동력을 얻으려는 경영자들의 책략에 오키나와 출신자는 저임금에서 벗어나기 어려운 상황에 놓인다. 이러한 열악한 환경에서 '오키나와인'이라는 '주체'는 '나태', '불결', '빈곤'이라는 기호를 부여받게 된다. 이러한 상황을 타파하고자 오사카에 '오키나와현인회沖縄県人会'를 조직한다. 현인회는 초기에는 '오키나와청년동맹沖縄青年同盟'을 중심으로 한 노동운동의 거점이 되었다. 그러나 1930년대에 들어서면서 사회주의의 탄압과 중일전쟁의 발발로 활동은 점차 잦아들었다. 그 대신 '생활개선운동'이 적극적으로 추진되면서 오키나와인들은 자발적으로 극단적 동화주의로 빠져들었다.

그러한 상황은 이하에게 큰 충격을 안겨 주었다. 이하는 자본주의를 일시 정지시켜 '정당한' 배분을 실현하기 위해 '개성'이라는 장을 확보할 것을 주장했다. 하지만 자본주의의 움직임은 일시 정지하기는커녕 사탕수수 재배를 중심으로 한 단일재배monoculture 경제의 취약성은 오키나와를 결정적으로 다른 국면에 직면하게 했다. 지역공동체는 철저하게 파괴되었다. 「류큐민족의 정신분석琉球民族の精神分析」1924이라는 글에서 이하는 자신의 패배를 이렇게 피로한다.

이러한 무거운 짐을 짊어지고도 그들은 더딘 걸음으로 비난을 받고 있다. 그들이 내지의 분과分科를 따라잡기 위해서는 교육 및 그 외의 설비를 비교적 안전하게 갖추지 않으면 안 된다. 그런데 그들의 조세 부담은 거의 극에 달하고 있지 않은가. 아무튼 그들의 경제생활은 막다른 곳에 다다랐다고 해도 좋다. 노골적으로 말하면 작금의 오키나와는 어떤 의미에서 류큐인 만큼의 위기에 직면해 있으면서도 현민은 타민情眠을 자처하고, 정치가는 당쟁에 시간 가는 줄 모른다. 그들 가운데 과연 누가 당쟁을 멈추고, 이 위기를 벗어날 운동을 개시할 것인가. 만약 있다면 현민성을 갈고 닦아 하루빨리 사회적 구제책을 강구해야 한다. 민족위생운동도 미온적이고, 계몽운동도 굼뜨기 이를 데 없다. 경제구제만이 우리에게 남겨진 유일한 수단이다.[26]

일찍이 이하가 기대를 걸었던 계몽이라는 방법에 절망감을 토로한다. 그 대신 정치·경제적 제도에 주목하기 시작한다. 다음과 같이 '유물사관'을 언급하기도 한다.

그런데 유물사관을 연구하게 되면서 사람의 의식이 사람의 생활을 결정하는 것이 아니라 거꾸로 사람의 사회적 생활이 사람의 의식을 결정한다는 것을 깨닫게 되었다. 나는 환경이라는 것을 무시해서는 안 되며, 오키나와가 그렇게 된 원인을 그 제도에서 찾지 않으면 안 된다는 생각에 이르렀다.[27]

위의 글은 이하의 사상적 전환, 즉 '유물사관으로의 경도'[28]로 이해되

26   伊波普猷, 「琉球民族の精神分析」, 『伊波普猷全集』 第7巻, 平凡社, 1974, 299쪽.
27   위의 글, 297쪽.
28   比屋根照夫, 『近代日本と伊波普猷』, 三一書房, 1981, 135쪽.

어 왔다. 이에 대해 도미야마는 이 전환을 유물사관으로의 경도라든가 절망에만 초점을 맞출 것이 아니라, '류큐', '오키나와'라는 '개성'이 소실되어 '남도南島'라는 새로운 영역이 떠오르는 과정, 즉 오키나와 출신자가 프롤레타리아로서 자본주의에 포섭되어 가는 과정으로 바라봐야 한다고 지적한다.[29] '남도'란 '개성'을 소거하고 개개인을 임금으로 수치화하여 노동시장에 포섭해간 공간을 의미한다. 그것을 이하는 '임금노예'[30]라고 표현했다. 더 나아가, "진정한 '해외발전'이란 일정한 자본과 함께 이민을 내보내지 않으면 안 된다"[31]라는 발언도 보인다. 여기서 '임금노예'라는 용어는 도미야마의 지적대로, 자본주의에 대한 비판이라기보다, 충분한 임금이 지급되는 노동자로서 자본주의에 포섭된다면 그 또한 이상적이라고 본 이하의 사유를 나타낸다.

도미야마의 주장은 타당하지만, 자본주의 안에서 결정된 '오키나와인'의 위치에 대항하려는 이하의 시도에 좀더 섬세하게 주의를 기울일 필요가 있다. 이하가 '소철지옥'을 계기로 사상적 전환을 이루었지만 그러한 시도는 포기하지 않았음을 중시할 필요가 있다. 이하는 자본주의에 대한 문제의식을 계속해서 가져왔다. 다만, 그 방법은 과거의 '일류동조론'과 달랐다. 좀더 대담하게 이하는 자신의 '일류동조론'을 근저에서부터 고쳐 쓰려고 노력했다. 이것을 '원일본=원오키나와'로서의 '일류동조론'이라고 명명하기로 하자. 단적으로 말하면, 이하는 일본을 일본이 아

29   冨山一郎, 앞의 책, 166~167쪽.

30   伊波普猷, 「布哇産業史の裏面」, 『伊波普猷全集』 第11卷, 平凡社, 1976, 370쪽.

31   위의 글, 370쪽.

닌 곳으로, 오키나와를 오키나와가 아닌 곳으로 환원함으로써 제국 일본의 지식에 의해 편성된 '일본', '오키나와'라는 '주체'를 별개의 것으로 변용·융해시키고자 한 것이다. 이러한 시도의 이면에는 '일류동조론'을 이용해 천황이라는 존재 혹은 천황에 대한 숭배를 강제하는 국가 신도神道를 비판하려는 목적이 자리하고 있다. 『오나리신의 섬をなり神の島』1936, 『일본문화의 남진日本文化の南漸』1936, 『오키나와고沖縄考』1942 등의 말년의 저작들에는 이러한 장대한 야망이 숨어 있다.

이들 저작은 민속학적·언어학적 용어로 기술된 순수한 '학술' 논고로 간주되어 왔다. 전시 상황이 긴박해짐에 따라 시사적인 문제에 침묵하고 이 같은 글로 일관한 것을 두고 현실정치를 외면한 것이라고 비판하기도 한다.[32] 분명 이 시기의 이하의 한계는 '정치'를 외부로 돌리고 그것을 소거하려 했다는 것이다. 하지만 결코 '정치'를 무시한 것은 아니었다. 이하가 철저하게 '정치'를 소거하려 한 것은 자본주의의 근원으로서 '정치'를 '악'으로 간주하고, 천황의 나라 일본은 그러한 '악'을 기반으로 성립한 국가라고 생각했기 때문이다. 『오나리신의 섬』에서 『오키나와고』에 이르기까지 이하의 저술을 공들여 읽으면 다음과 같은 사유를 발견할 수 있을 것이다. 요컨대, 기기신화記紀神話 『고지키古事記』, 『니혼쇼키日本書紀』에서 언급된 '천손天孫'을 중심으로 한 신화를 비판하고, 이를 대신하는 신화를 그려내기 위해 '천손'이 아닌 '해부海部'(이하는 '천손'에 의해 주변화된 집단으로 이해했다)야 말로 '일본'을 형성하는 진정한 요소라고 말한다. 지

---

32   伊佐眞一, 『伊波普猷批判序説』, 影書房, 2007 참조.

금까지 이하는 천황에 대해 언급하지 않은 것으로 알려져 있다. 하지만 말년의 저작에서 이하는 천황과 관련한 문제를 깊이 사유한 것으로 보인다. 이하는 다음과 같은 가설을 세우고 이를 논증하기 위해 방대한 글을 남겼다. '천손' 중심의 '일본'은 허구에 불과하다. '해부'를 중심으로 구성된 '일본'이야말로 '천손'에 의해 더럽혀지기 이전의 '원일본'이다. 그리고 '천손'의 침략에 의해 남쪽으로 밀려난 '해부'는 '아마미키요ｱﾏﾐｷﾖ' 다시 말해 '류큐민족'의 선조인 것이다. 즉 이하는 '해부'를 매개로하여 '원原일본'(본래 있어야 할 '일본')과 '원原오키나와'(본래 있어야 할 '오키나와')를 연결하고 이를 통해 '천손'에 대항해 가고자 했던 것이다.

이하가 이러한 구상을 하게 된 배경에는 민속학의 대가인 야나기타 구니오柳田国男와 오리구치 시노부折口信夫의 영향이 감지된다. 이하는 야나기타와 오리구치 곁에서 일본민속학의 창세기에 직접 개입한다. 야나기타는 러일전쟁으로 피폐해진 일본의 빈촌 및 벽지를 구하기 위한, 세상을 다스리는 학문으로 '일국민속학一国民俗学'을 제창했다. 국력을 회복하기 위해서는 국가가 위에서부터 강제적으로 '신민'을 조직하는 것이 아니라, 상향식bottom-up의 '국민'(야나기타가 말하는 '상민')을 형성할 필요가 있다고 생각했던 것이다.[33] 그리고 오리구치는 '호카히비토ほかひびと'라는 주변화된 집단에 빛을 비춤으로써 '천손' 일색으로 도배되기 이전의 '일본'의 모습을 밝히고자 노력했다. 오리구치의 이러한 노력은 고대의 '신'과 공동체의 관계성이라는 물음에 대한 집요한 관심에 뿌리내리고 있

---

33 川田稔, 『柳田国男—知と社会構想の全貌』, 筑摩書房, 2016 참조.

다.[34] 바꿔 말하면, 야나기타도 오리구치도 메이지 유신 이후 강행해온 일본의 근대화 방식에 강한 비판을 제기하고 그에 대한 응답으로서 민속학을 제창한 것이었다.

하지만 해리 하루투니안Harry D. Harootunian이 지적한 바와 같이 야나기타와 오리구치의 시도는 자본주의에 대한 근본적인 비판이나 대안을 제시하는 것에는 실패했다.[35] 왜냐하면 이들 논의는 서양에서 비롯된 '근대' 또는 '자본주의'에 대한 대항으로서 '일본'이라는 가치를 내세웠기 때문이다. '서양 근대'를 초극하기 위해 '일본'이라는 '주체'를 들고나온 그들의 발상은 '일본'이라는 '주체'가 본래 지극히 근대적인 것으로서 구축됐다는 사실을 간과하고 있다. 반복하지만 야나기타도 오리구치도 결국은 '천황'이라는 존재를 대상화하여 이를 비판하는 논리를 갖추지 못했다. 그에 반해 이하 후유는 '일본'이라는 '주체'에 의문을 갖고 있었다는 데에서 야나기타나 오리구치와 변별된다. 또한, 이하는 '천손' 대신 '해부'를 중심에 두려는 시도를 했다. 게다가 '일본'이라는 '주체', 그리고 '오키나와'라는 '주체'를 파괴하고, 이를 전혀 다른 것으로 변용시키고자 했다. 그것은 이하가 '천손' 중심주의이야말로 자본주의의 근원이라고 생각했기 때문이다. 다시 말해, 이하는 왕과 그 노예의 관계성에서 자본주의의 원점을 발견했던 것이다.

---

34   安藤礼二, 『神々の闘争』, 講談社, 2004, 中村生雄, 『折口信夫の戦後天皇論』, 法蔵館, 1995 참조.

35   Harootunian, Harry. *Overcome by Modernity : History, Culture and Community in Interwar Japan*. New Jersey : Princeton University Press, 2000; ハリー・ハルトゥーニアン, 梅森直之訳, 『近代による超克─戦間期日本の歴史・文化・共同体』上・下, 岩波書店, 2007.

이하 후유는 『고류큐의 정치古琉球の政治』1921와 『류큐고금기琉球古今記』 1926에서 지배자가 어떻게 착취를 위한 기관을 만들어내는지를 밝히고 자 했다. 이것은 말하자면 류큐사琉球史를 무대로 한 사고의 실험이었다. 이하는 천황과 천황의 백성이라는 관계를 류큐왕국과 류큐왕국의 백성 이라는 관계로 치환하여, 이른바 '천손' 중심주의의 축소판으로서 이를 비판하고자 했다. 국왕의 권력이 기코에 오키미聞得大君가 발휘하는 종교 적 권력에 의해 뒷받침되었고, 이를 기반으로 노로祝女라는 신관을 매개 로 하여 류큐 전 지역에 걸쳐 '벼시라치야네이[しらちやねい]'를 조세로 징수하는 시스템이 구축되었다. 이 조세 시스템으로 누구로부터도 지배받지 않고, 자유를 구가하던 고대 사람들은 '벼'를 갈망하는 권력자들의 노예(이하 는 이들을 '백성'이라고 불렀다)로 전락했다. 제임스 스콧James C. Scott이 말하는 '길들이기domestication'[36]인 것이다.

이러한 사유를 통해 이하는 국가와 자본주의의 관계라는 보다 원리적 인 물음을 갖게 된다. 즉, 국가는 폭력을 독점함으로써 마르크스적 의미의 '본원적 축적'을 달성한다는 것이다. 이 경우, '본원적 축적'의 대상은 '벼' 이며, '벼'를 상납하는 '백성'을 '노예'와 동일시한다. 마르크스는 봉건사회 로부터 자본주의 사회로 넘어갈 때, 자본가가 토지를 비롯한 자본을 독점 하는 과정을 '본원적 축적'이라고 명명하며, 이 '본원적 축적'에 따라 토지 등의 생산수단을 빼앗긴 농민은 스스로의 노동력을 파는 프롤레타리아

---

36   James C. Scott, *Against the Grain : A Deep History of the Earliest States*, New Haven : Yale University Press, 2017; ジェームズ・C・スコット, 立木勝訳, 『反穀物の人類史―国家誕生のディープヒストリー』, みすず書房, 2019.

로 시장에 포섭되어 간다고 지적한다. 자본주의의 발생이 원시공산제에서 노예제, 그리고 봉건사회를 거쳐 달성된다고도 말한다. 즉, 국가의 발생이 반드시 자본주의의 성립과 직결되는 것은 아니라는 것이다.

이에 반해 이하 후유는 국가에서 왕과 노예의 관계와, 자본주의 사회에서 자본가와 프롤레타리아 관계의 상관성을 찾아 그것을 자본주의를 뒷받침하는 원리적 기반으로 삼는다. 이하가 자본주의를 비판하기 위해서는 왕과 노예의 관계로 유지되는 국가를 비판할 필요가 있었다. 이에 이하는 류큐사를 무대로 왕권이 발생하는 과정을 규명하고, 그 이전 공동체의 흔적(이하는 이를 '마키요まきよ'라고 불렀다)을 발견하고, 이를 복원할 단서를 탐색하는 것을 자신의 향토연구의 목적으로 내세웠던 것이다. 이하에 따르면 '해부海部'='아마미키요アマミキヨ'에 의해 영위된 고대의 이상적 공동체 '마키요'는 가마쿠리鎌倉 시기 이후, 북방에서 침입한 이들이 '정치'를 들여옴으로써 붕괴되었다. 이로써 '마키요'의 원시공산제는 종식을 고하고 봉건사회가 열렸다. 이하는 이를 '정치사회의 발생'이라고 불렀다.[37] 여기서 이하가 '정치'를 '악'으로 간주하고, '정치'로 더럽혀지기 이전의 공동체인 '마키요'를 '선'으로 높이 평가하고 있는 점을 떠올려 보자. 이하의 고대가요오모로[オモロ], 퀘나[クェーナ], 미세셀[ミセセル] 연구는 '선'이 되는 공동체와 그것을 뒷받침하는 '진짜 신'[38]의 전모를 밝히겠다는 그의 강한 의지를 반영한 것이다.

하지만 이러한 시도는 자본주의에 대한 근본적인 비판이 될 수는 없

---

37 伊波普猷, 『沖繩考』, 『伊波普猷全集』第11卷, 平凡社, 1974, 476쪽.
38 긴마몬(君眞物), 기미테즈리(君手摩), 기미요시(君よし) 등 다양하게 불린다.

다는 한계를 지닌다. '정치'를 '악'으로, '정치' 없는 공동체를 '선'으로 절대화하는 것이 그러하다. 말년의 이하는 '정치' 없는 '선'인 공동체를 현실화하기 위해 고대가요의 세계에 깊이 몰두했다. 그것은 유감스럽게도 자본주의를 비판하기보다 자본주의를 부정하고, 자본주의를 외면하는 방식이었다. '진짜 신'이 재림하여 '선'의 공동체가 다시 회복되기를 이하는 바랐던 것이다. '진짜 신'이란 이하가 이상적으로 삼는 '마키요'라는 공동체를 축복하는 신이다. 이하는 매우 진지하게 '진짜 신'의 재림을 믿었다. 1933년에 개최된 항공 쇼에 감격하여 지은 「비행기」[39]라는 시 안에도 '진짜 신'이 재림하기를 바라는 이하의 간절한 마음이 담겨있다. 즉, '진짜 신'이 도래할 때, '천손'적인 것, 즉 '정치'는 사라지고, '일본'도 '오키나와'도 모두 신의 시대로 돌아갈 수 있으리라고 믿었다. 이것이야말로 이하가 생각하는 '다가올 국가'의 이상적인 모습인 것이다. 그러나 '미국'이라는 '타자'의 침입으로 인해 이하가 간절히 원했던 '정치' 없는 이상적인 공동체는 그것이 실현되기도 전에 허무하게 무너졌다.

---

39   伊波普猷, 「飛行機」, 『伊波普猷全集』第10卷, 平凡社, 1976, 274~278쪽.

5. 이하 후유의 실패, 그 이후

지금까지 살펴본 것처럼 이하 후유는 자본주의에 의해 구성된 '오키나와'라는 '주체'의 위상을 변용시키고자 노력했다. 하지만 이하는 1910년대 '개성'론이든, 1920년대 이후 전개되고 1930년대에 그 열매를 맺은 '향토 연구'든, '정치'를 '악'으로 보고, 이를 외부화하여 소거 및 말살하고자 했다. 그것이야말로 이하의 사상이 가진 가장 큰 한계이다. '정치'의 종언 — '진짜 신'의 도래 — 을 그저 기다릴 수밖에 없었던 점에서 눈앞의 '정치'에 대한 비판력은 이미 잃고 없었던 것으로 보인다. 바꿔 말하면, '정치'를 거부·회피하고, '정치' 없는 공동체를 만들겠다는 이상주의적·낭만주의적 태도에 함몰된 탓에 현재 진행형의 '정치'에 비판적으로 개입할 수 없었던 것이다.

이하 후유는 왜 '정치'를 철저히 회피하고 소거하고자 했을까? 그것은 이하가 '정치'가 가진 우연성을 불합리하게 생각했기 때문이다. '정치'가 갖는 우연성을 사고하는 데에 랑시에르가 말하는 '정치la politique'가 좋은 참고가 된다. 랑시에르는 '정치la politique'란 '몫이 없는 자'가 자신의 '몫'을 찾아 '평등'을 표출하기 위해, 자신을 주체화하려는 시도라고 말했다. 즉, '정치la politique'란 현행 질서에 대한 이의 제기이며, 이것을 일시 정지시켜 갈라진 틈을 아로새기는 행위 그 자체인 것이다. 그런데 이것은 이하가 말하는 '정치'와 다르지 않다. 왜냐하면 이하는 '정치'를 질서 및 조화를 파괴하는 힘으로 간주했기 때문이다. 그는 '정치'의 끝에는 반드시 왕과 노예라는 관계가 구축된다고 생각했기에 이를 철저하게 배제하고자 했다. 말하자면 이하는 '정치'-'정치la politique'라는 운동이 가진 우연성에 겁을 먹은 것이다. 어떠한 결과가 초래될지 미지수라면, 이를 '악'으로 보고, 철저하게 그 싹을 잘라내야 한다고 생각했던 것이다. 반복하지만, '정치'-'정치la politique'가 어떤 결과를 가져올지는 미지수이다. 왜냐하면 '정치'-'정치la politique'란, 선과 악에 의해 규정되는 것이 아니라, 지금 있는 질서를 다른 것으로 변용시키는 계기에 지나지 않기 때문이다. 이하는 '정치'-'정치la politique'의 우연성을 소거하고, 자신에게 편안한 세계 — '정치' 없는 공동체, 조화로 가득한 공동체 — 를 창출하고자 했다. 그러나 이러한 공동체는 모든 '타자'를 배제하는 것에 의해서만 성립할 수 있는 낭만적 공동체에 불과하다.

'정치'-'정치la politique'가 우연성으로 가득한 이상, 어떤 세계를 창출하든 '정치'-'정치la politique'를 표출하려고 시도하는 자들의 욕망에 의해서만 방향성이 결정된다. 이 욕망을 구동시키려 할 때 처음으로 나타나는 것을 새로운 '주체' — 여기서는 〈주체〉로 표기한다 — 라고 부를 수 있을 것이다. 중요한 것은 '정치'-'정치la politique'도 '주체'도 그 자체로는 선과 악의 가치 판단을 내재한 것은 아니라는 것이다. 소거와 말소 또한 불가능하다. 이하가 우려한 것처럼 그것은 억압적인 힘으로 움직일 가능성도 포함하고 있다. 하지만 반복하지만 '정치'-'정치la politique'란, 현행 질서에 균열을 주는 힘인 이상 바람직하지 않은 현상에 스스로를 잡아두는 힘에 반항하거나 저항하는 힘이 될 수도 있다. 현상을 유지하고자 하는 힘과 그 힘에 의해 유지되는 질서에 대해 '오류tort'와 '불화mésentente'를 일으켜 다툼이 일어날 때 비로소 지금과는 다른 방식으로 세계를 창조하는 행위가 가능하게 된다. 필요한 것은 '정치'-'정치la politique'를 소거하는 것이 아니라 '정치'-'정치la politique'를 손에서 놓지 않는 것이다.

지금 오키나와에서는 헤노코 신기지 건설이 거침없이 진행되고 있다. 오키나와 주민들은 정치적 입장에 따라 찬반이 대립하고 있다. 배후에서 이를 조종하는 권력자가 있고 현지인들의 대립을 조장한다는 단순한 구도가 아니라 실제로는 훨씬 더 복잡하게 얽혀 있을 것이다. 지역 미디어인『류큐신보琉球新報』와『오키나와타임스沖縄タイムス』기자들이 모여『류큐신보의 펙트 체크 페이크 감시琉球新報が挑んだファクトチェック・フェイク監視』2019,『환상의 미디어-SNS에서 본 오키나와幻想のメディア-SNSから見える沖縄』2019를 간행했다.[40] 이른바 '넷우익통칭 넷우요' 활동이 오키나와에서 어떻게 전개되고 있는지 흥미롭게 기술하고 있다. '넷우익'은 기지문제를 놓고 좌파 정치인 또는 헤노코 신기지에 반대하는 사람들에게 '가짜 뉴스'를 흘린다. 예를 들면, "캠프 슈와브 앞에서 농성하는 이들은 일당을 받는다", "기지 건설에 반대하는 현県지사는 중국의 앞잡이다" 등등. 하지만 '가짜 뉴스'를 발신하는 사람들에게 그것은 결코 '허위' 정보가 아니라 '진실'인 것이다. 문제의 어려움은 바로 여기에 있다.

오키나와의 '넷우익'은 단순히 국수주의자 혹은 초국가주의자로 치부해서는 안 된다. 그들은 기지집중이라는 현상 혹은 그 현상을 견고하게 지탱하는 질서에 초조함을 느낀다.[41] 그러한 조바심 때문에 그 칼끝은

---

40 琉球新報社編集局,『琉球新報が挑んだファクトチェック・フェイク監視』(高文研, 2019), 沖縄タイムス社編集局,「幻想のメディア取材班」,『幻想のメディア-SNSから見える沖縄』(高文研, 2019).

41 馮啓斌・崎濱紗奈,「第三次反安保運動下的沖縄基地問題-從SEALDs談起」,『文化研

좌파로 향한다. 일본공산당과 사회민주당으로 대표되는 본토 좌익, 그리고 일부 오키나와 좌익은 '9조를 지키자', '안보 폐기'를 외칠 뿐—닉 스르니섹Nick Srnicek과 알렉스 윌리엄스Alex Williams[42]가 말하는 folk politics—상황을 바꾸기 위한 구체적인 비전은 제시하지 못하기 때문이다. 물론 좌파가 오키나와에서 아무것도 하지 않는 것은 아니다. 헤노코 신기지 건설이 저지되고 있는 것은 그들이 운동 최전선에서 노력하고 있기 때문일 것이다(현장에는 본토 출신 운동가도 다수 있다). 하지만 이러한 노력은 전체적인 구조가 바뀌기를 바라는 오키나와 주민의 입장에서는 사소한 일로 비춰진다. 오키나와에 마음을 실어주는 좌익을 원망하는 것은 도리에 어긋난다. 하지만 상황이 바뀌지 않는 데 대한 조바심은 구조를 고정화시키는 권력으로 향하는 것이 아니라, 현상을 바꾸고자 노력하지만 바꿀 수 없는 좌익으로 향한다. 좌파에 대한 불만은 우파에의 공감 혹은 과도한 '정치적 중립'을 지키려는 움직임으로 나타난다. "기지는 더 이상 필요 없다"는 목소리를 묵살해 버리는 것으로 변질되는 경우도 종종 있다. 우파로 경도되지 않더라도 일본 본토에서 '(미군기지 건설에 반대하는) 좌익의 섬'으로 지목되는 것에 초조함을 느끼거나, 과도하게 '정치적 중립'을 유지하려 하거나, "기지는 더 이상 필요 없다"라는 목소리를 애써 피하려는 경향으로 나타나기도 한다.

이러한 전도된 감정은 안타깝게도 젊은 층에서 많이 보인다.[43] 사태

究』第21期(秋), 國立交通大學出版社, 2015, 280~301쪽.

42　Nick Srnicek and Alex Williams, *Inventing the future : Postcapitalism and a World Without Work*, London and New York : Verso, 2016.

43　이른바 '넷우익'으로부터 절대적인 지지를 얻고 있는 인터넷 미디어 중에 일본 문화 채

의 복잡성 때문에 분노의 대상이 누구인지, 그리고 자기 자신이 어떠한 상황에 놓였는지를 명확히 파악하지 못하고, 초조함의 늪으로 빨려 들어가고 있는 것이다. 거듭 말하지만 이 문제의 원인을 좌파에서만 찾아서는 안 된다. 좌파가 젊은이들의 이러한 감정을 인식하지 못하고 기존의 대응 방식으로 일관한다면, 젊은이들의 분노는 점차 증폭될 것이다. 일본 본토와 오키나와 사이에 가로놓인 간극이 앞으로도 변함없이 계속된다면 오키나와는 영원히 고통받을 것이고, 방향을 잃은 원한과 분노의 감정은 우경화로 향해 갈지 모른다. 오키나와의 젊은이들은 권력을 행사하는 자와 거기에 대항·저항하는 '주체'라는 도식이 무의미하다는 것을 눈치를 채고 있다. 이들의 무력감은 좌파에 대한 혐오감으로 변질되어 결국 '넷우익'으로 경도되고 말 것이다. 이러한 사태를 피하기 위해서라도 현 '주체'의 본래 모습을 재고하지 않으면 안 될 것이다. 우선, 오키나와가 작금의 글로벌 자본주의라는 거대한 구조 속에 어떤 모습으로 놓여 있고, 어떻게 '주체'화되고 있는지 살펴야 한다. 그런 후에 주어진 '주체'의 틀에서 탈출하고, 현행 질서에 균열을 가할 수 있도록 힘을 결집시키지 않으면 안 된다. 이러한 과제는 이미 100년 전, 이하 후유가 정면으로 맞서 싸워온 것이다. 이하 후유를 지금 다시 읽는 가장 큰 의미는 이하가

널 사쿠라(桜)(http://www.ch-sakura.jp)가 있다. 이 '채널 사쿠라'의 오키나와 지국은 유튜브에 공식채널을 개설하고, 지역 신문의 보도 자세(지역 2대 신문인 『오키나와타임스』와 『류큐신보』는 헤노코 신기지 건설 반대를 표방하고 있다)와 반기지 운동에 대하여 비판적인 입장을 취하고 있다. 방송에 등장하는 캐스터 중에는 반기지 운동에 반대하는 '반(反)·반기지 운동'을 전개하는 이들도 있다. '반·반기지 운동'은 기지 반대 운동에 대한 카운터 행동으로 미군들에게 미소를 지어보이거나 인사를 하는 행동을 보인다. 이러한 활동은 페이스북 등의 SNS를 통해 주로 젊은이들 사이에 확산되었다.

극복하지 못한 실패 — '정치'의 회피와 소거 — 를 거울삼아 현재의 좌파가 안고 있는 한계를 넘어서기 위한 새로운 〈주체〉를 욕망하는 데에서 찾을 수 있을 것이다.

이민의 이동론적 전회와 오키나와 출신 이민자 · 피차별 부락 출신 이민자

도모쓰네 쓰토무

1. 이론적 과제

본격적인 논의에 앞서 이민 연구의 이동론적 전회mobilities turn를 참고할 필요가 있다.[1] '이민의 자율성'에 주목한 이동론적 전회에서는 이동하는 성격과 불안정성 및 비정규성을 논리적으로 문제화하는 것이 아니라, 그것이야말로 현대 자본주의의 여러 과정이 낳은 본질적인 속성이라고 파악한다. 메자드라Mezzadra는 이를 다음과 같이 서술하고 있다.

이민이라는 것은 일반적으로는 소속의 전통적 시스템을 파괴하며 게다가 그것을 끊임없이 재구성하고 다시 만들어 가는 과정의 표출에 다름 아니다. (…중략…) 이민은 오히려 '환승의 주체'로 정의할 수 있다.[2]

---

1 伊豫谷登士翁・テッサ・モーリス＝スズキ・吉原直樹 外編, 『応答する〈移動と場所〉』, ハーベスト社, 2019.

2 Mezzadra, Sandro. Diritto de fuga : migrazioni, cittadinanza, globalizzazione, edizione nuova, Verona : ombre corte, 2006. 일본어 번역본은 다음과 같다. 北川眞也 訳, 『逃走の権利－移民, シティズンシップ, グローバル化』, 人文書院, 2015, 308쪽.

이민의 자율성 어프로치의 제안자들은 이민(비정규직이든, 정규직이든)을 하나의 '전위' 혹은 '혁명적 주체'로 간주할 수 있다는 등의 주장을 전혀 하지 않는다. 오히려 이 어프로치는 보다 넓은 분석의 틀, 즉 살아 있는 노동과 그 주체성이라는 관점으로 현대 자본주의의 수많은 변용을 탐구하는 틀 안에 비정규성의 분석을 자리매김하려는 것이다.[3]

이민자는 호스트 사회에서 각종 노동 과정을 '환승'하면서, 기존 사회의 전통적인 시스템을 파괴하고 항상 새로운 시스템과 관계를 재구축하는 존재이다. 그렇다고 해서 이민자를 바로 '혁명적 주체'로 여기는 것은 바람직하지 않다. 출신이 각기 다른 이민자들은 이동성과 비정규성을 본질적 속성으로 하는 노동력의 담당자로 파악된다. 바꿔 말하면, 이동성 및 비정규성은 주변적인 근로 형태도 아니며, 그렇다고 해서 언젠가 정주화하거나 정규화될 것도 아니다. 오히려 정주화하고 정규화되는 노동은 예외적인 것이다. 그 때문에 이러한 근로 형태에 맞추어 제도나 사회 조직을 바꾸는 것은 정당한 요구라고 하겠다.

그러나 본질적으로 이동성과 비정규성이라는 속성을 가진 노동은 가혹한 착취를 수반하기 마련이다. 20세기 초, 하와이의 오키나와 이민자인 우치난추의 증언이 그 단적인 예라 하겠다. "플랜테이션 노동은 4시 기상, 5시 아침 식사, 6시부터 노동. 해가 질 때까지 감독관에게 맞아가면서 일했다. 밤에는 악몽에 시달렸고, 몇몇은 목을 매거나 열차에 뛰어들

---

3   위의 책, 314쪽.

어 자살했다. 우리들 오키나와인은 노고를 견뎌낼 줄 알았기 때문에 자살하는 사람은 없었다"[4]고 당시를 회상했다. 가혹한 노동 조건과 노동시장이 이민자 사이의 인종주의적 차별을 재생산하는 요건이 되었는데, 이 글에서는 『자본론資本論』을 기반으로 하여 절대적 잉여가치의 착취와 형식적 포섭 및 상대적 잉여 가치의 착취를 실질적 포섭으로 파악하고자 한다.[5]

절대적 잉여가치란 노동시간의 연장 등 노동 과정의 외적이고 형식적인 강제 및 포섭에 기초해 착취되는 잉여가치를 의미하며, 총체적 잉여가치는 노동 과정의 강도의 증감에 따른 실질적 포섭에 의해 착취되는 것을 가리킨다. 통상적으로 형식적 포섭에서 실질적 포섭은 노동 과정의 역사적 이행으로 이해되어 왔다. 하지만 앞서 참조한 하와이의 플랜테이션 노동처럼 이민노동 역시 장시간의 노동시간에 더하여 "감독관에게 맞아가면서"라는 증언처럼 노동의 강도도 높아지고 있다. 즉 형식적 포섭과 실질적 포섭은 동시에 존재하는 것이다. 게다가 인종 간 대립이 격화됨에 따라 이민노동자들은 양질의 노동자로 자기규율화하고 프롤레타리아가 될 것을 강요당했다. 이것을 하와이의 이민노동자들이 대립했던 사례를 통해 확인해보자.

어느 날 아침, 근무지로 출근하니 감독 보좌가 나에게 물었다. "오늘은 오

---

4 Ethnic Studies Oral History Project, *Uchinanchu : A History of Okinawans in Hawaii*, University of Hawaii,1981,pp.55~56.
5 Karl Marx, *Das Kapital*, Ernest Band, Buch1, D*ie Marx-Engels-Gesamtausgabe* (MEGA), Dietz Verlag Berlin, 1987,pp.9~13.

키나와인 몇 마리가 오나?"라고. 무슨 말인지 몰라 다시 물으니 그는 버럭 화를 내며 분노했다. (…중략…) 나는 화가 난 나머지 울면서 도시락통을 움켜쥐고 캠프로 돌아갔다. 거기에서 같은 방을 쓰는 노인이 내게 무슨 일이냐고 물었다. 그래서 사정을 말했더니, 노인은 나에게 네 개의 손가락을 내밀며, 그 감독관 보좌는 조린보チョーリンボー야 라고 말했다. 나는 오키나와에서 선생님이 해주셨던 말을 기억해 냈다. 조린보는 조선에서 건너온 자들로 그 자손들이 도살업자가 되어 불교의 살생계를 위반하고 있기 때문에 천민pariah 또는 아웃 카스트outcaste로 일본에서 차별받고 있다고. 그때부터 나는 그들에게 지지 않겠다는 결심으로 열심히 일했다. 그리고 스스로의 가치를 높이기 위해 신문과 잡지를 읽기로 했다.[6]

이 플랜테이션 노동에서는 감독관 보좌는 일본인이 맡고 있었으며, 이 보좌에 의해 폭력적이며 인종주의적인 노동 관리가 이루어지고 있었다. 그런데 이 보좌는 오키나와 출신 노동자들에게 '조린보(피차별 부락 출신자를 경멸하여 부르는 말)'라고 알려져 있었다. '나'와 '같은 방 노인' 사이에서 피차별 부락 출신자에 대한 차별적 인식이 재생산되고 있는 것은 그때문이다. 그 말을 들은 뒤 '나'는 노력하여 스스로의 가치를 높이고자 한다. 여기에서는 이민사회의 노동 과정이 피차별 부락 출신자와 오키나와 출신자의 대립과 차별을 독려함으로써 하와이의 일본계 이민노동자들의 관계를 재생산하고 있다. 아울러 이러한 대립과 차별은 출신에 따

---

6   Ethnic Studies Oral History Project, op. cit., p.407.

라 인종적 우열을 매김으로써 인종주의화하고 있다.

이러한 일본계 이민사회 내부의 인종적 대립은 이민자들이 자발적으로 제기한 해방운동의 조건이 되었다. 즉 그것은 호스트 사회에서 새로운 관계성을 재구성하는 과정으로 변이된 것이다.

이 글에서는 이민 연구의 이동론적 전회를 바탕으로 어떻게 '환승'의 전략을 구사했는지, 그리고 새로운 관계들을 어떻게 재구성하고 있는지 살펴보고, 하와이 및 북미 오키나와 출신 이민자인 우치난추와 피차별 부락 출신 이민자들에 대한 이민사회 내부 및 호스트 사회인 북미합중국의 이민정책과 처우에 대해서도 알아보도록 하겠다.

2. 차별과의 투쟁

우선 오키나와 하와이 이민의 역사를 개괄해 보도록 하자. 일본인의 이민의 역사는, 1885년 일본-하와이 이민 조약을 시작으로 정부의 관약이민官約移民에서 민간의 이민 회사에 의한 민약이민民約移民을 거쳐, 하와이 이민자 중 일본계가 다수를 차지하게 됐다. 1924년 배일이민법排日移民法이 성립되기까지 22만 명의 일본인 이민자가 존재했다. 전체 이민자 중 45%는 야마구치山口현, 25%는 히로시마広島현 출신이었으며, 오키나와현 출신자들이 그 뒤를 이었다.

오키나와 출신자의 하와이 이민은 1899년 도야마 규조當山久三, 1868~1910(자하나 노보루謝花昇와 '오키나와구락부' 결성)에 의해 해외이민사업이 시작되면서 30명의 청년이 이주했다. 다만 하와이의 경우 이보다 앞서 일본-하와이 이민조약에 따라 1885년부터 3년 계약으로 설탕 플랜테이션 이민이 추진되고 있었다. 그 후 하와이에서는 일본인 이민자에 대한 습격사건이 잇따라 일어났으며, 1900년 하와이의 미국에의 속령제屬領制 실시에 따른 미일신사협정1908 및 귀화 불능 외국인의 입국을 금지하는 배일이민법1924의 실행으로 이민이 제한되었다. 앞서 인용한 가혹한 플랜테이션 노동의 기억은 이 배일이민법을 전후해서 발생한 것으로 보인다. 머저리티 일본인 이민자들에 의한 오키나와 출신 이민자의 차별과 박해에 대해서는 또 다른 증언이 있다.

　　(다른 지역 사람들의 모욕과 차별에 대해-인용자)저놈들은 우리를 '외국인', '천민아웃카스트'이라고 불렀다. 이와 함께 궁핍함 때문에 오키나와현청에 이민노동계약 파기와 오키나와 귀향을 청원하려는 시도도 있었다. 다만 하와이의 합중국 병합에 따라 노동계약은 무효가 됐다. 하와이에 도착한 후 3개월 사이에 26명이 뿔뿔이 흩어지고, 캘리포니아로 건너간 두 사람을 제외하고, 남은 사람들은 결국 오키나와로 돌아왔다.[7]

　　배일이민법 이전의 하와이 오키나와 출신 이민자 우치난추의 인구와 경제활동을 표로 나타내면 〈표 1・2〉와 같다.
　　2010년도 오키나와현 교류추진과가 공표한 '세계의 우치난추'의 통

7　　Ibid, pp.55~56.

표 1_ 하와이의 우치난추 인구(1918년) 출처:Uchinanchu, p.90

섬	남성	여성	합계
오하우(Oahu)	1,763	1,134	2,897
하와이(Hawaii)	2,473	1,397	3,870
마우이(Maui)	1,510	1,037	2,547
카우아이(Kauai)	879	500	1,379
합계	6,625	4,068	10,693

표 2_ 하와이의 우치난추의 해외송금 현황(1900~1911년 송금 금액 2엔에서 약 1달러) 출처:Uchinanchu, p.98

연도	YEN
1900 (Meiji33)	480
1901	2,026
1902	2,088
1903	16,913
1904	38,539
1905	75,856
1906	269,556
1907	566,126
1908	675,147
1909	663,109
1910	721,161
1911	668,521

계에 따르면 하와이에는 오키나와를 출신지로 하는 일본계 이민자 45,000명이 거주한다. 참고로 하와이주를 제외한 미국 51,682명, 남아메리카의 브라질 186,873명, 페루 69,218명, 아르헨티나 27,495명이 거주한다. 하와이 일본계 이민은 이러한 남북아메리카 이민의 선구가 되었다. 1918년에는 1만 명이 넘는 오키나와 출신 이민자의 해외송금액을 보면 1906년부터 그 액수가 비약적으로 증가했다. 이러한 이민 인구의 증가와 왕성한 경제활동에 따라 미국인의 플랜테이션 경영자들은 자신들과 같은 백인에 의한 지배가 약화될 것을 두려워하여, 이민자들 사이의 대립을 선동하는 것으로 지배를 유지하고자 했다. 1903년부터 조선인 이민을 촉진시킨 데에는 그러한 의도가 깔려 있었다. 이와 같은 백인 지배의 불안정화와 노동시장을 둘러싼 경쟁의 격화 속에서 일본계 이민자들에 대한 박해가 일어나기 시작했다.

이러한 차별과 박해에 대응해 1900년부터 제1차 세계대전 후까지 일본계 이민 사회는 크고 작은 스트라이크를 일으켰다. 이러한 노동운동의 경험은 우치난추에게 자긍심을 안겨주었다.

하와이의 일본 사상사에서 우치난추가 하와이 사회운동의 계몽과 사상적 발전의 중심이었다는 사실은 간과해서는 안 된다. 태평양전쟁 이후 하와이의 정치적·경제적·사상적인 혁명, 이른바 '무혈혁명'은 우치난추에 의해 실현되었다. 백인우월적인 정부는 인종적으로 이종혼성적인 통치권력으로 바뀌었다. 노동조직 운동도 마찬가지다. 우치난추는 반봉건적인 하와이의 노동운동을 근대화했다. 냉전과 매카시즘의 반동 시대에 사람들이 기댄 유일한 일본어 노동신문 『하와이 스타』를 발간한 것도 우치난추이다. 패전한 일본에 구원의 손길을 내민 것도 하와이의 우치난추이다. (…중략…) 미국의 오키나와 통치로부터 해방되기 위해 하와이의 우치난추가 가장 먼저 투쟁했다. 그리고 미군의 오키나와 통치를 일관되게 비판해왔다. 오키나와의 전후 노동운동을 원조한 것은 하와이의 우치난추 출신 좌익이었다. 비록 1세 사이에 메이지 일본의 정신을 남긴 보수주의가 강하다 하더라도 하와이의 우치난추 1세, 2세는 본토 일본인 보다 훨씬 진보적이다.[8]

이렇듯 오키나와 출신 이민자가 하와이와 북미 그리고 일본의 오키나와의 사회운동에 미친 영향은 적지 않았다. 오키나와 출신 이민자는 호스트 사회를 '환승'하는 동시에 사회의식의 각성을 담당한 것이다.

---

8   Ibid, pp.240~241.

3. 부락 출신자의 북미 이민

이어서 피차별 부락 출신자의 하와이 및 북미 이민에 대해 살펴보도
록 하자. 피차별 부락 출신의 북미 이주에 대해서는 『빈민부락개선협의
회속기록細民部落改善協議会速記録』과 함께 1910년대부터 1920년대의 후쿠
이福井현 내의 부락 출신자의 북미 이민 자료가 수록된 『근대부락사자료
집성近代部落史資料集成』 제5권 및 제9권을 참조했다. 거기에 기록되어 있는
성공담이나 실패담 모두 오키나와 출신자의 그것과 겹친다. 후쿠이현 부
락 출신자 북미 이민에 관한 문헌조사와 청취조사를 바탕으로 2018년,
필자와 히로오카 기요노부廣岡浄進가 공동으로 논문(영문)을 발표한 바 있
다.[9] 같은 시기 2020년에 세키구치 히로시関口寛가 같은 필드에서 얻은 문
헌 및 청취조사 결과를 보다 체계적으로 정리한 논고를 발표했다. 세키
구치의 논문은 후쿠이현 통계자료와 관련 자료를 보완하였고, 미국 플로
린florin에서 일본계 2세와의 인터뷰를 통해 전쟁 전 재미일본인 사회에
부락차별이 존재했음을 밝히고 있다.[10]

그런데 '부락 출신자의 북미 이민'이라는 테마는 전후 일본의 헌법제
정 과정에 관한 논점을 제기한다. 일본국 헌법에는 부락차별에 유래하는

9　Hirooka Kiyonobu · Tomotsune Tsutomu, "Buraku Immigrants in the American West", *Journal of Japan Studies*, No.8, International Center for Japanese Studies, Tokyo University of Foreign Studies, 2018.

10　関口寛, 「アメリカに渡った被差別部落民－太平洋を巡る「人種化」と「つながり」の歴史経験」, 田辺明生 · 竹沢泰子 · 成田龍一編, 『環太平洋地域の移動と人種－統治から管理へ,遭遇から連帯へ』, 京都大学学術出版会, 2020.

차별금지 조항이 있다. 즉 헌법 14조에는 '모든 국민은 법 아래 평등하며, 인종, 신념, 성별, 사회적 신분 또는 가문에 의해 정치적, 경제적 또는 사회적 관계에서 차별받지 아니한다'고 명시하고 있다. 여기서 말하는 '사회적 신분 또는 가문'에 근거한 차별이란, 인종이나 종교 혹은 사상, 성별에 의한 차별과 구별되는, 신분에 따른 차별을 금지하는 것을 가리킨다. 주로 부락차별이다.

헌법에서 규정한 신분차별 금지조항은 전쟁 전부터 신분투쟁의 일환으로 반反화족제도를 추진해온 마쓰모토 지이치로松本治一郎나 전국 수평사水平社 활동가들의 노력으로 얻어진 것이다.[11] 다만, 헌법초안을 수립하는 과정에 부락문제가 어떤 경로로 개입하게 되었는지는 명백하지 않다. 추측 가능한 것은, GHQ의 민간정보국의 책임자인 맥아더 아래에서 토지개혁과 노동문제를 담당한 허버트 파신Herbert Passin이 일본계 강제수용소에서 부락차별이 있었음을 증언한 것이 영향을 미치지 않았을까 한다(증언이 있었던 해는 1984년이다).[12] GHQ 내부에서의 이러한 정보 소스가 헌법초안에 반영됐다고 보는 것은 무리한 추정은 아니다. 이렇게 파신의 증언은 일본국 헌법 제14조 제정 과정에 부락 출신자의 북미 이민이 개입한 사정을 검증하는 계기를 마련해 주었다.

20세기 초 미국으로 건너간 부락 출신자는 오키나와 출신자와 마찬가지로 백인들의 일본인 배척 운동과 일본인 이민 사회 내부에서의 차별

---

11   イアン・ニアリー、森山沽一 監訳,『松本治一郎』, 明石書店, 2016.

12   パッシン・ハーバート・磯村英一,「戦後「同和行政」史を行く 占領行政下の部落問題」, 『部落解放』第211号, 1984.

이라는 양자 모두와 맞서야 했다. 차별에 대한 저항운동 또한 유사하게 전개되었다. 부락 출신의 저널리스트이자 정치인이었던 다하라 하루지田原春次는 미국 유학 중에 아프리카계 미국인의 반인종주의 투쟁과 연대를 모색했고, 오카무라 마모루岡村護는 하와이 일계인 사회에서 수평운동을 전개했다. 일본 국내에서는 히라노 쇼켄平野小劍을 비롯한 전국 수평사 활동가들의 '수평운동의 세계화' 슬로건과 반인종주의를 호소하는 노력 등이 있었다.[13]

단, 북미사회에서 부락 출신자에 대한 조사는 이것이 처음은 아니다. 선구적 논의로는, 조지 드 보스George De Vos와 와가쓰마 히로시我妻洋 공편의 『일본의 보이지 않는 인종-문화와 인격의 카스트Japan's Invisible Race : Caste in Culture and Personality』1966가 있으며, 같은 책에 수록된 UCLA학생이 1950년대에 실시한 조사를 바탕으로 히로시 이토ヒロシ イトウ[가명]가 정리한 조사보고서 「미국의 일본 외지인Japan's Outcastes in the United States」이 있다.[14]

히로시 이토의 보고서는, 1951년 두 차례에 걸쳐 조사한 후, 이듬해에 완성했다고 한다. UCLA의 '지그문트 리빙스턴 기념 연구 조성금' 지원을 받았다는 기술도 보인다. 미발표 논문으로 남아 있던 것을 레오나르도 볼룸 교수의 도움으로 『가시적 인종Visible Race』1966에 수록하게 된다. 볼룸은 사회학 전공자로 특히 차별과 불평등에 관한 연구로 잘 알려져

13 関口寛, 「アメリカに渡った被差別部落民-太平洋を巡る「人種化」と「つながり」の歴史経験」, 田辺明生・竹沢泰子・成田龍一 編, 『環太平洋地域の移動と人種-統治から管理へ, 遭遇から連帯へ』, 京都大学学術出版会, 2020.

14 George, De Vos. Hiroshi Wagatsuma, *Japan's Invisible Race : Caste in Culture and Personality*, University of California Press, 1966.

있다. 그리고 지그문트 리빙스턴 조성금은 동명의 변호사 이름을 딴 장학금으로 반反유대주의와의 법적 대결을 야기한 '명예훼손 방지 동맹'의 취지를 답습하고, 에스닉 마이너리티 차별에 대한 투쟁 노력을 지원해왔다.

보고서에는 부락 출신 일본계 2세 두 명의 인터뷰, 부락 출신자가 가장 많이 거주하는 것으로 알려진 캘리포니아 플로린 지구와 부락 출신 36개 가구를 조사한 결과가 실려 있다. 아울러 비非부락 출신 일본계 28명의 부락에 대한 인식도 청취했다.

부락과 비부락의 문화접촉과 문화변용, 미국사회에 대한 동화 정도를 살펴보기 위해 다음과 같은 항목을 설정했다. '부락 출신자의 미국에서의 직업', '미국사회에 순응', '긍정적인 문화수용', '일본문화의 잔존', '부락-비부락 사이의 사회적 관계, 긴장', '그룹 간의 접촉과 형성', '차별에 대한 조직적 항의', '비행, 범죄, 자살 등의 아미노적 행동', '부락 출신 주민 간 결합의 강도', '에스닉 그룹 간의 역학 관계', '부락-비부락의 결혼', '관혼상제 관계', '혈연·친족 관계' 등이 그것이다. 그 결과는 다음과 같다.

부락 출신 북미 이민자의 출신 지역은, 히로시마広島, 와카야마和歌山, 오카야마岡山, 후쿠오카福岡, 구마모토熊本, 야마구치山口, 가고시마鹿児島, 미에三重, 고치高知, 후쿠이福井다. 이 가운데 후쿠이에서 온 이민자들이 가장 많았고, 1930년대에는 플로린 지구에서는 1,800명의 일본계 이민자 중 15~20%(270명에서 360명)가 후쿠이의 부락 출신자가 차지했다.

부락 출신 이민자 1세의 교육 수준은 낮았지만, 2세의 수준은 높은 것으로 조사됐다. 이것은 비부락 출신자도 마찬가지였다.

꽃꽂이, 시음詩吟, 검무 등 커뮤니티 문화 활동 참여도는 비부락보다 강했다.

미국사회의 동화 정도는 부락 출신 이민자 1세 및 2세 모두 비부락 세대보다 강했다.

일본어학교 교사에 따르면 일본어 교육에 대한 의식은 부락 출신 아이들 쪽이 조금 높았다.

"부락 출신자가 지적·신체적으로 뒤떨어진다"는 통념은 찾아볼 수 없었다.

관혼상제의 경우, 부락 출신 내부에서 제한적으로 행해졌다.

피혁업이나 구두 수선 등 전통적으로 이어져온 일보다 채소나 과일 등 농산물 생산에 주로 종사한다. 플로린 지구에서는 딸기 재배가 중심이다.

강제수용소에서 해방된 후 대다수의 부락 출신 가족은 툴레이크Tule Lake 수용소에 수용되었고, 그들 대부분은 일본으로 귀국했다. 플로린 지구에서도 여섯 가족이 수용소에 수용되었다가 그 가운데 다섯 가족은 일본으로 귀국했다.

부락 출신자 차별에 대항하는 조직이 형성된 적은 없지만 사건사고는 1910년부터 보고되고 있다. 1920년 중반 무렵에는 비부락 여성에게 구혼한 남성이 부락 출신 '에타えた'라고 지역 신문에 보도하여 부락 출신자들의 거센 항의를 불러일으키기도 했다.

비행·범죄·자살 등 비행이나 범죄가 부락 출신자에 집중되고 있다. 중·하류층 미국인이 사회적 일탈 행위를 하는 것과 유사하다.

부락-비부락 간의 결혼은 이민 1세대에게는 있을 수 없는 일이었다. 플로린에서 인터뷰한 이들은 그러한 사례는 기억나지 않는다고 했다. 그러나 오늘날 부락-비부락 간의 결혼이 증가하고 있다.

1952년에 종합적인 조사가 이루어졌다는 것도 중요하지만, 부락 출신자 이민 커뮤니티를 대상으로 했다는 데에서 큰 의미를 찾을 수 있다. 향후 아마도 이러한 종합적인 조사는 이루어지기 힘들 것으로 보인다. 그런 만큼 보고서 조사 데이터를 면밀히 확인할 필요가 있을 것이다.

우선, 부락 출신자가 툴레이크 수용소에 수용되었다는 것에 주의를 요한다. 캘리포니아주와 오리건주의 경계에 위치한 툴레이크 수용소는 18,000명을 수용할 수 있는 대규모 캠프 중 하나다. 1942년 3월 27일에 문을 열었는데, 규모도 규모지만 수용소가 유명해진 데에는 1943년에 미국시민으로서의 충성을 거부한 '비국민'이나 트러블메이커들을 사회로부터 격리시키기 위한 시설로 탈바꿈했기 때문이다. 미일 간 전쟁의 개시로 일본계 이민자의 강제수용 정책 「대통령령 9066호」가 발포되자 일본계 이민자들의 거센 항의가 이어졌고, 수천 명의 일본계 이민자들은 툴레이크에 수용되어 삼엄한 감시하에 놓이게 된다. 그렇게 수용소는 반미·일본 지지파의 활동 근거지가 되기도 하고 탄압의 장이 되기도 했다. 앞서 플로린의 다섯 가족이 수용소에서 나온 뒤 일본으로 귀국했다고 하는데, 전시 상황이라면 법적으로 미국 시민권을 박탈당하고 국외 추방 대상이라는 것도 보고서에 언급되어 있다.

만약 부락 출신 가족이 툴레이크에 수용된 것이 사실이라면 강제수용 시점에서 미국 정부는 부락 출신자를 '트러블메이커'로 인식한 셈이 된다. 이는 부락 출신 이민자 연구에 새로운 과제를 던져준다. 전후GHQ의 피차별 부락에 대한 방침이 전시기에 이미 정해졌음을 나타내기 때문이다.

또한, 부락 출신자들은 일본에 뿌리를 둔 시민으로서, 더 나아가 미국인으로서 행동거지를 익히려고 노력하는데, 그 정도는 비부락 출신 일본계 이민자에 비해 훨씬 더 강했다고 한다. 여기서 마이너리티 내부에서 차별받는 마이너리티가 호스트 사회로 '환승'하려는 생존 전략을 엿볼 수 있다.

마지막으로, 히로시 이토의 보고서 및 드 보스와 와가쓰마의 『가시적 인종』의 평가에 대해 한 마디 덧붙이고자 한다. 이 연구는 미국사회 고유의 정치적 문맥을 갖는다. 에스닉 마이너리티에 대한 불평등과 차별을 다룬 방대한 연구임은 분명하다. 다만, 조사 및 집필자의 의도가 어떻든 1950년대 초 한국전쟁 시기에 이루어진 히로시 이토의 조사와, 공민권 운동이 절정에 달했을 때 특히 1965년 왓츠Watts폭동 직후『가시적 인종』1966이 간행된 시기는 국내 에스닉 마이너리티들에 대한 치안대책이 시급히 요청되던 때였다. 히로시 이토의 조사에 한정해 보면, 그것은 미국사회로의 동화 가능성에 지표를 두고 있으며, 부락 출신자라는 에스닉 마이너리티를 끌어안을 때 어떤 위험이 따르는지 규명한 것이다. 미국 사회가 일본계 에스닉 마이너리티를 어떠한 시선으로 바라봐왔는지를 나타내는 것이기도 하다.

4. 결론을 대신하여

하와이 이민 사회에서는 백인 지배와 인종주의적인 대립이 조성됨에 따라 분노의 화살이 백인 지배층에게 향하지 않고 에스닉 마이너리티끼리의 치열한 생존경쟁으로 표출되고 있었다. 그것은 호스트 사회의 차별을 폭력적으로 재생산하는 것이었다. 이민자의 노동 과정이 폭력적이며 형식적으로 포섭되었기 때문이다. 그 중에서 오키나와 출신 이민자는 호스트 사회에서의 반차별 투쟁과 노동운동에 참여함으로써 '우치난추'로서의 관계성을 재구성해나갔다고 할 수 있다.

이에 비해 북미 부락 출신자의 발자취는 부락 출신이라는 출신 성분으로 규정되면서 미국 사회에서 에스닉 마이너리티로서의 위치를 수용해온 것으로 보인다. 그것은 적극적으로 아시아계 미국인이라는 위치에서 스스로의 출신을 해소해나가는 방향이었다. 여기에도 에스닉 마이너리티로서의 '환승'이 보인다. 그러나 부락 출신자로서의 스티그마로부터 완전히 자유로워졌다고 할 수 없다. 그 역사는 미국사회와 그 에스니시티에 대해 문화교차성을 날카롭게 각인할 것을 요구하고 있다. 히로오카와 내가 로스앤젤레스의 리틀도쿄 사원에서 I 씨를 인터뷰한 것을 간략하게 언급하고자 한다.2019.8.10

그가 들려준 이야기인데, 고치高知 부락 출신으로 캘리포니아에서 큰 과일농장을 경영하던 사람이 짬을 내어 교토京都로 여행을 가게 되었다고 한다. 그런데 머물려던 숙소(지금은 사라진 '교토호텔') 측으로부터 숙박을 거절당해, 이 호텔을 통째로 살 수 있을 정도의 성공한 사람이라는 설명을 한 다음에야 그곳에서 머물 수 있었다고 한다. 1950년대부터 1960년대 전반의 일이었을 것이다. 부락 차별이 북미 일본계 사회에 널리 퍼져 있었음을 보여주는 사례이기도 하다.

아시아계 미국인이라는 에스닉 집단은 당연히 하나가 아니다. 거기에는 다양한 젠더, 에스니티, 계층성 등의 문화교차성이 자리한다. 오늘날의 BLM^{Black Lives Matter}을 참조하면, '블랙'이란 예전의 '제3세계'에 필적하는 용어로 정착했다. 그 안에는 미국의 에스닉 집단의 다양성과 함께 역사적인 투쟁과 경험이 축적되어 있다.[15] 미국 사회의 인종적 관계성을 새롭게 구축해 가고 있는 BLM은 우치난추나 피차별 부락 출신 이민자의 역사적 경험을 참조해야 할 것이다. 바다 건너 일본의 오키나와 및 피차별 부락을 둘러싼 논의에도 새로운 에너지를 불어넣게 될 것이다.

---

15   友常勉,「アメリカ黒人暴動史」, 河出書房新社編集部編,『ブラック・ライブズ・マター 黒人たちの叛乱は何を問うのか』, 河出書房新社, 2020.

트랜스퍼시픽 연구로서의 '오키나와학'

오키나와와 하와이 간 '원조·구제 네트워크' 분석

마스부치 아사코

1. 시작하며

북미에서는 최근 태평양 여러 섬에서의 근대 경험에 초점을 맞춘 트랜스퍼시픽 연구가 기왕의 아시아 연구, 아메리카 연구, 아시아계 아메리카 연구에 대한 비판적 관점으로 주목받고 있다. 특히 키스 가마초와 세쓰 시게마쓰가 제기한 '군사화된 조류'라는 용어는 19세기 이후 미일 양 제국이 산출한 인간, 군사, 자본, 기술의 유통이 얼마나 아시아태평양 지역과 긴밀하게 연결되어 있는지 보여준다.[1] 그것은 곧 군사주의, 제국·식민지주의의 폭력으로 자신들의 땅에서 내쫓긴 사람의 유동의 경험이며, 수용소와 난민 캠프와 같은 감시監視 공간에서 어떻게든 살아남고자 했던 사람들의 삶의 궤적이다.

한 나라의 역사나 국가 간 관계라는 틀로는 이해할 수 없는 이러한 사람들의 유동과 수감의 경험에 주목하는 것은, 근대 이후 끊임없이 국가·

---

1   Setsu Shigematsu and Keith L.Camacho, eds, *Militarized Currents : Toward a Decolonized Future in Asia and the Pacific*, Minnesota : University of Minnesota Press, 2010.

제국의 틈새에서 방임되어 온 오키나와의 역사를 생각하는 데에도 중요한 시사점을 제공한다. 실제로 오키나와 근현대사 연구에서는 오키나와의 역사를 류큐열도에 머물렀던 사람들의 역사뿐만 아니라 다양한 이유로 오키나와를 떠난 사람들, 혹은 떠날 수밖에 없었던 사람들의 이동 경험과 함께 생각해볼 필요가 있음을 지적해 왔다.[2]

이 글은 근대 오키나와의 경험, 특히 미군 통치하의 오키나와를 살아간 사람들의 경험을 냉전기 아시아·태평양의 군사화·탈식민지화·재식민지화라는 시선으로 다시 살펴보는 것을 목적으로 한다.[3] 구체적으로는 냉전기 미군 통치 아래 오키나와와 하와이를 긴밀하게 연결시켰던 다양한 오키나와의 원조·구제 프로그램의 계보를 다룰 것이다. 원조·구제라는 명목하에 아시아태평양을 횡단하도록 조직되었던 이들 프로젝트가 두 지역의 군사화 과정과 무관하지 않으며 오히려 군사 네트워크가 존재함으로써 가능했고, 군사화를 촉진시키는 결과로 이어졌음을 밝히고자 한다. 아울러 그러한 군사화와 냉전정치에 회수되지 않는 '유동'이 발생시킨 사람들의 새로운 연대 가능성에 대해서도 가늠해본다.

---

2   예컨대, 도미야마 이치로(冨山一郎)의 『유착의 사상―'오키나와 문제'의 계보학(流着の思想―「沖縄問題」の系譜学)』(インパクト出版会, 2013)이 있다. 이 책은 심정명 번역으로 한국에도 소개되었다(『유착의 사상』, 글항아리, 2015).

3   Asako Masubuchi, "Nursing the U.S. Occupation : Okinawan Public Health Nurses in U.S.-Occupied Okinawa", Pedro Lacobelli and Hiroko Matsuda, eds. *Beyond American occupation : Race and Agency in Okinawa, 1945-2015*, Lexington Books, Rowman and Littlefield, 2017.

2. 오키나와인의 하와이 이민

오키나와인의 해외 집단 이민은 1899년 '오키나와 해외이민의 아버지'라고 불리는 도야마 규조当山久三, 1868~1910의 주선에 의해 하와이로 출발한 것이 그 시작이었다. 도야마는 사회운동가인 자하나 노보루謝花昇와 다이라 신스케平良新助와 함께 자유민권운동의 세례를 받아 오키나와 정치 결사인 '오키나와 구락부沖縄倶楽部'를 결성하고, 기관지『오키나와 시론沖縄時論』을 발행했다. 이민사업을 오키나와의 식량문제 및 인구문제의 해결책으로 바라본 도야마는 이를 실현하기 위해 힘썼다. 당시 오키나와에서는 토지정리사업1899~1903에 의해 '토지분할제地割制' ─ 마을 경지·산림·원야가 집집마다 할당되어 1년 단위로 배당 ─ 가 폐지되고, 농민도 경작지의 소유권을 인정받을 수 있게 되었다. 개인의 토지 매매 자유권은 보장받았으나 환금성이 높은 사탕수수 재배가 농업의 중심이 되면서 국내 설탕 시세가 주요해졌다. 제1차 세계대전 이후 세계공황의 여파로 설탕 가격이 폭락하여 이른바 '소철지옥蘇鉄地獄' 시대가 도래한다. 이 시기에 이주 및 이민이 다수 발생했는데, 토지사유제의 확립은 두 가지 측면에서 농촌 인구의 유동화를 촉진했다.[4] 그리고 1898년에는 오키나와에도 징병령이 발포되어 징병 기피 목적의 해외 이민도 늘어났다.

도야마의 주선으로 처음으로 하와이 이민을 택한 오키나와인의 수는

---

4   토지분할제의 폐지와 이민 문제는 다음 논문을 참조했다. 佐々木嬉代三, 「移住民問題を通して見た沖縄と日本」,『立命館言語文化研究』5-3, 1994, 1~27쪽.

26명[5]이었다. 당시 일본계 이민자 수는 이미 6만 명에 달했다. 오키나와의 관약이민官約移民은 일본 여타 지역에 비해 15년이나 늦었는데, 거기에는 '오키나와 구락부'가 당시 오키나와현 나라하라 시게루奈良原繁 지사의 차별적 현정縣政을 규탄하며 경질을 요구한 것도 하나의 빌미가 되었다고 한다. 자하나, 도야마 등 자유민권운동가와 대립 축에 있던 나라하라는 "일본어도 모르는 오키나와인을 해외로 보내서는 안 된다"며 하와이 이민사업에 반대했다. 하지만 초기 이민자들이 정착에 성공하면서 1905년부터 1907년까지 이민자 수가 급증하여 1933년까지 2만 명에 가까운 오키나와 출신이 하와이로 이주해 갔다.[6]

오카노 노부가쓰岡野宣勝에 따르면, 오키나와 출신 이민자는 '비非일본적'이고 '비非문명적'인 '이민족'으로 타자화되어 하와이 일본계 이민사회의 최하층으로 밀려나게 된다. 하와이에는 19세기 말부터 20세기 초까지 주로 설탕 플랜테이션 노동력으로 일본 및 오키나와, 필리핀, 포르투갈, 중국, 조선으로부터 다수의 이민자가 유입되었고, 하올레haoles, 백인를 정점으로 하는 인종적 계층질서가 구성되었다. 오키나와인은 하와이 이민사회의 인종적 계층질서와 일본계 사회에서 이중으로 타자화·인종화된 존재였다.[7] 이에 대응해 오키나와 출신자들은 오키나와의 관습이나

---

5 당초 30명이었지만 오키나와 출발 전과 하와이 도착 후 신체검사 결과 4명이 불합격 통보를 받았다고 한다. 나하항을 출발해 1900년 1월 8일 하와이 오아후 섬에 상륙한다.

6 琉球政府統計庁,「琉球統計年鑑」, 沖縄県統計資料 홈페이지. 전쟁 전 하와이 이민을 시작으로 필리핀(16,426명), 브라질(14,829명), 페루(11,311명), 아르헨티나(2,754명), 미국 본토(803명), 멕시코(764명), 캐나다(403명) 등지로 이주해갔다.

7 岡野宣勝,「戰後ハワイにおける「沖縄問題」の展開－米国の沖縄統治政策と沖縄移民の関係について」,『移民研究』4号, 2008, 1~30쪽.

풍속을 버리고 일본으로 동화하고자 많은 노력을 기울였다. 이른바 '일류동조론日琉同祖論'을 주장한 이하 후유伊波普猷가 현지 오키나와 지도자층의 깊은 공감을 얻었고, 1928년 9월에는 이하를 초청해 하와이 각지에서 강연을 펼치기도 했다.[8]

1920년대 이후 일본 국내의 노동시장에 흡수되어온 '오키나와인'이 '근면한 노동자가 되는 것=일본인이 되는 것' 등의 생활개선에 매진해야 했다면,[9] 하와이의 오키나와 출신자의 경우는, 일본계만이 아니라 (때에 따라서는 그 이상으로) 백인의 감시에 노출되어 있었다.

다음 글은 1919년에 간행된 오키나와 출신자의 기록집인 『하와이의 오키나와현인布哇之沖縄県人』의 권두에 실린 것으로, '청결', '미화'를 촉구하는 문구와 함께 '하와이'라는 장소가 강조되고 있다.

로마에 가면 로마법을 따르는 것이 인간 생활의 기본 원칙이라고 한다면, 우리 동포도 하와이에서는 하와이의 풍속과 관습에 순응하고, 하와이 사회의 한 사람으로서 하와이를 미화美化하고 선화善化하고자 하는 마음가짐이 있어야 한다. 복장 같은 것도 선미화려善美華麗를 가장할 필요는 없지만, 타인에게 악감정과 불쾌감을 주지 않을 만큼의 청결을 유지하고, 주거지 및 정원 같은 것도 손가락질 받지 않도록 항상 청결을 유지해야 한다. 스스로를 비하하거나 남을 얕잡아 보는 경우도 있으므로 우리의 맡은 바 임무를 완수하고, 그런 다음

8　위의 글, 3쪽.
9　冨山一郎, 『近代日本社会と「沖縄人」―「日本人」になるということ』, 日本経済評論社, 1990 참고.

취할 것을 취하고, 주장해야 할 권리를 말할 수 있는 각오가 되어 있어야 한 다.[10]강조는 인용자, 이하 동일

이어지는 글에서는 오키나와인과 일본인내지인과의 비대칭적인 관계성, 그것을 평가 및 관찰하는 권력 주체로서의 '미국'이라는 도식이 엿보인다.

오키나와현민은 자기들끼리는 사소한 일에도 결점을 지적하며 논쟁하는 경향이 있지만, 다른 지역 사람에 대해서는 어떠한 무법無法과 모욕과 압박을 받아도 이에 반항할 용기를 내지 못하고, 기개 없이 굴종하는 경향이 있다. 비교 적 온순하고 소박하다고 알려진 동포가 근래 들어 같은 지역 출신끼리 미국 법 정에서 서로 추태를 폭로하는 형사상 혹은 민사상의 사건이 많아진 것은 이러 한 사실을 대변하는 것이리라.[11]

이와 관련하여 오키나와전투 개시에 앞서 오키나와 점령 계획이 세 워졌을 때 하와이에 거주하는 오키나와계와 일본계 이민자 간 관계를 조 사한 에스닉그래피ethnography가 군정 매뉴얼 작성에 참조되었다는 점은 주목할 만하다. 오키나와전투를 앞둔 1944년, 미 해군성은 인류학자 조 지 머독George Peter Murdock을 비롯한 사회과학자들을 호놀룰루의 캠프 스 코필드로 소집해 오키나와 군정을 위한 매뉴얼을 마련했다.[12] 그 결과 편

---

10 『布哇之沖繩縣人』, ホノルルー実業之布哇社, 1919, 6쪽.
11 위의 책, 6~7쪽.
12 宮城悦二郎, 『占領者の眼』, 那覇出版社, 1982 참조.

찬된 보고서 중 하나가 「류큐열도의 오키나와인 ─ 일본의 소수집단The Okinawans of the Loo Choo Islands : A Japanese Minority Group」으로, 하와이의 일본인과 오키나와인 사이의 "잠재적인 불화의 씨앗"에 대해 다음과 같이 기술하고 있다.

일본인과 오키나와인은 서로에 대해 무관용하며 그것은 상호적이다. 이 단절과 분리에 대한 욕구는 다양한 측면에서 검토되어야 한다. 도시에서는 어느 정도 그 골이 좁혀지고 있지만 플랜테이션이나 지방 학교에서는 반감이 여전히 뿌리 깊고, 일본인이 전체 학생의 54%를 차지하는 하와이대학에까지 (그 단절이) 영향을 미치고 있다.[13]

일본계와 오키나와 출신자와의 '불화'를 관찰하고 있었던 것은 인류학자만이 아니었다. 위의 보고서는 "(하와이의) 오키나와인은 일본인에게 조롱받거나 조소당하고 있다는 뿌리 깊은 증오와 불신감을 갖고 있다. 그들이 일본인과 친하게 지내는 일은 결코 없을 것이다"[14]라는 한 기독교 선교사의 발언을 인용하기도 한다. 또한, '오키나와인'의 신체적 특징을 보여주는 사진과 함께, "오키나와인은 일본인과는 다른 인종적 특징을 갖고" 있으며, 언어라든가 이름이 독특해서 "구별하기 쉽다Okinawans

---

13   "Okinawan Studies No. 1, The Okinawans : A Japanese Minority Group, Summary Statement (Second Edition)", Honolulu, Hawaii : Office of Strategic Services, Honolulu, Hawaii, March 16, 1944, University of Hawaii, Hamilton Library Hawaiian and Pacific Collection, p.3.
14   위의 책, 3~4쪽.

easily identifiable"라는 기술도 보인다. 더 나아가 이러한 일본인과의 '불화'를 잘 조장한다면, 오키나와인은 자신들을 수용한 국가(사실상 미국)에 대한 충성심이 일본인에 비해 강하고, 정신적으로나 신체적으로나 우수한 노동자임이 하와이 플랜테이션에서 증명되었으므로 전후 오키나와뿐만 아니라 위임통치령인 필리핀에서도 유익한 인재agent가 되리라는 전망을 내놓았다.[15]

이 같은 사실은 '제국의 학지学知'가 전전, 전후, 그리고 제국 일본에서 미국으로 연속성을 띠며 전개되었고, 미일 양국의 제국주의와 인종주의가 하와이에서 겹쳐지면서 냉전하 오키나와 점령체제의 기틀이 마련되었음을 의미한다. 이것이 1940년 이후, 하와이라는 장소가 짊어진 역할인 것이다.

하와이에서는 1941년 12월 7일, 일본군의 진주만 공습으로 미군의 군사주의가 본격화되었다. 예방접종이나 혈액은행 등을 설치하여 주민들의 생명도 철저히 관리하였다. 줄리엣 네볼론Juliet Nebolon이 말하는 '식민자의 군국주의Settler Militarism', 즉 '식민자에 의한 식민지주의Settler Colonialism, 여기서는 특히 백인에 의한 선주민과 이민의 관리' 및 하와이의 군사 요새화가 긴밀히 추진되었다.[16] 제2차 세계대전 이후, 아시아태평양 각 지역에서 미국의

---

15 위의 책, 6~7쪽. 이러한 관찰과 함께 GHQ/SCAP(연합국최고사령관) 맥아더의 지시에 따라 오키나와 점령 이후 오키나와 · 류큐의 역사 및 문화의 고유성을 강조함으로써 일본과 거리를 두려는 '일본분리정책'을 폈다.

16 Juliet Nebolon, "Life Given Straight from the Heart : Settler Militarism, Biopolitics, and Public Health in Hawai'i during World War II", *American Quarterly*, Vol.69, No.1, March 2017, pp.23~45.

군사 네트워크가 확대됨에 따라 하와이는 그야말로 군사문화의 '실험실'로 변모해 간 것이다.[17] 오키나와와 하와이, 독자적인 왕국으로 번영을 구가하다 근대에 들어와 일본과 미국이라는 국가/제국의 주변으로 편입되어 버린 이 두 장소 역시 이민과 군사 네트워크의 자장을 피해갈 수 없던 것이다.

하와이 오키나와 이민자들의 '오키나와 구제운동'

진주만 공습 이후 하와이에서는 일본계·오키나와계 이민자들의 관계와 하와이 사회·미군과의 관계를 둘러싼 큰 변화가 감지된다. 1940년대 하와이에서는 미일 이중 국적자(하와이에서 출생한 2세)를 포함한 일본인이 이미 전체 인구(약 42만 7천 명)의 약 37%(약 15만 명)를 차지했다. 이들은 채소 농가나 목공·운송업자의 90%, 숙련 노동자의 절반을 차지하는 등 하와이 경제를 담당하는 주역이 된다. 이러한 구조가 있었기에 하와이에서는 일본계 이민자들을 미국 본토와 같은 규모로 강제수용소로 이주시킬 경우 생활과 경제에 심각한 타격이 가해질 수 있는 상황이었다. 또한 이처럼 대규모 인원을 호송하고 수용하기 위해서는 막대한 경비와 토지를 필요로 했기에 대규모 강제수용은 보류되었다. 하와이에서 강제수용 대상이 된 것은 기본적으로는 일본계 사회에서 영향력이 높은 것으로 알려진 일본계 간부와 승려들, 요컨대 일본계 인구의 1%에 그쳤다.[18]

---

17 위의 책, 40쪽.
18 小川真知子, 「太平洋戰爭中のハワイにおける日系人强制收用－消された過去を追って」, 『立命館言語文化硏究』 25巻 第1号, 2013, 105~118쪽.

한편, 미일 간 전쟁의 시작은 전쟁 특수를 가져와 하와이 경제는 전쟁을 기점으로 상승곡선을 그린다. 특히, 1940년 이후 미 해군 주력 부대가 진주만에 집결하면서 병사들의 육류 소비량이 증가하자 양돈업과 요식업에 진출했던 오키나와계 이민자들이 상당한 부를 축적하게 된다. 이는 후술하겠지만 하와이의 '오키나와 구제운동'에 커다란 영향을 미쳤다.

전쟁 전, 지역 경제의 정체와 파탄으로 새로운 삶의 터전을 찾아 세계 각지로 이주해간 오키나와인 이민자들은 1945년 오키나와전투 직후부터 앞장서서 의복과 식료품, 의료물자, 가축 등을 오키나와로 수송하는 구제운동을 전개했다. 이는 미군 신분으로 오키나와전투에 참전한 하와이 출신 히가 다로比嘉太郎가 전쟁의 참상을 호소하면서 시작되었다. 히가는 하와이에서 태어나 오키나와에서 교육을 받은 이민자 2세로, 하와이 출신 일본계로 편성된 미 육군 제100보병 대대(통칭, 파인애플 부대)에 소속되어 이탈리아 전선에 참전했다. 그곳에서 중상을 입고 제대하여 일본계 이민자들의 강제 수용소를 돌며 미군에 대한 협력을 요청하는 강연회 활동을 이어가던 중 오키나와전투의 통역병으로 지원하여 현지로 향했다. 그는 동굴에 숨어 있던 주민을 우치나구치ウチナーグチ:오키나와어로 설득해 투항을 이끌어낸 것으로 잘 알려져 있다. 또한, 일본계 신문『하와이 타임스ハワイタイムス』에 오키나와전투의 참상을 알리는 기사를 연재하기도 했다.[19]

구제운동은 1946년에 재미在米 오키나와구원연맹이 설립되면서 뉴

---

19   히가의 성장과정, 전쟁체험, 오키나와 구제운동에 대한 자세한 내용은 히가 다로의『어느 2세의 궤적(ある二世の轍-奇形児と称された帰米二世が太平洋戦を中心に辿った数奇の足取り-)』(日賀出版局, 1982)을 참조 바람.

욕, 워싱턴, 시카고, 애리조나 등 미국 전 지역에서 브라질, 페루, 멕시코, 볼리비아, 아르헨티나, 캐나다 등 세계 각지로 확산되어 갔다. 미국 본토에 비해 전쟁 특수로 경제적·사회적 기반을 다진 이민자들이 많았던 하와이에서는 일찌감치 운동이 개시되었다. 최초의 조직적 구호활동은 1945년 11월, 호놀룰루협회연맹이 주최하고, 미 해군이 후원하는 '오키나와전투피복구제위원회沖縄戰災被服救済委員会' 활동으로, 같은 달 106톤이나 되는 의류를 실은 배가 오키나와를 향해 출항했다.

이후 1946년에는 하와이연합오키나와구제회가 결성되어 스모대회, 공연, 연극 상연 등을 통해 단기간에 자금을 모았다. 가장 큰 규모의 구호물자는 돼지로 알려져 있다. 전쟁으로 오키나와 내 돼지 수가 격감한 데다, 종전 직후 돼지 콜레라까지 퍼져 침체되어 있던 양돈업을 부흥시키기 위해 하와이구제위원회 회원들이 오리건주까지 건너가 랜드레이스종種 돼지 550여 마리를 사들여 미군용선으로 수송했다고 한다. 그밖에도 레프타회レプタ会, 오키나와부흥하와이기독교후원회 및 오키나와의료구제연맹, 오키나와구제갱생회 등이 속속 설립되었다. 히가와 같이 이민 2세대 퇴역 군인이나 스님, 그리고 사회주의의 영향을 받은 와쿠가와 세에이湧川清栄 등이 큰 역할을 담당했다.[20]

하와이의 오키나와 구제운동은 미군의 관리하에 놓인 오키나와 사회 부흥에 공헌했을 뿐만 아니라, '고향' 오키나와를 '구제'해야 한다는 사명

---

20 하와이 구호활동 관련 내용은 다음 책을 참조했다. 比嘉太郎, 『移民は生きる』, 日米時報社, 1974, 下嶋哲郎, 『海から豚がやってきた』, くもん出版, 1992, 下嶋哲郎, 「豚, 太平洋を渡る」, 『琉球新報』, 1994.5.9~1995.1.9.

감을 고취시켜 일본계 미국인과 차별화된 '오키나와계 미국인'이라는 자기정체성, '오키나와인'이라는 귀속의식을 강화시켰다.[21] 실제로 전쟁 전 출신지 별로 그룹을 형성했던 오키나와 이민자들은 구제운동을 통해 연대를 강화하고, 1951년에 처음으로 '오키나와현 출신'으로 이루어진 포괄적 조직인 하와이오키나와연합회United Okinawa Association of Hawaii를 설립하게 된다. 당시 입주화운동立州化運動이 한창이던 하와이에서 고향의 이상적인 모습을 회복하고, 미국 시민으로서 오키나와의 위상을 높이겠다는 목표를 분명히 했다.

그렇다면 오키나와 밖으로 나간 이들은 '이상적인 고향'을 어떻게 상상했을까. 또 구제운동은 어떤 자장에서 이루어졌을까. 그 단서를 제2차세계대전 직후 하와이에서 간행된 『하와이 스타ハワイ·スター』에서 찾아볼 수 있다. 『하와이 스타』는 1947년 3월 6일, 하와이 공산당 창설자인 기모토 덴이치木元伝一, 1906~1995[22]에 의해 창간되었으며, 하와이 유일의 일본어 노동신문이다. 같은 시기에 창간된 영자 노동신문으로는 아리요시 고지有吉幸治, 1914~1976의 『호놀룰루 기록The Honolulu Record』1948~1958이 있다. 기모토는 매카시즘이 휩쓸던 때 아리요시 및 ILWU국제항만창고노동조직 하와이지역 간부 등과 함께 전복죄 혐의로 미 정부의 스미스법Smith Act에 따라 1951년 8월에 체포되었다. 기모토가 체포된 후 1952년 11월 17일을 기

---

21 岡野宣勝, 「占領者と被占領者のはざまを生きる移民—アメリカの統治政策とハワイのオキナワ人」, 『移民研究年報』第13号, 2007, 3~22쪽.

22 하와이 출생으로 일본에서 수년간 교육을 받은 '이민 2세'이다. 전쟁 중에는 미국의 전시정보국에서 일하며 대일심리작전에 참여했다.

해『하와이 스타』도 폐간된다.[23]

『하와이 스타』가 다룬 내용은 주로 ILWU 활동 보고, 동맹파업 관련 내용, 미 정부에 대한 비판, 인종차별 정책 등이다. 이와 함께 병사와 주민의 전쟁 경험을 다룬 「PW」, 「오키나와전투 이야기沖縄戦物語」 등의 다큐멘터리나 소설도 연재되었다. 오키나와 관련 기사도 많았다. 앞서 와쿠가와의 지적대로, 하와이 오키나와현 출신 이민자들이 하와이의 노동운동에도 큰 영향을 미쳤으며, 전후 미국을 휩쓴 냉전사상, 매카시즘 반동反動시대에 일본어 노동신문『하와이 스타』를 사수한 것도 오키나와 출신이었다.[24] 실제로 오키나와 귀속문제라든가 오키나와 구호운동 등 오키나와 관련 기사가 거의 모든 호에 게재되었다. 그 가운데 사회주의자 신조 긴지로新城銀次郎[25]의 「자유 오키나와론-우리 고향은 어떻게 될까」라는 제목의 연재물이 많은 이들의 주목을 받았다. 예컨대, "류큐민족"의 "불행한 역사"를 그리는 동시에 "자유 오키나와"를 어떻게 구현할 수 있을지 고민하고, "자유 오키나와"의 건설은 "세계 민주주의의 확립" 없이는 불가능함을 역설하고 있다. 연재 마지막 회는 이렇게 끝을 맺는다.

---

23 『하와이 스타』가 엄격한 검열을 피할 수 있었던 것은 일본어로 쓰였기 때문이라고 한다.『하와이 스타』에 대해서는 다음 글에 자세하다. 原山浩介, 「労働者向け新聞『ハワイスター』の時代 – 太平洋戦争後のハワイにおける思想状況の断面」, 朝日祥之・原山浩介編, 『アメリカ・ハワイ日系社会の歴史と言語文化』, 東京堂出版, 2015, 89~126쪽.

24 湧川清栄, 「ハワイ沖縄県人の思想活動抄史」, 『季刊沖縄』 創刊号(1979.4), 『アメリカと日本の架け橋・湧川清栄 – ハワイに生きた異色のウチナーンチュ』, ニライ社, 2000, 107쪽.

25 필명은 호쿠잔(北山). 1928년 이하 후유가 하와이를 방문했을 때 친분을 쌓았다고 한다. 이하의 「하와이 이야기(布哇物語)」, 「하와이 산업사의 이면(布哇産業史の裏面)」 등은 모두 하와이 체류 경험을 담은 것이다. 위의 책, 12쪽.

지구상에서 전쟁이 없어지지 않는 한 오키나와를 국제 관리하에 두든, 또는 미국의 위임 통치 아래 두든, 일본에 반환하든, 류큐열도는 더욱 무서운 전장이 될 것이다. 전 세계에서 전쟁과 착취가 없어졌을 때 모든 민족은 완전한 민족자결주의 아래 자유평등을 획득할 수 있으리라. 그때 지구도 획기적인 세계자유연합의 일부로서 '자유 오키나와'가 될 것이다. 그리고 오키나와 민족은 전 세계를 무대로 하여 세계시민으로 뻗어나갈 수 있을 것이다. 인류의 역사는 이를 약속하고 있다.[26]

위의 글은 "지구상에서 제국주의가 끝을 알릴 때, 오키나와인은 '니가 유にが世: 고통의 시대'에서 해방되어 '아마유あま世: 풍요의 시대'를 즐기고 충분히 그 개성을 살릴 때 세계문화에 공헌 가능할 것"[27]이라는 이하 후유의 발언을 상기시킨다. 여기서 이하가 말하는 '오키나와인'의 범주가 어디까지인지는 검토의 여지가 있으나, 호쿠잔이 지칭하는 '오키나와 민족'은 하와이에 거주하거나 오키나와 밖으로 건너간 모든 오키나와 '동포'를 포함한다.

또한, '민주주의'에 대한 강한 신뢰도 엿볼 수 있다. '민주 자유 오키나와'라는 문구는 오키나와 구제운동의 슬로건이기도 했다. 1949년 6월, 재미오키나와부흥연맹은 오키나와와 일본 오키나와계 이민자들에게 다음과 같은 메시지를 전달했다.

---

26   北山(新城銀次郎),「自由沖繩論」15,『ハワイ・スター』,1947.6.12.

27   伊波普猷,『沖繩歷史物語』,沖繩靑年同盟中央事務局,1947;伊波普猷,『沖繩歷史物語』,平凡社,2001,194쪽.

바야흐로 신新 오키나와 건설의 대사업과 민족의 흥망은 국내외 모든 오키나와 동포를 하나로 뭉치게 하는 자주적 건국의 정열과 지성至誠이 미국과 일본 및 전 세계의 동정同情과 협력을 불러일으킬 수 있느냐의 여부에 달려 있다고 믿습니다. (…중략…) 경애하는 고향의 관민官民 여러분! 부디 '민주자유 오키나와'의 부흥 및 건설과 민족의 자주적 발전이라는 대국大局에 입각하여 정당이나 정파의 구별 없이 모든 섬에서 굳건한 확신과 광명 위에 국내외 동포의 긴밀한 연락과 협력을 통해 더욱 분투하여 주시기를 본 연맹 전미全米 총회의 이름으로 인사 올립니다.[28]

태평양전쟁 직후 하와이에서는 '민주주의'를 어떻게 인식하고 있었을까? 야마자토 가쓰노리山里勝己에 따르면, 와쿠가와를 중심으로 이루어진 오키나와 구제활동 중 하나인 '대학설립운동'은 오키나와전투의 비참함을 초래한 전쟁 전 일본의 봉건주의와 군국주의에 대한 강한 반발심과 역설적이지만 미국의 '민주주의'에 대한 확고한 신뢰[29]에서 비롯되었다고 한다. 아울러 1940년대 후반의 갱생회 운동은 시대를 앞선 비전을 갖고 있었음에도 미 군부와 마찬가지로 오리엔탈리즘의 속박에서 완전히 벗어나지 못했다고 지적한다.

호쿠잔과 와쿠가와가 내걸었던 '민주주의'는 용어상으로는 미국의 냉전정책이 표방한 것과 크게 다르지 않아 보이나, 그 내실은 '세계'라든

---

28   在米沖縄復興連盟書記局,「全米定期総会報告」号外, 1949.7.

29   山里勝己,「大学の誕生－湧川清栄とハワイにおける大学設立運動」,『アメリカと日本の架け橋』, 앞의 책, 272쪽.

가 '자유 오키나와'라는 기대감으로 충만하다. "지구상에서 전쟁이 없어지지 않는 한 오키나와를 국제 관리하에 두든, 또는 미국의 위임 통치 아래 두든, 일본에 반환하든, 류큐열도는 더욱 무서운 전장이 될 것이다"『자유 오키나와론』15호라는 발언에서 알 수 있듯, 미국의 시정하에 놓이는 것은 결코 해결책이 될 수 없음을 분명히 인지하고 있는 듯하다.

『하와이 스타』가 간행된 1940년대 후반, 오키나와에서도 귀속 문제가 큰 논란이 되었다. 일본으로 복귀해야 할지, 독립해야 할지, 국제연합의 신탁통치하에 놓여야 할지, 귀속을 둘러싼 입장이 연이어 결성된 정당의 방침이 되었다. 오키나와민주동맹1947년 결성, 1950년에 공화당에 합류은 오키나와독립공화국을 지향했고, 공화당1950~1952은 독립론을, 사회당1947년 결성은 미국의 신탁통치를 지지했다. 그 후, 1952년 샌프란시스코강화조약의 발효로 일본은 독립국으로 국제사회에 복귀했고, 오키나와는 정식으로 일본에서 분리되어 미국의 시정 아래 놓이게 됐다. 일본의 '잠재주권潛在主権'은 유지된 채였다. 그리고 오키나와를 잠정적으로 점령통치하던 군정부는 1950년에 류큐열도미국민정부USCAR라는 이름으로 존속했다. 미국이 오키나와를 항구적으로 보유한다는 결정에 따라 귀속 문제 논의는 일본 복귀 쪽으로 기울게 되었다.

한편, 미국에서는 1952년, 매캐런 월터 이민법McCarran-Walter Act에 의해 일본인 이민자의 귀화가 인정되면서 오키나와 출신 이민자1세도 미국 시민권을 얻을 수 있게 되었다. 그리고 1950년대는 하와이를 정식 '주州'로 승격시키기 위한 입주立州운동이 한창이던 시기로, 당시 하와이의 오키나와인은 '오키나와계 미국인'으로서 미국사회에 포섭되어 가는 과정에 있었다. 무엇보다 1950년대 이후의 오키나와 귀속을 둘러싼 논의가 오키나와, 하와이, 일본 혹은 미국 등 국가의 틀을 벗어나지 못했음은 주의를 요한다. 1940년대 후반의 하와이는 그러한 국가를 전제로 하지 않는 '자유 오키나와'를 구상할 수 있었던 유일한 공간이기도 했다.

와쿠가와는 오키나와 내 대학 설립과 급비給費 유학생 양성을 목적으로 한 오키나와 구제 갱생회를 결성하는 동시에, 1947년 11월『갱생 오키나와更生沖繩』를 창간했다. 창간 목적은 "일본 본토, 중미, 북미, 남미 및 하와이에서 모든 해외 오키나와인 동포의 힘으로 이루어지는 향토 구제 활동의 지도, 또는 통일 연락 조성 기관"이 될 수 있도록 오키나와에 관한 정보를 해외동포와 공유하고 해외의 동정을 고향의 동포에 전하는 것이었다. 또한, "전후 국제 시국 그중에서도 서태평양의 여러 민족에게 부과된 새로운 정치 체제에 대한 인식을 제고하고, 개인으로서 또 사회인으로서 새 시대의 출범을 위한 계몽의 역할을 다할 것"이라는 포부도 밝히고 있다.[30] 오키나와와 하와이를 유기적으로 연결시킨 듯한 "서태평양의 여러 민족"이란 표현에서 알 수 있듯, 그들이 목표로 한 '갱생 오키나와'는 단순히 전쟁으로 황폐해지기 이전 오키나와의 부흥이 아닌, 일본과 미국 모두로부터 정치적·경제적·정신적으로 해방되어 "모든 해외 오키나와 동포"와 협력하는 '오키나와'였을 터다. 대학 설립은 그러한 '갱생 오키나와'를 실현하기 위해 꼭 필요했다.[31] 와쿠가와는 대학 설립을

---

30 『更生沖繩』創刊号(1947.11);湧川清栄,『アメリカと日本の架け橋』, 앞의 책, 128쪽.

31 『하와이 타임스』에 실린 갱생회 광고문에도 "민족의 존재를 보증하는 의미에서도 오키나와에는 오키나와인의 손으로 만들어진 독자적이며 자주적인 대학이 필요"하다는 문구가 보인다.「沖繩の救済は先づ教育より」,『ハワイタイムス』(1947.8.11); 山里勝己,

위해 미국 전역을 돌며 지원을 호소했지만 역설적이게도 오키나와 최초의 대학인 류큐대학은 1950년 미군정에 의해 설립되었다.[32]

이러한 사실은 구제운동의 양의적 성격을 잘 보여준다. 즉, 고향 구제와 해방을 원하면 원할수록 공적으로는 피점령민의 구제와 민주화를 내걸었던 미군의 오키나와 통치 계획에 가깝게 다가가게 된다. 앞서 야마자토의 지적대로 갱생회 사상 근저에는 미군정과 공유하는 지점이 자리하는 것이다. 더욱이 오키나와 이민자들은 '오키나와 구제운동'을 원활히 하고, 구원물자 수송을 담당하는 미국에 대한 충성을 표하기 위해서도 미군과의 협력체제는 꼭 필요했다. 미군 측 또한 오키나와 통치가 장기화되면서 주민과의 알력이 증폭한 데 따른 완충 역할을 하와이의 오키나와 이민자에게 기대했다. 특히, 1950년대 중반 이후, 기지건설을 위한 강제 토지접수로 생활터전을 빼앗긴 주민들의 저항운동이 섬 전체로 번지자 미군의 고민이 깊어져갔다. 그런 가운데 1957년, 대통령 행정 명령으로 오키나와의 통치권은 극동군총사령부에서 미국의 직접 통치하로 이관된다. 이 시기 미군의 재편으로 극동군이 폐지됨에 따라 오키나와의 미군Ryukyu Command은 하와이에 본부를 둔 미국 태평양 육군United States Army Pacific. 이하, USARPAC로 약칭의 관할하에 놓이게 된다. 하와이와 오키나와의 군사상 접점이 밀접해지는 가운데 1958년 태평양 육군 최고사령관으로부터 미 육군성에 다음과 같은 내용의 보고가 전달된다.

「大学の誕生」, 앞의 책, 265쪽.

32 류큐대학 설립 배경에 관해서는 앞서 언급한 야마자토 가쓰노리의 『류큐대학 이야기 1947~1972(琉大物語1947~1972)』(琉球新報社, 2010)에 자세하다.

류큐열도 이외에 가장 많은 오키나와인이 거주하는 하와이는 국제적인 인적교류People-to-people 프로그램을 전개하기에 적합한 장소이다. 신중하게 조직하고 활성화한다면 이 프로그램은 오키나와인과 미국인의 보다 나은 상호관계에 기여하게 될 것이다. 이 가능성을 최대한 살려 미국이 류큐열도에 바라는 바의 목표를 달성하는 데 일조해야 할 것이다.[33]

실제로 이후 1959년에는 USARPAC와 미국의 오키나와 통치기관인 류큐열도미국민정부United States Civil Administration of the Ryukyu Islands. 이하 USCAR로 약칭와 하와이 오키나와연합회의 협력하에 하와이와 오키나와 간 인적교류를 촉진하기 위한 '류큐인-오키나와인 친선 프로그램Ryukyuan-Hawaiian Brotherhood Program'이 조직되었다. 하와이 오키나와연합회는 1960년에 오키나와에 거주하는 친척과 친구들에게 편지를 보내 좌익 후보자에게 투표하지 말도록 독려하는 반공활동을 펼쳤다.[34] 하지만 이러한 움직임은 오키나와계 이민 커뮤니티 내부에 오키나와의 일본 복귀를 바라는 이들과 미군통치를 미국에 의한 일본으로부터의 '해방'으로 보는 이들 사이에 큰 분열을 초래했다.[35] 이처럼 오키나와의 점령 하라는 상황, 즉 미일 쌍방의 법적 통치권 외부에 놓이게 된 상황은 하와이의 오키나와 이민자로 하여금 미국미군과 친밀한 관계를 맺게 하는 요인이 되었다. 이어서 냉

---

33 "Development of Contacts between Hawaii and Okinawa", USCAR record No.0000105545, 오키나와현립공문서관.

34 岡野宣勝, 앞의 글, 8쪽.

35 岡野宣勝, 「戦後ハワイにおける「沖縄問題」の展開―米国の沖縄統治政策と沖縄移民の関係について」, 『移民研究』第4号, 2008, 10~11쪽.

전 하 하와이를 무대로 한 다양한 인재 육성 및 기술원조 프로그램을 살펴보고, 이것이 미군의 오키나와 통치와 어떤 관련이 있는지 알아보자.

동서센터와 하와이대학 의학부 연수프로그램

하와이가 주州로 승격됨에 따라 미국 내에 '아시아'의 의미와 사회적 지위의 재정의를 요구하는 다양한 목소리가 불거진다.[36] 유럽이 아닌 아시아에 뿌리를 둔 최초의 '주' 하와이를 미국에 편입하고, 그들에게 미국 시민권을 준다는 것은 태평양에서 미 제국주의의 기억을 지우고, '흑인도 백인도 아닌 제3의 극極'으로 아시아인을 편입시키는 것이자, 1950년대 공민권 운동을 통해 현재화된 미국 내 인종적 긴장을 완화하는 계기를 마련한(하는) 것이기도 했다. 리사 로우Lisa Lowe에 따르면, 1952년 매캐런 월터 이민법과 1965년 개정된 이민법에 따라 미국은 법적으로 '아시아에서 온 외국인alien'을 '아시아계 미국 시민citizen'으로 포섭하게 된다.[37] 특히 1965년 개정법을 통해 아시아로부터 대량의 고도 기술 이민을 유치하여, 세계 경제에서 미국의 경쟁력을 강화시켜나갔다. 이처럼 국내적으로는 '미국의 아시아화'가 진행되는 한편, 아시아에서는 군사·경제의 개입을 통해 미국의 패권을 더욱 강화하는 이른바 '아시아의 미국화'가 전개되어 간다. 이러한 상황에서 하와이는 아시아와 미국 태평양 사이에서 동서의 교량의 역할을 담당할 것으로 기대를 모았다. 예컨대, 아시아에 대한 미국

---

36 Christina Klein, *Cold War Orientalism : Asia in the Middlebrow Imagination*, 1945~1961, Berkeley : University of California Press, 2003, p.244.

37 Lisa Lowe, *Immigrant Acts : On Asian American Cultural Politics*, Durham : Duke University Press, 1996, p.10.

인의 무지를 비판적으로 그린 『추악한 미국인The Ugly American』1960의 공저자인 윌리엄 레더러William J. Lederer는, "만약 미국인 관리가 아시아로 가기전, 가족과 함께 한두 달 동안 이곳에 머문다면, 자신들이 하게 될 일이 무엇인지, 어학, 역사, 종교, 아시아의 정치 및 관습까지 배울 수 있을 것"[38]이라고 말한다. 하와이가 아시아를 배우는 좋은 '훈련장'이 된 것이다.

하와이대학 부근에 설립된 The Center for Cultural and Technical Interchange Between East and West, 통칭 The East-West Center이하, 동서센터로 약칭가 그 기능을 담당하게 된다. 동서센터는 케네디 정권1961년-에서 부통령을 맡고, 이후 케네디 대통령에 이어 대통령으로 취임한 존슨Lyndon B. Johnson의 강력한 지지를 얻어, 1960년 5월, 상호안전보장법Mutual Security Act에 의거해 "교육과 연구 프로그램을 통해 미국과 아시아태평양 여러 나라 국민 간의 상호 이해를 촉진하는 것"을 목적으로 설치되었다. 센터 설립의 직접적인 배경으로는 같은 해 2월 소비에트 연방이 모스크바에 설립한 러시아민족우호대학The People's Friendship University of Russia의 존재가 자리한다. 러시아민족우호대학은 아시아, 중동, 아프리카, 라틴 아메리카 지역에서 유학생을 초대하여 공산주의 사상과 경제 정책을 가르치는 것을 목적으로 했다. 미소 각 진영이 냉전정책의 일환으로 경합을 벌였던 것 중 하나가 트랜스내셔널한 인재육성 기관의 설치였다. 또한, 1960년대 미국의 냉전정책은 "모든 사회는 경제 발전과 근대화에 도달하는 과

---

38   Quoted in Krauss, Bob, "Hawaii's Role in Helping East-West Understanding", *Honolulu Advertiser* (date unknown), clipped and collected in AID/ITI documents, Box 182 Newspaper Clippings, University of University of Hawai'i Hamilton Library, Honolulu, Hawai'i, University Archives and Manuscript Collections.

정의 각 단계에 있다"는 월트 휘트먼 로스토Walt Whitman Rostow의 근대화론의 영향을 강하게 받아 대외개발원조에 중점을 두었다.[39] 1961년에는 반군사적인 해외 원조 기관인 미국국제개발청United States Agency for International Development, 이하 USAID로 약칭함이 설치된다. 그리고 같은 해 케네디는 미국 시민을 자원봉사자로 삼아 개발도상국에 파견하는 '평화부대Peace Corps' 계획을 추진한다. 1962년 이후, 하와이대학은 평화부대를 위한 연수기관으로 기능하며 1966년까지 약 3,000명의 미국 젊은이들을 훈련시켜 아시아태평양 지역으로 보냈다.[40]

이렇게 하여 하와이는 동서센터와 평화부대의 계획에 따라 미국의 냉전문화정책 추진을 위한 주요 거점으로 자리 잡아 갔다. 아시아 학생들에게는 근대적이고 과학적인 지식과 기술을 학습해 자본주의와 자유주의 사회로 발전할 수 있는 길이 열렸고, 미국 학생 및 관광객, 자원봉사자들에게는 아시아태평양 지역으로 진출할 수 있는 발판이 마련되었다. 이러한 동서문화의 '가교' 역할과 함께 하와이 아시아계 미국인, 특히 일본계 미국인 엘리트들의 적극적인 참여를 이끌기도 했다. 이들의 참여는 민주주의와 인종 간의 평등을 내세운 미국의 공적 담론을 강화한 것은 물론, 제2차 세계대전 중 수용소를 경험한 일본계 미국인의 사회적 지위

---

39 Jamey Essex, *Development, Security, and Aid* : *Geopolitics and Geoeconomics at the U.S. Agency for International Development*, Athens : University of Georgia Press, 2013, p.15.

40 Office of International Programs University of Hawaii, The Peace Corps and Hawaii : A Discussion Paper, 1 (date unknown), University of Hawaii Hamilton Library, Hawaiian Pacific Collection.

를 높이고 '소수자의 모델'로 부상하게 하였다.[41]

1960년대 동서센터는 세 가지 주요 프로그램으로 구성되어 있다. 아시아태평양 지역에서 미국 학위취득을 목표로 유학 온 학생과 미국 학생의 교류를 추진한 Institute of Student Interchange[ISI] 프로그램, 아시아 연구를 수행하는 연구자를 위한 Institute of Advanced Projects[IAP], 그리고 실천적 기술이전을 목표로 각종 연수를 수행하는 Institute of Technical Interchange[ITI] 가 그것이다. 1960년부터 1972년까지 동서센터가 실시한 프로그램에 참가한 오키나와 출신자는 다른 지역에 비해 월등히 많았는데, 대략 2,564 명을 넘어섰다고 한다(뒤이어 태평양제도 신탁통치령 U.S. Trust Territory 1,773명, 미국령 사모아 1,093명, 일본 1,069명). 오키나와인의 대부분이라고 할 수 있는 2,532명이 ITI프로그램에 참가했다.[42] 그 이유는, 오키나와 참가자의 비용을 USCAR과의 계약하에 미 육군 ARIA자금Army Ryukyu Islands Appropriated funds 으로 충당했기 때문이었다. 참가자는 류큐정부가 선정하고 USCAR이 최종결정했다. 합격한 이들은 오키나와 기지에서 군용기를 타고 호놀룰루 기지로 향했다. 또한, 동서센터의 지도하에 오키나와 현지 연수나 타이완에서의 '제3국 연수'가 1960년대 내내 빈번하게 이루어졌다.

류큐열도의 주민을 대상으로 한 인재육성 및 인사교류 프로그램으로

---

41 냉전전략으로서의 동서센터의 역할에 대해서는, Mire Koikari, *Cold War Encounters in US-Occupied Okinawa : Women, Militarized Domesticity and Transnationalism in East Asia* Cambridge : Cambridge University Press, 2015를 참조했다.

42 East West Center, *Annual Report* 1972, xvi. University of Hawai'i Hamilton Library, Hawaiian and Pacific Collection, Honolulu, Hawai'i. 그리고 한국에서 1960년부터 72년에 걸쳐 참가한 사람은 총 625명이며, 이 중 201명은 학위 취득을 목표로 한 ISI에 참가했고, 387명은 IAP, ITI에 참가했다.

는, 1950년부터 국민지도원계획National Leader Program. 이하, NLP로 약칭이 이루어지고 있었다. NLP는 미 육군성과 USCAR의 주도하에 가리오아 기금Government Appropriation for Relief in Occupied Area Fund, 점령지역구제정부기금으로 진행되었다. 1970년까지 약 400명의 류큐주민이 '국민지도원'으로 미국에 파견되어 약 90여 일간 전문분야와 관련된 시설과 기술을 시찰했다. 하지만 기간도 짧은데다 언어 장벽도 있어 실질적인 기술 습득은 불가능했다. 그보다는 오키나와의 영향력 있는 인물로 하여금 미국 사회를 직접 체험하게 하여 귀국 후 "친미적 사회 정서를 조성하는 정보 선전"[43] 역할을 기대한 것이 아닌가 한다.

고이카리의 지적처럼, NLP가 각 분야의 엘리트층을 대상으로 했다면, 동서센터 프로그램에 참가한 이들은 주로 고등학교 교원이나 방사선 기사, 농업 기술자, 간호사, 엔지니어 등 전문직 종사자들이었다.[44] NLP 체험자의 감상이 미국 사회와 문화에 대한 상찬 일색이었다면, 동서센터 참가자의 경우, 오키나와와 하와이의 경제적·사회적 격차에 대한 의견 피력이 눈에 띈다.

또한, 다른 지역 참가자나 하와이 오키나와 이민자와의 만남에 자극을 받기도 했다. 이를테면, 간호사로 참가한 오미네 지에코オオミネ·チエコ는 미크로네시아의 야프섬에서 온 '우에하라ウエハラ'라는 룸메이트에게서 문화차이를 느끼거나, '우에하라'라는 이름에서 오키나와의 뿌리를 감지

---

43   豊見山和美,「琉球列島米国民政府が実施した「国民指導員計画」について」,『沖縄県公文書館紀要』第17号, 2015, 19~27쪽.

44   Mire Koikari, op. cit., p.106.

하기도 한다.[45] 또 다른 간호사인 야마시로 마사코ヤマシロ・マサコ는, 인도네시아, 피지, 통가, 사모아, 팔라우 출신 참가자들과 만나면서 그들의 문화에 관심을 갖기도 하고, 하와이 오키나와 이민자들의 따뜻한 환대에 감동받기도 한다. 훗날 볼리비아로 건너가 오키나와 이민 커뮤니티에서 의료 원조 활동에 참여한 야마시로는 하와이와 볼리비아의 오키나와인은 어려움을 극복한 공통된 경험으로 연결되어 있다고 회고하였다.

> 나에게 볼리비아는 어디에 살든 현지 사람들과 우호적인 관계를 쌓아온 우치난추의 정신이 깊게 각인된 장소처럼 보였다. 오키나와 사람들이 수도 없이 마주해온 고난과 인내, 그리고 서로 도우면서 구축해온 역사와 문화가 하와이와 볼리비아에 겹쳐 보였다.[46]

오키나와로부터 태평양 여러 섬, 그리고 북남미로 활동 반경을 넓혀 간 그녀들의 상상력이 '연대'로 쉽게 연결되는 것은 결코 아니다. 또한, '오키나와 디아스포라'와 같은 새로운 주체성의 가능성으로 쉽게 결론 내려서도 안 될 것이다. 다만, 군사 네트워크로 파생된 조류는 통치하는 측이 의도치 않았던 '만남'이나 '연결' 혹은 '충돌'을 만들어내었던 것만은 틀림없다.

45　Chieko Omine, "Rainbow over Sprinkler", *Bridge of Rainbow : Linking East & West Fifty Years History of East-West Center Grantees*, Okinawa : East-West Center Alumni Okinawa Chapter, 2014, pp.105~106.

46　Masako Yamashiro, "What I have learned at East-West Center", *Bridge of Rainbow : Linking East & West Fifty Years History of East-West Center Grantees*, Okinawa : East-West Center Alumni Okinawa Chapter, 2014, p.99.

오키나와-하와이 간 인재육성을 목적으로 한 교류 프로그램으로는, 앞서 언급한 동서센터 주최로 1967년에 시작된 하와이대학-오키나와 쥬부병원中部病院 연수프로그램이 있다. 이 프로그램은 오키나와의 만성적 의료 인력 부족을 해소하기 위한 장치로 USCAR과 하와이대학 간 계약으로 만들어졌다. USCAR은 쥬부병원을 "미국 의학 수준에 준하는 의료 수준을 달성하도록 의사, 간호사, 기술자를 양성하는 극동의 의료거점"으로 구축하겠다는 목표를 내세웠다.[47] 한편, 하와이대학 의학부 학장 Windsor C. Cutting은 이 프로젝트를 '태평양의 의학교육의 모델케이스'로 삼았으며, 실제 쥬부병원 연수프로그램을 미국령 사모아 열대의학의료센터에도 도입하고자 했다.[48] 1967년 이제 막 창설된 하와이대학 의학부의 경우, 오키나와 의료연수 프로그램은 그 의미가 남달랐을 터다. 하와이를 허브로 하여 태평양 여러 섬을 연결하는 의료교육 네트워크 구축을 위한 첫발이었기 때문이다.

이 프로그램의 계획과 초기 운영에 있어 중심 역할을 담당했던 사람은 닐 걸트Neal L. Gault이다. 걸트는 이 프로그램의 고문으로 하와이대학에 고용되기 이전에 미네소타대학과 서울대학 사이에 체결된 이른바 '미네소타 프로젝트'의 일환으로 한국 서울에서 의학교육을 지도했다. 미네소타 프로젝트는 한국전쟁 휴전 직후인 1954년부터 1961년에 걸쳐 미국 국제협력국(현 국제개발청)의 자금 지원으로 실시된 대학 간 기술이전 프

---

47   United States Civil Administration of the Ryukyu Islands, *High Commissioner Report*, 1968~69, p.150.

48   Letter from Jensen to Gault, October 22, 1969, U8080023B [Box No. 43 of HCRI-HEW, Folder No. 7, Gault, NealL., Jr, M.D.], 沖繩県公文書館.

로그램이다.[49] 걸트는 미네소타 프로젝트 외에도 '차이나 메디컬 보드 재단China Medical Board'의 고문으로 터키, 에콰도르, 페루, 인도네시아, 타이완 등지에서 의학교육에 종사했다.[50] 이렇듯 미국 주도의 의료인 육성을 둘러싼 사정은 오키나와와 하와이 간에 머물지 않고, 아시아태평양 지역을 폭넓게 횡단하는 것이었다.

류큐대학 설립 당시 고문 역할을 담당한 미시간대학의 '류큐대학 미션'에 관한 연구는 이미 나와 있지만, '미시간 미션'이나 '미네소타 프로젝트'를 개별 사례로서 보는 데에 그치지 않고, 이들이 상호적으로 어떻게 연관되어 있었으며 어떠한 자금 지원하에 누가 담당했었는지를 향후 규명할 필요가 있을 것이다. 냉전기 아시아태평양을 무대로 펼쳐진 미국에 의한 다양한 인재육성 프로그램이 누구의 자본·기술의 유동을 불러일으켰는지, '원조'를 둘러싼 네트워크의 양상은 어떠했으며, 이러한 원조·구제 프로그램이 '군사화된 조류militarized currents'에 의해 가능했던 사정도 확인해 볼 필요가 있을 것이다. 실제로 1960년대 하와이는 기술연수의 거점이 되었으며, 베트남전쟁으로 수송하는 병사를 정글을 재현해서 훈련시키는 기지로 기능하게 된다.[51] 한편에서는 '살리기' 위한 의료

---

49   미네소타 프로젝트가 한국 의학 발전에 미친 영향에 대해서는 다음 논의를 참고 바람.
      Ock-Joo Kim, "The Minnesota Project : The Influence of American Medicine on the Development of Medical Education and Medical Research", *Korean Journal of Medical History* vol.9, June, 2000, pp.112~123.

50   Interview with Neal L. Gault Junior, by Associate Dean Ann M. Pflaum, University of Minnesota, January 18 and 19, 1999, University of Minnesota Libraries Digital Conservancy. https://conservancy.umn.edu/handle/11299/5842 (last accessed December 5, 2017)

51   Simeon Man, *Conscripts of Empire : Race and Soldiering in the Decolonizing Pacific*, Ph.D. Dissertation, Yale University, 2012, pp.209~210. 이 박사학위논문을 바탕으로 다음과

기술 및 교육을 이전하고, 다른 한편에서는 '죽이기' 위한 병사 훈련이 표리일체가 되어 하와이를 무대로 전개되었던 것이다. 그 네트워크에 미군 통치하 오키나와도 깊숙이 관련이 되어 있었다.

3. 나가며

이 글은 냉전하 아시아태평양 지역을 무대로 오키나와와 하와이를 연결하는 '구제'와 '원조'를 둘러싼 다양한 네트워크를 '군사화된 조류'라는 틀에서 살펴보고자 한 것이다. 일본과 미국, 두 제국 사이에 가로놓여 있던 오키나와와 하와이는 이민과 군사, 자본, 물자, 지식, 기술의 이동이 낳은 회로로 중층적이고 긴밀하게 연결되어 있었다. 전화에 휩쓸린 고향 오키나와의 부흥을 바라는 이들의 움직임은 미국의 오키나와 통치 및 냉전정책과 친화력을 갖게되는데, 이는 아시아 지역의 '구제'가 제2차 세계대전 이후 미국의 군사적·경제적 개입을 정당화하는 이론적 근거가 되었기 때문이다.

요네야마 리사米山リサ는, 아시아 사람들이 제국 일본으로부터 '해방'되어, '재활rehabilitation[갱생]'하게 된 것을 미국에 의한 군사 개입의 성과라고 바라보는 것에 이의를 제기한다. 미국과 아시아의 관계를 '구원하는 자'과 '구원받는 자'로 설정함으로써 과거와 현재의 미국의 군사 행위의

같은 저서가 간행되었다. Simeon Man, *Soldiering through Empire : Race and the Making of the Decolonizing Pacific*, Oakland, California : University of California Press, 2018.

폭력성을 교묘하게 은폐하는 것을 요네야마는 '해방과 재활의 제국 신화'라고 명명한다. 더 나아가 해방된 사람들은 '해방되었다'라는 벗어나기 어려운 '부채'를 짊어짐으로써 미국이 행사해 왔던, 혹은 계속해서 행사해 오고 있는 과거와 현재의 폭력에 대한 보상 요구가 어려워지게 되며, '해방과 재활의 제국 신화'는 미국의 제국주의적 폭력에 대한 배상·시정redress을 무효화하고, 결과적으로 '해방'이라는 이름으로 행해지는 군사적·경제적 개입을 용인하게 된다고 지적한다.[52]

'구제'와 '원조'를 둘러싼 움직임은 이러한 미국의 군사확장주의와 냉전문화전략과 밀접한 관련을 맺는다. 그렇기 때문에 통치 권력의 의도에 쉽게 휘말릴 수 있는 위험성도 내포하게 된다. 하지만 『하와이 스타』가 상상했던 국가를 전제로 하지 않는 '자유 오키나와'와 동서센터 연수를 계기로 볼리비아로 향하게 한 간호사의 사례에서 보듯, 오키나와 이민자와의 만남='구제'의 장場은 통치자 측으로 하여금 예기치 못한 '잉여'를 낳게 하였다. 냉전기 오키나와의 역사를 지리적으로 닫혀있는 류큐열도라는 공간이 아닌, 조류潮流 너머로 연결된 확장된 공간 속에서 파악함으로써, 통치의 그물망을 빠져나와 월경해간 이들의 삶의 흔적을 보다 적극적으로 부상시킬 필요가 있을 것이다.

---

52 Lisa Yoneyama, *Cold War Ruins : Transpacific Critique of American Justice and Japanese War Crimes*, Durham : Duke University, 2016. '해방과 재활의 제국신화'라는 개념에 대해서는 요네야마 리사의 『폭력·전쟁·리드레스 : 다문화주의의 폴리틱스(暴力·戦争·リドレス-多文化主義のポリティクス)』(岩波書店, 2003)에 자세하다.

제2부

상흔의 기억과
기억의 상처

국가폭력의 전후적 기억,
국가폭력을 내파하는 문학적 상상력

메도루마 슌과 오시로 다쓰히로의 대비를 통해

손지연

메도루마의 작품을 읽는다는 것은 전쟁과 점령의 상흔을 통해 오키나와와 아시아의 관련성을 강하게 의식하는 것이기도 하다. 바로 그렇기 때문에 메도루마 작품이 아시아에서 번역되어 읽히는 것에 주목해야 한다.

나카자토 이사오仲里効[1]

1. 국가폭력을 내파하는 두 가지 상상력

일본과 미국으로 대변되는 '타자'와 오키나와 '내부'의 폭력성을 동시에 감지하는 오키나와만의 감수성과 이를 비판하는 지적 상상력 면에서 단연 돋보이는 작가는 오시로 다쓰히로와 메도루마 슌이다. 이 두 작가는 결은 다르지만, 오키나와전투와 뒤이은 미군의 폭력적 점령정책으로 인한 외상에 누구보다 민감하게 반응해 온 작가라고 할 수 있다. 두 작가

---

1   日取真俊・仲里効,「行動すること,書くことの磁力」,『越境広場』4号, 2017.12, 26쪽.

의 차이를 서둘러 말하면, 오시로 작품에는 보이지 않고 메도루마 작품에는 보이는 '대항폭력counter violence'이라는 개념이다. 이 용어는『대지의 저주받은 자』에서 프란츠 파농이 제기한 것을 차용한 것인데, 잘 알려진 것처럼 파농은 제3세계를 향해 인간성 타락의 주범인 식민지배자들에게 대항할 것을 호소하여 큰 호응을 얻었다.

메도루마는 이러한 파농의 인식을 현 오키나와 사회가 직면한 폭력적 점령시스템과 연결시켜 사유하거나, 식민주의적 폭력을 어떻게 기억할 것인 가에 매우 성찰적으로 접근한다.

그에 비해 오시로의 경우는, 미국과 오키나와의 관계를 규정함에 있어 메도루마와 조금 다른 방식으로 대응한다. 오키나와 최초의 아쿠타가와상芥川賞 수상작으로도 잘 알려진『칵테일파티カクテル·パーティー』1967에서는, 미 점령하의 미국과 오키나와의 관계, 그 사이에 일본 본토와 중국의 관계까지 포함시켜 4자간에 가로놓인 차별적 권력구도를 대단히 섬세하게 파헤쳐 보인다. 또한, 상하이 동아동문서원東亜同文書院 유학시절의 경험을 모티브로 한『아침, 상하이에 서다朝. 上海に立ちつくす』1983에서는 일본의 패전이 임박한 시기의 오키나와, 조선, 중국, 타이완 청년들의 서로 다른 시대인식을 예리하게 포착하고 있다. 그런데 미국과 오키나와 양자 관계로 의미망을 좁혀보면, 미국, 미군의 이미지는 스테레오타입을 벗어나지 못하는 측면이 있다. 미 점령하라는 상황을 전면에 내세우고 있지만 그의 관심은 이미 '점령 이후'에 다가가 있었기 때문이다. 오시로의 관심이 미국에서 완전히 벗어나 온전히 일본 본토로 향하고 있음은『칵테일파티』로부터 1년이 지난 1968년에 간행한『신의 섬神島』을 보면 한층 명확

하다. 더 정확히는 「2세二世」1957로 첫 집필활동을 시작하는 1950년대와 『칵테일파티』로 아쿠타가와상을 수상하는 1960년대 후반을 경계로 나눌 수 있으며, 특히 1960년대 후반이라는 시기는 일본 본토로의 '복귀復歸'가 임박한 만큼 미국과의 관계에서 일본 본토와의 관계로 관심이 옮겨 가는 모습으로 나타난다.

그렇다면 시선을 미국에서 벗어나 일본 본토로 향하고 있다는 『신의 섬』은 어떨까. 오키나와전투沖繩戰에서의 '집단자결集団自決'을 모티브로 한 이 소설은 실은 일본 본토에 대한 판단은 상당 부분 유보되어 있다. 그도 그럴 것이 '복귀'가 가시화되고 있긴 하지만 '복귀 이후'를 섣불리 예측하기 어려웠기 때문이다. 무엇보다 오랜 세월 일본 본토는 물론이고 오키나와 내부에서도 금기시되어 온 '집단자결' 문제를 문학이라는 공론의 장場으로 이끌었다는 것, 그 자체만으로도 높은 평가를 받을만한 작품이다. '집단자결'이라는 사태의 책임을 본토에만 묻지 않고 오키나와 내부로 깊숙이 파고들면서 가해와 피해, 억압과 저항, 자발과 강제라는 일면적인 이항대립 구도를 낱낱이 해체해 가는데, 이것은 앞서 『칵테일파티』에서 보여주었던 것과 유사한 패턴이라고 할 수 있다. 이 가운데 '오키나와인도 가해자일 수 있다'라는 설정은 문학적 상상력을 넘어 전후 오키나와 특유의 성찰적 자기서사의 근간을 이루는 매우 중요한 사유체계라 할 수 있다. 이 '오키나와인도 가해자일 수 있다'라고 하는 설정은 오시로 다쓰히로 이후라고 정확히 규정하기는 어려우나, 이후 오키나와 작가들에게는 더 이상 새로운 사유가 아니게 된다.[2]

오시로 다쓰히로1925년생와 세대 차이는 커 보이지만 메도루마 슌1960년

생의 작품세계에도 그러한 고민의 흔적이 짙게 자리한다. 그 공통의 고민 흔적을 한 마디로 정의하자면, 오키나와전투로 거슬러 올라가 국가폭력에 맞서는 오키나와인의 자기존재 증명 양식이자, 그것을 내파하는 문학적 방법으로서의 '기억'의 문제라 명명할 수 있다.

오시로에 이어 오키나와문학사상 네 번째 아쿠타가와상을 수상한 『물방울水滴』1997을 비롯한 「이승의 상처를 이끌고面影と連れて」1999, 「풍음風音」2004, 「이슬露」2016 등의 작품은 모두 오키나와전투에서 촉발된 심리적 외상 혹은 암묵적으로만 존재해 오던 오키나와 내부의 불가항력적인 불신을 가감없이 묘사하고 있으며, 무엇보다 전쟁의 기억을 잊지 않고 계승해 가겠다는 작가 메도루마의 의지가 돋보인다.

다만, 앞서도 언급했지만 오시로와 메도루마의 작품세계는 유사한 듯 보이지만 결코 같은 결이 아니다. 예컨대, 『평화거리라 이름 붙여진 거리를 걸으며平和通りと名付けられた街を歩いて』1986, 이하 『평화거리』로 약칭, 「1월 7일一月七日」1989 등의 작품 안에는 오시로 작품에서는 찾아보기 힘든 '대항폭력'으로 충만하다. 그것도 정면에서 다루기 어려운 천황(제)을 정조준 한다. 미국도 예외가 아니다. 『기억의 숲眼の奧の森』『전야(前夜)』2004~2007에 연재된 후, 2009년 가게쇼보(影書房)에서 단행본으로 간행에서는 오키나와전투 당시 미군에 의한 오키나와 여성 강간사건이 비중 있게 다루어지는데, 작품 전반에 흐르는 대항폭력의 양상은 정확히 미군을 향해 있다. 유년 시절부터 흠모하던 사

---

2   예컨대, 메도루마 슌의 『기억의 숲』에서는 사요코의 아버지, 구장을 비롯한 마을 남성들 간의 첨예한 갈등을 통해 권력에 복종하고, 타협, 협력하는 오키나와 공동체 내부의 모순 또한 드러내 보인다.

요코小夜子가 미군에게 성폭행을 당했다는 사실을 접하고 바다로 뛰어 들어가 가해자인 미군들을 향해 작살 공격을 감행하는 오키나와 청년 세이지盛治의 행동은 이 소설의 클라이맥스이자 메도루마식 대항폭력 양상이 가장 돋보이는 장면이라 할 수 있다.

이러한 측면은 오시로의『칵테일파티』나「2세」등 미군을 소재로 한 작품과 대비시켜 볼 때 그 차이는 더욱 선명해진다. 한 가지만 지적하자면, 오시로나 메도루마나 오키나와전투의 기억을 기점으로 선명해진 오키나와 공동체 내부의 균열과 모순을 드러내는 방식은 크게 다르지 않지만, 미군의 점령정책이나 본토에 대응하는 방식에 있어서는 적지 않은 차이를 보인다는 것이다. 메도루마의 경우, 전시-전후로 이어지는 국가폭력에 대한 비판적 시점이 일관되고 명확한 반면, 오시로는 앞서 언급한 것처럼 '복귀' 이전과 이후, 그리고 시기를 훌쩍 건너 뛰어 미일 양국 주도하의 기지경제에 포섭된 오키나와의 현재를 바라보는 시야에도 미세한 변화가 감지된다. 앞서 언급한 오시로 작품에는 보이지 않고 메도루마 작품에는 보이는 '대항폭력'이라는 개념이 아마도 두 작가의 작품 세계를 갈라놓은 분기점이 아닐까 한다.

이 글에서는 지금도 여전히 일상이 전장화되고 있는 현실을 폭로하고, 일상에 내재한 폭력에 맞선 저항의 불/가능성을 지속적으로 표출해 온 두 명의 오키나와 출신 작가 메도루마 순과 오시로 다쓰히로에 초점을 맞춰 생각해 보려고 한다. 궁극적으로는 제국의 식민지 이후, 전'후'를 살아가는 마이너리티 민족의 서사적 응전의 가능성과 한계를 전후 오키나와문학을 통해 짚어보는 일이 될 것이다.

우선 오시로의『후텐마여普天間よ』와 메도루마의『평화거리』를 통해 그러한 사정에 좀더 가깝게 다가가 보자.

2.『평화거리』와『후텐마여』의 '거리'

『평화거리』는 1983년 7월 12일부터 13일까지 황태자아키히토 천황 부부가 나하那覇를 방문하면서 벌어지는 이틀간의 이야기를 담고 있다. 오키나와 주민의 헌혈을 독려하는 이른바 '헌혈운동추진전국대회'에 참가하기 위한 목적이 있는 방문이었다. 황태자 부부의 방문일에 맞춰 경찰 당국은 이들을 경호하기 위해 사전에 동선을 철저히 계산하고 경비태세를 갖춘다. '과잉경비'라고 할 만한 데에는 이유가 있다. 1975년 오키나와에서 개최된 국제해양박람회오키나와의 일본복귀를 기념하기 위한 사업의 일환를 찾았던 황태자 부부가 화염병 테러에 급습당한 사건이 있었기 때문이다. 이 소설의 클라이맥스는 치매를 앓고 있는 '우타'가 "무시무시할 정도의 경비 태세"와 황태자 부부를 환영하는 인파 사이를 뚫고 두 사람이 탄 차량에, 그것도 얼굴 부위를 정조준한 듯한 '황갈색 손도장', 즉 자신의 배설물을 뿌려 더럽히는 장면이다.

그것은 우타였다. 자동차 문에 몸을 들이대고 두 사람이 보이는 창문을 손바닥으로 큰 소리를 내며 두들기고 있다. 검고 흰 얼룩진 머리카락을 산발한 원숭이 같은 여자는 우타였던 것이다. 전방과 후방에 있던 차에서 뛰쳐나

온 다부진 남자들이 우타를 차에서 떼어내더니 순식간에 황태자 부부가 탄 차를 몸으로 에워쌌다. 길바닥에 내동댕이쳐져 기모노 앞섶도 다 풀어헤쳐진 우타 위로 사파리 재킷을 입은 남자와 공원에서 라디오를 듣고 있던 부랑자 같은 남자가 덮친다. 양쪽 팔을 제압당했음에도 우타는 노인이라고 여겨지지 않을 만큼 난폭하게 날뛴다. (…중략…) 개구리처럼 사지를 늘어뜨리고 버둥거리는 비쩍 마른 다리 사이로 황갈색 오물로 범벅된 빈약한 음모와 벌겋게 짓무른 성기가 보인다. (…중략…) 정차해 있던 두 사람이 탄 차가 허둥지둥 떠난다. 미소 짓는 것도 잊은 듯, 겁먹은 표정으로 우타를 바라보던 두 사람의 얼굴 앞에 두 개의 황갈색 손도장이 찍혀 있던 것을 가주カジュ는 놓치지 않았다. 그것은 두 사람의 뺨에 찰싹 들러붙어 있는 듯했다.[3]

위의 인용문의 우타의 행동은 신성한 천황(제)에 대한 반기를 든 것임이 명백하다. 우타 이외에도 천황의 방문에 불편한 심기를 표출한 이들은 더 있다. 후미의 아들 세이안正安은 황태자 부부를 환영하기 위해 작은 일장기 깃발을 흔들며 이토만糸満 가도를 가득 매운 인파, 이들에게 미소로 화답하는 황태자 부부의 모습, 그리고 이들이 남부 전적지의 국립 전몰자묘원, 오키나와 평화기념당을 참배하고, 과거 오키나와 사범학교 여학생, 직원 등 224명이 합사된 히메유리 탑을 참배했다는 내용이 실린 신문 기사를 읽다가 집어 던지며, "전쟁에서 그만큼 피를 흘리게 해 놓고

3   目取真俊,「平和通りと名付けられた街を歩いて」,『沖縄文学全集』9, 国書刊行会, 1990, 110쪽.

무슨 얼어 죽을 헌혈대회야"[4]라는 뼈있는 일침을 가한다. 세이안이 에둘러 표현한 말 속에서 '헌혈운동추진전국대회' 이면에 자리한 국가폭력의 깊은 내상, 천황(제)으로 상징되는 일본 본토의 위선적 평화의 제스처를 발견하는 일은 그리 어렵지 않을 것이다. 우타와 마찬가지로 평화거리에서 노점상으로 잔뼈가 굵은 후미의 표현은 세이안의 그것보다 훨씬 더 직접적이고 구체적이다.

　　무슨 얼어 죽을 황태자 오키나와 방문 환영이라는 거야? 모두 과거의 아픔 따윈 잊었군. 후미는 뒤이어 오는 자동차를 무시하고 엉금엉금 기어가는 우익 선전차에 돌이라도 던지고 싶었다.
　　(…중략…)
　　어젯밤의 일이다. 구장區長 니시메 소토쿠西銘宗德가 일장기日の丸 깃발 두 개를 가져왔다.
　　"뭐야 그건?"
　　술이라도 마신건지 불쾌해진 얼굴을 번들거리는 소토쿠를 후미는 차갑게 바라봤다.
　　"내일 황태자 전하와 미치코 황태자비가 오시는 날이잖아. 모두 환영하러 나간다고 해서 깃발을 나눠주러 왔어."
　　"왜 우리가 깃발을 흔들어야 되는 건데?"
　　"그거야 마음의 표현인 거지. 마음."

4　위의 책, 101쪽.

"마음이라고?"

"황태자 전하를 환영하는 마음이랄까."

"환영? 그게 말이 된다고 생각해? 전쟁에서 너희 형과 누나 다 잃었잖아. 그런데도 환영할 마음이 들어? 나는 네 누나가 아단阿丹 잎으로 만들어준 풍차를 아직도 기억해. 기쿠キク 언니는 상냥하고 좋은 사람이었어. 그런데 언니는 여자정신대에 끌려가서 아직 유골도 찾지 못했어. 너도 알잖아. 네 누나가 널 얼마나 예뻐했는지……."

(…중략…)

후미는 깃발을 거칠게 잡아채더니 마당에 내동댕이쳤다.[5]

천황(帝)에 반기를 든 우타가 정상적인 사고가 불가능한 '치매'라는 설정이라면, 후미는 우타와는 딸뻘 되는 나이 차이이지만 그것에 매우 자각적이며 예리한 성찰력을 갖춘 존재로 그려진다. 앞서 우타의 행동이 치매를 앓는 병약한 노인의 돌발적인 행동으로만 치부될 수 없음을 증명하는 존재가 바로 이 후미인 것이다. 이 소설에서 후미의 역할은 표면적으로는 평화거리를 온통 자신의 배변으로 더럽히며 헤매고 다니는 우타에게 얼굴을 찌푸리는 사람, 호기심 어린 시선을 보내는 사람들로부터 우타를 지켜내는 일이지만, 실은 우타의 불완전한 기억, 즉 오키나와전투를 기억하고 계승하는 역할이 부여되고 있음을 소설 곳곳에서 간파할 수 있다.

오키나와 북부 얀바루山原 출신인 우타는 오키나와전투 당시 방위대

5   위의 책, 97~98쪽.

에 동원되었다가 행방불명이 된 남편과 어린 나이의 장남을 잃었다. 이후 둘째 아들 가족과 함께 나하로 내려와 평화거리에서 생선 좌판을 열어 생계를 꾸려오고 있다. 한때 시장 상인들의 돈을 갈취하는 폭력단에 맞설 정도로 평화거리의 소문난 여장부였던 우타를 후미는 누구보다 잘 따랐고, 장남을 잃은 슬픔을 내색하지 않았지만 그녀의 슬픔에 깊이 공감하는 인물로 등장한다. 또한, 자세한 설명은 생략되어 있지만 후미 역시 전쟁에서 아버지와 오빠를 잃은 것으로 묘사된다.

우타의 기억이 남편과 아들을 잃은 비극적인 오키나와전투 당시로 소환되었다면, 후미는 그 기억은 1983년 '지금' '여기'로 끌어와 현재화시켜 보인다. 후미가 이끄는 대로 따라가다 보면, 1983년 현재, 아직 도래하지 않은 오키나와의 전'후' ― 메도루마식 표현으로 말하면 '전후 제로년戰後ゼロ年' ― 의 일상과 마주하게 된다.

우리 아버지도 오빠도 천황을 위해서라며 군대에 끌려가서 전쟁에서 죽었어. 천황이든 황태자든 내 눈앞에 나타나기만 하면 귀싸대기를 날리고 싶다구. 그래도 말이지 아무리 그렇다 해도 내가 설마 칼로 찌르기야 하겠어? 그놈들도 사람인데. 그런데 그 남자가 얼마 전에 나한테 뭐라고 한 줄 알아? 너도 옆에서 들었잖아. 아주머니야 안 그런다고 해도 누군가 아주머니의 칼을 빼앗아서 찌를지 모르지 않느냐고. 썩을 놈. 누가 내 소중한 칼을 그런 일 따위에 쓰겠어. 그런 말도 안 되는 소릴 듣고 있으니 우릴 더 우습게 아는 거야. 난 무슨 일이 있어도 장사 나갈 테야.[6]

황태자 부부에게 위해를 가하는 요소를 사전에 차단하기 위해 치매에 걸린 우타를 비롯한 시장 상인들을 지속적으로 감시했을 뿐만 아니라, 차량 행렬이 지나가는 당일은 휴업할 것을 강요하지만 후미는 이를 완강히 거부한다. 경찰 당국의 휴업 경고를 무시하고 평소대로 생선 좌판을 열겠다는 후미의 의지를 국가권력에 대한 저항 내지는 도전으로 읽어내는 것은 그리 과도한 해석이 아님을 알 수 있을 것이다. 고명철의 지적대로 두 여성이 생선 장사로 생계를 이어가는 평화거리는 역설적이지만 "전쟁의 트라우마를 잠시 잊고 살아남은 자들의 삶을 유지시켜 주는 신생의 터전"이자, "잊힐 만하면 그때의 참혹한 기억이 소환되는 그리하여 억압된 것이 귀환하는 역사의 현장"[7]이기도 한 것이다.

「1월 7일」의 경우는 『평화거리』보다 한층 더 사적인 일상 속으로 파고든다. 제목 그대로 1월 7일의 하루를 다룬다. 이 작품이 발표된 해가 1989년이므로, 작품 속 배경은 정확히 1989년 1월 7일이 될 것이다. 이날은 쇼와 천황昭和天皇이 세상을 떠난 날이기도 하다. 일본 본토에서는 결코 평범할 수 없는 이날을 메도루마는 어떻게 그리고 있을까?

소설 첫 장면에서 젊은 남녀의 섹스 장면과 함께 "천황 폐하가 죽었대"[8]라며 아무렇지 않게 천황의 '붕어崩御' 소식을 전한다. 젊은 두 남녀는 텔레비전 뉴스에서 흘러나오는 검은 상복 차림을 한 아나운서의 '붕어'라는 말뜻을 이해하지 못하는 것은 물론, 천황이 아직도 살아있냐며 반

---

6 위의 책, 107쪽.

7 고명철, 「'해설' 문학적 보복과 문학적 행동주의」, 메도루마 슌, 곽형덕 역, 『어군기』(메도루마 슌 작품집1), 문, 2017, 300쪽.

8 目取真俊, 「一月七日」, 『魚群記』(目取真俊短篇小説選集1), 影書房, 2014, 314쪽.

문하기도 한다. 무료함을 달래기 위해 집을 나선 남자는 파친코 가게를 찾았으나 "천황 폐하가 붕어함에 따라 오늘은 폐점합니다"[9]라는 문구를 접하고, 여전히 '붕어'라는 한자를 읽지도, 이해하지도 못한다. 그런 건 관심 밖이고 천황 폐하가 죽으면 어째서 파친코 문을 닫아야 하는지 그 이유가 더 궁금할 뿐이다. 남자는 천황 폐하가 필시 일본 파친코 조합 명예회원이었을 거라고 마음대로 추측하고 납득해 버린다. 그리고 발길을 돌려 성인영화관에서 새벽 3시까지 포르노를 즐긴다. 여기까지의 남자의 하루는 같은 날 본토 젊은이들의 일상과 그렇게 멀지 않은 곳에 있다고 하겠다.[10]

그러나 다음 장면에 이르면, 천황의 죽음이 오키나와인에게 어떤 의미인지 되묻지 않을 수 없게 된다.

엉겁결에 박수를 친 순간 총성이 울리더니 내지인 아가씨와 애정 행각을 벌이던 미국인이 연속해서 총알을 다섯 발 쏜다. (…중략…) 오가네쿠大兼久는 새빨갛게 물든 몸에서 젖 먹던 힘까지 다 짜내서 "천황 폐하 만세"를 외치더니 죽 늘어선 기동대의 두랄루민 방패로 돌진하며 쇼윈도를 뛰어넘으려다 그만 길바닥에 고꾸라져 숨이 끊긴다. "너희들은 완전히 포위됐다. 쓸데없는

---

9 위의 책, 317쪽.
10 가노 미키요(加納実紀代)에 따르면, 일본 정부는 쇼와 천황의 사망을 기해 '가무음곡자숙(歌舞音曲自肅)'이라는 경고를 내거는 등 '자숙' 분위기를 유도했지만 자숙은커녕 평소보다 열기가 고조되었다고 한다. 당시 유행하던 "천황 폐하도 그편을 더 기뻐하실 것이다"라든가 "천황 폐하가 기뻐하지 않으실 것이다"라는 말은 당시 '자숙'을 원치 않던 국민들에게 좋은 명분이 되었다고 한다. 가노 미키요, 손지연 외역, 『천황제와 젠더』, 소명출판, 2013, 107~108쪽.

저항은 멈추고 즉시 나오라" (…중략…) 갑자기 확성기 소리가 바뀌더니, 미국인의 발음인 듯한 우치나 야마토구치沖縄大和口로 "나오시오. 아무 일도 없을 겁니다. 어서 나오시오"라며 호소한다. "거짓말이야" 갑자기 뒤쪽에서 큰소리가 들려온다. "모두 속으면 안 돼. 나가면 남자는 고환을 뽑히고 여자는 폭행당하고 살해될 거야"라며 50이 넘은 남자가 자리를 박차고 일어나 소리를 지른다.[11]

총성이 울리고 난투극이 벌어지는 위의 장소는, 남자가 허기를 달래기 위해 찾은 국제거리国際通り에 자리한 맥도널드다. 평소라면 '미국인', '내지인일본 본토인', '오키나와인'이 함께 모여 있어도 위화감이 없는 곳이지만, 천황이 세상을 떠난 이날의 맥도널드 공간은 1945년 오키나와전투 당시로 되돌려진다. 미국인의 총에 맞아 죽음에 임박한 오가네쿠가 "천황 폐하 만세"를 외치는 장면은 오키나와전투에서 "천황 폐하 만세"를 외치며 죽어간 오키나와 주민들을 상기시킨다. 오키나와 방언과 일본어가 뒤섞인 미국인의 발음인 듯한 '우치나 야마토구치' 사용자의 호소를 믿지 못하는 50대 남자. 이 50대 남자는 미군에게 포로로 잡혀 수치를 당하느니 천황 폐하를 위해 '옥쇄玉碎'하라는 일본군의 명령을 충실하게 재현한다. 이 짧은 문장은 전전-전시 오키나와인에게 가해졌던 구조적 폭력의 양상을 해학적으로 승화시킨 것으로 높은 평가를 받고 있는 지넨 세이신知念正真의 희곡『인류관人類館』1976을 응축시켜 나타내 보인 듯하다.

11　目取真俊,「一月七日」, 앞의 책, 324~325쪽.

천황 폐하가 세상을 떠났다는 사실조차 알지 못하며, 젊은 남자의 무심한 반응은 그렇다 하더라도, "아하. 동쪽 섬의 그 천황 폐하 말이구나. 그래 그 사람이 죽었다더냐. 언제?"[12]라고 되묻는 (전화의 비극 한가운데를 뚫고 살아남았을) 한쪽 귀를 잃은 남자의 친척 할아버지의 무심한 반응을 액면 그대로 무심히 넘길 수 없는 이유다.

전후 40여 년이 지나고 있지만 여전히 일상적이고 개인적인 부분에까지 국가권력이 미쳤던 1983년·오키나와라는 시공간. 그리고 1989년 1월 7일, 쇼와 천황이 세상을 떠난 날의 오키나와 번화가의 하루. 이 평범해 보이지만 특별한 오키나와의 전후의 일상은 오시로 다쓰히로의 작품에서도 찾아볼 수 있다.

『후텐마여』의 배경은 지금은 후텐마 기지가 자리하고 있는 옛 기노완宜野湾村, 현 기노완시에서 옆으로 밀려나 새롭게 조성된 마을로, '기지 속 오키나와'를 살아가고 있는 이들의 일상 속으로 깊숙이 파고든다. 『평화거리』의 우타와 후미의 관계와 마찬가지로 오키나와전투를 경험하고 현재 가벼운 치매 증세를 보이는 할머니와 손녀 '나'신문사 사장 비서, 25세가 이야기의 중심축을 이룬다.

'나'는 미군에게 점령당해 지금은 자유롭게 드나들 수 없는 후텐마 기지 ─ '시설 내 입역허가신청서施設内入域許可申請書'를 받아야만 제한적으로 입역이 허가된다 ─ 안에 파묻어 놓았다는 선조 대대로 내려온 '별갑 빗龜櫛'을 되찾고자 하는 할머니의 의지에 강한 힘을 실어 주는 인물이다. 그

<hr />

12 위의 책, 319쪽.

런 할머니의 의지를 미군에 대한 저항으로 받아들였던 '나'와 달리 아버지의 반응은 회의적이다. 그는 젊은 시절 "오른쪽 귀로는 미국 비행기의 폭음을 듣고, 왼쪽 귀로는 복귀운동을 외치는 소리를 듣는"[13] 조국복귀운동에 앞장서 온 인물이지만, 지금은 조국복귀운동이든 기지반환운동이든 사사로운 일에 얽매이기보다 큰 틀에서 생각해야 한다는 다소 유연해진 모습으로 바뀌었다. 무엇보다 기지경제의 혜택, 군용지 사용료의 수혜를 둘러싼 갈등이 부모 자식 세대를 넘어 계속되고 있는 현실 앞에서 자신이 나아갈 방향성을 잃어버린 위축된 모습으로 그려진다.

『평화거리』에도 이와 유사한 상황이 묘사되어 있다. 이를테면, 황태자 부부를 환영하기 위한 일장기를 나눠주러 온 소토쿠와 그런 그의 행동을 호되게 꾸짖는 후미의 대화에서, "일장기를 흔들며 일본인의 한 사람으로서 '황태자 전하'를 환영하자는 소토쿠와 황태자 역시 전범과 다름없다고 생각하는 후미는 같은 대상을 바라보면서도 큰 시차視差를 보이고 있"[14]음을 간파할 수 있다. 군용지 사용료의 수혜인 구장 소토쿠는 "이 냉장고, 이 부엌, 이런 물건들을 사들이는 데 기지 덕이 없었다고 말할 수 있냐"[15]며 기지반대운동에 불편한 심기를 표출했던 『후텐마여』의 히가比嘉를 연상시킨다.

이에 더하여 주의를 요하는 것은, 『평화거리』의 우타와 후미로 이어지는 저항 방식과 할머니와 '나'로 이어지는 저항 방식의 차이다. 여기서

---

13 오시로 다쓰히로, 손지연 역, 「후텐마여」, 김재용 편, 『현대 오키나와문학의 이해』, 역락, 2018, 320쪽.

14 조정민, 『오키나와를 읽다』, 소명출판, 2017, 199~200쪽.

15 오시로 다쓰히로, 손지연 역, 앞의 책, 355쪽.

저항 방식이라는 표현은 전시-전후로 이어지는 국가폭력의 기억을 계승해 가는 방식으로 바꿔 말해도 무방하다. 할머니의 '별갑 빗 찾기'의 불/가능성은 기지와 일상을 공유해야 하는 이른바 '기지 속 오키나와'의 현실 그 자체를 상징하기도 하지만, 기지 피해의 최전선에서 벗어날 탈출구를 찾지 못하고(혹은 찾고서도) 물러서지도 앞으로 나아가지도 못하고 '현실' 앞에 멈춰서버린 듯한 작가 오시로를 대변하는 것이기도 하다. 주민들의 출입이 제한된 후텐마 기지 안에 자리한 돈누아미殿の山에서 '별갑빗'을 찾겠다는 할머니에게서 더 이상 '증오의 그림자'를 찾아볼 수 없으며, 시끄러운 군용기 소음의 방해에도 류큐 전통 무용을 끝까지 완벽하게 소화해 내는 '나'의 모습 등은 확실히 『평화거리』의 우타와 후미의 파격적인 행보와는 거리가 멀어 보인다. 천황의 존재, 후텐마 기지 모두 오키나와 안의 금기의 영역이자, 국가폭력으로 점철된 신식민지적 상황의 오키나와를 상징한다고 할 때, 한쪽은 천황의 얼굴에 똥칠을 한다는 파격적이고 '불온'한 상상력이, 다른 한쪽은 기지 피해에 최전선에 서 있지만 이에 굴복하지 않겠노라고 다짐하는 '현실'에 방점을 둔 상상력이 작동한 데에서 두 작가 사이에 가로놓인 두터운 장벽을 가늠할 수 있을 것이다. 이어지는 장에서 그에 대한 실마리를 찾아보자.

3. 국가폭력에 맞선 저항의 불/가능성

1) 오시로 다쓰히로 vs. 아라카와 아키라·메도루마 슌

1996년 오시로 다쓰히로는 「광원을 찾아서光源を求めて」라는 제목의 자전적 에세이를 발표한다. 이 글은 이후 아라카와 아키라新川明를 비롯한 문인, 평론가들의 거센 반발에 부딪히게 된다. 메도루마 슌도 『게시카지 けーし風』 지상에 오시로 글이 안고 있는 문제점들을 다음과 같이 통렬하게 비판한다.

오시로 다쓰히로가 오키나와타임스沖縄タイムス 지상에 「광원을 찾아서」라는 자전적 에세이를 연재하고 있다. 매일 아침 이 에세이를 읽고 있자면 종종 헛웃음이 터져 나온다. 문장 전체를 덮고 있는 자기만족적인 어조에다 넉살좋게 여기저기 늘어놓은 자기자랑들. 분명 전후 소설뿐만 아니라 문화 상황 전반에 걸쳐 오시로가 미친 영향과 성과는 크다. 그러나 아무리 자전적 에세이라고 해도 때로는 스스로를 냉철하게 바라보고 과거의 비판에 대해서도 진지하게 재검토하는 자세를 갖지 않는다면 점점 자기자랑에 도취되기 마련이다.

아울러 이 에세이를 읽으면서 오시로와 동시대를 살아온 시인이나 소설가, 비평가들은 왜 아무런 비판이 없는지 의문이다. 많지 않은 오시로 비판자로 알려진 아라카와 아키라와 가와미쓰 신이치川満信一의 담론을 요시모토 다카아키吉本隆明의 영향이라고 한마디로 정리해 버린다거나, 해양박람회 당시 쏟아졌던 비판에 대한 울분을 털어버리기라도 하듯 '대교역大交易 시대'를 강조하며 피력하는 것 등은 논쟁을 불러일으킬 만한 발언이다. 천황의 치졸한 류카琉歌를 상찬하고, 훈장을 받고 기뻐하는 것은 보이지 않는 곳에서 혼자 웃어 넘겨버리면 그만이다.

　그런데 언젠가는 역사의 한 증언으로 남게 될 에세이다. 아무런 비판 없이 유통된다면 50년대, 60년대 등을 아주 먼 과거로밖에 인식하지 못하는 세대에게는 오시로가 쓴 글이 액면 그대로 당시의 사정이라고 받아들여질 수 있을 것이다. 동시대를 살아온 사람들이 다른 각도에서 증언과 비판을 가하고, 거기에서 논쟁이 불거져야 비로소 오키나와 전후 문학사의 건전한 검증도 가능하게 될 터이다.[16]

　메도루마가 오시로와의 논쟁의 필요성을 촉구하는 대상은 1950년대에 류큐대학 동인지 『류대문학琉大文学』을 함께 이끌어간 아라카와 아키라, 가와미쓰 신이치 등이다. 위의 발언과 거의 동시에 아라카와 아키라는 「오시로다쓰히로론 노트大城立裕論ノート」라는 제목으로 「광원을 찾아서」를 둘러싼 비판을 전개한다. 가장 문제가 된 것은 50년대 『류대문학』 활동이 문학에 어떤 공헌을 했는지 물으며 "문학의 가능성의 싹을 모조리 뽑아내버린 죄는 크다"라며 아라카와 아키라로 대표되는 동인들을 전면 부정하는 듯한 내용이다.[17]

　오시로와 아라카와를 비롯한 동인들의 주의주장이 크게 엇갈리는 지점은 바로 이 50년대 『류대문학』의 행보와 깊은 관련이 있다. 정확히는

16　目取真俊, 「沖縄の文化状況の現在について」, 『けーし風』 13号, 1998.12, 28쪽.

17　新川明, 『沖縄・統合と反逆』, 筑摩書房, 2000, 153쪽.

1956년 미군의 탄압을 받은 대학 당국이 『류대문학』을 발행정지 처분을 내린 데에 기인한다. 아라카와가 밝히고 있듯 이 시기는 '암흑시대'를 거쳐 미군지배에 대한 총반격의 성격을 띤 '섬 전체 투쟁島ぐるみ闘争'의 시대로 그야말로 오키나와 전역이 격동하는 시대였다. 1954년 오키나와를 무기한 관리한다는 아이젠하워 미 대통령의 발언을 시작으로, 미국 민정부의 군용지 사용료 일괄지불 방침과 이에 대응하는 류큐입법원의 '토지를 지키는 4원칙' 등이 연이어 발표되었다. 『류대문학』이 발행정지 처분을 받게 되는 1956년을 전후한 시기도 군용지 문제를 둘러싸고 '섬 전체 투쟁'이 격화되던 때와 맞물린다. 류큐대학 학생회도 프라이스권고 반대 운동 등에 적극적으로 나서자 미국 민정부는 대학 당국을 압박해 반미 성향을 보이는 학생들을 제적이나 근신 처분하고, 그 과정에서 『류대문학』도 발행이 금지된다. 복간되는 것은 이듬해인 1957년 4월, 12호부터다. 이 12호에 오시로가 「주체적인 재출발을主体的な再出発を」이라는 제목의 글을 싣는데, 그 안에서도 『류대문학』의 문학적 유효성을 부정하며 주체성을 회복하자는 취지의 발언을 한다. 이에 대해 아라카와는 오키나와의 엄혹한 현실을 문학에 반영하는 것이야말로 '문학하는 자의 주체성'이라는 취지의 반박문을 『오키나와문학沖縄文学』에 발표한다.[18]

「광원을 찾아서」를 둘러싼 논쟁이나 그 불씨가 된 1957년의 문학자의 '주체성'이라는 문제는 간단치 않지만, '문학과 정치를 분리하는 것이 문학자의 주체성을 찾는 길'이라는 오시로의 입장과 '정치적 현실을 문학

---

18   新川明, 「『主体的出発』ということ―大城立裕氏らの批判に応える」, 『沖縄文学』 2号, 1957.12.

에 반영하는 것이 문학하는 자의 '주체성'이라는 아라카와의 입장으로 거칠게 나눌 수 있을 것이다. 그런데 아이러니하지만 오키나와가 직면한 정치적, 사회적 현실과 동떨어진 오시로 문학을 생각하기 어렵다는 것이다. 그에 대한 답은 앞서 살펴본 『평화거리』와 『후텐마여』의 차이, 다시 말해 국가폭력을 내파하는 문학적 상상력의 차이에서 찾을 수 있을 듯하다.

메도루마가 오시로의 「광원을 찾아서」를 일갈하며 언급한 해양박람회, 천황, 훈장 수여 등의 글귀는 『평화거리』가 발신하는 메시지를 상기시키기 충분하다.[19] "당시 쏟아졌던 비판에 대한 울분을 털어버리기라도 하듯"이라는 표현에서 오시로가 깊이 관여했던 오키나와 국제해양박람회에 대해 메도루마 역시 비판적인 입장임을 분명히 하고 있다. 당시 비판의 목소리는 아라카와의 앞의 저술에 자세한데, 해양박람회를 문화문제로 바라봐야 한다는 오시로의 입장과 정치문제이자 경제문제로 바라봐야 한다는 아라카와, 가와미쓰 등 『류대문학』 동인들의 이해가 충돌한 것으로 읽을 수 있다. 중요한 것은 메도루마가 동인들의 반론을 촉구할 만큼 오시로의 글에 강하게 불만을 느끼고 있다는 사실이다. "천황의 치졸한 류카를 상찬하고, 훈장을 받고 기뻐하는 것은 보이지 않는 곳에서 혼자 웃어 넘겨버리면 그만"이라는 메도루마의 뼈있는 일침 또한 그리 새롭지 않다. 「광원을 찾아서」가 나오기 전, 정확히 10년 전인 1986년, 메도루마는 이미 우타의 불완전한(혹은 완전한) 기억을 후미가 완벽하게 보완하며 오키나와 주민의 일상 속으로 파고든 천황(제)으로 상징되

---

19   오시로는 1990년과 1996년에 각각 자수포장(紫綬褒章)과 훈4등욱일소수장(勳四等旭日小綬章)을 수여하였다.

는 국가권력을 무력화시켜 보인 바 있기 때문이다.

오시로를 비판하는 이들도 입을 모아 인정하듯, 오시로가 전후 오키나와문학에 끼친 영향은 실로 다대하다. 오시로를 누구보다 통렬하게 비판했던 아라카와 또한 오시로의 아쿠타가와상 수상을 오키나와 근대문학사상, 민중정신사상 그 유례를 찾기 어려울 만큼 역사적 의미가 있는 것으로 평가한다.[20] 마찬가지로 메도루마 순이라는 작가 또한 오키나와 문단에서 빼놓을 수 없는 존재라는 것은 새삼 언급할 필요도 없을 것이다.

이상의 1950년대와 1990년대의 오키나와의 문단 사정은 두 작가의 커다란 입장 차이와 함께 국가폭력의 전후적 기억 혹은 국가폭력을 내파하는 문학적 상상력이 어디에서부터 배태되었는지 가늠케 한다. 그렇게 배태된 그들의 문학은 궁극적으로 어디로 향하고 있을까?

2) 메도루마 순 문학이 향하는 곳 – 오키나와와 조선인 '위안부'

오키나와문학이 우리에게 시사적인 것은 무엇보다 한국, 중국, 일본, 타이완, 재일 등 동아시아와의 깊은 관련성을 놓치지 않는 중층적이고 복안적인 사유로 충만하기 때문이다. 이 가운데 조선인 '위안부'와 군부를 오키나와 내부의 문제와 불가결한 것으로 묘사해온 방식은 우리에게도 적지 않은 시사점을 던져준다.

조선인 '위안부'와 군부의 모습은 오키나와 소설에 매우 자연스러운 형태로 녹아들어 있다. 예컨대, 오시로 다쓰히로의 『신의 섬』1968, 마타요

---

20   新川明, 앞의 책, 153쪽.

시 에이키又吉栄喜의 『긴네무 집ギンネム屋敷』1980, 메도루마 슌의 『나비떼 나무群蝶の木』2000, 사키야마 다미崎山多美의 『달은, 아니다月や, あらん』2012, 『운주가, 나사키うんじゅが, ナサキ』2016 등의 작품을 들 수 있는데, 이들 작품 가운데 『나비떼 나무』와 『신의 섬』에 주목해 보자.

아래의 인용문은 『신의 섬』에서 발췌한 조선인 '위안부'와 군부에 대한 묘사이다.

"이 벼랑 위에 서 있으면요 선생님, 아래에서 불어오는 바람에 조선인 군부나 위안부의 외침이 실려와 들려오는 것 같은 느낌이 들어요."

(…중략…)

"그 안에 조선인이 섞여 있었어요. 군인이 아닌 군부와 위안부 말이에요."

"그들도 도민을 내쫓았다는 건가?"

"모르겠어요. 어쩌면, 있었을지 모르죠……."

"그게 무슨 의미지?"

"도민과 조선인 사이에 갈등은 없었을까 하는 생각이 들어서……."

"과연. 그렇다면, 저기에서 불어오는 조선인의 외침이라는 것은 도민들로부터 반격을 받아서……?"

"그럴지도 모르죠. 군인에게 학대당한 고통의 외침이기도 하지 않을까요? 그리고 저 군인 가운데엔 야마토인도 오키나와인도 있고……."

"말하자면 야마토인과 오키나와인, 조선인이라는 3파 갈등이라는 건가. 자네 영화는 그런 것도 다루나?"[21]

'섬 전몰자 위령제'를 둘러싸고 다미나토田港와 요나시로与那城가 대화를 나누고 있는 장면이다. 섬 초등학교 교사 출신인 다미나토는 위령제에 초대받아 섬을 떠난 지 23년 만의 방문이었고, 카메라맨인 요나시로는 오키나와를 배경으로 영화를 제작하기 위해 섬을 찾았다. 요나시로는 오키나와전투에서 희생된 이들을 기리는 위령제가 가해자와 피해자의 구분 없이 치러지는 데에 비판적이다. 그런 요나시로가 오키나와전투 당시 피난해 있던 방공호를 가리키며, 저곳에 일본군이 들어와서는 안에 있던 주민들을 내쫓고 점거했다는 이야기를 들려준다. 개중에는 조선인 군부와 위안부도 있었는데, 그들도 주민들을 내쫓는데 가담하지 않았으리라는 확신까지는 아니지만 의심을 거두지 않는 듯한 발언도 이어진다.

위의 대화에서 요나시로가 피력하고자 하는 바는, 다미나토가 꿰뚫고 있듯 "야마토인과 오키나와인, 조선인이라는 3파 갈등"에 다름 아니다. 그렇다고 할 때, 이 요나시로의 포지션은 가해자와 피해자를 구분하자는 쪽인지, 그 반대인건지 상당히 애매해진다. 거기다 "위령제의 영령을 섬사람들만으로 독립시키"[22]자는 주장까지 겹쳐지면서 요나시로라는 인물에 대한 평가는 한층 곤혹스러워진다. 그러나 한 가지 분명한 것은, 작가 오시로의 관심은 애초부터 조선인 '위안부'나 군부 그 자체에 놓여 있지 않았다는 것이다. 그보다는 가해와 피해의 구도가 복잡하게 뒤엉킨 역설적 함의를 다양한 각도에서 드러내기 위함이며, 그 과정에서 조선인

21　오시로 다쓰히로, 손지연 역, 「신의 섬」, 『오시로 다쓰히로 문학선집』, 글누림, 2016, 188~189쪽.

22　위의 책, 191쪽.

위안부와 군부가 '포착' 내지는 '발견'된 것으로 보아야 할 것이다.

　반면, 『나비떼 나무』의 경우는 사정이 조금 다르다. 이 소설의 주인공은 고제이ゴゼイ다. 고아로 자란 고제이는 창관娼館에서 잡일을 도맡아 하면서 노래와 산신三線을 익혔고, 나이가 들어 "남자에게 교태와 몸을 팔며"[23] 보내다 어느덧 23살이 되었다. 오키나와전투가 발발하면서 나하의 유곽에 있던 고제이도 얀바루에 있는 일본군 장교 위안소로 끌려가게 되고, 그 안에서 하급 병사들을 상대하는 조선인 위안부들을 접하게 된다. 그 후로 고제이에게 혹독한 나날들이 이어졌는데, 유일한 낙이라면 마을 청년 쇼세이昭正와 유우나ユウナ 나무 아래에서 만남을 갖는 것이었다. 지능이 떨어져 보이는 쇼세이는 징병을 피하기 위해 스스로 손목을 자해한 탓에 왼팔이 불편하고 오른쪽 다리도 절면서 다닌다. 일본의 패배가 확실시되는 가운데 고제이와 조선인 '위안부'들은 위안소에서 십수 명의 일본군 부대원과 함께 마을 남쪽 산속으로 이동해 가던 중, 쇼세이가 일본군에게 양팔을 결박당하고 무릎을 꿇린 채 고문당하는 모습을 고제이는 고통스러운 심정으로 목격한다. 고제이와 조선인 여성 한 명은 가까스로 살아남았지만 나머지는 생사를 달리했다.

23　目取真俊, 『群蝶の木』, 朝日新聞社, 2001, 24쪽.

가까이서 조선인 여자의 신음소리가 들린다. 맞고 있는 건지, 능욕당하고 있는 건지, 이런 깊은 산속 동굴까지 도망쳐 와서 미군에게 일방적으로 당하기만 하는 겁쟁이 주제에 여자 몸을 희롱하는 건 여전한 썩을 놈들. 위안소에서 끌려온 조선인 여자는 처음엔 네 명이 있었는데 한 명은 도중에 어디론가 사라지고, 두 명은 함포사격 파편에 맞아 내장과 목이 파열돼 사망했다. (…중략…) 손을 더듬어 조선인 여자를 찾아 동굴 속 냉기로 차갑게 식은 서로의 몸을 데운다. (…중략…) 조선인 여자는 몸을 떨면서 고제이에게 달라붙는다. 아직 열일곱이나 열여덟 정도의 여자였다. 이름도 모르는, 삐ピー라고 불리는 그 여자를, 고제이는 자신의 처지보다 더 힘들었을 거라며 안쓰러운 마음에 등과 팔을 어루만져주었다.[24]

그 고제이도 장교 녀석들을 상대하는 위안부였지……산에 피난했을 때도 계속 장교들과 함께 했다는 것 같은데……전후에는 고제이 혼자 마을에 남았어. 그 조선인 여자들은 어떻게 됐을까…….[25]

들것에 실려 가고 있을 때, 햇볕 때문에 눈도 몸도 아파 견딜 수 없었다. 조선인 여자가 가까이 다가와 머리카락과 뺨을 어루만지고 손을 꼭 잡으며 무언가 말을 건넸는데, 들을 기력조차 남아있지 않았다. 이름도 모른 채 헤어졌던 것이 가슴 아프게 다가온 것은 아주 오랜 시간이 흐른 후였다.[26]

---

24 위의 책, 210쪽.
25 위의 책, 216쪽.
26 위의 책, 220쪽.

이 소설에서 특히 눈에 띄는 것은, 일본군 '위안부'로 이리저리 끌려 다니며 성적 착취를 당하는 고제이의 고통스러운 모습과, 그런 고제이를 묘사하는 장면에 어김없이 등장하는 같은 처지의 조선인 여성이다. 엄밀히 말하면 조선인 여성들은 고제이와 같은 처지라기보다 고제이보다 더 열악한 상황에 놓여 있음을 반복해서 묘사한다.

조선인 '위안부'를 향한 고제이의 시선을 앞서의 요나시로의 시선과 겹쳐 읽을 때, 오시로와 메도루마의 서로 다른 포지션은 더욱 명확해진다. 오시로에게 있어 마이너리티와 마이너리티 사이에 존재하는 미세한 차이와 균열을 읽어낸다는 것은, 곧 '오키나와인은 누구인가' '일본인은 누구인가'라는 근원적인 물음 앞에서 끊임없이 분열하는 자신의 모습을 확인하는 일이었던 듯하다. 요나시로로 하여금 오키나와 주민과 조선인 '위안부', 군부, 일본군을 '3파 갈등'이라 명명하며 미세하게 구분하려 한 것도 그런 이유에서가 아닐까. 다만, 이 소설이 발표된 시기가 1960년대 라는 이른 시기임을 감안할 필요가 있다. 그로부터 20여 년 후『아침, 상하이에 서다』에 등장하는 조선, 중국, 타이완 등 피차별 마이너리티 민족 간 양상은 이전과 조금 다르게 표출된다. 소설이 전개되는 내내 주인공 '지나知名'(=오시로 자신)는 피차별 마이너리티 민족과 거리를 두며 '오키나와=일본인'임을 확인하는데, 조선 출신 '가나이金井'는 그것을 비추는 반사경이 된다. 이 또한『나비떼 나무』에서 고제이가 보여준 조선인 '위안부'와의 교감과는 거리가 있다.

4. 오키나와와 아시아의 관련성을 의식한다는 것

메도루마는 최근『얀바루의 깊은 숲과 바다에서ヤンバルの深き森と海より』影書房, 2020라는 제목의 에세이집을 간행했다. 이 안에는 2006년부터 2019년 5월까지 신문, 잡지 지상에 발표했던 시평과 평론이 실려 있다. 그 첫 페이지를 장식한 글은「오키나와전투의 기억」『文學界』, 2006.5이라는 제목의 자신의 고모에게서 전해들은 전쟁체험담이다. 당시 17살이던 고모는 메도루마가 나고 자란 오키나와섬 북부 나키진今帰仁에서 전쟁을 맞았고, '우군일본군'이 접수한 초등학교에서 취사 노동에 동원되었다고 한다. 아울러 마을 병원을 '위안소'로 개조해 '여관'에서 일하던 오키나와 여성들을 일본군 '위안부'로 삼았다는 이야기도 등장하는데, 이것을『나비떼 나무』의 고제이의 인물조형에 반영했다고 밝히고 있다.[27] 당시 오키나와 중남부는 극도의 빈곤으로 어린 자식을 여관 등지로 팔아넘긴 사례가 빈번했는데 '고제이'는 이처럼 오키나와 안에서도 더 한층 취약한 처지에 놓여 있던 여성을 대변하는 것이리라. 작가의 고모가 취사 노동에 동원되었던 것은 '고제이'로 형상화된 극빈층 여성들에 비해 환경이 그나마 나았음을 의미하는 것이기도 하다. 무엇보다 일본군의 패전 이후에도 여전히 미군을 상대로 한 미군용 '위안소'에서 끝나지 않은 전'후'=전후 제로년을 살아가야 했던 이들 여성의 문제가, 일본 본토가 그러했듯 마을 여성들을 미군으로부터 보호하기 위해 마을 대표들이 이에 앞장

---

27   日取真俊,『ヤンバルの深き森と海より』,影書房, 2020, 10~12쪽.

서거나 묵인한 데에서 파생한 것임을 분명히 한다. 더 나아가, 그 가운데에는 적지 않은 수의 조선인 여성들이 포함되어 있으리라는 점을 지적하며, 오키나와인의 피해만이 아니라, 가해 사실에 대해서도 철저히 밝힐 것을 촉구한다. 이 글의 집필시기보다 훨씬 앞선 1996년, 「광원을 찾아서」를 둘러싼 일련의 사태를 목도하며 "최근에는 본토 지식인도 친절하고 상냥한 사람들이 많아져서 오키나와에 대해서라면 찬미 일색으로, 신랄한 비판이 없다. 우치난추 또한 정말은 자신 없으면서 묘한 자신감에 빠져 있다"[28]라며, 본토와 오키나와 모두 지난 전쟁에 대한 비판적 사유가 절대적으로 결핍되어 있음을 성토한다.

이 글은 두 문학자의 공과功過를 논하고자 함이 아니다. 문제 삼고 싶었던 것은 모두冒頭 부분에서 밝혔듯, 오시로의 작품을 보조선으로 삼으면서 메도루마 문학의 특징을 규정짓는 요소가 무엇인지 살펴보는 것이었다. 메도루마 문학의 여러 특징 가운데 가장 크게 꼽을 수 있는 것은, 국가폭력에 타협하지 않고 정면에서 맞서온 것을 들 수 있을 것이다. 또한, 전시와 전후를 관통하며 자리해 온 한국, 타이완, 베트남 등 동아시아의 폭력의 상흔과 징후들에 누구보다 자각적으로 대응해 온 것도 메도루마 문학의 특징 중 빼놓을 수 없을 것이다. 오키나와와 조선인 '위안부' 문제를 정면에서 다룬 『나비떼 나무』를 비롯해 천황(제)에 대한 '불온'한 상상력을 거침없이 발휘한 『평화거리』와 「1월 7일」 등의 텍스트는 국가폭력에 누구보다 강력하게 대응해 온 그의 문학이 어디를 향하고 있는

---

28   目取真俊, 「沖縄の文化状況の現在について」, 앞의 책, 29쪽.

지, 그의 비판적 사유가 어디로 향하고 있는지, 그 궁극의 지향점을 매우 분명한 형태로 보여준다고 하겠다.

번역과 연대

김석희의 「땅울림」 일본어 번역에 대해

사토 이즈미

1. 헤노코와 제주도

2015년 11월 8일에 열린 심포지엄에서 김석범 선생님께서 하신 짧은 강연은 그 자리에 있던 청중들에게 깊은 기억으로 남았다.[1] 사람들은 아마도 이 강연을 전설처럼 기억하게 될 것이다.

이 심포지엄은 『화산도』 전권이 한국에서 완역되어 간행될 즈음[2] 이와나미 서점에서 재간행한 것을 기념하고, 선생님의 아흔 번째 생신을 축하하고자 마련된 것이었다. 그런데 연단에 오르신 선생님은 청중들의 기대를 비껴가기라도 하듯 『화산도』나 90세를 맞이한 소감이 아닌, 당시 오키나와에서 일어난 사건에 대해 말씀하셨다. 그런 선생님의 모습에서 이것을 꼭 말해야 겠다는, 제주도를 그려왔던 인간으로서 절대 외면할 수 없다는 강한 의지를 엿볼 수 있었다.

---

1 「『火山島』刊行記念シンポジウム」, 成蹊大学アジア太平洋研究センター·岩波書店共催, 2015.11.8.
2 金煥基·金鶴童 訳, 『火山島』, 報告社, 2015.

사나흘 전 밤 10시 반 정도 된 것 같은데요. 가볍게 한잔하고 있었습니다. (…중략…) 그때 TV를 켰더니 엄청나게 엎치락뒤치락 뒤엉켜 싸우고 있는 거예요. 헤노코辺野古였습니다. 헤노코에서는 예전부터 경관과 충돌해서 사람들이 체포되곤 했는데요. 마침 제가 봤을 때는 할머니가 이렇게 누워 있었는데, 다리가 불편하셨나 그랬습니다. 아나운서가 그들이 도쿄 경시청에서 파견된 경찰이라고 했습니다. (…중략…) 이건 뭐지 싶었습니다. 경시청이라 하면 도쿄에서 온 거예요, 경찰이. (…중략…) 정말 이상한 상황을 목도하고는 술을 마시며 여러 가지 일들이……, 많은 생각이 떠올랐습니다. 섬의 경찰력으로는 부족해서 외부에서 경찰을 부른다. 나는 이 오키나와에 대한 일본 정부의 태도는 국내 식민지 — 침략까지는 아니더라도 — 정책이라고 생각합니다. 일본 국민이라는 하나의 공동체 속에서 오키나와 사람이 자신들을 국민이라고 생각하는지는 모르겠습니다만, 일단 같은 국민이라는 전제하에서 말입니다. 일본의 오키나와에 대한 태도는 뭔가 잘못되었다 싶었습니다. 이것을 제주도와 비교해보려고 합니다.

선생님께서 TV에서 보신 것은 아마도 2015년 11월 4일 헤노코에 경시청 기동대원 수백 명이 파견되었다는 뉴스였을 터다. 다리가 불편한 할머니는 휠체어를 탄 시마부쿠로 후미코島袋文子 씨였을 것이다. 할머니는 오키나와전투의 장렬한 체험을 기점으로 '기지건설 절대 반대'를 표명하며 매일 캠프 슈와브 게이트Camp Schwab Gate 앞에서 항의 데모를 이어오고 있다.

1995년에 미군이 어린 소녀를 폭행한 사건을 시작으로, 오키나와에는 미군기지 반환과 폐쇄를 요구하는 운동이 격렬해졌다. 그 영향으로 1996년, 후텐마 비행장 반환 합의가 이루어졌고, 다른 한편에서는 이를 대체할 곳으로 오키나와현 나고名護시에 있는 헤노코 지구에 해상 기지를 건설하겠다는 안이 새롭게 부상했다. 그 후, 주민들은 매일매일 강력한 반대운동을 펼치고 있다.

국가와 오키나와현의 주장이 대립하는 가운데, 2015년 10월 29일 국가는 헤노코 연안의 매립 공사를 강행했다. 게이트 앞에서는 농성을 하고 해상에서는 카누를 탄 사람들이 저지 행동을 펼쳤다. 그리고 이들을 저지하기 위해 오키나와현의 경찰과 기동대, 해상보안청은 체제를 강화했다. 당시 경시청 기동대를 투입한 것도 강력한 부대를 불러들여 반대운동을 위축시키려는 의도가 분명했다. 국가는 무엇이든 할 수 있다는 듯 권력을 과시하려는 잔학함까지 풍겼다.

이날의 사건이 그 이상의 함의를 갖게 된 것은 탄압이 '외부'의 힘으로 일어났기 때문이다. 오키나와현 밖에서 온 경찰이 주민과 직접 대치하는 것은 처음 있는 일이었다. 거기에 자연히 발생한 상징적 의미를 정부는 도대체 얼마나 의식하고 있었을까? 중앙에서 온 경시청은 국가권력이 그 적나라한 모습을 오키나와 앞에 드러낸 것이라고밖에 말할 수 없다. 여기에 국가가 오키나와를 제압한다는, 그야말로 '이상'한 구도가 생겨난 것이다. 국가가 가차 없이 진압해야 할 '폭도'란 것이 이와 같은 구도를 통해 구축되었음을 우리는 다시금 깨닫게 되었다.

인용한 바와 같이, 김석범 선생님은 오키나와에 대한 일본의 잘못된 태도에 분노하셨다. 거기에는 부조리에 대한 분노와 깊은 슬픔이 서려있었고, 청중들은 선생님이 오키나와에 제주도를 겹쳐 보고 계신다는 것을 알 수 있었다. '외부'에서 온 군대와 경찰의 폭력에 노출되었던 제주도의 참극과, 수십 년 동안 슬퍼하는 것조차 허락되지 않은 사람들의 기억. 지금까지의 김석범 작품세계에 작가 자신이 격렬하게 동요되어 청중에게 전해진 것이다.

두 곳의 다른 장소, 다른 시대에 일어난 사건을 비교하려면 신중해야 할지 모른다. 그러나 한 문학자가 슬픔에 이끌려 두 개의 섬을 지금까지 생각지 못한 방법으로 연결해 보이자 청중들의 마음이 강하게 움직인 것이다. 이것은 기적과도 같은 '연대'였다. 자신이 몸소 느낀 깊은 슬픔을 통해 오키나와를 이해한 것이다. 일본 본토에 사는 나로서는 결코 불가능한 일이라는 생각이 들었다. 오키나와 출신 편집자 오카모토 유키코岡本由起子 씨가 강연을 들으며 눈물을 흘렸다.

2. 우물과 지하수

한 인터뷰에서 김석범 선생님은 '예술의 보편성'에 대해 이렇게 말씀하셨다.

제가 예전부터 해 온 생각인데요. 우물은 여러 개 있지만 세로로 파고 들어가면 지하수에 맞닥뜨립니다. 거기서 하나의 넓은 세계로 통하는 것이죠. 인간도 마찬가지로 파고 들어가면 개인이 아닌, 개인과는 다른 확장에 도달하리라는 이미지를 막연하게나마 갖고 있었습니다. 그게 무엇인지는 잘 모르겠지만 예술의 본질도 바로 그것입니다.[3]

예술의 보편성이라는 주제에 대해 김석범 선생님은 거듭 말씀하셨다. 그때 '무의식'과 '꿈' 등 의식에 의한 컨트롤을 넘어선, 심층에 자리한 그 무엇인가에 의해 성립하는 것이 문학이라고도 하셨다. 나는 지금까지 김석범 선생님이 말씀하시는 '보편성'이라는 단어의 참뜻을 제대로 이해하지 못했는데 이 강연을 들은 후 새로이 이 개념에 대해 생각해 보게 되었다. 제주라고 하는 '우물'을 반세기에 걸쳐 파고 들어간 이 작가의 상상력이 그 깊이에서 오키나와 역사라는 지하수를 만난 것이다. 동아시아에는 오키나와라는 우물, 제주라는 우물뿐만 아니라 광주와 6·25, 그리고 계엄령 아래 공포 속에서 침묵을 강요당한 타이완의 50년대 백색 테러의 깊은 슬픔의 기억이 있다. 그러한 우물들은 서로 만나지 못한 채 기억의 '지하수'를 항상 그리고 이미 서로 나누어 갖고 있던 것은 아닐까? 이 섬들은 국가에 의해 '비국민', '폭도', 빨갱이', '스파이'로 내몰린 공통의 역사를 나누어 가졌다. 뿐만 아니라 각각의 지하수는 무엇보다 엄청난 수의 사망자들의 깊은 침묵을 속으로 끌어안고 살아온 생의 영역이었을 것이다. 살아온, 살아남은 생의 장소인 이 '지하수' 영역을 자세히 들여다보는 것, 바로 그것이 문학적 보편성으로 접근하는 길이 아닐까 한다.

다만 각각의 '우물'은 다른 곳에 있고 그 장소들은 다른 언어를 가지

---

3   金石範・安達史人 他, 『金石範《火山島》小説世界を語る!』, 右文書院, 2010.

고 있다. 그리고 서로는 아직 만나지 못했다. 그렇다면 지하수까지 내려가는 상상력을 발휘하는 행위란, 필연적으로 전달 불가능한 것을 전달하는 문제, 즉 본질적인 의미에서의 '번역' 문제로 연결될 것이다.

3. 다양성

경희대 글로벌 류큐오키나와연구소 번역팀이 수고해 주신 덕분에 현기영의 「아스팔트」 그리고 김석희의 「땅울림」을 일본어로 읽을 수 있게 되었다. 두 작품 모두 지역어方言를 번역함에 있어 새로운 시도를 한 점에 주목할 필요가 있다. 김석범의 훌륭한 번역으로 간행된 바 있는 「아스팔트」에 대해서도 이와 같은 신선함을 어필할 수 있을 것이다. 이들은 통상적인 의미에서의 번역, 즉 출발어에서 도착어로 옮겨간다는 의미를 가진 번역인 동시에 우리 독자들에게 본질적인 번역성에 대해 생각하도록 요청한다. 이에 대해서는 후술하기로 한다.

「땅울림」은 일반적인 의미에서의 번역이라는 행위가 가해지기 이전에 이미 작품 자체에 내재적인 번역성이라고 할 만한 것이 갖춰져 있다. 먼저, 주요 등장인물인 김종민과 현용직 노인은 둘 다 이미 고인이 된 인물이다. 생전에 두 사람은 제주어로 대화를 주고받았을 테지만, 남겨진 문서를 독자들에게 전달하기 위해 소설에서는 '나'라는 인물의 표준어로 기술되어 있다. 즉, 죽은 사람들의 말이 '번역'되어 작품에 실려 있는 것이다. 잠재적인 제주어에 대해서도 36년 동안 홀로 산중에 몸을 숨긴 채 자신의 섬에서 일어난 일을 혼잣말하듯 사색하던 현용직의 어법과, 한 세대 아래에다 짧은 기간이나마 서울에서 학창시절을 보낸 적이 있는 김종민의 어법은 같지 않았을 터다. 그리고 현노인의 기억 속 '서북사투리'는 제주어의 차이, 이질성이 두드러져 보인다. '서북사투리'가 제주 도민들의 일상 속에 어느 날 갑자기 파고들었던 듯하다. 이 경우, 언어의 외부성은 폭력과 공포를 더욱 상징적으로 드러낸다. 어느 날 TV 뉴스에서 오키나와 사건을 접한 김석범이 느꼈던 것도 바로 이 폭력의 외부성에 내포된 독특한 잔인무도함이었을 것이다. 이 지역에 남아 있는 일본어의 파편을 도외시했다고 하더라도 이 작품의 세계는 잠재적으로 다성성多声性을 가진 번역 공간으로 나타난다. 바로 이 잠재적인 다성성을 살린 번역이 어떻게 가능할지가 글로벌 류큐오키나와연구소 번역팀이 우선적으로 해결해야 할 과제였을 터다. 동시에 그것은 「땅울림」이라는 작품의 주제와 직접적으로 연결되는 중요한 과제이기도 하다.

제2차 세계대전 종전 직후 미국은 일본, 타이완, 한국을 잇는 반공 블록을 형성하기 위해 동아시아에 대한 정치적, 군사적 개입을 시작했다. 이 역사적인 프로세스 속에서 제주도의 항쟁도 필연적으로 반공주의자와 '빨갱이'의 대결이라는 이데올로기적인 이항대립 구도로 이해할 것을 요청한다. 그러나 「땅울림」은 이러한 이해 방식에 의문을 제기하는 작품으로 우리들 앞에 던져졌다. 세계를 둘로 나누고 생활 곳곳까지 파고든 냉전의 대립도식을 통해 '과연 무엇이 가려졌는가'와 같은 문제를 이 작품은 신중하고 강력하게 제기하고 있다. 깃대에 걸린 깃발이 일장기에서 성조기로 바뀌어도 외부 세력의 지배하에 있는 것은 변함이 없다는 무력감, 그리고 '해방된 땅에서 같은 민족에 의한' 총성이 울리는 부조리, '서북사투리'라는 언어적 외부성으로 상징되는 압도적 폭력, 이러한 절망에 내몰려 잠재적인 영역에서 잠자고 있던 '탐라공화국'의 꿈과 거기에 함께 자리한 제주도의 자주독립 의지가 역사 속에서 부상하는 과정을 이 작품은 그리고 있다.

4. 복귀론·독립론·반복귀론

파묻혀 있던 유적을 발굴이라도 하듯 '탐라공화국'이라는 상상력을 유감없이 펼쳐내고 있는 작품들을 읽고 나는 놀라움과 뭔가 이해가 가는 듯한 느낌을 받았다. 제주 독립이라는 이상은 잠재되어 있다가 때때로 치솟아 오르는 오키나와의 '독립론'을 상기시킨다. 역사 구조의 차이 또는 '독립론'을 둘러싼 이상적인 배치의 차이 때문에 쉽게 동일시할 수는 없다 하더라도 제주와 오키나와의 깊은 대화를 가능하게 하는 테마가 될 것이다.

매우 거친 도식이긴 하나 오키나와 사상의 흐름 안에서 일본복귀론, 독립론, 반복귀론이 상호비판적인 긴장관계를 형성하고 있으며, 독립론의 위상도 그러한 관계성 안에서 찾을 수 있을 것이다. 먼저, 복귀 이전의 오키나와에서는 주민을 무권리 상태에 둔 미군에 맞서는 형태로 일본 '복귀'의 움직임이 일었고, 미군의 폭력과 탄압에 저항하는 형태로 복귀론, 복귀운동이 광범위하게 확산되었다. 그러나 '복귀'가 미일 간 국제

정치의 도마 위에 오르내릴 즈음 국가와 국가 간의 현실정치가 만들어낸 복귀가 오히려 주민들의 꿈을 짓밟게 되리라는 것은 분명해졌다.

여기서 생각해 봐야 할 것은, 오키나와가 '복귀'해야 하는 그 일본이란 무엇인가 하는 문제다. 일본은 헌법 9조로 상징되는 평화 정신을 구현하는 국가가 아니었다. 오히려 9조의 예외 지역으로 오키나와를 일본에 다시 포섭해 헌법과 미일 안보의 부조리를 덮어버리려는 국가였다. 일본은 오키나와를 또다시 병합해 자신들을 위한 버림돌, 희생으로 이용하는 데 주저하지 않았다. 오키나와전투가 한창일 때 일어난 일본군에 의한 주민학살이라는 극한의 모습으로 발현된 차별도 지울 수 없는 기억으로 남아있다. 미군 지배하의 삶은 견디기 어려웠지만, 그렇다고 해서 포섭을 통해 철저하게 배제해간 일본의 책임이 결코 덜하진 않다. 독립의 꿈은 이러한 어려움을 극복해 가는 가운데 자연스럽게 이루어질 것이다.

나아가 복귀론에 배태되어 있는 '조국 일본'에 대한 환상에 대해 비판적이며, 독립이라는 정치언어의 함정에도 다분히 의식적인 반복귀 사상이 등장한다. 오키나와는 미국의 공고한 대국주의뿐만 아니라, 미국이 가하는 억압을 끊임없이 오키나와로 이양하고 스스로 대국이라는 환상을 버리려 하지 않는 일본 내셔널리즘의 속살도 충분히 간파하고 있었다. 무엇보다 오키나와의 근대사 안에는 국가로서의 일본에 동일화하려고 한 오키나와의 노력이 오키나와전투라고 하는 통절한 경험 안에 아로새겨져 있다. 그렇기 때문에 오키나와의 사상은 내셔널리즘 그 자체, 국가 그 자체를 상대화하는 가능성을 내포한다. 그 지점에서 등장하는 것이 바로 반복귀론이다. 오키나와는 국가에 의한 포섭이 어떤 것인지를 몸소 경험했기 때문에 오키나와 스스로 내셔널리즘이라는 전철을 밟을 수는 없었다. 일본 복귀론에 대항하지만, 그렇다고 해서 스스로 국가가 되려는 것도 아니었다. 이러한 반복귀사상에 대한 비판으로서 '그렇다면 현실적으로 대체 무엇을 주장하는 것인가'라는 질문이 제기되는 것도 무리는 아닐 터다. 그러나 이 논의는 오히려 일본으로 완전히 복귀한 후에 오키나와의 사상으로 건재하며 여전히 큰 힘을 갖게 된다. 예를 하나 들어보자.

신기지 건설을 저지하고자 매일 카누를 타고 헤노코 해상을 누비는 메도루마 슌目取真俊은 경시청이 투입된 그 날도 어김없이 현지에서 항의 운동에 참가했다. 김석범이 텔레비전 화면을 통해 목격한 사건 현장에, 메도루마라는 오키나와 작가도 있었던 것이다. 메도루마는 그날 주민들 앞에 나타난 경시청 기동대를 목도하고 자신의 블로그에 다음과 같이 적었다.

오키나와의 역사도 현실도 모른 채, 단지 아베安倍 정권이 시키는 대로 오키나와의 민의를 폭력으로 압살한다. 그 때문에 보내진 국가의 폭력 장치로, 오키나와는 헌법과 민주주의에 속하지 않은 땅임을 여실히 드러낸 것이다. (…중략…) 경시청 기동대가 전면에 나서 오키나와현민에게 폭력을 휘두르고, 탄압을 가하면 가할수록 오키나와의 내셔널리즘을 자극하여 반야마토反ヤマト 감정이 증폭되고, 일본정부 및 방위성에 대한 분노와 반발이 거세질 뿐이다. 오키나와현민을 설득하려는 궁리도 없이, 강한 권력으로 관철시키려는

아베 정권은 스스로의 목을 죄고 있는 것이다. 궁지에 몰린 것은 정부이며, 오키나와 기지의 안정적 사용이라는 타이틀이 흔들릴 날이 언젠가 도래할 것이다.[4]

야마토 국가가 폭력의 외부성을 과시하며 돌연 오키나와에 나타났다. 그리고 오키나와를 '소속되지 않은 곳'으로 만들었다. 즉 스스로 뜻대로 할 수 있는 존재로 일본에 포섭되고, 또 일본법의 예외 적용으로 배제되었을 때, 오키나와 내셔널리즘이라고 부를 수 있는 급격한 감정이 굳건하고 현실적인 힘으로 자리잡게 된다. 외부성이 강렬하게 내세워졌을 때 그에 대한 반응으로 내부의 에너지가 내셔널리즘으로 만들어진다. 이 상호구축의 메커니즘을 메도루마는 투쟁의 현장에서 어느 순간 깨달았고, 그와 동시에 내셔널리즘의 구체화라고 하는 덫에서 벗어났다. 이동적이면서도 투철한 인식 안에 옛 반복귀론의 사상적 수맥이 흐르고 있음은 부정하기 어려울 것이다.

내셔널리즘의 상호구축 메커니즘에 전혀 자각적이지 못한 일본 정부와 달리, 그것이 일본 정부에게 얼마만큼 위험한 것인지 투쟁의 현장에 있던 메도루마 슌은 매우 명쾌하게 지적한다. 일본 내셔널리즘 특유의 병리라고 할까, 미국에 종속됨으로써 늘 스스로를 상처입혀왔던 일본의 내셔널리즘은 종속이 강화될 때마다 그 심리적인 보상으로 오키나와, 혹은 한국, 북한, 중국에 대해 고압적인 자세를 보였다. 마치 타자에 대한

---

4   「海鳴りの島から沖縄 · ヤンバルより」; https://blog.goo.ne.jp/awamori777/e/69c-7c912c8bf808cdcaba191ddb918aa, 2015.11.4.

폭력을 통해 스스로의 연약함을 부정하려는 듯 말이다. 그리고 일본은 자신의 병든 내셔널리즘을 끝끝내 자각하지 못하고, 자신도 모르게 병리를 악화시켜갔다. 일본은 스스로의 목을 죄고 있다는 메도루마 슌의 확신에 찬 발언을 듣고 있자면, 단순한 비평이 아닌 일본에 대한 깊고 깊은, 번뜩이는 그의 성찰력을 감지하게 된다.

5. 연명해 가는 번역

「땅울림」에서 '탐라공화국'이라는 꿈은 가까워지는가 싶더니 모습을 감춰버리는 신기루처럼, 또렷이 기억해내려 해도 잡히지 않는 꿈처럼 묘사된다. 그것은 손에 넣을 수는 없지만, 더할 나위 없이 감미롭고 귀중한 이미지이다. 그 구상을 말하고, 기록한 두 사람도 이미 이 세상 사람이 아니다.

'탐라공화국'이라는 꿈은 4·3항쟁에서 외부 군경의 폭력이 섬에 들어왔을 때, 자신들의 역사를 뒤돌아봄으로써 형성된 것만이 아니다. 그보다 훨씬 젊은 세대인 김종민 또한 다른 형태로 외부에 시달리다 '탐라'라는 꿈을 그 안쪽에서 키운다. 그 외부란 외부자본이었을까? 새로운 군사화였을까? 되풀이되는 폭력의 외부성에 노출되어, 깊은 슬픔과 침묵의 가장 낮은 곳에서, 수십 년간 침묵해온 자주독립이라는 꿈은 이렇게 다음 세대들 속에서 다시금 새롭게 태어난다. 현노인이 꿈꿔왔던 꿈과 김종민의 그것은 결코 같지 않으나, 깊이 내려가다 보면 어딘가에서 통하게 된다. 현실에서는 부모자식 관계가 아니지만, 사상적인 면에서는 부모자식 관계나 다름없다. 현노인과 김종민은 한라산 동굴에 틀어박혀 어떤 대화를 나누었을까? 현노인이 열심히 쓰더니 다음날 불태워 버렸다는 글은 과연 무엇이었을까? 독자들로서는 가늠할 길이 없다. 다만 독립이라는 꿈이 통상적인 방법으로는 전달 불가능하다는 것을 암시하고 있는 듯하다.

'탐라공화국'의 의지를 삼십몇 년간의 고독 속에서 곱씹어왔던 현노인보다, 사라지기 시작한 그의 기억을 받아들인 김종민이 먼저 죽음을 맞이했던 것은 왜일까? '탐라공화국'이라는 꿈은 부모세대가 자식세대에게 안정적으로 넘겨줄 수 있는 바통 같은 것이 아니다. 후세대에게 전달될 때, 그것을 이어받아야 할 젊은 세대는 어떤 절망을 끌어안기라도 하듯 죽어간다. 이것은 역연逆緣의 꿈으로, 통상적인 전달 경로가 이미 막혀버린 상태임을 암시한다.

이런 점에서 「땅울림」이라는 작품은 본질적으로 번역성을 내재시킨다. '탐라공화국'이라는 꿈은 전달 불가능한 것의 전달이라고 하는 또 다른 통로를 필요로 하는데, 그것은 아마도 우물을 파서 지하수에 이르는, 깊이를 향한 상상력의 통로일 터다. 파내려간 우물의 깊이에서 처음으로 전달 가능케 되는 꿈은 현실정치의 용어로 이야기될 때 결정적으로 변질되어 버리는 귀중한 무언가가 아닐까? 제주의 '독립'이나 탐라 '공화국'이나 일반적인 의미로 보자면 정치 용어이다. 그러나 그것은 귀중한 무언가의 번역어로 이미 그곳에 자리하고 있는 것은 아닐까?

오키나와에 있어 이른바 반복귀론은 '독립'과 '국가' 그 자체를 상대화하는 사상으로 자리하며, 그것은 종종 현실적인 유효성이 결여되었다는 비판을 받는다. 그러나 그것은 반복귀론이 비정치적이라는 의미는 아니다. 현실정치가 결국은 국가의 조정에 의한 산물에 지나지 않으며, 새롭게 주어진 현실의 틀을 끝끝내 뛰어넘을 수 없을 때 그 한계를 비추는 거울처럼 만들어지는 것이 정치언어이다. '탐라공화국'도 그런 의미에서 정말은 정치언어에 속한 것이 아닐까? 때문에 그것은 필연적으로 늘 멀어지는 꿈처럼 그려질 수밖에 없다. 김종민이 죽은 후, 제주 사투리를 깊은 곳에 묻어두었다가 표준어로 번역하게 한 것도 이 작품의 주제와 맞닿아 있을 것이다. 다시 말해 이 작품은 전달 불가능한 것을 전달하는 것, 그 때문에 번역이 필요하다는 것을 말하고자 하는 듯하다. 작품에 내재된 번역성은 멀어지는 꿈과 같은 '탐라공화국'과 겹쳐지며 작품의 본질을 이룬다. 그리고 다른 우물을 만들고자 땅을 세로로 파 내려가는 것처럼 읽지 않으면 제대로 읽었다고 할 수 없는 작품이기도 하다.

벤야민Walter Benjamin의 번역론은 난해한 것으로 알려져 있지만 현대 번역론에 있어서는 더할 나위 없는 원천이 되고 있다. 번역에 있어 언어의 생존과 사후의 삶은 이렇게 이야기될 수 있다. "번역으로 인해 원작은 더 고차원적이고, 더 순수한 언어의 기층으로 성장해 간다"[5]고.

그 어떤 언어도 '순수한 언어'에 비해 불완전하다. 현노인의 제주 사투리 역시 그 꿈을 결점 없이 온전히 이야기할 수는 없다. 김종민이라고 하는 청자를 얻고, 그 꿈이 그 안에서 비로소 살아남은 것처럼, 다른 누군가의 안에서 번역되었을 때, 본래 있어야 할 순수한 모습을 향해 한 걸음 정도 가까워질 수 있다. 두 사람 모두 사후에 '나'에 의해 표준어로 번역

된 후, 그 꿈이 살아남아 사후의 삶을 살기 시작한다. 즉, 전달 불가능한 것을, 그럼에도 불구하고 번역하고, 전달하려는 시도를 통해 누군가가 받아들일 가능성을 미래로 잇고, 그렇게 해서 꿈은 살아남게 된다.

벤야민은 반복되는 번역 과정을 통해, 언어 그 자체가 보편성을 지향하며 한없는 점근선을 그리며 '성장'해 가는 것이라고 했다. 다만 "더 고차원적이고, 더 순수한 언어의 기층으로"라는 벤야민의 지향성은 여기서 말하는 번역과는 어울리지 않을지 모른다. 그것은 높이의 방향이 아니라, 슬픔을 껴안고 세로로 파내려가는 방향, 죽은 자의 침묵을 끌어안고 죽은 자와 함께 살아가는 삶의, 대기권보다는 지하수가 흐르는 영역에 도달하는 방향이기 때문이다. 위로 나아가지 않는 그것은 우월성을 추구하지도 않고 숭고함을 추구하지도 않는다. 패권도 주권도 없는 곳에서 살아남은, 살아남은 자로서의 삶을 추구하는 번역인 것이다. 문학 번역은 출발점인 언어에서 귀착점인 언어로 옮겨가는 통상적인 의미의 번역인 동시에, 그 어떤 언어로도 말할 수 없는 무언가에 아주 조금씩 다가가는 한 걸음 한 걸음인 것이다. 때문에 지하수의 영역에 문학 언어의 본질적인 '번역성'이 자리하게 된 것이다. 오키나와의 다성성多声性을 작품화해 오고 있는 작가 사키야마 다미崎山多美는 언어화하기 어려운 것을 언어화하는 시도야말로 번역이라고 했다. 김석범의 『화산도』가 일본어로 제주도를 표현할 때, 그곳에서 소리나지 않는 제주도의 말들이 울리기 시작하고, 필연적으로 일본어에 변화를 초래한다. 외국어 번역이 아닌 번

---

5   ヴァルター・ベンヤミン,「翻訳者の課題」, 山口弘之編訳,『ベンヤミン・アンソロジー』, 河出書房新社, 2011.

역이란, 거리를 두면서 무언가에 다가가려고 하는 역설적인 시도에 해당한다. 문학작품은 이야기할 수 없는 것을 이야기한다. 보충하기 어려운 비밀스러운 것을 전달한다. 그 전달은 늘 불확실성이 따르기 마련이지만, 그것이야말로 번역이라고 하는 기적의 원천이라고 말할 수 있다.

'번역'되는 강간과 남성 섹슈얼리티

오시로 다쓰히로의 『칵테일파티』와 오시마 나기사의 〈교사형〉 사이에서

고영란 | 김미정 옮김

1. 오키나와와 한국이 만나다

오시로 다쓰히로大城立裕의 소설 『칵테일파티カクテル·パーティー』는 미 점령 하 오키나와에서 간행되던 『신오키나와문학新沖縄文学』 제4호1967년 2월호에 발표되었고, 같은 해 아쿠타가와상을 수상하면서 전후 오키나와문학을 대표하는 텍스트의 지위를 누려왔다.[1] 아쿠타가와상 선고위원인 오오카 쇼헤이大岡昇平는 『칵테일파티』의 수상에 대해 "본토 복귀復帰가 문제가 되고 있는 이 즈음 문화적 복귀 분위기를 조성하는 데에 큰 역할을 했다"[2]고 평한 바 있다. 반면, 또 다른 선고위원인 니와 후미오丹羽文雄는, "다시금 말하지만, 오키나와의 정치·사회적 문제를 의식해서 선정한 것은

---

1   本浜秀彦, 「沖縄というモチーフ, 『オキナワ文学』のテクスト」, 『沖縄文芸年鑑』, 沖縄タイムス社, 2000. 『칵테일파티』의 인용은 이와나미 현대문고판(岩波現代文庫, 2011)을 따랐고, 본문에는 페이지만 표기했다.
2   大岡昇平, 「文芸時評」上, 『朝日新聞』, 1967.8.28夕刊, 7쪽.

아니었다"[3]라며 아쿠타가와상 심사에 '오키나와 반환'이라는 정치적 상황이 개입되지 않았음을 강조했다. 양쪽의 말은 서로 엇갈리지만 결국은 당시 아쿠타가와상이 오키나와 반환의 자장에 놓여있었음을 암시한다.[4]

당시 『칵테일파티』를 둘러싼 이러저러한 평가들은 권력의 지배/피지배를 묻는 다양한 이항대립 구도를 만들었고, 미국 대對 일본, 미국 대 오키나와의 위계 구도를 전경화했다. 아쿠타가와상 심사평은 '내지內地'의 우리가 '오키나와'의 현실에 얼마나 무지하고 무관심했는지 새삼 깨닫게 했다고 말한다. 예컨대, 오키나와와 관련해 "내지와 다른 심각한 상황"오오카 쇼헤이에 놓여있다거나, "오키나와다운 생활이 이루어지지 못하는 불합리한 상황"이 "일상적"이시카와 다쓰조(石川達三)이라거나, "현재 미 점령 통치하에서의 류큐인의 억압과 비애를 잘 알 수 있었다"다키이 고사쿠(瀧井孝作)는 이야기가 오가기도 했다.[5] 하지만 여기서는 '일본·옛 일본 제국·내지 대對 오키나와'라는 위계 구도, 그 폭력의 기억이 가시화되지는 않는다. 한편 수상 직후 오시로가 『아사히朝日신문』과 인터뷰한 내용을 보면 동시대 미디어나 문단의 평가와 그의 입장이 다소 다르다는 것을 알 수 있다.

약 20여 편의 창작물 가운데 "책이 될 만한 것은 5, 6편"이라고 할 수 있

---

3   「芥川賞 大城氏 直木賞 生島氏 両賞決まる」, 『朝日新聞』, 1967.7.22朝刊, 14쪽.
4   가노 마사나오(鹿野政直)는 당시 "오키나와의 지위가 그 정도로 정치적 문제가 되지 않았다면 본토 문사들이 이렇게까지 오키나와에 관심을 가졌을지 의문"이라고 말한다 (『戰後沖縄の思想像』, 朝日新聞社, 1987, 264~265쪽). 모토하마 히데히코(本浜秀彦) 역시 아쿠타가와상 심사위원들에게 정치적 독해 코드가 공유되고 있었다고 지적한다. 本浜秀彦, 앞의 책.
5   「芥川賞選評」, 『文藝春秋』, 1967.9.

는데, 그 대부분을 관통하는 것은 "피해자의 자세 혹은 가해, 피해 양자의 관계입니다. 수상작과 관련해서 말하자면 지배자와 피지배자가 진정한 친선 관계를 맺을 수 있을지 어떨지는……"이라고 말한다.

　　미국에 대한 반발, 일본 본토에 대한 불신. 그러나 "나 스스로 대륙에서 가해자였으니까"라며 깊은 인간적 반성을 하고 있다.[6]

　　1925년 오키나와현 본도 중부에서 태어난 오시로 다쓰히로는 황민화 교육이 엄격했던 시기를 살았고, 표준어장려운동이 위세를 떨치던 시대에 교육받았던 세대이기도 하다.[7] 인터뷰에서 그는 오키나와 2중학교沖縄二中를 나와 상해上海의 동아동문서원東亜同文書院에 입학하여 전쟁이 끝날 때까지 3년을 대륙에서 지냈던 일을 이야기한다. 그리고 당시 미국에 반발하고 일본 본토를 불신하는 오키나와인의 위치와, 옛 일본 제국 시대에 대륙에서 가해자였던 일본인의 위치를 중첩시켜 말하기도 한다. 동아동문서원은 고노에 아쓰마로近衛篤麿가 1901년 설립했고 1939년에 대학으로 허가받아 예과도 설치되었다. 일본 전 지역을 비롯해 외지(조선, 대만)로부터도 학생들을 모집했다. 오시로는 그들과 함께 군국주의 색채가 짙은 일본을 살면서 자연스레 자신의 조건을 상대화할 감식안을 키웠

6　「「人」沖縄で初めて芥川賞を受けた 大城立裕」,『朝日新聞』, 1967.7.22朝刊, 14쪽.

7　오시로의 전쟁 체험과 아이덴티티 문제에 대해서는 가노 마사나오의 「5. 이화·동화·자립－오시로 다쓰히로의 문학과 사상」, 앞의 책; 나미히라 쓰네오(波平恒男)의 「오시로 다쓰히로 문학으로 보는 오키나와인의 전후」(『現代思想』, 2001.9)와 스즈키 나오코(鈴木直子)의 「오시로 다쓰히로의 아이덴티티와 언어－두 개의 「칵테일파티」를 둘러싸고」,『青山学院女子短期大学総合文化研究所年報』第21号, 2013.12를 참조.

다고 회고한다.[8] 그는 1943년에 마지막 오키나와현비 유학생으로 파견되어 입학했고, 1945년 3월 20일 학도병으로 동원되었을 때 패전을 맞았으며, 오키나와전투는 경험하지 않았다.[9]

이 인터뷰에서는 오키나와(인)의 피해(자)/가해(자)를 둘러싼 양의적 구도가 잘 드러난다. 이것은 "미국의 지배는 기본적으로 싫다. 하지만 독립할 자신이 없어 일본에 붙기를 원하는 그런 정도의 근성이라면 오키나와는 안 될 것이다"라는 오키나와 반환에 대한 오시로의 말과 함께 생각할 필요가 있다. 오키나와의 일본 복귀를 전제로 하고 일본의 대미 종속 맥락을 초점화한 본토 측『칵테일파티』평가에는 오키나와의 상황과는 어긋나는 좀더 큰 내셔널한 역학이 개재해 있었던 것이다. 예를 들면 오시로의「'좌절'을 염려한다"挫折"を憂える」가 실린 잡지『세카이世界』의 특집「'복귀'를 묻는다『復帰』を問う」1971년 6월호의 권두언에는, 오키나와가 '전후 25년간 미국의 군사 점령영역'임을 강조하면서 다음과 같이 기록한다.

일본국 헌법의 적용도 받지 않고, 정치적 자유를 비롯하여 인권도 충분히 보장받지 못하며, 또한 일본국민으로서의 국적도 없다. 이런 무헌법·무권리 상태와 대결하고 여러 해 동안 싸워온 오키나와 민중은 '평화헌법'하에 들어갈 것을 열망하며 복귀 운동을 전개해왔다. 그들이 당면한 '복귀'의 실태가 미국의 아시아 전략을 시인하고, 일본국 헌법의 '형해화'를 한층 심화시키는

---

8   大城立裕,「番外日本人への道」,『波』,新潮社, 1989.5, 3쪽.
9   1945년 8월 26일 제대하여 제13군 화물청에서 군수품을 조달하며 5개월 근무했고, 1946년 2월에 구마모토(熊本)에 소개(疎開)해 있던 누이에게 돌아갔다. 오키나와로 돌아간 것은 같은 해 11월이다.

방향이 마냥 좋다고 할 수 있을까.

아쿠타가와상 수상 이후 오시로는 '현지로부터의' 발언을 요구받는
상황이었고, 1968년부터 1972년 복귀까지 200편 이상의 소설, 에세이
등을 발표했다.[10] 이런 상황에 대해 오시로 스스로도 정치적인 효과만 말
해서는 곤란하다고 한탄할 정도였다.[11] 이렇듯 『칵테일파티』는 오키나와
와 본토 간 상처는 간과된 채, 오키나와 미군기지가 일본 평화헌법의 틀
로 수렴되는 장면이 전경화되는 장場에서, 오키나와를 대표하는 문학으
로 부상한 것이다.

한편, 오시마 나기사大島渚의 영화 〈교사형絞死刑〉은 '1968년'과 문화의
관련성을 이야기할 때 빼놓을 수 없는 작품으로 평가되어왔다. 오노자와
나루히코小野沢稔彦는 이 영화가 혼란한 시대를 상징했다며 다음과 같이
말했다.

〈교사형〉은 이 시대가 '오시마 나기사의 시대'임을 분명히 했고 — 오시
마 본인도 그것을 의식했던 것 같다 — 우리는 그의 영화를 보는 것이 이 시
대의 불가피한 조건이라고 여기게 되었다. (…중략…) 이제까지 줄곧 감정

10　鹿野政直,『戦後沖縄の思想像』,朝日新聞,1987,265쪽.

11　大城立裕·大江健三郎,「(対談) 文学と政治」,『文学界』(1967.10) / 또한 오시로의 수용
을 둘러싼 문제에 대해서는 마쓰시타 유이치(松下優一)의 「작가 오시로 다쓰히로의 입장
결정 – '문학장'의 사회학적 시점에서」(三田社会学会,『三田社会学会』16号, 2011.7)를 참
조.『칵테일파티』이후의 오시로 문학과 국가폭력의 문제에 대해서는 손지연의 「국가폭
력의 전후적 기억, 국가폭력을 내파하는 문학적 상상력 – 메도루마 슌과 다쓰히로의 대비
를 통해」를 참조 바람.

적인 멜로드라마만 만들어온 일본의 영화계에, 비로소 정면에서 '국가' 그 자체를 질문하는 사상적 작업으로서의 기념비적 영화가 등장한 것이다. (…중략…) 당시 학생 활동가나 젊은 노동자에게 있어서 영화를 보는 일이 마르크스를 읽는 일보다 중요해진 것은 1968년 2월 〈교사형〉이 공개된 이후라고 한다.[12]

오시마의 영상작품은 60년 안보, 70년 안보 사이의 다양한 사회운동이 동력으로 뒷받침했다. 이 시기 그의 작품 대부분은 "'국가' 자체를 묻는다"는 문제의식을 갖고 있었다. 이것은 〈교사형〉에서도, 1967년 감독이 남긴 〈교사형〉 제작노트에서도 일관되게 엿볼 수 있다.

> 9월 19일 결심하다 (…중략…)
> 고마쓰가와小松川 고교 사건, 이진우李珍宇를 다룬다.
> '교사형' 그것을 디테일하게 보여준다.
> 판결문 낭독, 그것을 배반하는 디테일들.
> 사형반대 문제
> 재일조선인 문제
> 소년 성범죄 문제
> →모든 것을 국가권력과의 대결이라는 시점에서 파악한다.
> 모든 문제의 근간에 권력이 있다.[13]

---

12   小野沢稔彦, 『大島渚の時代』, 毎日新聞社, 2013, 238쪽.
13   大島渚, 「1967年9月19日」, 『大島渚1968』, 青土社, 2004, 10~11쪽.

이 노트에서 확인할 수 있듯, 이 시기의 사형반대, 재일조선인, 소년 성범죄 문제는 국가권력과 대결할 수 있는 소재로 기능했다. 이런 기호들은 〈교사형〉에서 단순하게 구조화되었고, 수용자들 역시 오노자와 나루히코처럼 국가권력과의 대결 구도로 이 영화를 평가했다.

잘 알려져 있듯 1960년대 오시마의 영상에는 한국, 자이니치, 소년 등의 기호가 빈번하게 사용된다. 특히 한국 및 자이니치에 대한 관심은 〈청춘잔혹이야기靑春残酷物語〉1960와 〈태양의 묘지太陽の墓場〉1960 등으로부터 시작되었다. 그 후 다큐멘터리 〈잊혀진 황군忘れられた皇軍〉1963이나 한국 체재 경험을 토대로 한 〈청춘의 묘비靑春の碑〉1964, 〈윤복이의 일기ユンボギの日記〉1965 및 〈일본춘가고日本春歌考〉1967, 〈교사형〉1968, 〈돌아온 주정뱅이かえって来たヨッパライ〉1968에서 이 관심은 정점에 이른다.

오시마는 〈잊혀진 황군〉과 〈윤복이의 일기〉를 한창 제작하던 시기인 1964년 8월 21일부터 10월 중순까지, 〈잊혀진 황군〉의 프로듀서였던 우시야마 준이치牛山純一와 함께 한국에 체류했다. 첫 외국 방문이었고 목적은 〈청춘의 묘비〉를 찍기 위해서였다. 흥미로운 것은 그의 체류 시기이다. 1964년 2월 미국의 통킹만 사건이 일어나고 5월에는 북베트남 보복 공격이 있었다. 7월에는 남베트남 정부가 비상사태를 선언했고 베트남 전쟁이 본격화했다. 한국의 정세는 국교 정상화 교섭으로 격렬하게 요동치고 있었고, 같은 해 3월 9일에는 야당과 재야 운동가를 중심으로 '대일 저자세 외교반대 범국민투쟁 위원회'가 결성되었다. 얼마 후 3월 23일 도쿄에서 있었던 당시 중앙정보부장 김종필이 한일회담 일정에 합의한 것을 기점으로 24일부터 전국 주요 도시에서는 학생과 시민의 한일회담

반대 투쟁이 본격 전개되었다. 6월 3일 서울 주요 대학 학생 1만 명과 시민의 대규모 데모가 있었고 투쟁은 절정을 맞는다. 이날, 한국 정부는 계엄령을 발표, 4개 사단을 투입하여 데모를 무력 진압했다. 7월 29일에 계엄령은 해제되지만 오시마가 서울에 입국했을 때는 자정 이후 통행금지령이 유지되는 등, 통제가 삼엄했다. 오시마는 1964년 10월 도쿄 올림픽에 대해 계속 비판적 발언을 했고, 올림픽으로 과열된 일본으로부터 도피하듯 올림픽이 끝날 때까지 한국에 머물렀다.

한국 체류 기간 중 어쩔 수 없이 옛 제국 일본의 기억을 떠올렸을 오시마는 한일회담보다는 궁핍한 한국 상황이나 풍경을 민감하게 받아들였다. 그는 그것을 태평양전쟁과 전쟁 직후의 일본 풍경과 겹쳐서 바라보고 있었다.

우리 일본인은 과거 두 번의 힘들고 어려운 시대를 보냈다. 그 하나는, 전쟁에서 승리한다는 목적 아래 모든 것이 군사적인 통제로 숨 막히던 태평양전쟁 시대이다. 또 하나는, 먹을 것, 입을 것이 부족해 폐허에서 망연자실하던 전쟁 직후의 시대이다. 지금 한국인은 이 두 가지 힘들고 어려운 시대를 동시에 경험하고 있다. 동란의 흔적이야 말할 것도 없고 그들은 교전을 방불케 하는 긴장과 통제 속에서 살아갈 수밖에 없다. 게다가 그 가상의 적국은 분열된 같은 민족의 나라다. 이것이 바로 우리의 가장 가까운 이웃나라 한국이다.[14]

---

14 大島渚, 『魔と残酷の発想』, 芳賀書店, 1966, 167쪽.

이 글은 앞서 말했듯, 일본의 식민지 지배책임 문제와 한일회담 반대 데모로 요동치던 시기, 한국 방문 기록을 기행문으로 묶은 책의 권두언으로 선택된 것이다. 일본인이 경험한 힘들고 어렵던 시대 안에 한반도 또한 포함되어 있었다는 사실에 대해서는 침묵한 채, 과거의 일본과 현재의 한국을 아무런 여과장치 없이 연결시키고 있음을 알 수 있다. 바로 여기에 옛 일본 제국·현재의 일본/과거의 미국·현재의 미국/옛 식민지 조선·현재의 한국/과거의 오키나와·현재의 오키나와/과거의 중국·현재의 중국 등을 둘러싼 피해/가해 양의성 분석의 어려움이 내재한다. 이어지는 글에서는 이 같은 사유방식이 만들어내는 원근법에 유의하며 『칵테일파티』와 〈교사형〉을 분석하고자 한다.

2. 재현-번역되는 강간

『칵테일파티』와 〈교사형〉, 이 두 작품 공히 법에 근거하여 강간을 재현/모방하는 장면이 등장하는데, 이것은 이야기를 이끌어가는 중요한 장치로 기능한다. 『칵테일파티』에서는 미군의 오키나와인 소녀 강간이, 〈교사형〉에서는 재일조선인 소년 R의 일본인 소녀 강간살인이 재현/모방된다.

여기서의 재현은 다름아닌 '번역' 행위라고 해야 할 것이다. 그렇다고 하면, 동시기의 유사한 문화권력이라는 자장 안에서 높은 평가를 받았던 이 두 작품을 강간의 재현과 '번역'이라는 행위의 측면에서 살펴보는 일은 유의미할 것이다. 높게 평가한 두 작품을 강간 번역 행위의 측면에서 분석하고 싶다.

『칵테일파티』에는 두 개의 강간 사건이 묘사된다. 전시 일본군의 중국인 여성 강간 사건과, 1963년[15] 오키나와 주둔 미군의 오키나와 소녀 강간 사건이 그것이다. 이야기는 전장前章과 후장後章으로 나뉘는데 전장은 주인공 '나'의 일인칭으로, 그리고 후장은 서술자가 '나'를 '너'라고 지목하며 이인칭으로 전개된다. 주요 등장인물은 관공서에 근무하는 오키나와인 '나', 오키나와 주재 본토 신문기자 오가와小川, 대륙에서 홍콩으로 망명한 중국인 변호사 쑨孫, 미군 밀러 등 4명이다. 그들은 각각 에스닉 아이덴티티와 내셔널 아이덴티티가 복잡하게 얽혀있는 상태다. 그들은 미군 밀러가 조직한 중국어 서클 멤버로, 정기적으로 기지 안에서 모임을 갖고 친목을 도모하는 사이다.

그러던 어느 날 '나'가 미군기지에서 칵테일파티를 즐기던 사이, '나'의 딸이 자신의 집에 — 다른 섬 출신 성매매 여성과의 만남의 장소 — 세들어 살고 있던 미군 로버트 할리스에게 강간을 당하는 사건이 벌어진다. 강간의 위기에 내몰린 딸이 할리스를 절벽에서 밀어 부상을 입히고, 친선의 가면이 벗겨지면서 상황은 급박하게 전개된다.

중국어 서클 멤버들이 중국어로 대화할 때는 보이지 않았던 은폐된 전쟁의 기억. 그때까지 밀러는 CIC Counter Intelligence Corps : 미육군방첩대 요원임을 숨기고 있었고 '나'는 강간 사건이 있고 난 후 오가와로부터 그 사실을 전해 듣는다.

---

15 본문에는 "파티 일주일 전에 거행되었던 페리 내항 110주년 행사"(226쪽)라고 쓰여 있고, 이 행사가 열린 1963년이 이야기의 시간적 배경임을 알 수 있다.

오가와	생각해보면 어리석었어요. 언젠가 그에게 어디에서 중국어를
	배웠는지 물었더니 육군에서 배웠다고 했었죠.
나	저한테도요.
오가와	당신은 상해 학원에서, 나는 북경에서 태어나 도쿄의 외국어대
	학에서 배웠지요. 하지만 미 육군에서 중국어를 배우는 목적이란
	건 무엇일까요. 첩보, 선무宣撫, 그중 하나일 가능성이 높은데요.
	게다가 직업을 별로 알리고 싶어하지 않았던 건 왜일까요.192쪽

오가와가 던진 의문은 전시 중국 대륙에서의 '나'와 오가와의 행적과
도 깊은 관련이 있다. 그럼에도 둘만의 장소에서는 자신들의 과거(중국어
의 기억)가 질문되지 않는다. 전시 중 '나'는 장교로 남경 근처 부대에서 훈
련했고, 중국인 쑨은 충칭 근처 W에서 아내가 일본 부대에 강간당한 경
험이 있다. 이러한 이야기가 쑨의 추궁을 통해 밝혀지고, 오키나와인 '나'
가 지금 여기에서 미 점령 피해자이지만 한편으로는 가해자 쪽에 속한다
는 사실이 드러난다.

신조 이쿠오新城郁夫의 지적대로, 전후가 '전쟁의 지속'으로 여겨진 것,
그리고 『칵테일파티』를 비롯해 오키나와문학에 빈번히 등장하는 강간
이라는 소재는 '오키나와전투의 지속'이라는 관점에서 생각할 필요가
있다.16

전쟁 시스템이 지속되는 상황하에서 강간이라는 행위를 매개로 인간은
다시 전쟁 당사자가 되는 것 아닐까. 물론 이때, 강간하는 자는 미군만이 아니

다. 일본인이든 오키나와인이든, 인간이라는 존재는 인간을 범하고 지배·수 탈하는 '전쟁'의 첨병이 될 위험을 품고 있다. 게다가 그 위험은 사회적으로 구조화된 것이다.[17]

전쟁 시스템이 지속되면서 사회적으로 구조화되는 성폭력은 '전쟁 당사자/강간하는 자'로서 과거의 일본 병사와 현재의 미군을 연결하는 회로다. 또한 이것은, 다음 장에서 다루게 될 과거 일본 병사와 현재 재일 조선인 청년의 강간을 접합시키는 회로 역할을 한다. 그렇기에 가해와 피해의 양의성에 주의를 요한다.

강간 피해자인 딸은 미군요원을 상해한 혐의로 CID[Criminal Investigation Division, 미육군·해병대 범죄수사대]에 연행된다. '나'는 고소 절차를 위해 경찰서를 방문한다. 담당자는 강간 사건과 상해 사건을 별개의 사건으로 취급하며, 강간 사건은 군에서 다루고 상해 재판은 류큐 정부 재판소에서 이루어진다고 설명한다. 이어서 '나'는 "군 재판은 영어로 이루어질" 것이고, "행위강간[옮긴이 주]가 끝난 후의 상해"183쪽이기 때문에 정당방위는 성립하지 않으며, 고소는 하지 않는 편이 좋을 거라는 조언을 듣는다. '나'가 도

---

16   "전후 오키나와문학이 반복해서 강간을 표현해왔다는 것은 우연이 아닐 것이다. 오히려 이렇게 말해야 하지 않을까. 강간 묘사를 통해서 전후 오키나와문학은 일견 '평화와 안정이 보증된 곳'이라는 전후의 오키나와가 아직도 전장이고, 우리 역시 여전히 전쟁이라는 거대한 시스템 안에 갇혀 있음을 읽는이로 하여금 상기하도록 하는 것'이라고. 더 나아가, 전후 오키나와문학은 기지 문제로 요동하는 전후 오키나와 자체를 강간이라는 구조적인 성폭력 시스템 속에서 파악해야 함을 우리에게 말하고 있다." 新城郁夫, 『沖縄文学という企て―葛藤する言語·身体·記憶』, インパクト出版会, 2003, 46쪽.

17   위의 책, 48쪽.

움을 청하러 간 변호사 쑨도 같은 견해를 보였다.

오키나와에서는 점령군과 관련된 미국인 여성을 강간하거나 "강간할 의지를 갖고 폭력을 가하는 자"는 사형에 처해진다.225쪽[18] 그에 비해 점령 당국의 고시에 따르면 류큐 정부는 미군요인에 대한 소환권이 없었고, 용의자로 추궁하기도 어려웠다. 이런 위계 구도를 드러낸 것이 재판 장면이다. 소설은 할리스의 고소로 딸이 피고가 된 상해 재판이 류큐 정부 법정에서 열리고, '나'의 고소로 할리스가 피고석에 서는 강간 재판이 군사 법정에서 열리게 될 것을 암시하며 끝난다.

오키나와에서 미군은 법적으로 우위에 있으므로 할리스는 류큐 정부의 법정에 증인으로 출석할 의무는 없다. 그러나 '나'의 딸은 사건 현장인 M골짜기에서 상해 사건 피고로서 현장검증을 해야 한다. 그녀는 부친, 재판관, 목격자 등 남성들 앞에서 강간을 재현해야 하는 상황에 놓인 것이다. 게다가 법정에서의 재현극은, 강간당한 상황을 직접 재현하는 딸을 지배측 남성과 함께 지켜봐야 하는 아버지의 위치를 부각시킨다.

딸은 재판관의 지시에 따라 검증해갔다. 검사의 현장검증이 이루어지자 너는 용서할 수 없었다. 지금 딸이 검증했던 것을 다시 반복할 때마다 너는 앞서 한 것과 일치하지 않는 건 아닌지 신경이 곤두섰다. 로버트 할리스는 증

18　소설 속에서 변호사 쑨이 내세우는 것은, 집성형법(集成刑法) 2·2·3조이다.(225쪽) 이 조문은 "합중국 군대 요원으로 부녀를 강간하거나 또는 강간할 의도를 가지고 이에 폭행을 가하는 것은 사형 또는 민간재판소가 명하는 다른 형에 처한다"라고 규정되어 있다. 琉球政府立法院事務局法制部分法考查課監修, 『一九六九年版 琉球法令集(布告·公布編)』, 大同印刷工業, 1969, 159쪽.

인출석을 거부했고, 딸은 시종 혼자서 증언해야만 했다. 원피스 차림의 딸은 바닷바람에 머릿결을 휘날리며 손짓으로 가공의 상대를 만들어가며 촘촘한 심문에 응하고 있었다. 휴식하며 머물던 장소에서 행위를 한 장소로, 그리고 싸움을 벌인 장소로 이동해 갔다. 그 과정에서 몇 차례 다시 반복하라는 지시가 있었고 이에 따르려 노력하는 딸을 너는 지켜보았다. 그 검증은 적어도 한 번은 거쳐 가야 하는 것이었다. 로버트 할리스를 고소한 이상 그 재판을 위한 증언에 적극적으로 임할 각오가 되어 있어야 한다.227쪽[19]

피해자인 딸은 지배 측 남성들 앞에서 강간을 재현한다. 법 권력을 쥐고 있는 남성들은 그녀에게 다시 재현하라고 강요한다. "손짓으로 가공의 상대를 만들"며 부재하는 강간범의 얼굴을 재현하고, 심문에 답하는 딸의 모습을 보며 '나'는 "앞서 한 것과 일치하지 않는 것은 아닐지" 걱정한다. 바꿔 말하면 이 장면은 아버지와 딸의 관계 밑바탕에 자리한 가부장제 시스템이 점령의 법질서 속에 이미 똬리를 틀고 있음을 보여준다. 이것은 마이크 모라스키가 말했듯 "외국인 점령자가 현지 여성을 성적으로 영유하는 것을 비난하는 동시에, 남성 주인공을 피해자로 만들기 위해 여성이라는 관념상 상징을 영유해버리는" 구도이기도 하다.[20]

---

19 오시로 다쓰히로, 손지연 역, 『칵테일파티』, 『오시로 다쓰히로 문학선집』, 글누림, 2016, 117~118쪽.
20 이에 대해서는 마이크 모라스키(マイク・モラスキー)의 『점령의 기억 기억의 점령─전후 오키나와, 일본과 미국(占領の記憶・記憶の占領─戦後沖縄・日本とアメリカ)』(青土社, 2006) 제1장을 참조.

3. 폭력의 기억과 남성 섹슈얼리티

영화 〈교사형〉은 한국적籍의 자이니치 소년 이진우가 두 명의 여성을 강간, 살해했다는 1958년 고마쓰가와 사건을 제재로 삼는다. 이진우는 극빈한 상황에서도 정시제定時制 고등학교에 다닐 만큼 우수한 학생이었다. 사건 당시 18세였던 그는 소년법 51조의 적용을 받지 않았고 이례적으로 신속하게 사형이 확정되었으며, 불과 4년 후 형이 집행되었다. 체포된 직후부터 그는 매스컴에 도발적인 발언을 하며 센세이셔널한 화제를 모으기도 했다.

고마쓰가와 사건은 1968년 김희로 사건과 함께 일본 사회에 큰 충격을 주었고 많은 문화인들이 구명운동을 전개하기도 했다.[21] 그 과정에서 박수남에 의해 이진우와의 왕복서간집 『죄와 죽음과 사랑과罪と死と愛と』三一書房, 1963가 출판되었고, 그를 제재로 하는 이야기가 연이어 출판되었다.[22] 하지만 오시마의 영화는 이진우에 동정적인 시선과는 확실히 선을 그었고, 국가에 의한 합법적 살인이 이루어지는 사형장에 초점을 맞

---

21   조경희는 구명운동에 대해 '일본사회, 재일조선인사회, 한국사회'로 나누어 상세하게 분석하며, 남북분단 및 냉전 문제가 어떻게 여기에 개재하는지 서술한다. 자세한 내용은 「조선인 사형수」를 둘러싼 전유의 구도-고마쓰가와 사건(小松川事件)과 일본/'조선'」, 『동방학지』 158집(2012.6). 일본어판 『'전후'의 탄생(「戰後」の誕生)』(新泉社, 2017)에 수록되어 있다.

22   사토 이즈미(佐藤泉)는 「이진우의 문학적 형상과 '반일본인'의 사상과(李珍宇の文学的形象と「半日本人」の思想と)」(坪井秀人編, 『戰後日本文化』, 三人社, 2019)에서, '조선-민족'이라는 민족주의적 틀에 갇혀 보이지 않던 박수남의 '당사자성'을 끌어내어 새로운 논의의 지평을 열었다. 또한, 일본의 '정치와 문학'이라는 틀이 고마쓰가와 사건을 둘러싼 문학적 상상력에 어떻게 개입하는지 밝히고 있다.

추었다.

〈교사형〉은 사형수 재일조선인 R의 사형이 집행되었지만 그의 맥박이 정상이고 죽음의 징후가 보이지 않는 시점에서 시작한다. 사형 현장에는 소장, 교육부장, 교화관, 보안과장, 의무관, 검찰사무관, 검사 등이 입회해있다. 그들은 자신의 임무를 다해야 하기에 R의 의식회복을 위해 노력한다. 그러나 심신 상실 상태의 R은 모든 기억을 잃었고, 합법적 사형집행을 위해서는 그 스스로가 R이라는 사실을 기억해내야 했다. 그 때문에 입회인들은 R 앞에서 강간살인 장면을 판결문 그대로 재현-번역하며 R의 기억이 돌아오도록 애쓴다. 그리고 그 재현-번역 사이에 환상과 현실이 뒤섞이며 다음 7개 장이 삽입된다.

1. R의 육체는 사형을 거부한다.
2. R은 스스로가 R이라는 것을 받아들이지 않는다.
3. R은 R을 다른 사람으로 인식한다.
4. R은 R이기 위한 시도를 한다.
5. R은 조선인의 이름으로 입장을 변명한다.
6. R은 R이라는 사실에 다다른다.
7. R은 모든 R을 위해 R임을 받아들인다.

재일조선인 R이 일본인 여성을 강간해 살해한다는 주제는, 앞서 살펴본 『칵테일파티』에서의 미군의 오키나와인 여성 강간과 대비되는 구도를 이룬다. 미 점령 하 오키나와에서의 강간 관련 법률 및 『칵테일파티』

의 이야기 구도를 참조하면 〈교사형〉에서 R의 강간은 지배권력이 가장 두려워하는 사건이었음을 알 수 있다.

> **보안과장**　나는 빨갱이라는 걸 말하는 것이오. 조선의 공산주의 문제는 남의 일이 아니잖소.
>
> **소장**　이제 일본인은 조선인을 (…중략…) 지금까지의 원한을 단번에 불식시키려 일본인 대상으로 잔학 행위를 서슴지 않을 것이고, 그동안의 증오를 풀려고 할 것이오. 물론 일본 여자들 모두 강간하고 (…중략…) 그 전에 나 같은 사람은 제일 먼저 살해당할 거고. 검사님, 당신 가만히 계시는데 (…중략…) 어떻게 생각하시오? (강조는 인용자)

오키나와 법률상, 피지배자 오키나와인이 지배자 미군요원을 강간할 경우 사형까지 가능했고 그 반대 상황은 재판조차 어려웠다. 이런 점을 생각할 때, 자이니치 소년의 일본인 소녀 강간은 충분히 지배권력을 위협하는 일이었다. 〈교사형〉에서 재일조선인 R은 일본인 여성을 강간하고 살해한 것으로 설정되었다. 이것은 단순한 강간이나 살해가 아닌, 권력을 위협하는 행위임을 암묵적으로 전제한 것으로, 그런 이유로 R은 엄격하게 처벌받았다고 할 수 있다.

일본인 남성 사형입회인이 강간살해를 재현(조선인 R을 모방)하는 문제는, 식민지주의 혹은 점령 관련해서도 그렇듯 대개의 연구자들이 읽어내는 젠더 규범이나 문법만으로는 온전히 파악하기 어렵다. 가령 시각적인 면에서 히노마루 시트에 덮인 나체의 두 사람은, 누이와 R의 유사-근친상간을 연상시키는 장면(환상의 차원)을 연출한다. 한편 청각 층위에서는 누이의 대사를 통해 R의 자위행위와 여성에 대한 성적 욕망을 '바람직한' 이성애로 전환시켜 조선인으로서의 자각주체화를 촉구한다.[23]

그러나 그 장면이 입회인이 전쟁범죄에 대해 언급하는 것과 동일한 공간에 배치되고 있음을 놓쳐서는 안 된다. 'R이 R이라는 사실'을 자각시키기 위해 일본인 남성 입회인이 R을 모방하는 장면은, 그들이 지탱해온 이성애 매트릭스의 자장에 균열을 일으키게 되기 때문이다. 예컨대, 교육부장은 의무관에게 R역을 맡기고 자신은 피해 여성역을 맡는다. 그때 R역을 맡은 의무관의 욕망이 불거진다. 여성역을 맡은 교육부장은 자신들의 일이 남자끼리의 성-관계임을 강하게 의식하며 당황한 모습을 보인다. R을 모방하는 일은 제대로 되지 않는다. 이어서 보안과장이 R역을 맡게 되고, 여성 역할을 맡은 남자를 범하는 꼴이 된 상황에서 두 사람의 재현은 'R이 누군가요? 조선인이란? 여성을 범한다는 것은? 가정이란?' 등의 질문을 R이 던지면서 중단된다. 입회인들은 특히 '조선인이란 뭡니까'에 답하기 위해 안간힘을 쓰지만 적절한 답을 찾지는 못한다. 그리고 그때 갑자기 의무관이 교화관을 덮치며 무리하게 강간살인 장면을 재현하려 한다.

입회인들은 강간살인을 모방하는 것에 자극받아 자신들의 전쟁범죄를 이야기하기 시작한다. '국가를 위해서'라는 명분을 내세워 서로의 전

---

23   조경희(앞의 책)와 사토 이즈미(앞의 책)는 '누이와 R'이 그 모델들인 '박수남과 이진우' 관계에 상응한다고 보면서 '누이'의 '성'이 과잉 강조되는 것을 비판적으로 고찰한다.

쟁범죄에 면죄부를 부여하고, R의 사형집행에도 같은 논리로 면죄부를 준다. 이런 대화가 오가던 중 교화관이 입회인(일본인 남성)의 신체를 핥는 행동을 하는데, 그런 신체적 접촉을 그들은 거부하지 않고 받아들인다. 이 장면은 그들에게 면죄부를 주는, 히노마루에 덮인 나체의 조선인 R과 누이의 의사 근친상간과 대조를 이루고, 화면이 위 아래로 나뉘며 혼재된다. 그렇다면 여기에서 드러나는 남성 섹슈얼리티와 히노마루의 관계는 어떻게 해석해야 할까.

오노자와小野沢의 지적처럼, 히노마루는 "조선인 스스로 만들어낸 일본 내셔널리즘을 거꾸로 뒤집은 것으로, 그런 점에서 조선인상 역시 비판"의 대상이라는 것을 암시하는 것일까, 그렇지 않으면 "양쪽 범죄의 공범성"을 부각시키는 역할을 맡고 있는 것일까. 일본인 남성이 전쟁범죄를 기억하는 장소에서 교화관이 한 행동은 전쟁범죄에서 무엇이 은폐되는지 암시한다. 이를 염두에 둔다면, 〈교사형〉을 둘러싼 낯익은 논법, 즉 오노자와 식의 논의들은 히노마루가 여성의 나체를 요구하는 구조, 남성의 동성애 코드, 근친상간 코드를 보이지 않게 함으로써 성립한다. 이것을 어떻게 생각해야 할까.

4. '히노마루'와 남성 간 유대

1960년을 즈음해 조선·한국이 전경화되던 무렵, 오시마 영화에는 히노마루가 빈번히 등장하기 시작한다. 그 첫 영화는 〈사육飼育〉1961이다.

영화에는 소집영장을 받은 청년을 위해 마을 사람들이 히노마루에 롤링 페이퍼를 쓰는 장면이 삽입되어 있다. 또한 〈일본춘가고〉1967에서는 오렌지색과 검정색 잉크로 오염된 부분이 히노마루와 검은 원으로 바뀌고 거기에 불이 붙어 활활 타오른다. 그 장면을 요모타 이누히코四方田犬彦는 "내셔널리즘과 아나키즘이 대치되는 구도에 갑작스레 바깥에서 불어닥친 폭력"이라고 해석하며, 이 영화를 기점으로 히노마루가 영화 속에서 특별한 메시지를 갖게 되었다고 말한다.[24] 주목할 것은 히노마루에 여성의 신체가 접합된다는 점이다.

〈교사형〉에서 히노마루는 그것이 누구의 신체와 관련되는지에 따라 다른 울림을 자아낸다. 예를 들면 내셔널리즘의 공식처럼 묘사되는 히노마루는 사형장에서 국가권력을 체현하는 검사와 함께 자리하며, 성조기는 보이지 않는 위치에 놓이게 된다. 그 히노마루 앞이나 옆에 있는 검사는 무표정한 얼굴에 말도 거의 없다. 그에게는 재현-번역이 만들어내는 환상, 특히 여성들의 모습이 보이지 않는다. 그럼에도 그는 다른 입회인의 모습에서 그 자리를 엉망으로 만들어버릴 것 같은 여성의 기척을 감지하고 그녀들을 제거해 버릴 것을 명한다. 그것은 히노마루를 배경으로 'R이 R이다'라는 것을 받아들이면서도 사형을 거부하는 마지막 장면과 대비된다.

R은 은총으로 가득찬 듯한 환상 속에서 누이에게 사랑을 고백한다. 그러자 영상에는 히노마루를 연상시키는 태양이 드리워진다. 커다란 호

---

24 四方田犬彦, 『大島渚と日本』, 筑摩書房, 2010, 92쪽.

수를 배경으로 흰 치마저고리를 입은 누이에게 안긴 R의 정지 이미지로 바뀐다. 이 장면을 요모타 이누히코는, "오시마 영화에서는 현실의 태양이 있는 곳, 그 이데올로기적 기호인 히노마루는 배제"되고 "우리가 보는 것은 어떤 의미에서 국가로부터 해방된 개인의 유토피아적 몽상의 영상"이라고 해석한다.[25] 그런데 이 화면만 떼어내어 50년 메이데이 포스터[26]와 나란히 놓고 보면 그 유사성에 매우 놀라게 된다. 50년 메이데이 포스터에는 쇠약한 아이를 품에 안고 있는 어머니가 그려져 있다. 그리고 그 어머니를 둘러싸고 있는 것은 '전쟁 반대' '식민지화 반대' '민족독립' '전면강화' 같은 말들이다. 같은 의미는 아니지만, 동일한 한자어들은 베트남 전쟁, 아시아 나라들과의 국교 정상화, 침략전쟁에 대한 보상, 안보 문제가 착종했던 1968년 전후에도 난무했다. 〈교사형〉의 누이가 맡은 역할 중 하나는 R의 민족의식을 각성시키는 것이었다. 그리고 그 장면 이후 히노마루 가운데의 커다란 붉은 원-태양 앞에서 R이 R임을 받아들이고 사형을 거부하는 장면으로 바뀐다. 이 장면을 생각할 때, 요모타가 말하는 "유토피아적 몽상의 영상"이 실은 메이데이 포스터 속 1950년의 '어머니'와 같은 구도라는 것을 알 수 있을 것이다.

필자가 이전 글에서 언급했듯,[27] 50년 메이데이 포스터가 총력전에서의 젠더 편성 문제와 접속하고 있음을 상기할 때, 히노마루를 매개로 〈교사형〉이 만들어낸 내셔널리즘 비판은 일본의 총력전 체제나 50년대 강

---

25 위의 책, 167쪽.
26 고영란,『전후라는 이데올로기』(김미정 역, 현실문화, 2013, 272쪽)의 〈그림 8-1〉을 참조바람(일본어판은, 高榮蘭,『戦後というイデオロギー』, 藤原書店, 2010).
27 위의 책, 8장.

화조약 반대운동에서 여성 신체를 횡령하는 것과 같은 구도에 자리함을 알 수 있을 것이다. 나아가 그 구도는 남성 섹슈얼리티가 보이지 않게 될 때 성립한다.

누이의 신체나체와 R에게 강간 살해당한 여성의 신체나체는 히노마루를 통해 교환가능한 것으로 가시화되는데 이것은 어디까지나 환상 속이라는 것이 전제가 된다. 고마쓰가와 고교 옥상에서 R은 교복 차림 여성에게 칼을 들이대지만 실제로 찌르지는 못하고 주저한다. 그것을 목격한 교육부장은 어느새 판결문에서 일탈하여 갑자기 교복 차림 일본인 여성을 덮치며 강간을 시도하는데 그 과정에서 그녀를 살해하고 만다. 그 순간, 영상은 형장으로 이동하고 거기에 놓인 관 속 여성의 시체가 초점화된다. 교복을 입고 있던 피해자(일본인 여성)는 히노마루 속에서 나체가 되고, 그 후 다시 치마저고리를 입은 모습으로 관 속에서 천천히 일어난다. '히노마루=나체'를 매개로 하여 일본인 여성이 조선인 여성으로 바꿔치기 되는 것이다.

여성 나체의 횡령은 저 유명한 "미군이 일본 여자를 벌거벗기고 있는"[28] 사진에 덧대어 생각하면 흥미로운 공통점이 발견된다. 여기에서의 일본 여자는 양공주를 의미한다. 사진에는 미군에 둘러싸인 벌거벗은 여성이 찍혀 있다. 점령기의 한국과 일본 모두 양공주의 표상은 '파마머리, 빨간 립스틱, 하이힐' 등 미국을 표상하는 기호와 더불어, 미국인을 연상시키는 '남자'와 가까운 거리에 자리한다. 즉 양공주-민족의 피해성 획득

---

28 『平和新聞』(1953.6.11); 간자키 기요시(神崎清)의 『밤의 기지(夜の基地)』(河出書房, 1953)에서 재인용.

은 '미국'이라는 기호를 모두 벗겨버린 나체를 통해서만 실현될 수 있는 것이다. 그로부터 20년 후, 사진 속 일본 여자가 실제로는 한국전쟁 중 촬영된 조선 여자였음이 밝혀지는데[29] 이것은 1950년대 전후의 '양공주-미국' '양공주-민족' 표상이 양공주의 신체가 횡령된 것과 같은 층위에 자리함을 보여주는 것이다.

입회인과 R 사이의 위계 구도는 히노마루나 그 배후의 성조기라는 정치권력·문화권력이 만들어낸 것에 다름아닙니다. 'R은 모든 R을 위해 R 임을 받아들이는' 장면에서 볼 수 있듯, '모든'이라는 말에 개재하는 보편성에의 욕망은 일본인과 조선인이라는 대립축이 아니라, 국가폭력에 대한 피해/가해 문제의 양의성과 관련된다. 그 피해/가해의 구도는 남성의 전쟁범죄, 남성 간 성범죄전쟁범죄와 여성신체의 횡령과 연결된다. 이 지점에서 그들의 '가해-성'이 부상한다. 그리고 동시에 실제로는 이 '모든'이라는 말이 국가·민족의 이름으로 강요받은 폭력이었다는 것이 일본인·조선인-남성의 '피해-성'이 전경화됨으로써 드러나고 그들에게 면죄부를 줄 수 있게 된다. 그리고 이러한 회로가 여성신체 ─ 남성 섹슈얼리티의 노출에 의한 히노마루의 위기를 피하기 위해 삽입된 ─ 를 매개로 한 강력한 은유를 통해 발견되는 것임을 간과해서는 안 된다.

황호덕은 1960년대의 오시마 나기사 영화는 "어떤 하나로서 '조선' 자체를 문제계로 삼지 않는다"라고 말한다. 그리고 이 영화의 제목 ─ 후카오 미치노리深尾道典의 시나리오 ─ 이 이진우와 박수남의 왕복서간『죄

---

29   神崎清,『買春』, 現代史出版会, 1974.

와 죽음과 사랑과』에서 착안한 '그 언젠가, 그 어딘가에서 이 때에서이나이 쩌가, 어디에도 없는 어디에서'에서 '교사형'으로 바뀌었음에 주목한다. 그리고 "영화는 자이니치와 관련된 실존적 질문에서 죽음을 부여하는 '집행'에 대한 질문으로 바뀌었다"[30]고 지적한다.

'R은 모든 R을 위해 R임을 받아들일' 것을 결심하자마자 누이는 갑자기 영화에서 사라진다. 또한 R이 교사형을 선고받고 사형이 집행되는 순간 R의 신체도 영화에서 갑자기 사라진다. 그리고 입회인(일본인 남성)만이 이야기에 남겨지며 일본이라는 공간에서 삶을 이어간다. 물론 이야기 자체(구조 자체)는 소멸하지 않는다. 대신 사형을 질문한다는 목적이 달성된 순간 R과 누이는 이야기(관객·일본인)에서 보이지 않게 된다. 흥미로운 것은 '1968년' 이후 '조선' '한국'이라는 기호가 오시마 나기사 영화에서 사라진다는 것이다. 히노마루를 매개로 일본인과 조선인 남성의 범죄 기억을 나란히 배치한 것은, '1968년'이 다른 층위의 타자들을 고려하지 않고 일본어 공간 구도에 온존되었으며, 그것을 질문하지 않은 채 역사화되어왔음을 드러낸다. 그것은 1960년대 오시마 나기사 영화를 국가비판이라는 문맥에서만 높게 평가하는 한 보이지 않을 것이다.

---

30 黃鎬德, 「「もっと朝鮮人らしく」」芝居としての「在日」大島渚, 法を超える文法」, 藤井たけし 訳, 『KAWADE夢ムック文藝別冊総特集大島渚』, 河出書房新社, 2013.5, 182~183쪽.

5. 맺음말

오시로 다쓰히로의 『칵테일파티』와 오시마 나기사의 영화 〈교사형〉처럼 서로 다른 장르를 비교·검토하는 것은 꽤 어려운 작업이다. 하지만 두 작품은 거의 같은 시기에 발표되었고, 강간 표상과 전쟁 기억을 통해 동시대의 정체성 정치에 개입했다는 공통점이 있다. 또한, 두 작품 모두 법에 근거한 강간 재현이라는 측면이 중요하게 기능한다. 『칵테일파티』에서는 미군의 오키나와 소녀 강간이, 〈교사형〉에서는 재일조선인 소년 R의 일본인 소녀 강간 살인이 재현된다. 그 재현은 '번역' 행위라고도 말할 수 있는데, 특히 영화에서는 R의 범행이 아주 심각하게 다뤄지면서도 웃음을 유발하는 블랙코미디처럼 재현된다. 한편 『칵테일파티』에서 오키나와인 아버지는 피해자 딸이 재현하는 강간 상황을 지배자 측 남성들과 함께 지켜본다. 그리고 딸의 거부에도 불구하고 미군 상대 소송을 결심하는 지점에서 이야기는 끝난다.

이 글은 유사한 시기 및 문화권력 구도 안에서 높은 평가를 받았던 두 작품을 '강간' 모티브의 '재현-번역'이라는 행위에 주목해 살펴본 것이다. 즉 『칵테일파티』의 '강간' 모티브의 '재현-번역'은 〈교사형〉의 강간 재현-번역을 비판적으로 다시 보게 한다. 또한, 〈교사형〉의 경우는, 여성 나체의 횡령, 남성 동성애, 유사 근친상간이 히노마루에 의해 은폐되어 버린다. 그리고 그것을 통해 과거 식민지배나 침략전쟁의 기억에 면죄부가 주어진다. 지금 여기에서의 자이니치 차별이 보이지 않게 되는 것이다.

한편, 복귀 운동이 한창일 당시 발표된 『칵테일파티』는 일본을 비판적인 시선으로 바라보면서도, 그것과의 공모를 공모된 관계를 환기시킨다. 그리고 동시에 중국에서 망명한 중국인 변호사 쑨의 존재를 통해 옛 일본 제국오키나와를 포함의 전시 성폭력과 미 점령에 의한 군사 성폭력을 상기시키고 있음도 간과해서는 안 된다. 특히, 오키나와인에 의한 가해/피해의 양의성을 이야기 내부에 구조화한『칵테일파티』는, 히노마루를 매개로 하여 일본인과 조선인 남성에게 면죄부를 주는 〈교사형〉의 문제점을 역투사한다. 이런 점들은 개별 작품만의 문제는 아니다. 그간 일본의 사상·문화사는,『칵테일파티』와 〈교사형〉을 1960년, 70년 안보·베트남전쟁·한일국교 정상화·오키나와 반환·중일 국교 정상화라는 격변하는 시대를 통해 조망하거나, 그 이면에 감춰진 한국, 미국, 중국, 그리고 일본과의 관계에서 파생한 모순을 부각시켜 보이는 작품으로 자리매김해왔다. 이 글이 다시 묻고자 한 것은 바로 그 일본 사상·문화사의 문제에 다름아니다.

개발과 근대화 프로젝트

제주와 오키나와가 만나는 방식

손지연 · 김동현

1. 들어가며

1945년 8월 15일 이후의 시간을 어떤 방식으로 설명할 것인가. 1945년 8월 15일 이후의 시공간은 해방과 패전, 혹은 전후라는 개념적 어휘로 설명되는 동아시아라는 문제를 관통해야만 한다. 해방과 패전, 그리고 이어진 한국전쟁과 냉전이라는 세계사의 시간 속에서 한국과 일본은 서로 다른 국가체제로 존재하는 동시에 서로를 참조하고 서로에 수렴되면서 동아시아라는 동시적 시공간을 관통해왔다. 패전 일본국의 경제부흥이 한국전쟁이라는 이웃 나라의 비극이 없었다면 불가능했다는 것은 이제 상식에 속한다. 한국의 경제개발은 한일수교 정상화라는 양국 간의 외교적 조치와 함께 미국이 주도하는 냉전 질서 속에 일본과 동시적으로 편입되는 과정이 전제되어야만 했다.[1]

---

1 박정희 시대의 경제개발을 포함하여 아시아의 경제부흥에 미국 정부의 전략이라는 "보이지 않는 손"이 작용하였고 특히 박정희 시대 한국의 경제 성장의 배경에는 시장경제 우월성을 입증하기 위한 미국의 경제지원이 있었다. 박근호, 김성칠 역, 『박정희 경제신화 해부－정책 없는 고도성장』, 회화나무, 2017, 67 · 83쪽 참조.

이른바 동아시아의 동시성을 어떻게 규명할 것인가는 그 자체로 만만치 않은 작업이다. 이 글은 동아시아의 동시성을 개발과 근대화 담론, 특히 제주와 오키나와의 근대화 프로젝트를 통해 살펴보고자 한 것이다. 제주와 오키나와를 염두에 두는 이유는 두 가지다. 하나는 제주4·3과 오키나와 전투를 겪었던 역사적 체험의 유사성이다. 제주4·3 항쟁과 오키나와전투는 가해의 주체 세력과 피해의 규모, 피해의 양상 등에서 차이를 보인다. 하지만 제주4·3과 오키나와전투 과정에서 벌어졌던 민간인 학살, 그리고 이후 벌어진 침묵의 강요는 국가폭력이 가해지는 과정과 그 작동 방식에서 많은 유사점을 지니고 있다. 특히 오키나와전투와 제주4·3 항쟁의 근원을 들여다보면 미국이라는 타자를 발견하지 않을 수 없다.

또 다른 하나는 이러한 비극적 역사가 단순히 역사적 과거에만 국한된 문제가 아니라는 점이다. 주지하다시피 오키나와는 현재 일본 내 미군기지의 80% 이상이 주둔하고 있는, 동아시아에서의 미국의 패권을 '방위'하기 위한 전략적 지역으로 간주되고 있다. 일본 본토의 평화가 실은 오키나와의 미군기지를 전제로 하고 있다는 지적은 그 자체로 타당하다. 제주4·3 과정에서 대규모 학살을 경험한 제주의 경우에도 미군기지 문제는 기회가 될 때마다 반복되어왔다.[2] 이 과정에서 국가주도의 근대

---

2   1946년 10월 무렵에는 제주도가 제2차 세계대전 당시 영국의 전략적 기지였던 지브롤터가 될 가능성이 높다는 외신 보도가 나오기도 했다. 오키나와 일본 복귀가 대두되던 1969년에는 제주를 미군기지로 제공할 수 있다는 한국 측의 제안이 있었고 이에 대해 미국은 수락할 의사가 있다고 밝히고 있다. 「제주도는 중요지대……장래 지브롤터화 할 가능성 있다」, 『한성일보』, 1946.10.22; 「제주에 해·공군기지……한미 국방회담서 의견 모은 듯」, 『경향신문』, 1969.6.6; 「오키나와 반환협상 실패하면 제주에 미군기지 용의」, 『경향신문』, 1969.7.18. 제주를 미군기지로 제공할 수 있다는 보도들은 이후

화 프로젝트는 국민국가 내부의 모순을 은폐하거나 혹은 부재하는 것으로 '상상'하는 중요한 근거가 되어 왔다.[3]

　제주와 오키나와는 모두 개발과 근대화 담론이라는 이름으로 지역에 가해진 폭력에 노출되었고, 지역 주민들은 이를 스스로 내면화하는 방식으로 은폐하거나 극복하려고 했다. 예컨대, 오키나와 부흥계획이 오키나와 내부에서 제안되었고, 제주에서 정부의 개발계획에 적극적으로 공명하면서 이른바 '동양의 하와이'라는 담론을 적극적으로 받아들였던 점을 상기해 보자. 이러한 개발 프로젝트가 오키나와 전쟁 책임과 제주4·3 책임에 대한 외면과 동시에 이뤄졌다는 사실에 주목할 필요가 있다.

　지금부터 살펴보겠지만, 경제정책은 경제적 조건만 규정하는 것이 아니었다. 경제라는 이름으로 가해진 근대화 기획에 대한 무비판은 종종 지역의 자기결정권을 위협하기도 했다. 이 같은 문제는 제주나 오키나와의 경우에만 해당하는 것은 아닐 터다. 동아시아의 동시성을 규명하기 위해 근대화 프로젝트에 주목하는 이유도 여기에 있다. 이러한 사례들이 한국의 단독적 방식이 아니라면 전후 동아시아의 문제를 보다 근원에서

1988년에도 등장한다. 당시에는 필리핀 미군기지 이전 대상지로 제주가 거론된 바 있다. 당시 노태우 대통령은 보도 내용에 대해 사실무근이라고 밝히면서 군용기도 이용하는 대규모 공항개발계획을 추진하겠다고 밝힌 바 있다. 『경향신문』, 1989.3.18.

3　메도루마 슌의 오키나와 붐에 대한 비판이나 1960년대 이후 이른바 '제주 붐'에 대한 제주 내부의 반응은 시간적 낙차에도 불구하고 대단히 유사하다. 그는 '오키나와 붐'으로 오키나와의 전통 악기나 전통춤을 즐기는 야마톤추(오키나와인이 일본 본토인을 지칭하는 오키나와어)가 늘고 있지만 과연 그들이 오키나와인이 경험한 차별과 동화의 역사를 얼마나 알고 있는가 묻는다. 그러면서 '오키나와 붐'이 야마톤추가 오키나와의 역사와 현실을 회피하기 위한 수단으로 악용되고 있음을 지적한다. 메도루마 슌, 안행순 역, 『오키나와의 눈물』, 논형, 2013, 118~125쪽.

설명할 수 있지 않을까? 이른바 전후 오키나와의 헤노코 군기지 확장 문제와 국제자유도시라는 슬로건이 지역에서 논의되어 왔던 방식 역시 제주에서 벌어졌던 사례와 크게 다르지 않다면, 그것은 무엇을 의미할까?

이 글은 이러한 문제의식을 바탕으로 제주와 오키나와에서 벌어졌던 근대화 담론과 그에 대한 지역의 대응 방식에 주목하고자 한다. 또한 두 지역에서 벌어졌던 근대화 프로젝트가 단순히 지역에 국한되는 것이 아니라 지역이 타자를 만나는 방식에도 영향을 미쳤음을 규명하고자 한다.

2. 오키나와 국제해양박람회와 『개발제주』

1975년 오키나와에서 국제해양박람회가 열렸다. '일본 복귀'[1972] 이후 처음 벌어진 대규모 국제 이벤트였다. 국제해양박람회는 복귀 이후 오키나와 진흥개발계획 프로젝트 중 하나였다. 오키나와 부흥 프로젝트의 계기는 오키나와의 '일본 복귀'였다. 복귀를 앞두고 오키나와 내부에서는 1960년대 일본 본토의 경제부흥을 염두에 두면서 '개발과 근대화' 담론을 적극적으로 호명하기 시작한다. 국제해양박람회는 일본 정부의 오키나와 개발 정책을 시각적으로 과시할 기회였다. 여기에 일본 본토의 정치적 목표가 더해졌다. 바로 '천황'의 오키나와 방문이었다. 이른바 '황족'의 오키나와 방문은 미군이 점령했던 오키나와가 명실상부한 일본 본토로 편입된다는 상징적 의미가 될 것이었기 때문이었다. 1960년대 일본 본토의 경제부흥을 바라보는 오키나와 내부의 사정은 복잡했다. 복귀와 반反복귀, 경제부흥에 대한 기대감 속에서도 전쟁 책임의 당사자인 '천황'의 오키나와 방문 자체에 대한 반대도 만만치 않았다. 논란 끝에 국제해양박람회에 황태자 부부가 방문하는 것으로 결정되었지만 반대 여론은 여전했다. 이러한 논란을 상징적으로 보여주는 일이 박람회 기간에 발생했다. 황태자가 히메유리 탑을 방문할 때 오키나와 청년 2명이 화염병을 투척한 것이다.[4] 하지만 오키나와 일부의 격렬한 반응은 국제해양박람회라는 거대한 시각적 이미지에 묻혔다.

이러한 일본과 오키나와의 반응과 별도로 60년대 이후 오키나와의 일본 복귀에 대해 국내 언론은 미군기지의 존재, 즉 동아시아의 반공 저지선으로서의 오키나와의 지위가 계속될 수 있을 것인가에 집중하였다.[5] 일본 복귀 이후 오키나와 국제해양박람회에 대한 국내 언론의 주목도 이러한 맥락 안에서 진행되었다. 한국도 참가했던 국제해양박람회 개최에 대해 당시 국내 언론은 이렇게 전하고 있다.

아키히토 황태자 부처의 오키나와 방문에 항의하는 좌익과격분자들의 폭력 사태에 대비, 3천 8백 명의 경찰들이 동원된 가운데 19일 개막식이 열렸으며 저녁에는 불꽃놀이 등 화려한 전야제가 벌어지고 20일부터 정식으로

---

4   아라사키 모리테루, 정영신·미야우치 아키오 역, 『오키나와 현대사』, 논형, 2008, 86~88쪽 참조.

5   1972년 오키나와 일본 복귀를 앞두고 국내 언론의 오키나와 관련 기사는 대부분 동아시아의 새로운 안보 환경이 어떻게 변화할 것인가에 주목하였다. 경향신문은 3회에 걸쳐 '냉전 후기를 가름하는 美日越의 회전목마'라는 기사를 동경 특파원 발로 전하기도 한다.『경향신문』, 1972.1.5.

일반에 공개된다.[6]

'좌익과격분자들의 폭력 사태'라는 수사에는 일본에서 유일하게 지상전이 벌어졌던 오키나와에 대한 이해나, 미군 점령기 오키나와에서 벌어졌던 폭력과 이에 대한 저항, 그리고 복귀와 반복귀를 둘러싼 오키나와 내부 사정은 감춰져 있다. 그런데 여기에서 하나 더 주목할 점은 제주에서의 반응이다. 1975년 창간된 『개발제주』에는 오키나와 국제해양박람회 개최를 다룬 특집 기사가 실린다. 「바다-그 바람직한 미래」라는 제목의 기사에서는 박람회 참가 필요성을 다음과 같이 정리하고 있다.

우리나라가 여기에 참가하는 필요성은 대략 네 가지로 나눌 수 있다. 첫째는 우리나라의 급진적인 경제발전상의 집약선전과 고유한 문화 과학 및 기술 소개로 국위를 선양하고 재일동포(특히 오키나와)의 지위 향상을 도모하는 데 있으며, 둘째 각종 고도화된 선박 및 해양기술에 관한 정보를 수집하여 정부의 조선 중화학 공업 시책에 기여함과 함께 우리나라의 해양자원을 개발하여 80년대의 100억 불 수출 목표 달성에 기여하는 데 있다. 셋째는 참가국 간의 우호 증진과 유대를 강화하여 상호 무역 정보 및 해외 기술 교환으로 수출증대를 도모하며 넷째, 인근국인 일본에서 만국박람회가 열리는 것을 계기로 이곳에 오는 관광객들의 한국 유치를 기하는 데 있다. 특히 중요한 것은 한국관의 전시가 거의 제주도를 중심으로 하고 있다는 점이다. 우선 오

---

6   『동아일보』, 1975.7.19.

키나와와 모든 여건이 유사한 제주도의 역사, 문화, 사회, 산업, 민속, 민예, 신앙, 해녀, 제주도 개발계획을 중점적으로 다루며.[7]

오키나와 국제 해양박람회 참가 필요성을 국위 선양과 재일동포의 지위 향상, 해양자원 개발, 참가국 우호증진을 통한 수출증대, 관광객 유치 등으로 정리하고 있다. 무엇보다 여기에는 한국관 전시의 중심이 제주도가 될 것이라면서 오키나와 국제 해양박람회가 '제주의 민속'을 알릴 기회가 될 것이라는 기대감이 드러나 있다. 1974년 정부 차원의 제주 관광종합개발계획이 수립되면서 개발 담론이 적극적으로 거론되고 있었던 때였다.[8] 당시 제주지역에서는 관광개발과 관련한 담론들이 다양한 형태로 쏟아져 나왔다. 이러한 개발담론을 반영하듯 이 기사에서는 한국관의 주요 전시내용을 자세하게 언급하면서 해양박람회가 제주도개발계획이라는 개발 프로젝트를 홍보할 기회라는 점을 강조하고 있다.[9]

---

7   제주개발문제연구소, 『개발제주』(1975.8) 창간호. 『개발제주』는 1975년 8월 15일 창간한 월간지로, 창간호 판권란에는 발행인 홍병철, 편집인 백상현, 인쇄인 차주홍, 편집국장 고영일로 표기되어 있다. 잡지 창간 취지는 편집후기에 잘 드러나 있다. "1960년대로 접어들면서 일기 시작한 우리 고장의 개발'붐'은 지난 연초에 발표된 관광종합개발계획으로 이제 막 개화할 단계에 이르렀다. 실로 길고도 오랫동안의 침묵을 깨고 5·16 정부에 의하여 생기를 찾은 우리 고장이 피나는 개발의 曆正을 거듭하기를 10여 星霜. 그 줄기찬 노력 끝에 맺어질 열매의 풍요를 위해 우리는 김을 매고 비료를 준다. 특집 제주관광종합개발계획의 뜻이 바로 여기에 있다."

8   '개발과 근대화 담론'은 제주4·3의 비극을 겪은 제주의 자발적 선택으로 포장되었지만 그 기획의 창안자는 이승만과 박정희로 이어지는 반공 권력이었다. 개발과 반공주의 기획에 대해서는 김동현, 「반공주의와 '개발'의 정치학―제주의 사례를 중심으로」, 『한민족문화연구』 65, 2019.3, 45~72쪽을 참조할 것.

9   전시관 내용을 소개하고 있는 대목은 다음과 같다. "한국관 전시의 세부내용을 살펴보

오키나와 국제해양박람회라는 개발과 근대화 프로젝트를 통해 제주와 오키나와가 조우하는 이 장면을 어떻게 바라봐야 할까. 오키나와 국제해양박람회라는 국제적 이벤트를 대하는 제주의 반응은 '개발과 근대화 담론'에 대한 지역의 욕망을 잘 보여준다. 일본 복귀 이후 개발과 근대화에 대한 오키나와 내부의 욕망과 1960년대 이후 제주에서 보여준 개발에 대한 기대감은 과연 무엇이었던가. '개발과 근대화 담론'에는 단순한 발전주의적 전략이 아니라 지역을 근대적으로 재구성하려는 욕망이 담겨 있다. 그것은 근대를 지역에 이식하려는 국가의 기획인 동시에 지역 주체의 소외와 포섭, 저항과 편성이라는 다양한 긴장 관계를 가져왔다. 이러한 '개발과 근대화 담론'은 근본적으로 식민주의적 위계를 내재하고 있다. 개발의 기획자로서 국가-권력의 사명이 강조되고 지역의 전근대성은 강조되었다.

면 우선 입구에는 대형 제주도 돌하르방이 세워지고 오른편으로 들어서면 '우호의 역사'실이 있는데, 여기에는 고려청자를 비롯하여 이조왕조실록, 제주도 사람 장한철이 쓴 표해록 사본 등 우리나라의 역사를 보고 이해할 수 있도록 전시하고 있다. 다음에는 교역의 역사, 즉 과거 우리나라와 일본, 제주도와 오키나와가 바다를 통해 어떻게 교역했는가를 이해할 수 있도록 그 당시의 유물과 기록을 전시하고 있으며 그 다음 실에는 바다를 배경으로 한 제주도의 모습을 와이드 칼라로 터널을 만들어 누구나 여기에 들어서면 제주도에 온 느낌을 가질 수 있도록 꾸미고 있다. 민속관에 들어서면 제주도의 민속품들이 눈을 끌게 되어 있다. '자리'를 잡는 테우(떼배)를 비롯해서 해신당, 퇴송선 등 신앙, 의류, 남방아 민구들이 전시되고 제주도 민요가 배경음으로 깔리게 되는데, 이러한 민속 유물들은 관계 전문가들이 현지에 와서 수집, 오키나와에 보내졌다. 특히 제주도 민속품은 오키나와와 흡사한 것이 많다. 다음은 바다의 미래상이 도표, 영화 등으로 소개된다. 여기에는 발전하는 오늘의 한국 모습과 제주도를 상세히 볼 수 있으며 특히 제주 관광종합개발계획을 비롯한 각종 제주도개발계획을 바다의 개발과 연관시켜 전시함으로써 제주도의 미래상을 한눈에 조감할 수 있도록 했다."

『개발제주』의 오키나와 특집과 함께 '제주정신'을 다루고 있는 기사에서는 개발과 근대화를 위한 지역 정신의 창안을 언급하고 있다. 이는 개발의 기획자로서 '박정희'가 제주에서 와서 "보조만 하지 말고 정신 자세부터 안 됐다"고 할 때와 같이 지역 개발이 지역정신의 개조를 전제로 하고 있음을 보여준다.[10]

그런데 이러한 개발담론은 단순히 일국적 차원의 기획이라고는 볼 수 없다. 에드워드 사이드가 지적한 것처럼 '개발과 근대화 담론'은 제2차 세계대전 이후 미국의 팽창주의 전략의 핵심이었다. 이러한 개발 프로젝트의 지향은 분명했다. 미국식 민주주의의 전달자라는 소명의식을 바탕으로 한 새로운 제국 미국의 헤게모니 강화, 미국식 자유에 대한 어떠한 도전도 용납하지 않겠다는 이데올로기의 강요, 바로 이 두 가지였다.[11] 한국에서의 근대화 프로젝트 역시 박정희 정권의 단독 기획이 아니라 로스토의 '경제성장단계론'에 의한 미국 대외 원조 정책에 기반하고 있다. 아시아 국가의 경제발전이 공산주의 위협에 대응하는 미국의 이익에 부합한다는 정책적 판단이 한국을 비롯한 동아시아의 경제 성장의 기반이 되었다.[12]

때문에 '개발과 근대화 담론'을 이해하기 위해서는 미국과 일본, 미국과 한국의 안보 동맹과 한국과 일본의 식민주의 모두를 염두에 두어야 한다. '개발과 근대화 담론'을 통해 제주와 오키나와를 겹쳐 읽을 수 있는 가능성이 여기에 있다. 지역에서의 개발담론은 '개발=진보'로 인식하면

10　『제주신문』, 1965.3.6.
11　에드워드 사이드, 박홍규 역, 『문화와 제국주의』, 문예출판사, 2014, 537~571쪽 참조.
12　박근호, 앞의 책, 67~83쪽 참조.

서 근대와 전근대라는 위계적 질서를 스스로 내면화하기도 하였다. 이를 테면 개발은 지역의 비근대성을 전근대적이라고 간주하면서 지역의 신체를 열등한 존재로 상상하게 했다. 하지만 역설적으로 지역의 전근대성은 근대적 모순을 드러내는 저항의 근거가 되기도 하였다.

이를 감안한다면 개발담론은 단순히 경제적 성장이라는 측면뿐만 아니라 지역을 이데올로기적으로 재편 — 그것은 종종 위계를 전제로 한 — 하려고 하는 국가의 욕망과 맞닿아 있다. 그것은 지역을 탈정치의 지역으로 만드는 동시에 근대화 담론에 대한 무비판을 문화적 차원에서 수행하는 것까지 포함한다. 근대적 합리성과 효율성이라는 이름으로 새겨진 '세련된 폭력'은 지역문화를 근대-국가가 관리 가능하고 통제 가능한 민속으로 호명한다. 1960년대 이후 제주에서의 민속에 대한 발견과 복귀 직후 오키나와 붐은 이러한 일련의 개발과 근대화 프로젝트의 문화적 수행의 실례를 잘 보여준다.

3. 제주 '개발담론'과 현기영의 「마지막 테우리」

1948년 당시 조선통신특파원 자격으로 제주를 찾은 조덕송은 경찰과 국방경비대의 토벌작전에 동행한다. 이후 신천지에 기고한 글에서 그는 다음과 같이 제주의 상황을 전하고 있다.

필자가 이 섬에 온 그 이튿날 국방경비대는 모 중대작전을 개시하였다고 일사불란의 대오로 출동 전진하였다. 목표는 한라산인지 산간 부락인지 미명에 폭우를 무릅쓰고 장정들은 전진한다. 필자도 이 출동부대를 따랐다. 지금 제주도에 파견되어 있는 경비대의 세력은 약 4,000. 그들의 전원이 출동하는 모양이다. 말없이 움직이고 있는 그들 장정! 그것은 틀림없는 전사의 모습이다. 미군 철모에 미 군복, 미 군화에 미군 총. 비가 오면 그 위에 미군 우장을 쓴다. 멀리서 보면 키가 작은 미군 부대가 전진하고 있는 것 같다. 조선이라는 조국을 방위할 이 나라의 병사. 겨레의 장정들이 지금 남해의 고도에서 적들인 동족의 섬멸에 동원되고 있는 것이다.[13]

조덕송의 글은 4·3 직후 도민들의 피해상과 토벌작전의 최고 책임자인 미군의 존재, 그리고 4·3 봉기의 발발 원인에 대해 비교적 자세히 서술하고 있는 자료라고 할 수 있다. 특히 유혈 사태의 원인에 대해서 관의 발표를 "인위적인 것"만 "제시"하고 있다고 비판하면서 제주도민의 입장에서 "공산계열의 선동 모략"뿐만 아니라 서북 청년단의 폭압적 고문도 하나의 원인이라는 점을 분명히 밝히고 있다.[14] 4·3 봉기와 진압 과정의

---

13 조덕송, 「현지보고, 유혈의 제주도」, 『신천지』, 1948.7, 89~90쪽.
14 조덕송은 제주도민이 바라보는 유혈사태의 원인에 대해 다음과 같이 인용하고 있다. "금번 사건의 도화선은 순전히 도민의 감정악화에 있다. 무엇 때문에 제주도에 서북계열의 사설 청년단체가 필요하였던가. 경찰 당국은 치안의 공적도 알리기 전에 먼저 도민의 감정을 도발시키는 점이 불소(不少)하였다. 왜 고문치사 시키지 않으면 안되었던가. 거리에 놀고 있는 어린아해를 말굽으로 밟아 죽이고도 말없는 순경에 도민의 눈초리는 매서워진 것이다. 직접원인의 한 가지로 당국자는 공산계열의 선동모략을 지적하고 있다. 물론 이것은 근인(近因)의 한 가지로 긍정할 수 있다. 그러나 33만 전 도민이 총칼 앞에 제 가슴을 내어밀었다는 데에서 문제는 커진 것이다. 원인 없는 결과는 없다. 진정시키고 또다시 일어나지 않도록 함에는 당국자의 참으로 감족적인 흥도와 현명한

폭압적인 상황을 비교적 객관적으로 전하고 있음에도 미묘한 시선의 층위를 발견할 수 있다. 토벌 작전에 투입된 국방경비대들은 "전사의 모습"으로 "조선이라는 조국을 방위"하는 최전선에 서 있고 미군의 복장을 한 국방경비대의 출동은 "동족의 섬멸"을 위한 "동원"으로 묘사되고 있다. '섬멸'이라는 용어에서도 알 수 있듯이 4·3 당시 '반공'은 위생적 우위를 차지한 지배담론이었으며 이러한 담론 하에서 '빨갱이=제주'는 주권의 자격을 부여받지 못한 존재였다.[15] 제주4·3토벌작전은 '절멸'의 공포였다. 봉기의 주도세력은 '반도叛徒'이자 '섬멸'해야 할 '적'들이었다. '반도'에 협력하는 주민들 역시 '숙청'의 대상이었다.

'빨갱이' 섬멸이 지상과제였던 토벌전이 일부 마무리된 직후인 1949년 5월 이승만 대통령은 제주를 찾아 '낙토 재건'의 필요성을 역설한다.

조덕송의 글이 당시 시대 상황을 반영하고 있다고 할 때 '낙토 재건'의 의미는 과연 무엇이었던가. '낙토 재건'이라는 권력의 발화를 이해하기 위해서는 우선 그 발화를 수행하려는 권력의 의지가 무엇이었는지를 살펴볼 필요가 있다. 이승만의 제주 방문은 이른바 '성공적 토벌작전'을

시책이 필요하다. 무력으로 제압하지 못하는 이 동란을 통해서 제주도의 참다운 인식을 하여야 되며 민심을 유리(遊離)한 시정(施政)이 얼마나 참담한 결과를 가져오는가를 느껴야 할 것이다."

15　해방기는 정치적 주체를 결정하려는 힘을 둘러싼 투쟁 과정이었다. '일본-제국'의 권력이 미군정으로 대치되는 과정에서 주권적 경계의 확정은 무엇보다 중요한 과제였다. 이른바 '나라만들기'를 둘러싼 수많은 대결들이 이를 둘러싼 투쟁의 표출이었다. 그런 점에서 조덕송의 글에서 읽을 수 있는 미군의 존재는 그 자체로 흥미롭다. '인민유격대' 토벌의 선두에 나선 국방경비대가 미군복을 입고 있다는 서술은 주권 경계의 주체자인 미국의 존재와 그 권력의 대리 수행자인 이승만과 군경의 존재를 상징적으로 보여주고 있기 때문이다.

확인하기 위한 반공 권력의 힘을 가시적으로 드러낸 것이었다. '낙토 제주 복원'의 전제조건은 '빨갱이의 섬멸'이었다. 이렇듯 권력이 '낙토 복원'을 내세울 때 그것은 '국민'과 '국가'와의 상상적인 관계를 생산하는 효과적인 수단이되었다. 제주4·3을 해방기 인민 주권을 구현하려는 인민의 자기 결정권과 통치 대상을 결정하려는 권력의 대결이라고 가정한다면[16] '낙토 복원'이라는 구호의 배면에는 권력의 폭력적 진압이 자본주의적 관계로 치환될 수 있음을 암시한다. '낙토 복원'을 위해서는 막대한 물적·인적 자원의 동원과 배분이 필연적으로 작용할 수밖에 없고 섬멸 수준의 초토화 작전이 펼쳐진 지역에서 이를 실질적으로 수행할 수 있는 힘은 곧 '섬멸'과 '초토화 작전'의 주체였던 '권력'이었다. 이승만이 제주 방문에서 '낙토 복원'을 외칠 수 있었던 것도 그 가시적 힘의 수행자라는 자신감이 있었기 때문이다.

제주개발은 이승만 정권에 의해 기획되었지만 한국전쟁을 거치면서 제대로 추진되지는 못했다. 1961년 쿠데타로 집권한 박정희 군사정권 이후 제주개발은 본격화되었다. 그런데 이러한 제주개발의 성격은 당시 집권세력의 경제개발 정책과 관련하여 살펴볼 필요가 있다. 개발담론이 제주에서만 이뤄졌던 특수한 상황이 아니었기 때문이다. 경제개발 5개년 계획으로 상징되는 쿠데타 세력의 개발담론은 "불균형 성장론에 입각

---

16 김석범은 제주4·3을 '내외침공에 대한 정의 방어항쟁'이라고 본다. 이러한 시각은 제주4·3을 다룬 『화산도』에서 내재되어 있다. 이러한 인식은 제주4·3을 해방기 '나라만들기'와 주권의 행사가 좌절되어가는 과정으로서 이해할 수도 있음을 보여준다. 이와 관련해서는 고명철, 김동윤, 김동현, 『제주, 화산도를 말하다』, 보고사, 2017, 162~186쪽을 참조할 것.

한 산업화 전략"의 일환이었고 이는 제주를 비롯한 남한 사회의 각 지역이 이러한 전략의 하위 부문으로 편입되어 갔음을 의미했다.[17] 제주개발역시 이러한 개발담론의 거시적 전략에서 자유로울 수 없었다.

박정희는 쿠데타 직후인 1961년 9월 8일 국가재건최고위원회 의장자격으로 제주를 방문하면서 제주개발을 지시한다. 반공국가의 수립을위한 정언명령이 '빨갱이 섬멸'이었다면 성공적 '섬멸' 이후 그 자리를 대신 차지한 것이 '개발담론'이었다.

1963년 자유항 설정 구상으로 시작된 제주개발 정책은 국제자유지역, 관광·산업 개발을 목표로 하였다. 경제개발을 위해서 자본의 확보는필수적이었다. 이 때문에 제주개발은 국가와 외부 대자본의 결합에 의해추진될 수밖에 없었고 이는 자본주의적 종속이라는 문제로 이어졌다. 반공 국가의 폭압적 권력의 행사는 개발이라는 자본주의적 관계로 치환되었다.

4·3과 한국전쟁을 거치면서 반공주의는 남한 사회의 지배 이데올로기가 되었다. 확실한 피아 식별을 바탕으로 한 '섬멸의 정치학'이 50년대반공주의라면 1960년대 들어서면 반공주의는 근대화 담론과 손을 잡기시작한다. 이러한 근대화 담론의 배경에 미국의 경제학자 로스토의 '경제성장론'이 배경이 되었음은 앞부분에서 밝힌 바 있다. 1960년대 근대화담론과 반공주의 결합은 오랫동안 우리 사회의 지배 이데올로기였다.[18]

---

17 이상철, 「제주도의 개발과 사회문화 변동」, 『탐라문화』 17호, 1997, 196~199쪽 참조.
18 박태균, 「1960년대 반공 이데올로기의 진화」, 김동춘 외, 『반공의 시대－한국과 독일, 냉전의 정치』, 돌베개, 2015, 273~274쪽.

1960년대 이후 본격화된 개발 프로젝트는 '빨갱이 섬' 제주가 반공국가에 어떻게 편입되어 가는지를 보여준다. 알튀세르가 지적했듯이 '빨갱이 섬멸'이라는 반공주의의 폭력성은 개발과 근대화라는 이데올로기로 치환되었다. 알튀세르는 「이데올로기와 이데올로기적 국가 장치」라는 글에서 "억압적 국가 장치가 폭력에 기능하는 반면 이데올로기적 국가 장치는 이데올로기에 의해 기능하다"라고 말한 바 있다.[19]

주권의 경계를 설정하는 힘을 '국가-권력'이라고 한다면 반공(주의)은 국민과 비국민의 경계를 설정하는 기준이었다. 때문에 '반공국가 대한민국'의 형성은 '빨갱이-비국민'의 섬멸을 통해서만 가능한 것이었다. 여기에 물리적 폭력의 행사는 어떤 면에서는 '필연적'이었다.[20] 하지만 물리적 폭력이 근대화 담론과 결부되면서 폭력의 양상도 변모하게 된다.

이러한 폭력의 과정을 내러티브적인 관점에서 바라본다면 반공국민의 서사가 개발담론의 서사로 변모하는 과정이라고 할 수 있을 것이다. 이를 '국민 만들기' 서사라고 할 수 있다면 60년대 이후 지역에서 당시를 '길의 혁명', '물의 혁명'이라거나 감귤 산업진흥과 신제주개발의 창안자로서 박정희를 기억하는 것 역시 국민이라는 내러티브의 작동 과정으로 이해할 수 있을 것이다.[21]

---

19   루이 알뛰세르, 김동수 역, 『아미엥에서의 주장』, 솔출판사, 1991, 91쪽.

20   여기서 '필연적'이라는 말은 국가폭력을 옹호하기 위한 뜻이 아니다. 반공국가 대한민국이 만들어지기 위해서는 제주를 포함한 '빨갱이의 섬멸'이 하나의 과정이었으며 이는 결국 해방 이후 국가의 형성이 배제와 차별에 의한 것이었음을 의미한다.

21   당시 제주도지사를 지냈던 김영관은 이후 회고에서 제주에서의 개발계획을 '물의 혁명', '길의 혁명'이었다고 말한다. 김영관, 『제주개발 50년의 서막을 열다』, 제주일보, 2014, 20쪽. 박정희 시대 개발독재에 대한 우호적 회고는 여러 자료에서 확인할 수 있

하지만 개발에 대한 지역 내에서의 성찰의 목소리도 적지 않았다. 정부가 추진한 지역 개발 정책이 추진되면서 이에 따른 부작용도 만만치 않았기 때문이다. 정치권력과 독점자본의 유착은 제주를 투기의 대상으로 삼기 시작했고 이에 따른 토지 분쟁도 발생했다. 1978년부터 시작된 중문관광단지 개발 과정에서 토지를 수용당한 주민들의 저항을 시작으로 서귀포 선돌 토지 갈취사건, 코오롱 토지 사기사건에 대한 주민들의 시위와 농성이 끊이지 않았다. 특히 1987년 탑동불법 매립 반대운동을 계기로 개발과 관련한 조직적 저항이 거세게 일어나게 된다.[22] 이러한 일련의 과정들은 이를테면 내러티브의 주체를 둘러싼 국가와 지역의 대립 과정이었다.

반공주의적 억압과 개발담론을 내러티브의 문제로 접근할 때 반공국가의 억압과 개발담론의 이데올로기적 억압의 문제를 동시에 바라볼 수 있을 것이다. 지역에서 내러티브의 주체성을 자각하는 과정으로서 제주

다.『제남신문』은 1976년 1월 1일 특집 기사로「번영의 줄달음－박대통령과 제주도」를 싣는다. 이 기사는 어승생 수원지 건설과 횡단도로 건설을 대표적 사례로 꼽으면서 박정희 정권 시절 제주개발을 '물의 혁명'과 '길의 혁명'이라고 부연 설명하고 있다(『제남신문』, 1976.1.1). 쿠데타 직후인 1961년 9월 8일 국가재건최고위원회 의장 자격으로 제주를 처음 찾은 박정희는 집권 기간 모두 25차례나 제주를 방문한다. 제주개발에 대한 긍정적 입장이든 비판적 입장이든 박정희 대통령의 개인적 의지가 중요했다고 지적한다. 그 이유에 대해서 이상철은 다음과 같이 분석한다. 첫째는 외화획득 수단으로서의 제주지역의 중요성을 박정희가 인식하고 있었다는 점이며 두 번째는 개발 정책의 실험장으로서 제주를 생각했다는 것이다(이상철,「제주도 개발정책과 도민 태도의 변화」, 『탐라문화』12호, 1995, 78쪽). 이는 경제개발의 성공을 정권의 정당성으로 인식하려 했던 당시 집권세력의 입장을 감안할 때 설득력이 높은 분석이라 판단된다.

22 강남규·황석규·김동주,「제주도 개발과 주민운동 사료집 해제」, 제주민주화운동사료연구소,『제주민주화운동 사료집』II, 6~9쪽.

4·3과 개발담론을 바라볼 때 주목해야 하는 작품이 바로 현기영의 「마지막 테우리」이다. 이 작품은 반공주의적 억압이 개발담론으로 치환되어 가는 과정을 서사적으로 잘 나타내고 있다.

이 작품에 대해서는 "역사적 상상력과 생태학적 상상력의 창조적 상승작용"[23]을 보여주는 작품, 혹은 자본주의적 물신화에 대한 문제의식을 드러내며 "제주의 과거와 현재, 미래를 동시에 성찰하고자 하는 작가의 치열한 산문정신의 실천적 산물"이라고 평가한다.[24] 이 작품은 초원과 해변의 대립 구도를 통해 제주4·3과 골프장 건설로 상징되는 개발의 문제를 동시에 조망하고 있는데 이는 제주4·3이 과거의 사건이 아니라 현재적 억압으로 지속되고 있음을 보여준다.

소설 속 주인공인 고순만 노인은 일흔여덟 살의 테우리[25]로 4·3 당시 토벌군의 강요에 의해 목장에 방치된 소를 사냥하는데 동원됐던 경험을 지니고 있다. 소를 키우는 테우리가 '소 백정'이 되어버린 그의 사연은 그의 현재를 규정하는 비극적 경험으로 작용한다. 게다가 고순만 노인은 초원에서 토벌대에게 붙잡힌 뒤 자신의 목숨을 구하기 위해 토벌대의 아지트를 거짓으로 꾸며내야 했다. 마을 사람들이 숨어 살던 굴을 가르칠 수 없어 예전 잃어버렸던 소를 찾았던 동굴로 토벌대로 안내하지만 아무도 없을 것이라고 생각했던 굴속에 두 늙은이 내외와 손주가 숨어 지내

---

23 김동윤, 「역사적 상상력과 생태학적 상상력의 만남 – 현기영의 「마지막 테우리」론」, 『4·3의 진실과 문학』, 각, 2003, 176쪽.

24 고명철, 「4·3소설의 현재적 좌표 – 1987년 6월항쟁 이후 발표된 4·3소설을 중심으로」, 『반교어문연구』 제14집, 2002, 122쪽.

25 테우리는 목자(牧者), 목동(牧童)을 뜻하는 제주어이다.

고 있었다. 자신 때문에 애꿎은 사람이 목숨을 잃어버렸다는 가책은 평생의 트라우마로 작용한다.

이 소설에서 주목할 것은 법질서로서의 '해변'과 예외지대로서의 '초원'의 대립이다.

그랬다. 그들이 있으므로 초원은 아직도 세월 밖에 존재하고 해변의 법으로 비켜난 곳이었다. 노인은 불현듯 격정에 사로잡혀 턱수염을 잡아당겼다. 사십오년 전, 초원은 법을 거스르고 해변에 맞서 일어난 곳이었다. 오름마다 봉화가 오르고 투쟁이 있었다. 한밤중에 모닥불을 가운데 두고 노인과 마주앉아 이야기를 듣던 총각은 그 대목에서 격정에 치받힌 듯 몸을 부르르 떨었다. "이보게, 안 그런가 말이여, 나라를 세우려면 통일정부를 세워야지, 단독정부가 웬 말인가." 단독정부 수립을 반대하여 섬 백성들이 투표 날 초원을 올라와버렸고, 그래서 초원은 여기저기 때아닌 우마시장이 선 것처럼 마소와 사람들이 어울려 흥청거리지 않았던가. 그러나 법을 쥔 자들의 보복은 실로 무자비했다. 그해 초겨울부터 시작된 대살육의 참화, 초원지대 근처 이른바 중산간의 이백여 마을을 소각시킨 무서운 불길과 함께 무수한 사람들이 죽어갔다. 그 많던 마소들도 전멸이었다. 적어도 이만의 인간과 이만의 마소가 비명에 죽어 초원의 풀 밑으로 돌아갔다.[26]

'초원'은 "세월 밖에 존재하고 해변의 법으로 비켜난 곳"이며 "해변의

---

26 현기영, 『마지막 테우리』, 창비, 1994, 15쪽(이하 쪽수만 밝힘).

194   제3부_ 오키나와/제주, 포스트 냉전의 시공간

법을 거스르고 해변에 맞서 일어난 곳"이었다. 김동윤은 이에 대해 '섬 백성'과 '법을 쥔 자'들의 상징적 대립이라고 규정하면서 해변을 외세들이 침입해왔던 장소로 설명하고 있다.[27] 소설 속에서 '해변'과 '초원'의 대립은 "초원을 야금야금 잠식해 들어오는 포클레인 소리"에 의해서 더 극명하게 드러난다. 제주4·3의 비극이 현재적 시점과 겹쳐지는 이 부분은 보다 상세한 독해가 필요한데, 초원이 여전히 "세월 밖에 존재하고 해변의 법으로 비켜난 곳"인 이유는 "그들"의 존재 때문이다. 여기서 말하는 "그들"이란 "옛사람들"이다.

> 모두 떠나버린 자리에 홀로 남아 있다는 적막감, 그 빈자리를 그는 소떼로 메웠다. 물론 현태문이가 맡긴 소도 볼 겸 이따금 목장에 올라가 놀다 가곤 했지만 그 역시 사태 때 당한 고문으로 얻은 폐병에 몸져눕기 일쑤여서 온전한 이 세상 사람은 아니었다. 초원에 송두리째 혼 빼앗겨버린 노인 역시 이세상 사람이 아니기는 마찬가지였다. 해변의 인간사를 그는 산기슭의 팔백 미터 고지에서 소들과 함께 무심히 바라볼 뿐이었다. 옛사람들은 초원에 누워 있었다. 바람도 옛 바람이 불어왔고, 그것은 저승 바람이기도 했다. 바람 속에 그들의 맑은 웃음소리, 구성진 노랫소리가 들려왔다.[15쪽]

"옛사람들"의 존재는 노인의 현재를 규정한다. "옛사람들"이 "초원에

---

27 김동윤, 앞의 글, 166쪽. 김동윤은 이러한 해변과 초원의 대립이 골프장 건설로 인한 삶의 터전이 파괴되는 현재와 맞물리면서 제주4·3의 역사가 현재적 관점에서 재현되고 있다고 말하고 있다.

누워 있"기 때문에 노인 역시 "초원에 송두리째 혼"을 "빼앗"긴 채 살아왔다. "옛사람들"이 이 세상 사람이 아니듯 "노인 역시 이 세상 사람이 아"닌 채로 살아가고 있다. 초원은 '옛사람들=노인'이 되기 위한 필요충분조건이다. 이 때문에 초원이 "세월 밖에 존재하고 해변의 법으로부터 비켜난 곳"이라는 서술은 단순히 제주4·3의 진실이 규명되지 않았으며 당시의 수많은 죽음들이 신원伸冤되지 않은 상황만을 의미하는 것은 아니다(이 소설이 발표된 시점은 1994년이다). 또한 초원과 해변의 대립이 제주와 외부의 이항대립만을 지칭하는 것도 아니다.

초원이 "법을 거스르고 해변에 맞서 일어난 곳"이라는 점에 주목해보자. 초원은 '해변의 법'을 거부하는 저항의 지대이다. 해변이 법을 선포하는 동시에 법을 집행하는 권력이라면 초원은 이를 파괴하는 힘인 동시에 스스로 질서를 창안해내고자 하는 대항이다.[28] 즉 초원은 근대적 시간과 법의 예외지대인 것이다. 해변과 초원의 대립은 4·3을 '국가폭력과 희생'

---

28 발터 벤야민은 근대국가의 폭력성에 대해 논의하면서 입법권과 집행권의 동시적 행사를 지적한 바 있다. 근대국가가 물리적 폭력을 독점할 수 있는 이유는 국가가 유일한 입법권자이자 집행권자이기 때문이라는 것이다. 그는 폭력과 법의 이분법에 이의를 제기하면서 법 자체의 원천을 폭력이라고 본다. 벤야민의 폭력에 대한 성찰은 폭력의 원천인 법질서를 뛰어넘는 폭력의 가능성을 타진하기 위한 것이다. 근대 자본주의 법질서의 폭력성의 문제를 거론하면서 벤야민은 신화적 폭력에 맞서는 신적 폭력의 가능성을 말한다. 그는 신화적 폭력과 신적 폭력의 차이를 다음과 같이 말하고 있다. "신화적 폭력이 법정립적이라면 신적 폭력은 법 파괴적이고, 신화적 폭력이 경계를 설정한다면 신적 폭격은 경계가 없으며, 신화적 폭력이 죄를 부과하면서 동시에 속죄를 시킨다면 신적 폭력은 죄를 면해주고, 신화적 폭력이 위협적이라면 신적 폭력은 내리치는 폭력이고, 신화적 폭력이 피를 흘리게 한다면 신적 폭력은 피를 흘리지 않은 채 죽음을 가져온다." 발터 벤야민, 최성만 역, 「폭력 비판을 위하여」, 『발터 벤야민 선집 5 – 역사의 개념에 대하여, 폭력 비판을 위하여, 초현실주의 외』, 길, 2008, 79~111쪽 참조.

의 범주에서 바라볼 수 없는 단서를 제공한다. 해변이 반공 국가의 법질서를 상징한다고 할 때 그것은 법을 제정하고 법을 집행하는 폭력을 필요로 했다. '섬멸'이라는 용어가 가능했던 이유 역시 반공국가의 법질서를 초원에 이식하려는 폭력이었기 때문이었다. 제주4·3이 단선단정 반대와 통일민족국가 수립을 위한 항쟁이었다는 측면을 감안할 때 초원의 저항은 이러한 해변의 법질서를 거부하는 것이 동시에 초원의 법질서를 스스로 제정하고자 하는 시도였다. "주권자란 예외상태를 결정하는 자"라는 슈미트의 견해를 상기해보자.[29] 이러한 초원의 저항은 단순히 해변을 거부하는 것만이 아니라 스스로 주권을 행사하고 해변을 예외상태로 규정하려는 힘의 발산이었다. 즉 해방기 초원과 해변의 대립은 주권을 둘러싼 투쟁이었다. 반공국가로 상징되는 근대적 법질서의 이식을 반대하는 섬의 대결. 이를 벤야민 식으로 이야기하면 반공국가-자본주의의 신화적 폭력에 대항한 신적 폭력의 대결 양상이었다고 할 수 있을 것이다. 「마지막 테우리」를 비롯해 90년대 들어 현기영이 「쇠와 살」, 「목마른 신들」을 발표하면서 제주 공동체의 저항성에 주목하고 있는 것도 반공주의와 자본주의의 폭력성을 동일한 차원에서 바라보고 있기 때문이다.

「목마른 신들」에서 원혼굿 내력담을 이야기하기 전에 늙은 심방은 개발로 인해 지역성이 위협받는 상황을 "토착의 뿌리가 무참히 뽑혀나가고 있다"며 탄식한다. "개명된 시대"에 "마을 축제인 당굿"이 사라져버리는 현실을 바라보면서 심방은 "마을 공동체가 무너지고 있"다고 말한다.

---

29 카를 슈미트, 김항 역, 『정치신학』, 그린비, 2010, 16쪽.

지역 개발을 상징하는 비행기와 아스팔트를 "핵미사일같이 생긴 비행기들", "아스팔트 길 위로 관광객을 실은 호사한 자동차 행렬"이라고 비판하기도 한다. 개발과 근대화 담론에 대한 비판은 제주4·3을 소환하면서 "4·3의 수많은 원혼이 잠들지 못하고 엉겨 있는 이 섬 땅이 다시 한번 학살당하고 있다"는 인식으로 확장된다. 4·3과 개발 모두 제주 섬 공동체를 '학살'한 원인이라는 인식은 지역에 기입된 근대성의 모순을 간파한다. 제주 공동체를 지키기 위한 항쟁으로서의 제주4·3, 그리고 절멸 수준으로 처참하게 무너진 공동체가 개발에 의해 다시 한번 사라지고 있다는 인식은 4·3과 개발을 개별적인 사건으로 인식하는 것이 아니라 그 폭력의 구현 방식을 근원적 구조에서 동일하게 바라보고 있다.

이처럼 초원과 해변의 대립은 반공주의와 자본주의가 결탁한 근대국가의 근원적 폭력성을 드러내는 서사적 장치이다. 이 때문에 "초원의 사방에서 아스팔트 도로가 절단되고, 야초를 걷어내어 그 자리에 골프 잔디가 심겨지고 있"는 상황을 초원이 "다시 환란을 맞고 있"다고 말하고 있는 것이다. '골프장'은 해변의 법질서가 초원에 이식되면 초원의 기억이, 초원의 질서가 사라질 수 있다는 위기감을 상징적으로 보여준다.

그리하여 초원은 이제 다시 환란을 맞고 있는 것이었다. 밖에서 솔씨 하나만 날아와도 발 못 붙이게 완강하게 거부하던 초원의 사방에 아스팔트 도로로 절단되고, 야초를 걷어내어 그 자리에 골프 잔디가 심겨지고 있었다. 골프장 반대운동이 있기는 했다. 그러나 그것은 골프장에 잘못 들어간 송아지가 골프채에 얻어맞고 응접실의 카페트같이 고운 양잔디 위에 겁똥을 칙칙

내깔기고 달아난 정도의 미미한 반항에 불과했다. 그렇게 포크레인으로 초원을 파헤치다가 우연히 동굴이 발견되어 그 속에서 사람 뼈와 함께 소뼈가 나왔을 때 사람들은 어떻게 생각할까? 아마 옛날 몽고지배 때의 우마적굴牛馬賊窟이라고 할지 모를 일이었다.20쪽

초원이 초원일 수 있는 이유가 "옛사람들"의 존재 때문이듯이 초원이 초원의 질서를 잊어버리는 순간, 4·3의 기억은 망실될 수밖에 없다. 개발담론에 대한 투항이 결국 제주4·3의 망각으로 이어질 수도 있다는 우려도 여기에 있다. "세상은 초원의 과거를 더 이상 기억하지 않"고 "희생자 유족들도 체념해버린 지 오래"지만 소설이 전망 부재의 상황에 빠지지 않는 이유도 이러한 폭력의 연속에 대한 성찰이 있기 때문에 가능하다.

소설의 마지막에서 노인은 "온몸을 버팅기며 눈보라 속을 꿋꿋이 헤쳐나"간다. 온몸으로 해변에서부터 불어오는 광란의 바람에 저항하며 걸어가는 노인의 모습은 해변에 대한 단호한 거부이자 초원으로 살고자 하는 스스로의 다짐이다.

이처럼 현기영은 근대가 억압해왔던 역사책임을 외면하고 그 자리를 가시적인 근대화 담론으로 치장하려는 개발전략에 저항하는 비-근대적 신체들을 적극적으로 호명하고 있다. 이러한 비-근대적 신체의 등장은 개발이라는 근대화 담론의 모순을 넘어서는 탈근대적 상상력의 가능성을 보여주는 것이라고 할 수 있다. 그렇다면 오키나와의 상황은 어떠한가. 일본 복귀 이후 오키나와 부흥이라는 근대화 프로젝트가 사실 미군기지 존치라는 모순적 상황을 은폐하기 위한 전략이라고 할 때 오키나와

내부가 보여준 근대화 담론에 대한 반응은 무엇이었던가. 여기서는 오시로 다쓰히로大城立弘의 「후텐마여普天間よ」를 중심에 두고 논의를 전개하고자 한다. 오시로 다쓰히로는 전후 개발이라는 명분으로 (재)점령된 '기지 속 오키나와'의 상황을 일상이라는 지극히 현실적인 측면에서 사실적이고 구체적으로 조망하고 있는 특징을 갖는다.

4. '기지 속 오키나와' 경제부흥의 두 얼굴
오시로 다쓰히로의 「후텐마여」

오키나와의 경제부흥을 둘러싼 논의는, 27년간의 미군통치 하와 복귀 이후의 일본정부 주도 하로 크게 두 시기로 나누어 생각할 수 있다. 전자의 시기는 현재에 이르기까지의 오키나와 경제의 구조적 특징을 결정짓게 한 시기라고 할 수 있으나, 점령과 함께 부흥정책이 펼쳐졌던 본토와 달리 오키나와의 경우는 5년간 분리통치 방식으로 방치되어 이른바 '잊혀진 섬', '사석捨石'으로 치부되다가 1950년대에 들어서면서 '요석要石'으로 주목받기 시작한다.

미점령 하의 경제정책은 기지를 값싸게 유지하는 데에 초점이 맞춰져 있었으며, 경제부흥은 군사기지를 보전하기 위한 최소한의 것만 수행하였다. 수용소 생활을 마치고 1948년 10월에 자유경제 실시 포고가 내려지기까지 약 3년 동안 류큐경제권아마미오시마, 오키나와 본도, 미야코, 야에야마은 군정부가 직접 관리했다. 무역에서 버스 사업, 소매업까지 모든 경제활동이 민정부 관할이라는 통제경제 하에서 이루어졌으며, 제2차 세계대전 이후 미소대립이 본격화되는 47년경부터 오키나와 분할통치와 장기점령을 위한 경제부흥에 매진하기 시작한다.

1949년까지 무상으로 지급하던 조립식 규격주택 공급을 중단하고, 1950년 이후 군정부령에 의해 류큐부흥금융공고琉球復興金融公庫를 설치, 부흥융자를 받아 주택을 마련토록 했다. 도시부흥 계획도 본격화되어, 1950년에 인구 5만 명이 채 안 되었던 나하시는 1954년 9월에 슈리시首里市와 오로쿠촌小禄村을 합병하며 인구 11만 명이 되었고, 1957년에는 마와시真和志와 합병, 인구 18만 7천여 명 규모의 도시로 발돋움했다.[30] 나하시那覇市와 국제거리国際通り가 현재의 모습으로 갖춰지는 것도 50년대 초반 무렵이었다. 그 속도가 매우 빨라 해당 지역을 '기적의 1마일mile'이라고 불렀다고 한다.

이렇듯 항만경비, 도로포장 등의 사회자본 정비에서부터 민간기업 설립에 이르기까지 오키나와의 경제부흥에 미군의 관여가 미치지 않은 곳이 없었지만, 그들의 목표치는 어디까지나 전쟁 전 수준을 유지하는 데에 머물러 있었다. 이른바 '총검과 불도저'에 의한 토지접수, '섬 전체 투쟁' 등의 문구는 점령하 오키나와의 경제 상황을 한 마디로 압축한 것이자 반反기지 정서를 대변한 것이라 할 수 있다.[31]

그렇다면, 복귀 이후 일본정부 주도 하의 오키나와 사정은 어땠을까?

30 来真泰男, 「那覇市の戦後復興ー「首都化」の必要性説く」, 那覇市歴史博物館 編, 『戦後をたどるー「アメリカ世」から「ヤマトの世」へ』, 琉球新報社, 128쪽.
31 정영신, 「오키나와의 기지화·군사화에 관한 연구」, 『기지의 섬, 오키나와』, 논형, 192쪽.

이에 앞서 미 점령하 일본 정부의 오키나와 정책을 살펴볼 필요가 있다. 전후 17년간 일본 정부는 오키나와의 재정 지원을 사실상 방치해 오다가 1962년 9월 「일본국 정부의 류큐 정부 원조에 관한 미합중국 정부와의 협의 및 우리 쪽 방침에 관한 각의 요해日本国政府の琉球政府に対する援助に関する アメリカ合衆国政府との協議に関してのわが方の方針に関する閣議了解」에 근거하여 이듬해 63년에 처음으로 오키나와에 대한 재정적 지원을 개시한다. 이는 「캐네디 오키나와 신정책」에 따른 것으로 오키나와가 일본의 일부라는 것을 인정하고 경제적 부담의 일부를 일본 정부에 떠넘기려는 목적이 컸다.

미야타 유타카宮田裕의 연구에 따르면, 미군 통치하 27년간 류큐 정부에 대한 원조금의 총액은 일본 정부가 1,232억 엔43%, 미국 정부가 1,649억 엔57%이었는데, 일본 정부의 원조가 집중되는 것은 오키나와 반환이 확정된 1969년도 이후라고 한다. 이때부터 일본 정부는 본토-오키나와 일체화 정책을 분명히 하고 류큐 정부(시정촌 포함)의 여러 시설과 사업 등을 본토 수준으로 끌어올릴 것과 일미류자문위원회日米琉諮問委員会를 설치하여 오키나와 주민들의 의견을 반영하겠다는 의지를 피력한다.[32]

그런데 문제는 미일 양국의 오키나와 부흥정책에도 불구하고 미 점령기나 복귀 이후나 '기지 속 오키나와'라는 상황은 변함이 없다는 점이다. 미군기지의 확대·강화를 위한 무차별적인 기지건설, 여기에 쏟아부은 막대한 자본과 인력, 미군기지에 의존하는 기지경제라는 악순환이 복귀 이후에도 여러 형태로 반복되었기 때문이다. 복귀 직전 야마나카 사다노

---

32 宮田裕, 「日本政府の沖縄政策-戦後処理から沖縄振興へ」, 『域研究所』22, 沖縄大学地域研究所, 2018, 86쪽.

리산中貞則 총리부 총무장관이 "제2차 대전 최대의 격전지, 미군 통치하에서 고통받아 온 오키나와의 역사에 대해 속죄의 마음償いの心"[33]을 표하기도 했지만, 정작 오키나와 부흥의 주체가 되어야 할 오키나와인의 목소리는 복귀 이후 지금까지 제대로 반영되고 있지 못한 것이 현실이다.

미야타 유타카가 비판적으로 지적하고 있는 바와 같이, '속죄의 마음'을 기반으로 추진된 오키나와 진흥계획은 1997년 기지문제가 부상하면서 '기지와 링크'된 형태로 전개되어 오고 있다. 예컨대, 나카이마仲井真 지사 시절 헤노코辺野古 신기지 건설을 용인한 2014년도 예산이 전년도 대비 5백억 엔이 증가한 3,501억 엔으로 최고점을 찍었으나, 헤노코 이전 반대를 외치며 정부와 대치한 오나가翁長 지사 때부터 오키나와 예산은 해마다 감액되고 있는 것은 그 좋은 사례라고 하겠다. "진흥예산은 기지에 대한 대가가 아니다"[34]라는 미야타의 발언은 오키나와의 진흥, 부흥을 내세운 현 일본 정부의 방침이 어느 곳을 향해가고 있는지 정확히 간파한 뼈있는 일침이 아닐 수 없다. 무엇보다 군용지사용료軍用地料를 평균 6배나 인상하여 군용지주들의 조직인 토지련을 친기지파로 전향시키거나, 기지주변에 자리한 시정촌에 기지 주변 정리사업비 명목으로 보상금을 지급하는 등의 전략을 통해 기지를 반대하기 어려운 구조[35]를 만듦으로써 오키나와 공동체 내부의 갈등과 분열을 초래한 책임에서 일본 정부는 결코 자유로울 수 없을 것이다.

---

33   위의 글, 109쪽.
34   위의 글, 109쪽.
35   정영신, 앞의 책, 201쪽.

지금부터 살펴볼 오시로 다쓰히로의「후텐마여」는 '기지 속 오키나와'를 살아가고 있는 이들의 '일상'에 주목한 보기 드문 작품이다. 작품 속 등장인물들은, 한편으로는 미일 양국 주도 아래 기지경제에 포섭된 존재로, 다른 한편으로는 끊임없이 미군기지를 의식하고 또 거기에 저항하는 존재로 그려진다.

　　주인공은 신문사 사장 비서직으로 일하고 있는 25세 여성 '나'이다. '나'의 가족은 할머니, 부모님, 남동생 이렇게 5명으로, 어머니는 류큐무용 강습소에서 강사로 일하며, 신문사가 주최하는 콩쿠르 심사위원으로 위촉될 만큼 실력가이다. 아버지는 젊은 시절 조국복귀운동에 누구보다 열심이었고 현재는 기지반환촉진운동 사무소에서 근무한다. 남동생은 대학생, 그리고 할머니는 오키나와전투沖縄戦의 후유증인지 노환 탓인지 기억력 쇠퇴가 진행 중이다.

　　소설 속 배경은, 지금은 후텐마 비행장이 자리하고 있는 옛 기노완손宜野湾村, 현 기노완시에서 옆으로 밀려나 새롭게 마을을 이룬 곳이다.

　　　기노완손 아라구스쿠新城. 예전 마을은 전쟁 후 완전히 기지 안으로 흡수되었고, 주민들은 후텐마 옆쪽으로 밀려났다. 전쟁 전에는 밭이었던 곳으로, 남북으로 길게 뻗은 비행장 북단에 접해 있다. 군용기가 하늘 위를, 때로는 지붕 위를 아슬아슬하게 부딪칠 것 같은 착각이 들 정도로 초저공비행을 하며 굉음을 뿌리며 지나간다. 하루에 수십 회나 되니 그것이 일상의 소리가 되어 버렸다.

　　　(…중략…)

후텐마 마을은 동서와 남으로의 교통로가 교차하는 곳으로, 전쟁 전부터 대중음식점이 들어설 정도로 번화한 곳이었다고 한다. 남쪽으로 난 도로는 슈리라는 왕국시대의 수도로 근세시대에는 후텐마에서 기노완마기리宜野湾間切[현재 마을] 남단에 있는 아자가네코字我如古까지 아름다운 소나무 가로수가 늘어서 있었다고 하는데, 우리 세대에는 볼 수 없게 되었다. 전시에는 방공호를 만들기 위해 베었다는 이야기도 있고, 남아있던 것은 전후에 송충이의 습격을 받은 모양이다. 그리고 그마저도 지금은 미군기지가 삼켜버린 것이다.[36]

오키나와전투를 겪으며 가뜩이나 황폐해진 시가지에 미군들이 들어와 제멋대로 기지를 만들고, 그곳에서 터전을 일구며 살아온 주민들은 기지 밖으로 쫓겨나 현재에도 소음 등의 피해에 노출된 일상을 살아가고 있음을 폭로하는 것에서 소설은 시작된다. 기지가 삼켜 버린 옛 마을은 이제는 마음대로 드나들 수 없는 금기의 구역이다. 단, '시설 내 입역허가 신청서施設内入域許可申請書'를 받은 경우는 제한적으로 입역을 허가하기도 한다. 신청 내용은 '성묘'라든가 '청소' 등으로 정해져 있고, 기지 안에 들어가더라도 '분묘'나 '옛 주거지' 등만 둘러볼 수 있다.

작가 오시로의 상상력은 여기서부터 출발한다. "이것은 어디까지나 오키나와 독자의 문화, 풍습에 근거한 것으로, 왜 이러한 절차가 필요한지 미군 당국의 이해를 쉽게 구했을까, 아니면 미군은 이러한 서비스를 베푸는 것으로 기지 점유를 당연시했을까?"229~230쪽라는 '나'의 의문을

---

36 大城立裕, 『普天間よ』, 新潮社, 2011, 229쪽(이하 쪽수만 밝힘).

미군이 삼켜버렸다고 체념한 후텐마 기지에 '도전장'을 내밀고, 그 안에서 선조 대대로 내려왔다는 '별갑 빗'=오키나와적인 것을 되찾고자 하는 할머니의 소원과 긴밀하게 연결된다. 소설 속에서 오키나와적인 것과 미군기지가 불가피하게 '공생'하고 때로는 '저항'하는 오키나와인의 모습, 특히 '오키나와 독자의 문화와 풍습'을 발견하는 일은 그리 어렵지 않다.

갑자기 굉음 같은 폭음이 바위를 감싸고 있는 숲 위쪽을 통과해 들려왔다. 유타의 말이 흩어져 들리지 않을 거라고 생각했는데 의외로 생생하게 되살아났다. "어쨌든, 댁의 야고屋号 : 한 집안의 본래의 성씨 대신 이르는 명칭는 사라지지 않고 기지 안에 남아 있어요. 그리고 별갑 빗도 썩지 않고 영원히 묻혀있을 겁니다."242쪽

후텐마 비행장으로 인해 잃어버린 마을의 마부이霊가 곤겐 동굴에 머물고 있는 건 아닐까, 하는 생각을 해보았다. 이러한 상상이 사실일 수도, 아닐 수도 있지만, 기지가 삼켜버린 5개 마을宜野湾, 神山, 中原, 真栄原, 新城의 마부이는 반드시 살아있으리라. 할머니가 유타의 사기에 잘도 속아 넘어가 납득한 것은, 그야말로 동굴의 신 덕분일지 모른다……243쪽

"그런데 기지의 미국인들은 민간의 우타키御嶽 : 오키나와의 성지, 신이 존재하거나 방문하는 장소에 이러한 위력이 있다는 것을, 모르겠지?"
위력은 무슨 위력, 이라는 생각을 했지만 그렇게 믿는 편이 정신적 압박 없이 자신의 행동을 정당화시키는 방법일지 모른다.244쪽

"별갑 빗을 그리워하며 찾는 것은 시대착오적일지 모르지만, 미군기지가 견고하게 닫아버린 것을 무리하게 파헤쳐 내려는 것은 현재로서 할 수 있는 최고의 저항이 아닐까?"234쪽

'우타키' '마부이' '유타' '야고' 등은 오키나와의 소설에 자주 등장하는 오키나와 민속신앙, 풍습과 관련이 깊은 용어다. '나'의 할머니가 찾고 싶어 하는 조상 대대로 내려왔다는 '별갑 빗' 또한 그러한 상징성을 띤다. 증조모가 전쟁 당시 아라구스쿠 샘터로 피난을 떠나며 집 가까이에 있는 돈누야미殿の山라고 하는 배소拜所：신에게 배례하는 장소에 별갑 빗을 숨겨두었는데, 그곳이 미군기지로 흡수되는 통에 찾을 길이 막막해진 것이다. 그런데 '나'의 통찰력은 단순히 할머니의 소원인 (오키나와의 민속신앙이나 전통을 상징하는) '별갑 빗'을 찾는 데에 그치지 않는다. "돈누야마에서 별갑 빗을 찾아내겠다는 할머니의 눈에 증오의 그림자가 보이지 않았던 것"258쪽을 예리하게 간파하며 할머니 세대와 다른 '우리 세대'의 기지에 대한 인식으로 화제를 옮겨간다. '우리 세대'란 대학에 다니고 있는 남동생 사다미치貞道와 '나'의 세대다.

'나'와 사다미치의 대화는 2004년 8월 13일 오키나와국제대학 구내에 미군 헬리콥터가 추락한 사건, 1995년 미군에 의한 소녀 폭행 사건 등을 상기시키며, 마치 오키나와가 아직 일본으로 반환되지 않은 듯, 강 건너 불구경하듯 방관적인 태도를 보이는 일본 정부에 대한 비판으로 이어진다. 또한, 헬리콥터 추락사건을 계기로 미일지위협정 개정을 요구하는 목소리가 높아지고 있음에도 여전히 못 들은 척 눈 감고 있는 정부의 냉

담한 태도에 일침을 가한다.

'나'의 시선은 일본 정부를 향한 비판에서 한발 더 나아가 오키나와 내부의 뿌리 깊은 불신과 갈등에 대해서도 놓치지 않는다. 다음 인용문은 기지경제가 깊숙이 침투한 오키나와에서 기지경제로부터 자유롭기란 매우 어렵다는 것, 특히 군용지사용료를 둘러싼 문제는 오키나와 내부 공동체의 갈등을 조장하는 촉매제가 되고 있음을 잘 보여준다.

> "헬리콥터 후유증이라고 말한 녀석은, 벤츠를 모는 녀석이야……."
> 아, 여기에도 군용지사용료의 은혜가 있다니, 라는 생각이 들었다. 막대한 군용지료를 받아 어디에 써야 할 지 몰라 주체를 못하는 집, 외제차를 두 대나 보유한 집 등은 새삼스러운 일도 아니었다. 사다미치도 같은 생각을 하고 있었다니……259쪽

> 신문기자가 그렇게 흥분해도 되는 건가 싶어 나는 조금 마음에 걸렸지만, 그가 묘사하는 대로 방위청이 설치한 해저 시추 모습을 떠올려 보았다. 미일 정부에 대한 야유의 의미를 담아 새로운 조삼모사 사자성어를 만들어 보면 어떨까 하는 생각도 해봤다.
> "그 시추망을 반대운동 무리들이 흔들어대고 있어. 시추 공사를 하는 기술자들도 우치난추ウチナーンチュ : 오키나와인인데 말이야. 골육상쟁을 보는 듯해서 속상해. 거기다 공사 예산은 이제 막 시작하는 활주로 건설까지 야마토ヤマト 제네콘ゼネコン이 가져간다고 하고 말이야."267~268쪽

초등학교 5학년 때였다. 히가比嘉라는 이름의 청년이 갑자기 찾아왔다. 그는 막대한 군용지료를 받고 있는 자로, 아버지가 기지반환운동을 하는 것에 앙심을 품고 항의하러 왔다는 것을 바로 알아차렸다. 현관에서 소리 지르는 것으로는 진정이 안 되었는지, 양해도 구하지 않고 거실로 거침없이 올라와서는 부엌을 향해 서서 호령을 했다.

"이 냉장고, 이 부엌. 이런 물건들을 사들이는 데 기지 덕이 없었다고 말할 수 있나?"272쪽

"무슨 소리요, 그건⋯⋯."

아버지는 역시 거기까지밖에 말을 잇지 못했다.

'나'의 아버지는 전후에 태어나 5세 때 부친을 여의고 홀어머니 손에 자랐다. 후텐마고등학교를 졸업한 후 시청에 근무하다 지금은 기지반환촉진운동 사무소로 자리를 옮겼다. 아버지의 경우는, "오른쪽 귀로는 미국 비행기의 폭음을 듣고, 왼쪽 귀로는 복귀운동을 외치는 소리를 듣는" 그야말로 조국복귀운동의 열기 속에서 젊은 시절을 보낸 세대다. '별 갑 빗'을 찾겠다는 할머니의 의지를 미군기지에 대한 저항으로 읽어내었던 '나'와 달리 아버지는 회의적인 반응을 보인다. 조국복귀운동이든 기지반환운동이든 사사로운 일에 얽매이기보다 큰 틀에서 바라봐야 한다는 신조를 갖고 있기 때문이다. 그러나 위의 인용문에서 보듯 기지경제의 혜택, 군용지사용료의 수혜 여부에 따른 갈등이 할머니, 아버지, 자식 세대를 넘어 지속되고 있는 현실 앞에서 아버지는 자신이 지금껏 앞장서온 운동이 피상적인 수준에 머물고 있다는 자괴감에 후텐마를 떠나 헤노

코로 향한다. 그리고 소설도 결말에 다다른다.

자신들의 운동이 피상적이라는 것을 부끄럽게 여겨 증발한 것 같다. 익숙한 생활에서는 그 상황을 벗어나기란 불가능하다 — 헤노코 민박집 아저씨도 같은 생각이었던 것 같다. 그 깨달음을 선물 삼아 아라구스쿠로 돌아가자……."

"후텐마 비행장 곁으로 돌아가 봐야 그게 그거지만, 그래도 돌아갑시다……."

나는 그렇게 말할 수밖에 없었다.273쪽

"잘했어."

어머니의 칭찬에 나도 모르게 눈물이 흘렀다.

"들었지?……."

어두운 상공을 향해 말했다. "내가 이겼어……."

미군 조종사는 나이가 얼마쯤 됐을까. 아내나 연인이 있겠지? 사랑하는 이도 잊고 조종에 전념하고 있을 때, 나는 연인을 열렬히 그리워하는 여자의 마음을 춤으로 표현했다. 춤추던 사이사이 당신은 나의 마음을 빼앗은 듯했지만, 나는 빼앗기지 않았어. (…중략…) 콩쿠르 때도 오늘처럼 헬리콥터가 날아와 주면 좋을 텐데……라는 생각이 머리를 스쳤다. 불손한 생각이지만, 후텐마에서 춤을 배우는 자만의 특권이 아닐까, 하는 생각을 해본다.278~279쪽

첫 번째 인용문은, 헤노코로 향했던 아버지가 다시 아라구스쿠, 후텐마 비행장 곁으로 다시 돌아오는 장면, 그리고 두 번째 인용문은, 무용 콩쿠르 연습을 하던 '나'가 군용기 소음으로 음악이 중간중간 끊겼음에도

당황하지 않고 리듬을 정확히 맞춰 류큐무용을 완벽하게 소화해낸다는 마지막 장면이다. 할머니의 '별갑 빗' 찾기와 마찬가지로 류큐무용을 전수 받은 '나' 역시 끊임없이 미군기지를 의식하고 또 거기에 저항하는 존재로 그려진다.

기지가 일상화된 삶, 기지 속 오키나와 등등의 수식어는 낯설지 않지만, 직접 체험해 보지 않은 이상, 그것이 구체적으로 어떤 생활이며 삶인지를 가늠하기란 쉽지 않다. 지금까지 살펴본 소설 「후텐마여」가 그러한 의문에 얼마간 답할 수 있을 듯하다.

후텐마기지 바로 곁에서 일상을 살아오고 있는 할머니, 아버지, '나'에 이르는 3세대는 기지 피해의 최전선에 놓여 있는 자들이다. 그런데 작가 오시로는 이를 적극적으로 돌파해 가려는 의지나 비전을 제시하기보다 각자가 놓인 위치에서 최선을 다해 살아가겠노라는 다짐으로 끝을 맺는다. 다소 진부해 보이는 이러한 결말이야말로 현 오키나와의 현실을 꿰뚫고 있는 것으로 볼 수 있으며, 이곳에서 출발해 탈기지 경제, 반기지 경제로 이어져 가야함을 작가는 애써 완곡한 방식으로 표현한 것이 아닐까.

5. 나가며

개발과 근대화 담론은 차별과 배제를 바탕으로 한 지역 주체의 소외구조를 심화시켰다. 좀더 명확하게 말하면 차별과 배제의 작동 없이 지역에서의 개발과 근대화 담론은 불가능했다. 이러한 기획이 미국의 제국주의적 전략이라는 거대한 구조 속에서 구체적으로 수행되었다는 점은 제주와 오키나와 개발과정에서 확인할 수 있다. 이를 염두에 둔다면 개발 담론은 국가라는 강력한 중심의 힘으로 지역을 지리적으로 재편하는 동시에 지역의 기억은 은폐하는 기획일 수밖에 없었다. 현기영이 지적했 듯 개발은 "토착의 뿌리가 뽑혀져 나가는" 역사적 기억의 삭제를 가져올 수밖에 없다.

제주4·3문학과 오키나와문학은 침묵에 대한 저항이었다. 그것은 언어를 경유한 문학적 저항이었다. 말할 수 없는 신체들에게 목소리를 내주는 일이었으며 몫이 사라져버린 자들의 목소리를 재현하는 일이었다. 그것은 이를테면 증언불가능성에 도전하며 끊임없이 침묵과 암흑 속의 목소리들을 현재의 대지에 귀환시키는 작업이었다. 제주4·3문학은 이를테면 '4·3'이라는 기호에 매어있던 침묵과 결별하는 일이었으며 기호로만 떠돌아다니던 언어들에 생생한 신체를 부여하고 생생한 목소리를 내어주는 일이었다. 오키나와문학 역시 다르지 않다. 현기영이 그 자신을 심방이라고 불렀던 것도 몫 없는 자들, 몫이 없어진 자들에게 기꺼이 몸을 내주었던 문학적 실천이었기에 가능한 수사였다.

국가 단위의 성장주의적 전략은 지역을 근대적으로 재구성하려는 국가주의적 욕망인 동시에 또 하나의 폭력이었다. 현기영과 오시로 다쓰히로는 '개발'과 '근대화'라는 근대적 호명을 외면하는 지역적 신체를 발견해 낸다. 제주와 오키나와의 근대화 프로젝트가 한국과 일본 정부의 주도하에 이뤄졌다는 점은 분명하다. 그리고 이러한 전략이 지역에 대한 우호적 시선 혹은 시혜적 접근으로는 가능하지 않았다. 크게는 냉전의 질서 속에 편입되어 갔던 동아시아의 상황과 작게는 지역에서의 국가의 책임을 '발전'과 '성장'의 외형 속에 은폐하기 위한 국가의 기획이 작동하고 있었다. 그렇기 때문에 오키나와의 일본 복귀 문제는 제주에서 문제적 사건으로 인식될 수 있었다.

1950년대 본토 일본문학에 그려진 '냉전기지' 오키나와

히노 아시헤이의 소설·희곡 「끊겨진 밧줄」을 중심으로

김지영

1. 들어가며 전후 일본의 냉전 (무)의식과 오키나와

1945년 제국일본이 붕괴한 후 아시아에서는 탈식민과 냉전체제 구축이 복잡하게 뒤엉킨 채 진행되었다. 아시아를 주조한 냉전의 정치적 역학은 일본의 '전후'체제 구축에도 명백히 그늘을 드리웠다. 그럼에도 불구하고, 일본인들이 지닌 냉전감각의 지배적 특질은 일반적으로 '무의식'으로 규정된다. 미국이 주도한 냉전질서하에서 일본이 부여받은 독특한 위치는 '냉전/열전'이 아시아 지역을 휩쓸었던 시간을 '전후'로서 향유하는 것을 가능케 했고, 일본인들은 스스로가 공모한 냉전의 역사를 망각한 채로 살아온 것이다.[1] 하지만 오키나와沖縄로 눈을 돌릴 때, 이러한 '무의식'이란 불가능하다. 오키나와 곳곳에서 마주하게 되는 기지의 존재가 이 섬이 겪어내야 했던 냉전적 폭력의 경험을 끊임없이 환기시키

---

[1] 마루카와 데쓰시, 장세진 역, 『냉전문화론—1945년 이후 일본의 영화와 문학은 냉전을 어떻게 기억하는가』, 너머북스, 2010, 9쪽.

며 현전하기 때문이다. 그렇다면 오키나와섬 전체 면적의 20%를 차지하는 이 많은 기지들은 어떻게 해서 그곳에 자리 잡게 된 것일까?

주지하듯 1951년 9월에 발효된 샌프란시스코 강화조약을 통해 본토 일본은 GHQ점령으로부터 독립적 지위를 회복했지만, 오키나와는 아마미·오가사와라제도奄美·小笠原諸島와 함께 본토로부터 분리되어 미국의 통치 아래 남겨졌다. 그 배후에는 1940년대 말부터 부상한 동서냉전이라는 국제정치적 역학이 크게 작동했다. 미국의 대對오키나와 정책은 태평양전쟁이 종결된 직후에는 유동적이었으나, 중화인민공화국의 성립1949년 10월과 한국전쟁의 발발1950년 6월 등을 거치며 냉전이 본격화되자 '항구恒久기지화' 노선으로 수렴되었고, 이에 따라 오키나와는 냉전기지로 급격히 변모해 갔다. 즉, 태평양전쟁하에서 제국일본이 오키나와를 '국체호지国体護持'를 위한 '사석捨て石'으로 삼았다고 한다면, 오키나와전을 통해 이섬을 점유한 미국은 냉전기 군사전략에서 공산주의의 공세를 봉쇄하기 위한 '태평양의 요석要石'으로 오키나와를 자리매김한 것이다. 이는 제국일본의 붕괴 후 미국의 헤게모니 아래 재편된 아시아 냉전체제에서 오키나와가 다시금 '자유세계'를 방위하기 위한 '사석'의 역할을 떠안게 된 것이기도 했다.

그 후 1972년에 일본으로 반환된 이후에도 오키나와는 미일동맹의 군사적 근간으로서 기지 부담을 고스란히 떠안아 왔다. 그 결과, 27년간의 미군 통치보다 더 많은 시간이 흐른 지금도 여전히 일본 영토 총면적의 0.6%에 불과한 오키나와에는 주일미군 시설의 75%가 집중되어 있다. 이러한 상황과 관련하여 아라사키 모리테루新崎盛暉는, "수십 년에 걸친 사고정지 상태에서 (지속되어온) '오키나와 미군기지 존재에 대한 당연시'야말로 구조적 오키나와 차별"이라고 지적하고, '일본의 비무장화'를 '오키나와의 분리·군사지배'로 보완해온 '미일안보'가 그 요체임을 지적한 바 있다.[2] 여기서 아라사키를 부연하자면, '미일안전보장체제' 위에서 '평화국가'라는 '전후'적 아이덴티티를 누려온 본토 일본의 '사고정지'야말로 '냉전의 무의식'과 표리를 이룬다고 보아야 할 것이다.

이러한 문제의식하에 이 글에서는 냉전 아시아 속 오키나와를 본토 일본문학에 나타난 오키나와의 표상을 통해 살펴보고자 한다. 구체적으로는, 미국·일본본토·오키나와 냉전의 복잡한 상관관계가 응축된 공간으로서 기지에 주목하고, 전후일본의 반기지 담론에 투영된 냉전의식을 고찰할 것이다.

지금까지 오키나와에서 기지가 야기한 폭력의 문제는 오키나와 출신 작가들의 표현을 중심으로 고찰되어 왔다. 오랜 기간 오키나와 주민들의 삶에 막대한 영향을 끼쳐온 기지문제는 오키나와문학에서 중심적 주제를 이루고 있으며, 이에 대한 연구와 소개, 국내에서의 번역 역시 상당한 진전을 보이고 있다. 이에 비해 본토 작가의 오키나와 표상에 주목한 연구는 아직까지 많지 않다. 하지만 "오키나와가 겪고 있는 고통의 근원에는 오키나와에 기지를 떠넘기고 태연하게 있는 야마톤추일본인의 차별과 무관심이 있다"[3]는 메도루마 슌目取真俊의 말처럼, '오키나와 문제'는 곧

2   아라사끼 모리떼루, 백영서·이한결 역, 『오키나와, 구조적 차별과 저항의 현장』, 창비, 2013, 14쪽.
3   目取真俊, 『ヤンバルの深き森と海より』, 影書房, 2020, 404쪽.

'일본 본토의 문제'이며, 오키나와문학 역시 본토의 담론장에 대응하며 구축되어온 측면이 있다는 점에서도, 일본 본토(인)의 오키나와 표상에 대한 고찰은 반드시 필요하다. 더욱이 오키나와 기지문제에 대한 본토의 대응이 무관심을 넘어 공공연한 헤이트 스피치로까지 치닫고 있는 현재, 본토의 오키나와를 둘러싼 의식의 형성과정을 되짚어 보는 작업은 현실 과제로서 절실히 요청되고 있다.[4]

그렇다면 일본 본토의 '전후'문학은 오키나와 기지를 어떻게 그려왔 을까? 오키나와 작가 최초로 아쿠타가와상을 수상한 작가 오시로 다쓰 히로大城立裕에 따르면, 전후에 미국에 의한 오키나와 점령이 대중매체에 서 다루어지기 시작한 것은 1955년경으로, 이즈음 점령군에 의한 폭행 이나 군용지 강제 접수 문제가 본토에서도 알려지기 시작하면서 본토의 지식인들이 오키나와의 실정에 관해 진지하게 생각하게 되었고, 문학에 서도 이를 소설과 연극을 통해 표현하기 시작했다고 한다. 그러한 가운 데 전후 오키나와가 놓인 상황을 가장 먼저 형상화한 문학작품으로, 소 설로는 오키나와 출신으로 본토에서 활동했던 작가 시모타 세이지霜多正 次의 『오키나와 섬沖縄島』을 꼽을 수 있고, 희곡에서는 "히노 아시헤이의 〈끊겨진 밧줄ちぎられた縄〉이 효시"를 이룬다는 것이다.[5] 이들 작품은 미군 정하에서 본토로의 도항이 제한되어 있던 시기에 일찍이 오키나와 기지

---

4   대표적 헤이트스피치의 사례로, 2016년에 히가시촌(東村) 다카에(高江)에서 진행 중 이던 미군 헬리콥터 이착륙장 건설에 반대하며 현장에서 항의하던 이들에게 오사카부 경(大阪府警) 소속 기동대원이 '토인(土人)', '지나인(シナ人)'이라는 차별적 발언을 한 사건은 잘 알려져 있다.

5   大城立裕, 「『神島』の作者から」, 『木下順二集5月報13』, 岩波書店, 1989, 1쪽.

문제의 실상을 알려 큰 반향을 불러일으켰다는 점에서 큰 의의를 지님에도 불구하고, 지금까지의 연구에서는 크게 주목받지 못했다.[6]

이에 이 글은 본토 일본문학에 나타난 오키나와 미군기지 표상의 원류라 할 수 있는 히노 아시헤이火野葦平,1907~1960의 표현에 주목하고자 한다. 주지하듯『보리와 병정麦と兵隊』1938을 비롯한 병정 삼부작兵隊三部作으로 잘 알려진 히노 아시헤이는 1938년에 아쿠타가와상芥川賞을 수상한 후 패전을 맞기까지 종군작가로 활약하여 국민 작가로서 큰 인기를 누렸다. 이 같은 전시기 이력에 비해 잘 알려져 있지는 않지만 그는 전후에도 왕성한 작품 활동을 이어갔는데, 근래 히노 연구의 새로운 동향으로 전후의 활동에 주목하여 '평화주의'로서 재평가하는 움직임이 나타나고 있다. 이를테면 사카구치 히로시坂口博는 "전쟁협력 작가로서 비난받는 일이 많았던 히노 아시헤이이나 그의 전후 행보에서는 일관된 평화의 희구가 보인다"고 평가하면서, "그 원류에 있는 것은 오키나와"라고 논하며 오키나와 문제에 대한 관여를 히노의 '평화주의'의 핵심으로 자리매김한 바 있다.[7] 히노는 오키나와 반환 이전에 가장 많은 작품을 통해 오키나와

---

6 「끊겨진 밧줄」 관련 선행론으로는, 잡지『맥(脈)』의「히노 아시헤이와 오키나와(火野葦平と沖縄)」특집호(2017.11)에 수록된 논고들이 있다. 아울러, 이 글에서는 문학작품의 예로 소설 및 희곡 장르를 다루었으나, 본토 출신 작가의 오키나와 기지 관련 담론으로는 베트남전쟁기에 오키나와 현지를 취재하고 오키나와와 일본 본토의 관계를 비평적으로 성찰한 오에 겐자부로(大江健三郎)의 르포르타주『오키나와 노트(沖縄ノート)』(1970) 역시 중요한 의미를 갖는다.

7 坂口博,「火野葦平と沖縄」,『脈』95号, 2017, 17쪽. 히노 관련 선행연구는 전시기 이력에 집중되어 왔으나 増田周子『1955年アジア諸国会議とその周辺』,関西大学出版部, 2014; 渡辺考『戦場で書く－火野葦平と従軍作家たち』, NHK出版, 2015 등의 근래 연구 역시 히노의 '전후' 행보에 주목한 바 있다.

를 그린 본토 작가라고도 평가받는다.[8]

이 글에서는 히노의 오키나와를 소재로 한 일련의 작품 가운데 오키나와의 미군기지 문제를 다룬 소설「끊겨진 밧줄ちぎられた縄」『オール小說』 1956.9 및 동일한 타이틀로 발표『テアトル』1956.12된 희곡을 고찰할 것이다. 이 소설/희곡이 조명하는 1950년대 중반은 오키나와에서 미군 군용지 수용을 둘러싸고 격렬한 토지투쟁이 진행되는 가운데 냉전기지의 기틀이 마련된 시기이다.「끊겨진 밧줄」은 "전후 오키나와의 참상을 예리하게 그려낸 수작秀作"[9]이며, "작가 히노 아시헤이가 아닌 인간 히노 아시헤이의 선함에 기반한 필연적 항의"[10] 라는 평가가 보여주듯이, 선행연구는 이 작품이 발신하는 메시지를 평화에 대한 옹호로 읽어 왔다. 이에 대해 이 글은, 1950년대 중반 냉전기지화되어가는 오키나와를 바라보는 본토의 시선과 이에 개입하고자 한 반기지 담론이 가진 구조, 그 후경에서 작동한 정치사회적 맥락을 짚어보면서, 히노를 비롯한 일본 본토의 오키나와 기지 담론이 내걸었던 '평화주의'의 내실을 비판적으로 검토하고자 한다. 본토에서 연극으로도 상연되어 많은 관객을 동원한「끊겨진 밧줄」은, 오키나와 기지문제의 실상을 전할 뿐만 아니라, 냉전 시기 일본 본토와 오키나와, 미국과의 관계를 살펴보는 데 매우 흥미로운 시점을 제공하는 텍스트이다.

---

8   坂口博, 위의 글, 24쪽.
9   松島淨,「火野葦平ノート」,『脈』95号, 2017, 84쪽.
10   松下博文,「資料 山之口貘－火野葦平「戯曲 ちぎられた縄」パンフレット揭載作品」,
     『文献探究』27, 1991, 26쪽.

2. 히노 아시헤이와 오키나와 관련 작품

이 장에서는 먼저 히노 아시헤이의 오키나와 경험과 오키나와를 주제로 한 작품군을 살펴보기로 한다.

일본이 패전한 1945년부터 오키나와 반환이 이루어진 1972년까지 본토에서 발행된 잡지매체에 발표된 문학작품 가운데 오키나와를 소재로 한 소설을 추적한 나카호도 마사노리仲程昌德의 연구에 따르면, 오키나와전을 소재로 쓰여진 첫 전후소설로 추정되는 다무라 다이지로田村泰次郎의 「오키나와에서 죽다沖縄に死す」1947를 필두로, 1940년대부터 오키나와 관련 작품이 산견되기는 하나 그 수는 지극히 한정적이었다.[11] 그런데 이러한 가운데, 1940~50년대에 오키나와를 소재로 한 작품을 지속적으로 발표한 예외적인 본토 작가가 히노 아시헤이였다. 이처럼 그가 일찍부터 오키나와를 소재로 작품을 집필할 수 있었던 것은, 전시 중을 비롯해 수차례 오키나와를 직접 보아온 경험이 있었기 때문이다.

히노는 그의 생애 동안 세 차례 오키나와를 방문한 바 있다. 첫 번째 방문은 태평양전쟁이 발발하기 전인 1940년 5월에 『규슈 문학九州文学』의 동인이었던 류 간키치劉寒吉, 나카야마 쇼자부로中山省三郎, 가와하라 시게미河原重巳와 함께 떠난 열흘간의 여행이었다. 당시 오키나와에서 받은 인상에 관해 후일 히노는, "아직은 평화로웠던 시기"로, 오키나와의 "풍경과 정서적 아름다움", 공예품 등에 깊이 매료되었다고 회고한 바 있다. 히

---

11 仲程昌徳, 『小説の中の沖縄－本土誌で描かれた「沖縄」をめぐる物語』, 沖縄タイムス社, 2009, 10쪽.

노가 오키나와를 다시 찾은 것은, 종군작가로 활약 중이던 1944년의 일이었다. 그는 임팔Imphal 작전에 종군한 후 일본으로 회항하던 길에 항공기 엔진 트러블로 나하那覇에서 이틀간 머물렀는데, 이때 군사요새화 되면서 급격히 변해버린 오키나와의 모습을 보고 처참한 마음을 금치 못했다고 한다. 세 번째 방문은 패전 후 처음으로 일본항공의 오키나와 항로하네다-가데나가 열린 1954년 2월에 이루어졌다. 히노는 일주일간 오키나와 북부 및 남부를 여행하였는데, 이 기행을 통해 그는 미군 점령하에 놓이면서 다시금 크게 변모한 오키나와의 모습을 목도하게 된다.

이처럼 태평양전쟁 발발 이전, 전시, 전후에 걸쳐 시시각각 변모해 가는 오키나와의 모습을 본 경험과 더불어 히노에게 오키나와를 더욱 각별하게 만든 것은, 태평양전쟁 말기에 류큐군사령부琉球軍司令部 소속 보도부원으로 출정하여 오키나와 전선에서 전사한 것으로 추정되는 막냇동생 지히로千博의 존재였다. 1954년 오키나와를 방문한 히노는 히메유리 부대ひめゆり隊와 건아대健児隊가 '옥쇄玉砕'한 오키나와 남부 마부니摩文仁 · 기야무喜屋武 평원을 찾아 지히로를 기리며 눈물을 흘렸다고 전해진다.[12]

히노의 오키나와에 대한 특별한 관심은 작품에 반영되었다. 오키나와전이 한창이던 1945년 4월에 발표된 단편「섬島」1945을 시작으로, 오키나와를 소재로 한 창작은 패전 이후에도 활발히 이어져, 「가희歌姬」1948, 「산호좌珊瑚座」1948, 「데이고 꽃梯梧の花」1948, 「적도제赤道祭」1951, 「류큐 무희琉球舞姬」1952, 「얀바루 처녀山原乙女」1954, 「운나나비恩納奈辺」1955, 「끊겨진 밧

---

12   火野葦平,「解説」,『火野葦平選集』第六巻, 創元社, 1959, pp.440~441; 火野葦平,「新琉球記」,『ちぎられた縄－琉球物語』, 小壺天書房, 1959, pp.294~295.

줄ちぎられた縄」1956, 「상륙 기념비上陸記念碑」1958, 「비련 가와라야부시悲恋瓦屋
節」1960 등의 단편 소설을 연이어 발표하였다. 전시기 부터 패전을 거쳐
1960년에 스스로 생을 마감하기 직전까지, 꾸준히 오키나와를 그렸음
을 알 수 있다. 이들 작품 가운데 1957년까지 발표된 일곱 편의 단편은
1954년 방문 당시의 견문을 담은 기행문「신류큐기新琉球記」와 함께 엮어
오키나와를 제재로 한 작품집『끊겨진 밧줄－류큐 이야기ちぎられた縄－琉球
物語』小壺天書房, 1957 로 출간되었다.

위에서 열거한 일련의 작품에는, 오키나와의 풍속에 대한 관심과, 전
시에서 전후에 걸쳐 변해가는 오키나와의 세태를 바라보는 시선이 엿보
인다. 전자의 경우, 류큐의 전통 무용, 전설, 민속과 풍습 등을 창작의 소
재로 삼고 있으며, 전시와 전후의 세태를 그린「가희」, 「무희」 등의 소설
에는 현지 여성과 오키나와의 운명을 겹쳐 그리는 오리엔탈리즘적 경향
이 나타나기도 한다. 이 가운데 전후 오키나와를 그린 대표작으로 꼽을
수 있는「끊겨진 밧줄」은, 미군정하에 놓인 오키나와에서 진행된 군용지
접수 문제를 정면으로 다룬 작품으로 주목된다.

히노는 1954년에 오키나와를 방문한 후에 소설「끊겨진 밧줄」을 쓰기
로 결심했는데, 작품 집필의 경위와 의도에 대해 다음과 같이 말한 바 있다.

오키나와 전선의 비극과 오키나와인들의 큰 희생 뒤에 온 것은, 미군의
점령과 압정이었다. 나는 오키나와를 지옥이라는 이름이 걸맞다고 느꼈다.
하지만 가데나嘉手納 비행장에 내렸을 때 나를 마중 나온 친구는, "(오키나와
에) 체재하는 동안은 미국에 대한 비판이나 험담은 하지 않는 것이 좋아. 퇴

거명령을 받을 위험이 있으니까"라고 충고해주었다. 류큐는 말할 필요도 없이 일본의 영토이자 규슈의 오키나와현인데, '류큐국琉球国'이라는 묘한 나라가 만들어져 있었고, 일본인임에도 불구하고 자유로이 도항할 수 없는 것이었다. 나는 그때 오키나와는 처참히 '끊겨진 밧줄縄'이라고 생각하였다. 본토로 돌아오고 나서 소설 「끊겨진 밧줄ちぎられた縄」『オール小説』1956.9과, 동일한 타이틀의 희곡『テアトロ』1956.12을 썼다. 나는 오키나와 문제가 일본인 전체의 문제로 여겨지기를 바라고 있으며, 추가로 류큐를 테마로 하는 장편소설을 쓰고 싶은 생각을 가지고 있다.[13]

즉, 이 작품의 배후에는 본토를 향해 오키나와의 실정을 알리고 이에 대한 관심을 촉구하고자 하는 강한 의도가 있었음을 확인할 수 있다. 그렇다면 히노는 작품을 통해 어떻게 오키나와를 그렸을까? 다음으로 소설 텍스트를 통해 구체적으로 살펴보기로 한다.

3. 소설 「끊겨진 밧줄」에 그려진 '냉전기지' 오키나와

소설 「끊겨진 밧줄」은 1956년 프라이스 권고Price Report에 의해 촉발된 '섬 전체 투쟁島ぐるみ闘争'에 돌입하게 되는 시기의 오키나와를 배경으로 하고 있다. 이 소설의 줄거리는 다음과 같다.

---

13   火野葦平, 「解説」, 앞의 책, 441~442쪽.

오키나와의 청년 신가키 세이지新垣清二는 나하의 책방에서 일하고 있다. '조국복귀촉진기성회祖国復帰促進期成会'의 일원이기도 한 그에게는 양재점洋裁店에서 일하는 연인 이토카즈 우메糸数ウメ가 있다. 세이지는 이에지마伊江島 출신으로, 다섯 형제 가운데 누나 쓰루ツル와 여동생 아사코朝子가 나하에서 생활하고 있다. 요리주점 '산호珊瑚'에서 일하는 쓰루에게는 결혼을 약속한 약혼자 지넨 슈코知念秀行가 있었으나 그는 오키나와전에서 전사하고 말았다. 기야무 평원의 전장에서 쓰루와 우연히 재회하여 그녀에게 다가가기 위해 밧줄을 타고 절벽을 오르던 슈코는 미군이 발사한 총탄이 밧줄에 명중하여 낙하하고 말았던 것이다. 전쟁이 끝난 후 쓰루는 부모의 간곡한 권유로 다른 사람과 결혼하지만 얼마 지나지 않아 남편과 사별하고, 하나 있던 아이마저 길에서 놀던 중에 미군 지프차에 치이는 사고로 잃게 된다. 그 후로 그녀는 불행을 자신의 숙명처럼 여기며 조용히 살고 있다. 슈코의 동생이자 세이지의 친구인 지넨 요시오知念吉男는 지역신문 『류큐 타임즈琉球タイムス』의 기자이나, 오키나와의 현실에 대해 염세적인 모습을 보인다.

이에지마에서는 기지건설을 위해 미군에 의한 강압적 토지접수가 진행 중이다. 세이지의 부모 역시 어느 날 총검을 앞세워 상륙한 미군들에게 농지를 빼앗기고, 땅을 지키기 위해 애원하던 아버지 산키치三吉는 미군병사에 의해 폭력적으로 연행되어 나하 경찰서에 구금된다. 산치키는 갖은 고초를 겪은 끝에 석방되지만, 세이지, 쓰루, 아사코가 아버지를 마중 나간 귀갓길, 네 사람 앞에 갑자기 멈춰 선 지프차에서 내린 미군병사들이 남자 둘을 밀쳐 강에 빠뜨리고 여자들을 끌고 가려고 하였다. 하지

만 때마침 그곳을 지나가던 자니 프레드 중사가 두 여인을 가까스로 구해내고, 이때 프레드는 우연히 만난 아사코에게 반하게 된다. 아사코 역시 일본문화를 애호하는 프레드에게 서서히 마음의 문을 열어 그의 '온리オンリー'가 된다.

그러던 어느 날, 프레드는 미군부대의 급료가 든 주머니를 운반하던 중에 오키나와 청년단의 습격을 받아 이를 모두 빼앗긴다. 이 사건을 계기로 그는 군을 제대하고, 아사코와 혼인한 후 나하에 위치한 도예공방에서 수행을 시작한다. 하지만 행복한 생활도 잠시, 아사코는 공방에서 밤샘작업을 하는 남편에게 야식을 전해주고 오는 길에 미군병사에게 강간당할 위기에 처해 저항하다가 발을 헛디뎌 절벽에서 떨어져 목숨을 잃는다. 한편, 쓰루는 지넨 슈코의 유고시집을 발간하기 위한 회의에 참석한 후 집으로 돌아가는 길에 미군 병사에 의해 강간당하고, 시집 출간을 앞둔 전날 밤, 임신한 몸으로 스스로 목숨을 끊는다. 프라이스 권고가 류큐정부를 통해 알려지자 전도민이 반대운동을 위해 일제히 일어서는 장면에서 소설은 막을 내린다.

전체적으로 보아 다소 도식적인 인물조형과 작품 전반에 걸쳐 반복적으로 삽입되는 설명조의 묘사, 다분히 선동적 울림을 지닌 대사들은, 이 작품이 문학성보다는 미군정 하 오키나와의 실정을 본토의 독자들을 향해 전달하는 데에 중점을 두었다는 인상을 준다. 그렇다면 당대의 오키나와가 처한 현실이란 구체적으로는 어떠한 것이었을까? 소설 텍스트를 자세히 살펴보기에 앞서 먼저 역사적 사실로서 군용지 수용의 전개과정을 간략히 확인해두기로 한다.

작품의 시대적 배경이 되는 1950년대 중반, 오키나와에서는 항구기지화 노선이 확고해지면서 '암흑시대'로 일컬어질 만큼 가혹한 토지접수가 이어졌다. 강화조약이 발효된 직후인 1953년 4월, 오키나와에서는 미군기지의 건설과 확장을 강행하기 위한 '토지수용령土地収用令'정식 명칭은 미국 민정부 포령 109호 'The Land Acquisition Procedure'이 공포되었다. 이 법령에 근거하여, 마와시촌 아지真和志村 安謝와 메카루銘苅, 1953년4월, 오로쿠촌 구시小禄村 具志, 1953년 12월 등지에서 '총검과 불도저銃剣とブルドーザー'를 앞세운 강압적 토지수용이 시행되었다. 이어서 1954년 3월에 미국 민정부가 '군용지료의 일괄지불' 방침을 발표하자, 오키나와 측은 류큐입법원琉球立法院에서 '토지를 지키는 4원칙일괄지불 반대, 적정보상, 손실배상, 신규접수반대'을 만장일치로 결의하여 미군 측에 요구했다. 하지만 미국 측은 이에 응하지 않고 이에손 마자伊江村 真謝, 1955년 3월, 기노완손 이사하마宜野湾村 伊佐濱, 1955년 7월에서 토지접수를 이어갔고, 이에 오키나와는 미국 의회에 대표단을 파견하여 진정서를 넣기에 이른다. 이처럼 오키나와 도민들의 반발이 거세어지자, 미국은 찰스 멜빈 프라이스Charles Melvin Price 의원을 단장으로 하는 조사단을 파견하여 오키나와를 시찰토록 하였다. 하지만 오키나와 측의 기대에도 불구하고 1956년 6월 미국이 공산주의에 대항한다는 명분 아래 오키나와 통치의 군사적 의의를 재확인하고 군용지료의 일괄지불 원칙을 용인하는 내용의 '프라이스 권고'를 발표하자, 이에 분노한 도민들이 일제히 반대의 목소리를 내면서 그 후 약 2년간 계속되는 '섬 전체 투쟁'에 돌입했다.[14] 프라이스 권고가 발표된 직후에 오키나와 각지의 53개 시정촌市町村에서 열린 제1차 주민대회에 모인 인원수는 16~40만 명으로 추정되며,

이는 실로 오키나와 주민의 20~50%가 참여한 역사적인 사회운동으로 평가된다.[15]

　프라이스 권고에서 섬 전체 투쟁에 이르는 시기를 조명하는 소설 「끊겨진 밧줄」은, 중심인물인 신가키 세이지가 생활하고 있는 나하와, 그의 고향 이에지마를 주요한 무대로 삼아 오키나와가 처한 현실을 그려낸다. 류큐의 옛 정취를 잃고 "완전히 식민지 문화가 된" 나하那覇에서는, "고전극을 상연하는 극장은 경영난으로 사라지고, 영화관이 창생"[16]하는 미국식 거리가 재건되어 있다. 나하의 중심에 있는 평화거리平和通り에는 '바구니에 물건을 담은 행상ミジョーキ売り들'과 '집단 걸인集団乞食'들이 넘쳐난다. 이들은 토지 한 평의 지료地料가 "담배 한 갑"이나 "코카콜라 한 병" 값에도 못 미치는 헐값에 대대손손 경작하던 토지를 빼앗기고 거리로 내몰린 농민들이다. 미군정 하에서 오키나와인들은 성폭력을 비롯한 미군 범죄에 일상적으로 시달리고 있고, 지넨 요시오로 대표되는 지식인층은 "무기력과 데카당스"에 빠져 있으며, 섬 전체에 무력감과 울분이 팽배해 있다.

　소설의 묘사는 미국의 식민주의적 압정의 중심에 있는 군용지 문제를 초점화한다. 오키나와전 당시 미국의 종군기자 어니 파일Ernest Taylor Pyle

---

14　아라사키 모리테루, 정영신·미야우치 아키오 역, 『오키나와현대사』, 논형, 2008, 35~38 쪽. '프라이스 권고'의 구체적 내용은, ①제약이 없는 핵기지로서, ②아시아 각지의 지역적 분쟁에 대처하는 미 전략의 거점으로서, ③일본이나 필리핀의 친미정권이 무너질 경우의 보루로서 오키나와가 매우 중요하다는 점을 강조하였으며, 군용지 정책을 포함한 당시까지의 미군지배의 방식을 기본적으로는 정당하다고 보는 입장을 재확인했다.

15　秋山道宏, 『基地社会·沖縄と「島ぐるみ」の運動－B52撤去運動から県益擁護運動へ』, 八朔社, 2019, 29~30쪽.

16　火野葦平, 「ちぎられた縄」, 『ちぎられた縄－琉球物語』, 小壺天書房, 1959, 15쪽. 이하 소설 「ちぎられた縄」의 인용문 페이지 수는 본문에 표시한다.

이 전사한 격전지로도 잘 알려진 이에지마는, 오키나와에서도 가장 격렬한 토지투쟁이 진행된 곳 가운데 하나로 꼽힌다. 미국은 1953년부터 이에지마에서 군용지 강제 접수를 시작하여, 1955년에는 거주자들을 강제로 내쫓고 섬 면적의 63%에 이르는 면적을 징발하여 폭격장으로 삼았다.[17] 「끊겨진 밧줄」은 이에지마에서 일어난 미군의 강압적 토지수용과 주민들의 저항을 생생하게 그려낸다. 이에지마에 상륙한 무장 군인들은, "너희를 위한 기지다. 협력하지 않으면 붉은 악마의 손이 뻗어올 것이다"41쪽라는 명분과 협박을 앞세워 농민들의 삶의 터전인 밭을 갈아엎고 집에 불을 지른다. 병든 아이가 있다고 애원하는 농민조차 가차 없이 내쫓으며 민가에 불을 지르고 "재미있는 듯 웃으며 구경"하거나, 고기잡이를 위해 바다에 나선 배를 "재미삼아 (…중략…) 사격"52~53쪽하는 미군병사들의 묘사는, 점령자 미국의 폭력성을 여지없이 드러낸다.

히노는 이처럼 전시와 다름없는 군사식민주의적 폭력이 발동되는 공간을 살고있는 오키나와인들의 미국에 대한 규탄과 저항의 목소리를 텍스트 안에 담아내고 있다. 이를테면 오키나와 지역신문 『류큐 타임즈』의 문화부 기자 지넨 요시오는 다음과 같이 미국에 대한 분노를 표출한다.

미국 놈アメ公은 입으로는 민주주의를 주창하지만 본성은 강도야. 그리고 전쟁광이야. 계속해서 토지를 빼앗아 군사기지로 만들어서 도민들을 기아로 몰아넣지. 오로쿠小禄나 메카루銘刈 접수 정도는 식은 죽 먹기, 아주 쉽게 도적

---

17   개번 매코맥·노리마쯔 사또꼬, 정영신 역, 『저항하는 섬, 오키나와—미국과 일본에 맞선 70년간의 기록』, 창비, 2014, 145쪽.

질하지. 농부들이 울든지 소리를 지르든지 나가 죽든지 간에 도둑님께서는 상관치도 않지. 피도 눈물도 없어.33~34쪽

그러나 지넨은 미국에 대해 비판적인 발언을 했다는 이유로 오키나와인 SP Security Police를 앞세운 미군에 의해 연행되고 만다. 강력한 반공정책 아래, 자유를 보장받아야 할 언론은 엄격히 통제되고 있다.

한편, 토지 수용에 저항하다가 연행되어 수감된 농민 산키치의 석방을 위해 나하에 모인 이에지마의 농민들은, 미국의 폭력적인 토지 탈취를 고발하는 플래카드와 탁발을 손에 들고 마와시眞和志, 수리首里, 이토만糸満 등지를 행진하며 다음과 같이 호소한다.

토지는 빼앗기고, 자식은 많은데 식량은 없다. 우리들은 살기 위해 이렇게 구걸을 할 수밖에 없다. 구걸을 하는 것이 부끄러운 일이라면, 무력으로 토지를 빼앗고 구걸을 하게 만드는 것은 더욱 부끄러운 일이다. 도둑질 당한 사람이 구걸하는 것은 도둑질하는 사람만큼 부끄러운 일은 아니다.55쪽

이른바 '거지행각乞食行進'으로 불리는 이에지마 도민들의 비폭력 저항은, 이에지마 토지투쟁의 선봉에 서서 싸운 반전지주反戰地主 아하곤 쇼코阿波根昌鴻가 쓴 미군기지반대투쟁의 기록『미군과 농민−오키나와현 이에지마米軍と農民−沖縄県伊江島』18 를 통해 널리 알려진 바 있다. 기타노 신이

---

18   阿波根昌鴻,『米軍と農民−沖縄県伊江島』, 岩波書店, 2017, 90쪽.

치北野辰一가 지적하듯, 「끊겨진 밧줄」에는 이 밖에도 아하곤의 수기에 소개된 일화와 일치하는 묘사가 다수 확인된다.[19] 소설 집필 시에 히노가 관련 자료 및 증언을 폭넓게 섭렵하여 작품에 반영한 것으로 추정된다.

작품의 타이틀인 '끊겨진 밧줄'에는 오키나와가 놓인 처지가 상징적으로 담겨 있다고 볼 수 있다. 일본본토의 독립과 함께 체결된 대일강화조약 제3조에 의해 일본의 '잠재적 주권'을 남긴 채 미국의 시정권하에 놓이게 된 오키나와를, 「끊겨진 밧줄」의 내러티브는 "인질 섬"이 되었다고 대변한다.30쪽 소설 안에서 지넨 요시오는 "미국은 오키나와를 훔친 대도大泥棒"라고 규탄하고, "도둑이고, 색정광이고 전쟁광인 미국"에 대한 격렬한 분노를 담아 오키나와의 처지를 다음과 같이 이야기한다.

> 일본에서 찢겨져 나간 바다의 밧줄이랄까. (…중략…) 잠재 주권이라니, 유령의 꼬리 같은 것이지. 순전히 미국의 식민지야. 토지를 마음대로 앗아갈 뿐만 아니라 인간의 목숨마저 벌레나 다름없고 우린 토인 취급을 받고 있어. 쓰루 씨도 연인과 아이 모두 죽임을 당했지만 아무 보상도 없지. 일본이 아니라는 증거야. 밧줄은 갈래갈래 끊겨진 것이지.18~19쪽

또한 작품 속에서 '끊겨진 밧줄'은 쓰루의 옛 연인 슈코가 남긴 유작 시구詩句를 통해서도 반복적으로 언급된다. 오키나와전 전장에서 밧줄을 타고 절벽을 오르다가 미군의 총탄에 맞아 '끊겨진 밧줄'로 인해 전사한

---

19   北野辰一, 「火野葦平と木下順二」, 『脈』 95号, 2017, 50쪽.

슈코는, 자신이 사랑하던 쓰루를 '목숨命'에 빗대어 다음과 같이 읊는다.

> 사랑하는 쓰루思鶴여 / 나의 밧줄이여 / 나의 목숨이여 (…중략…)
>
> 밧줄은 사랑이며 / 평화의 끈絆이다.
>
> 포연탄우砲煙弾雨와는 관계없는 / 마귀鬼나 악마와도 연이 없는
>
> 영원한 이어짐의 상징이다 (…중략…)
>
> 이 밧줄을 끊으려 하는 자는 누구인가.32~33쪽

　작품 안에 반복적으로 삽입되는 상기 시구에서 '밧줄=나와繩'는, 일차적으로는 미군이 갈라놓은 쓰루와 슈코의 인연을 상징하지만, 작품 전체의 서사를 통해 오키나와의 '나와繩'와도 겹쳐지면서, 오키나와전과 전후 통치를 관통하는 미국의 폭력에 시달리는 오키나와라는 이중의 상징성을 부여받는다.

　이상으로 살펴본 바와 같이, 소설 「끊겨진 밧줄」은 식민지적 양상을 노정하는 미군정하 오키나와를 군용지 문제를 중심에 두고 그려내고 있다. 소설의 내러티브는, 오키나와 도민들은 "왕년의 발랄함을 잃고 암담한 세월 속에서 급속하게 성격이 퇴폐해졌"고, "범죄 따위는 없었던 평화의 섬"은 "흉악한 범죄의 섬"이 되고 말았다고 전하면서, "그 원인의 대부분이 미군의 점령"에 있다고 단언한다31쪽. 이처럼 미국을 저항의 대상으로 형상화하면서, 미군의 폭력성에 맞서 분연히 일어서는 오키나와인들의 모습을 비춰내는 소설의 결말은 독자들에게 이에 동참할 것을 촉구한다. 그렇다면 이 작품이 던지는 메시지는 본토에서 어떻게 받아들여졌을

까? 다음 장에서는 희곡 「끊겨진 밧줄」의 상연에 주목하여 그 의의와 파장을 살펴보고자 한다.

4. 희곡 〈끊겨진 밧줄〉의 본토 상연

〈끊겨진 밧줄〉 상연과 반기지 운동 연대

1956년 9월에 발표된 히노의 소설 「끊겨진 밧줄」은 곧바로 희곡으로 각색되어 1956년 10월부터 이듬해에 걸쳐 도쿄와 규슈에서 상연되었다. 연극 잡지 『테아트로テアトロ』에 실린 희곡 각본에 의거해 소설과의 차이점을 확인해두자면, 양자는 등장인물의 이름과 플롯 설정 등에 있어 다소간 차이를 보이지만, 미군통치의 억압과 이에 대한 저항이라는 중심적 테제를 공유하고 있으며, 연극 각본에서는 이러한 메시지가 잘 부각되도록 연출이 이루어졌다는 점을 확인할 수 있다.

희곡 〈끊겨진 밧줄〉은 1956년 10월 13일에서 23일까지 사사키 다카시佐々木隆의 연출로 극단 분카좌文化座에 의해 도쿄 간다神田의 히토쓰바시 강당一ツ橋講堂에서 상연된 후 규슈 각지와 야마구치山口현을 순회하여 호평을 받았다.[20] 분카좌의 기록에 따르면, 도쿄 공연의 마지막 무대 날에는 "관객이 넘쳐 (…중략…) 강당 문을 열어둔 채로 상연하는 전대미문의 공연이 되었다"고 한다.[21] 『아사히신문朝日新聞』이 "히토쓰바시 강당 개관이래" 최대 성황이라 보도한 것을 비롯해 다수의 신문·잡지가 일제히 공연평을 게재하여 이를 조명했다. 1957년 3월에 상연된 규슈 순회공연 역시

19군데 모두 매진되는 성황을 이뤘으며,[22] 공연과 함께 히노의 강연회가 열리기도 했다.[23] 그렇다면 이 작품의 상연이 이토록 열띤 호응을 이끌어 낼 수 있었던 요인은 무엇이었을까?

「끊겨진 밧줄」의 상연이 큰 반향을 얻은 배경에는, 무엇보다 1950년 대 중반에 본토에서 확산되어나간 기지반대투쟁이 있었다. 구안보조약이 성립된 1952년 무렵 본토에는 오키나와의 8배에 이르는 미군기지가 존재하고 있었고, 각지에서 기지를 둘러싼 사건사고와 미군범죄가 빈발했다.[24] 이러한 문제가 점령의 종결을 계기로 공론화되면서 반미내셔널리즘과 반기지 여론이 비등했고, '섬 전체 투쟁'과 같은 시기에 본토에서는 우치나다內灘와 스나가와砂川 투쟁으로 상징되는 기지반대투쟁이 각지로 퍼져나가고 있었다.

이러한 가운데 오키나와 기지문제가 알려지면서 본토의 기지반대운동 진영을 중심으로 관심을 모은 것은 자연스러운 흐름이었다. 미군정 하 오키나와의 실상이 본토에서 대중적으로 처음 알려진 것은 『아사히신문』의 보도를 통해서이다. 『아사히신문』은 1955년 1월 13일, 「미군

---

20 松下博文, 앞의 글, 1991, 22·28쪽; 마쓰시타에 따르면, 『아사히신문』 외에, 『도쿄 신문 (東京新聞)』, 『일간 스포츠(日刊スポーツ)』와 『문예(文藝)』, 『신극(新劇)』등의 잡지가 공연평을 게재한 것으로 확인된다. 규슈에서는 1957년 3월 12일 다슈마루(田主丸)중 학교 강당, 3월 14일 나가사키시(長崎市) 국제문화회관, 3월 17일 오무타시민회관(大 牟田市民会舘)을 포함하여 19곳에서 〈끊겨진 밧줄〉이 상연되었다.

21 http://bunkaza.com/sp/okinawa/okinawa1.html (2021.8.15 access)

22 火野葦平, 「解説」, 앞의 책, 1959, 442쪽.

23 原田種夫, 「実説·火野葦平(抄)-『九州文学』とその周辺」, 『現代日本文学大系 75 石川 達三·火野葦平集』, 筑摩書房, 2010, 397쪽.

24 아라사끼 모리떼루, 백영서·이한결 역, 앞의 책, 32쪽.

의 '오키나와 민정', 그 핵심을 찌르다米軍의「沖繩民政」을衝く」라는 특집기사를 사회면 전면을 할애하여 게재하고, 이후 한달간 이어진 오키나와문제 보도 캠페인을 통해 미군정 하에서 오키나와인들이 겪고 있는 토지문제, 인권문제, 노동문제, 언론탄압 문제 등에 관해 대대적으로 보도했다. 오키나와의 복귀운동이나 군용지 접수 문제를 "마치 남의 일처럼 다루던" 이전 기사들과는 달리 1955년의 '아사히 보도'는, "본토와 관련지어 이 문제를 보"고 "오키나와의 비극을 일본의 비극으로서 보도"했다는 점에서 논조의 변화를 보였다고 평가받는다. 나아가 '아사히 보도'에 호응하듯 본토의 신문들이 오키나와 문제를 다루게 되면서, 이후 오키나와 문제는 일본-오키나와-미국이라는 삼자관계 구도 속에서 논해지게 된다.[25] 또한 '섬 전체 투쟁'이 일어난 이후의 보도에서는 '투쟁하는 오키나와'의 모습이 크게 부각되었다.[26]

한편, 오키나와 측 역시 이 시기에 미국에 대항하기 위해 본토와의 연계 협력을 모색하고 있었다. 미국의 기지 확장 정책이 본격화되고 노골적인 토지강탈이 이어지는 가운데, 미군정 하에서 고립되어 있던 오키나와는 "오키나와의 토지를 지키는 투쟁은 곧 '일본의 국토'를 '일본인'이 지키는 투쟁"이라는 "'일본인'으로서의 내셔널리즘의 언어"에 기대어 본토의 여론에 호소하고, 본토에 대표단을 파견하여 지지를 이끌어내고자 했다.[27] 히노 역시 대표단으로 파견된 세나가 가메지로瀨長亀次郎와 도쿄에

---

25 門奈直樹, 『アメリカ占領時代 沖縄言論統制史』, 雄山閣, 1996, 170~173쪽.

26 아라사끼 모리떼루, 백영서·이한결 역, 앞의 책, 28쪽.

27 小熊英二, 『〈日本人〉の境界―沖縄·アイヌ·台湾·朝鮮 植民地運動から復帰運動まで』, 新曜社, 2012, 516쪽.

서 만났다고 발언한 바 있다.[28]

이처럼 본토와 오키나와 양쪽에서 반기지운동이 고양되고 상호적 연대를 모색하는 가운데, 히노는 이러한 상황에 적극적으로 개입하여 양자를 가교하고자 했던 것으로 이해된다. 이를테면 희곡 「끊겨진 밧줄」에서 주인공 신가키 고로新垣五郎와 『류큐 타임스』의 기자 도요히라 세이츄豊平盛忠 ─ 각각 소설본의 신가키 세이지와 지넨 요시오와 유사한 인물설정 ─는 다음과 같은 대화를 나눈다.

> **고로** 대표가 주민대회 결의문을 가지고 도쿄를 비롯해서 일본전국을 돌면서 도움을 요청할 거예요. 내지에서도 스나가와나 후지산록을 비롯해서 도처에서 기지문제가 일어나고 있습니다. 그들과 손잡고 전일본국민운동을 만드는 겁니다. 이번에야말로 괜찮을 겁니다.
>
> **도요히라** 문제는 일본 정부지. 이런 문제는 정부가 움직이지 않으면 해결될 리가 없는데, 이번 정부는 도무지 미국에 꽉 잡혀있어서. 일본 국민들 역시 오키나와를 생각해줄지 어떨지 알 수 없어. 국민들이 모두 오키나와를 위해 행동해준다면 정부도 가만히는 있을 수 없겠지만, 과연 어떨지.
>
> **고로** 맞아요. 당신 말대로예요. 오키나와 문제는 일본 전체의 문제예요. 오키나와의 운명은 일본의 운명이죠. 그걸 일본 전국에

---

28 火野葦平, 「南と北」, 『河童会議』, 文藝春秋新社, 1958, 41쪽. 희곡이 발표된 1956년 12월은 오키나와에서 인민당 소속 세나가 가메지로가 나하시장에 당선된 시점이기도 했다.

있는 사람들이 알아주었으면 해요.[29]

기타노 신이치는 스나가와 투쟁을 계기로 본토의 사회의식이 비로소 오키나와로 향하기 시작한 시기에 「끊겨진 밧줄」이 발표되었다고 지적한 바 있다.[30] 그러한 가운데, 관객을 향한 위의 연극 대사는 큰 호소력을 지닐 수 있었을 것이다.

히노는 후쿠오카 공연에 부쳐 『규슈대학 신문九州大学新聞』에 기고한 글에서, "오키나와는 원수폭 기지가 되어 세계를 암흑으로 칠하는 악마의 역할을 떠맡으려 하고 있다"고 호소하면서 이에 대한 관심을 촉구한 바 있다.[31] 이와 같은 의도는 공연 팸플릿을 통해서도 확인된다. 극단 분카좌文化座의 '15주년 특별공연'으로 기획된 희곡 〈끊겨진 밧줄〉의 공연 팸플릿에는, 오키나와 농민의 모습을 담은 사진과 함께 야마노우치 바쿠山之口獏의 시 「부침모함 오키나와浮沈母艦沖縄」가 곁들여졌다. "지금 80만의 비참한 생명들이 / 갑판 한구석에 몰려 / 철이나 콘크리트 위에서는 쌀을 농작할 방도도 없이 / 죽음을 달라고 외치고 있다"는 시구는, 희곡 작품의 메시지를 생생하게 뒷받침한다. 이 밖에도 팸플릿에는, 기지문제를 호소하는 작가 히노의 글과 공연관계자의 축하 메시지와 더불어, 나카노 요시오中野好夫, 평론가, 무라야마 도모요시村山知義, 연출가를 비롯해 본토와 오키나와를 대표하는 다수의 인사들이 글을 기고하여 오키나와의 역사와

---

29   火野葦平, 「ちぎられた縄」, 『現代日本戯曲大系』第三巻, 三一書房, 1971, 313~314쪽. 이하 희곡 「ちぎられた縄」의 인용문 페이지 수는 본문에 표시한다.

30   北野辰一, 앞의 글, 2017, 55쪽.

31   火野葦平, 「地獄島沖縄」, 『脈』95号, 2017, 4쪽. 초출 『九州大学新聞』399号, 1957.2.25.

기지문제의 실상을 알렸다.[32]

이처럼 희곡 〈끊겨진 밧줄〉의 상연은 본토일본의 기지반대운동과 오키나와의 투쟁을 가교하는 역할을 했다고 볼 수 있다. 여기에는 미국에 저항하여 본토와 오키나와의 '민족적 연대'로 맞서고자 하는 구도가 확인된다.

'냉전기지'의 표상을 둘러싼 언론검열과 문화냉전

앞에서는 희곡 〈끊겨진 밧줄〉의 본토 상연을 1950년대 반미·반기지 운동의 맥락에서 살펴보았다. 그런데 이 작품이 갖는 의의는, 당대의 오키나와 문단과 담론장이 처해 있던 상황에 주목할 때 더욱 선명히 드러난다.

미국 점령 하 오키나와 언론통제를 고찰한 몬나 나오키門奈直樹의 선구적 연구『미국 점령시대 오키나와 언론통제사-언론의 자유를 향한 투쟁 アメリカ占領時代 沖繩言論統制史-言論の自由への闘い』이 소상히 밝힌 바에 따르면, 미군정 하 오키나와에서는 미국 민정부United States Civil Administration of the Ryukyu Islands: USCAR의 포령 포고에 의거한 검열이 시행되어 모든 출판물이 허가제에 따른 사전검열의 대상이 되었고, 표현의 자유가 크게 제한되었다.[33] 잘 알려진 것처럼 일본 본토에서도 GHQ점령하에서 검열제도가

---

32   『文化座創立15年記念公演-「ちぎられた縄」パンフレット』, 1956, 文化座, 8쪽.
33   門奈直樹, 앞의 책, 102쪽. 1952년 미국 민정부 포령144호는, "미리 류큐정부의 허가를 받지 않고 신문, 잡지, 서적, 소책자 및 돌림문(回狀)을 발행 또는 인쇄하는 자는 단죄한 후 5,000엔 이하의 벌금 또는 6개월 이하의 징역 또는 양쪽 형벌에 처해질 수 있다"고 규정하였다.

실시된 바 있다. 하지만 극동의 전선기지로서 특별히 높은 중요도가 부여된 오키나와에서는 '반공주의'라는 명분 아래 훨씬 더 강도 높은 통제가 이루어졌고, 본토일본에서 1950년 무렵 공식적으로 GHQ검열이 종료된 것과는 달리, 오키나와에서는 1965년 2월에 허가제도가 공식적으로 철폐되기까지 오랜 기간 동안 언론과 사상의 자유가 구속받았다.[34]

섬 전체 투쟁 당시 오키나와가 놓인 언론 상황을 상징적으로 보여주는 사건이 오키나와 전후 최대의 언론탄압사건이라고도 평가받는 '제2차 류다이 사건琉大事件'이다. 1955년에서 이듬해에 걸쳐 진행된 오키나와 토지투쟁에서, 류큐대학의 학생들은 주민들의 선두에 서서 그 투쟁을 이끌었다. 그러한 가운데 1956년 7월, 프라이스권고에 반대하여 오키나와 도민이 궐기한 현민대회에서 류큐대학 학생 6인이 반미적 언사를 했다는 이유로 체포되고 미국의 압력하에 퇴학 및 근신 처분을 받는 '(제2차) 류다이 사건'이 발생한다. 이 때 체포된 학생들 가운데 4명이 류큐대학 문예부가 발행하던 동인지 『류다이 문학琉大文学』의 주요 멤버였으며, 해당 잡지가 미국 민정부에 의해 휴간처분을 받은 사실은, 문학적 표현이 곧바로 사회적 저항운동과 연동되던 시대의 정황과 함께, 주체적 표현활동과 검열 사이의 첨예한 긴장관계를 드러낸다.

나아가 류다이 사건은 미소간의 헤게모니를 둘러싼 문화냉전이라는 보다 넓은 맥락 속에 놓여 있었다. 근래 문화냉전 관련 연구가 진전되면서 밝혀진 바에 따르면,[35] 미국은 오키나와에서 반공군사기지화를 원

---

34 위의 책, 250쪽.
35 2010년대 들어 출간되기 시작한 오키나와 관련 문화냉전 연구의 주요한 성과로는 다

활히 추진하기 위한 수단으로 군사정책과 병행하여 문화정책을 중요시했다. 미국 측 사료에 기반한 오가와 다다시小川忠의 연구에 따르면, 1950년대 미국의 대對오키나와 문화전략의 두 기둥을 이루는 것은, '친미·반공 이데올로기의 추진'과 '오키나와 아이덴티티의 종용을 통한 이일離日정책'이었다. 이러한 목적을 이루기 위해 미국은, '류미친선琉米親善'이라는 미명하에 류미문화회관琉米文化会館의 설립1947, 미국유학제도의 실시 1948 등 각종 문화정책을 펼쳤고, 그 일환으로 친미유식자층의 형성을 위한 고등교육이 필요하다고 판단했다.[36] 1950년에 설립된 류큐대학은, 미국 민정부 포령30호에 의거해 창설된 오키나와 최초의 고등교육기관으로, 미국육군성의 위탁을 받아 미시간주립대학이 교육 및 커리큘럼 개발에 장기간에 걸쳐 협력한 바 있다Michigan Mission, 1951~1968. 이처럼 막대한 예산과 인재가 투입된 류큐대학이 결과적으로는 미국의 의도에 반하여 "반미·본토복귀운동"의 거점이 된 것은 역사의 아이러니였다고 할 수 있지만, 류다이 사건은 오키나와에서 작동한 치열한 문화냉전의 자장을 보여주는 사례이기도 하다.[37]

이러한 제반 상황을 놓고 본다면, 첫째로, 강화조약 발효로 독립적 지위를 회복한 본토에서의 표현활동은 오키나와에서 시행되고 있던 엄격

음과 같은 책이 있다. 小川忠,『戦後米国の沖縄文化戦略－琉球大学とミシガン・ミッション』, 岩波書店, 2012; Mire Koikari, *Cold War Encounters in US-Occupied Okinawa : Women, Domesticity, and Transnationalism in East Asia*, Cambridge : Cambridge University Press, 2015; 溝口聡,『アメリカ占領期の沖縄高等教育－文化冷戦時代の民主教育の光と影』, 吉田書店, 2019.

36 門奈直樹, 앞의 책, 222쪽.

37 小川忠, 앞의 책, 135·163쪽.

한 언론통제에 대한 일종의 우회로이자 본토와의 연대를 가능케 하는 매개로 기능했다고 볼 수 있을 것이다. 둘째로 주목해야 하는 것은, 미군정 하 오키나와의 언론탄압은 미소 간 냉전의 공방전과도 불가분의 관계에 있었다는 사실이다. 냉전시기에 공산진영은 미국의 오키나와 통치에 대해 '제국주의', '영구적 점령' 등의 비판의 목소리를 높여갔고, 소련의 공세에 대처할 필요가 있었던 미국은 오키나와를 "민주주의의 쇼윈도"로 삼고자 했다.[38] 특히 앞서 언급한 '아사히 보도' 이후 오키나와 문제가 대외적으로도 알려지고 국제문제화되는 양상을 띠자, 미국은 오키나와 기지문제가 반미 프로퍼갠더의 재료가 되는 데 대한 강한 경계를 품고 있었다.[39] 그와 같은 연장선상에서 프라이스 권고에는, "세계의 눈, 특히 공산주의 국가들의 숨겨진 눈들은 오키나와에서의 우리의 행동을 주의 깊게 주시하고 있으며, 공산진영 측에서는 우리들에 대한 반대선전으로 이용할 수 있는 것의 발견에 전념하고 있다"[40]는 문구가 포함되었다. 즉, 냉전기지를 둘러싼 표상전은 문화냉전의 전장에 다름 아니었던 것이다.

　여기서 다시 「끊겨진 밧줄」로 돌아오자면, 이 작품 역시 미소냉전의 치열한 각축장으로부터 자유롭지 않았다. 흥미롭게도 희곡 〈끊겨진 밧줄〉은, 1959년에 소련에서 TV드라마화되어 방영된 사실이 당시의 신문 기사를 통해 확인된다. 1959년 1월 31일 자 『도쿄 신문東京新聞』에 게재된 기사 「히노씨의 희곡, 모스크바에서 TV방송─오키나와를 그리는 반전

38　小熊英二, 앞의 책, 471쪽.

39　仲本和彦, 「ロジャー・N・ボールドウィンと島ぐるみ闘争」, 『沖縄県公文書館研究紀要』 16, 2014, 41쪽.

40　鹿野政直, 『戦後資料 沖縄』, 日本評論社, 1969, 177쪽.

극 〈끊겨진 밧줄〉火野氏の戯曲、モスクワでテレビ放送－沖縄描く反戦劇「ちぎられた縄」」은, 히노의 소설「끊겨진 밧줄」이 러시아어로 번역되어 1958년 11월에 소련의 잡지『민족의 우호民族の友好』에 게재되었고, 3월 1일에 "일본 작품으로는 처음으로 모스크바방송의 전파를 타고" 오카다 요시코岡田嘉子의 연출/주연으로 방영될 예정임을 전했다.[41] 소련에 의한 〈끊겨진 밧줄〉의 TV 드라마화는, 앞서 언급한 미국의 우려를 현실화하는 사건이기도 했을 것이다.

그렇다면 이처럼 냉전기지의 표상을 둘러싸고 미소 간 문화냉전이 첨예하게 충돌하는 가운데 히노는 어떠한 입장을 취했을까?『도쿄 신문』의 인터뷰에 응한 히노는, 이 작품은 "단연코 반미적 드라마는 아니"며, 그 자신 "반미도 반소도 아니므로 이 작품이 반미적으로 이용당하는 것이 가장 염려된다"고 강조하여 자신의 작품이 정치적으로 이용당하는 데 대한 강한 경계심을 표명했다. 실제로 북규슈문학관北九州文学館에 소장된 자료에 의하면, 히노는 오카다에게 정치성에 치우치지 않는 "양심 있는" 연출을 당부하면서, "오키나와의 일본인과, 오키나와에 대한 일본인의 슬픔이 러시아 사람들의 가슴에 무언가를 전해 자유와 평화를 향한 열망이 국경을 넘어 교류하고 합체되기를 믿는"다는 내용의 메시지를 전달했음을 확인할 수 있다.[42]

아울러 미소의 대립은 일본 내 좌우 진영 대립과도 연동되는 양상을

---

41 「火野氏の戯曲, モスクワでテレビ放送－沖縄を描く反戦劇「ちぎられた縄」」,『東京新聞』, 1959, 9쪽.

42 火野葦平, 「「ちぎられた縄」モスクワ, テレビ放送に関するメッセージ」, 受入番号 HA4-0081, 北九州文学館 所蔵.

보였다. 히노는 1957년에 공산당 기관지 『아카하타ｱｶﾊﾀ』로부터 오키나와 특집호를 위한 취재를 받았다고 하면서, 다음과 같이 발언한 바 있다.

> 남쪽 섬에 대한 미국의 방식도 처참하지만, 북쪽 섬에 대한 소련의 방식도 매우 처참하다. 북방 네 개 섬에서 일본인들을 모두 강제로 퇴거시키고, 그 자리를 점령해서 군사기지로 삼고 있다. (…중략…) 나는 『아카하타』가 남쪽 특집만 하지 말고 북쪽 특집도 해주었으면 한다.
>
> 근래 『아카하타』의 기자나 공산당 사람들이 나를 자주 찾아오기에 쓴웃음을 짓고 있다. (…중략…) 도쿄 공연 때에는 일본공산당이 화환을 보내왔다. 나는 〈끊겨진 밧줄〉을 반미극으로 쓰지 않았으며, 물론 좌익사상과도 전혀 관계가 없다. 내가 만약에 소련에 의해 고통받는 북쪽 섬들 어민들의 비극을 연극으로 써도 일본공산당은 『아카하타』에서 나를 칭양하고 공연에는 화환을 보내올까? 그때서야 비로소 공산당을 신용할 수 있을 것이다.[43]

이러한 발언의 배후에는, 오키나와 문제가 냉전 이데올로기와 결부된 정치적 이슈로 떠오르는 가운데, "혁신진영은 (오키나와를) 응원하지만 보수진영은 냉담한 반응"을 보였고, "소련에 대한 지시마千島 요구"에는 정확히 정반대의 입장을 취하는 좌우 대립구도가 있었다.[44] 영토 귀속 문제가 진영 간 우열을 다투기 위한 장이 되면서, 탈식민과 냉전이 교차하는 양상이 확인된다.

43　火野葦平, 「南と北」, 앞의 책, 41~42쪽.
44　小熊英二, 앞의 책, 1998, 520쪽.

사실 「끊겨진 밧줄」을 쓴 1956년 당시, 히노는 이미 인도와 중국, 북한을 문화사절의 일원으로 방문한 경험을 통해 냉전기 문화외교의 정치적 자장을 민감하게 이해하고 있었다.[45] 또한 이 무렵 그는 냉전 상황을 거듭 언급하면서 스스로 냉전의 자장에 깊숙이 연루되고 있기도 했다.[46] 그러한 바탕 위에서 히노는, 미국과 소련 사이에서 '반전'이라는 일견 중립적이고 보편적인 가치를 표방했다. 〈끊겨진 밧줄〉 공연 팸플릿에 기고한 글을 통해 그는 자신의 의도를 다음과 같이 명시한 바 있다.

단순히 토지를 돌려달라는 정치적 선동극アジプロ劇으로 만들고 싶지는

45　히노는 1955년에 제3세계 외교의 장이었던 아시아제국회의(The Conference for Asian Countries)가 열린 인도를 방문하고, 귀국 길에 중국, 북한의 초청을 받아 양국을 시찰한 바 있다. 시찰의 견문은 여행기 『붉은 나라의 여행자(赤い国の旅人)』(1956)로 출간되었다. 또한 그는 1958년에는 미국 국무성의 초청을 받아 한 달간의 미국시찰을 통해 문화냉전의 장에 다시 한번 소환된다. 히노와 냉전기 문화외교와 관련해서는 김지영, 「히노 아시헤이의 냉전기행 — 『붉은 나라의 여행자』와 『아메리카 탐험기』 사이에서 바라본 전후일본의 '친미'와 '반미'」, 『일본학보』 No.120, 2019: 김지영, 「히노 아시헤이의 전후 평화주의와 냉전의 심상지리 — '반핵평화' 담론을 중심으로」, 『일본비평』 Vol.12 No.1, 2020 참조.

46　히노는 1957년 『니시니혼 신문(西日本新聞)』에 연재한 칼럼 중 하나인 「반미반소(反米反ソ)」에서, "나는 작가이므로 정치 세계에 발을 들여놓고 싶은 생각은 없지만 현대에는 정치에 대한 관심 없이는 생활도 문학도 불가능하다고 할 수 있다. (…중략…) 작가는 더 이상 사회와 정치와 역사로부터 떨어져 존재할 수 없게 되었다. 작가는 스나가와 기지를 비롯한 군사기지문제, 오키나와 문제를 어떻게 생각할 것인가, 소련이나 신중국을 어떻게 볼 것인가, 이집트 문제, 헝가리 사건을 어떻게 생각하는가 하는 질문을 받고 그런 것들은 아무래도 좋다, 아무 의견도 없다, 그보다 중요한 것은 문학이다, 라고는 말할 수 없게 된 것이다."라고 발언한 바 있다. 이러한 발언에 비추어 볼 때, 이 시기 문학을 포함한 히노의 언론활동은 냉전에 대한 주체적 대응으로 보아야할 것이다. 火野葦平, 「反米反ソ」, 『河童会議』, 文藝春秋新社, 1958, 44쪽.

않았고, 반미극이 되어버리는 것 또한 나의 본의가 아니다. 보다 더 인간적인 것, 오키나와 사람들을 괴롭히고 있는 민족의 고뇌, 전쟁과 인간과의 갈등, 그리고 그러한 비극 속에 있는 아름다운 것들도 넣고 싶었다. 물론 사상적으로 편향되면 안 되고, 현상적이어서도 안 되며, 최종적인 테마는 절대로 두 번 다시 전쟁이 있어서는 안 된다는 데에 두고자 했다[47]

히노가 냉전 정치로부터 거리를 둔 보편적 휴머니즘에 기반한 '반전평화'의 메시지를 거듭 강조했음을 확인할 수 있다. 하지만 결론부터 말하자면, 이처럼 냉전적 폭력에 대한 저항으로서 주장된 '반전평화'는 기실 그 자체로서 명백히 정치성을 내포한 것이었다고 보아야 할 것이다. 그 정치성은 어디에서 찾을 수 있을까? 다음 장에서 논의를 이어가기로 한다.

5. 본토와 오키나와의 냉전적 봉합과 파열
공모하는 제국, 폭력의 교차지대

「끊겨진 밧줄」은 일견 '반전평화'의 보편적 가치에 입각하여 미국의 폭력성을 고발하고 있는 듯이 보인다. 그러나 본고가 마지막으로 주목하고자 하는 점은, 이러한 표상을 통해 본토와 오키나와의 관계가 어떻게 재정립되고 있는가이다. 이 글에서는 「끊겨진 밧줄」에 대한 오키나와 문

---

47 火野葦平,「悲しき沖縄」,『文化座創立15年記念公演—「ちぎられた縄」パンフレット』,
文化座, 1956, 5쪽.

단의 반응에 비추어 히노의 '평화주의' 담론이 지닌 성격을 비판적으로 검토하고, 이를 통해 냉전 시기 일본본토과 오키나와, 미국과의 관계를 살펴보기로 한다.

본토에서 상연되어 많은 관객을 동원한 〈끊겨진 밧줄〉은 오키나와에서 활동하는 작가들 사이에서도 큰 주목을 끌었다. 한 예로, 1957년 12월에 발행된 잡지『오키나와문학沖縄文学』에는 오시로 다쓰유키와 아라카와 아키리新川明를 포함한 다섯 명의 동인들이 참석한 좌담회「주제로서의 '오키나와'主題としての「沖縄」」가 게재되었는데, 이 때 논의의 대상작으로 선정된 것은 히노의「끊겨진 밧줄」, 사토 나오타카佐藤直孝의「오키나와－데이고 꽃이 피는 날까지沖縄－梯梧の花咲く日まで」, 시모타 세이지의「오키나와 섬」이었다. 좌담회의 모두 발언에서 오시로는, "전후에 오키나와가 세계사적 의의를 지니게 되면서 오키나와 스스로도 전전에 비해 크게 변모했고, 여러 문제들을 경험하면서 본토에서도 오키나와에 대해 큰 관심을 갖게 되어 이곳을 무대로 한 연극이나 소설 등이 쓰여져 왔는데, 최근에 우리들의 선배인 시모타씨의『오키나와 섬』이 나오면서 그러한 흐름이 최고조에 달한 느낌이 든다"고 현 상황을 진단하면서, 그러한 상황에서 "우리의 관점과 태도를 정립하기 위해" 마련된 자리라고 좌담회의 기획 취지를 밝히고 있다.

그런데 여기서 눈길을 끄는 것은,「끊겨진 밧줄」에 대한 좌담회 참가자들의 반응이 결코 호의적이지 않다는 점이다. 이케자와 사토시池澤聡, 오카모토 게이도쿠의 필명가 "각본을 읽고 저는 오히려 반감을 가졌습니다. 이 작품은 작년에 있었던 '섬 전체 투쟁'을 소재로 삼고 있는데, 실제와는 다소 다르다는 인상을 받았습니다"라고 운을 뗀 것을 시작으로,[48] "외부자, 여행자의 눈, 인테리겐챠의 눈"아라카와으로 본 정형화된 묘사와 현실 사이의 간극 등에 대해 비판적인 지적이 이어졌다. 오키나와를 마주하는 태도와 거리감의 문제도 제기되었다. 즉, 아라카와가 "위에서 내려다보면서 동정하는 듯한 느낌"이 든다고 한 데 대해, 오시로는 "위에서라기보다는, 이른바 외부에 서서 하는 동정, 즉 방관자의 동정"이 엿보인다고 응하면서, 이러한 묘사가 관객을 동원하고 있다는 사실이야말로 "(본토) 일본인들의 오키나와에 대한 얕은 인식"을 말해준다고 엄정한 평가를 내린다.

좌담회는 이어서 오키나와 문제를 다루는 일본 본토 담론의 지배적 논조에 관해 다음과 같이 논의를 이끌어간다.

오시로   오키나와에 관한 한, 말하는 이도 눈물, 듣는 이도 눈물이라는 비장감이 전국에 차 있어요. 저널리즘이 이를 더욱 부추기고 있지요.

이케자와   「끊겨진 밧줄」의 경우, 그런 경향이 한층 더 강하게 느껴지는 것 아닐까요.

오시로   그렇지요. (…중략…) 「끊겨진 밧줄」은 아무래도 연극잡지를 보면 평론가의 평가는 좋지 않아요. 그렇지만 일반인들의 호응은 좋지요. 로맨티스트 히노 아시헤이가 해묵은 오키나와 환상을 붙들고 울면서 춤을 추니 눈물을 좋아하는 일본인들 취향에 맞

48　大城立裕·池田和·池澤聰·新川明·眞榮城啓介(1957),「〔座談会〕主題としての「沖縄」,『沖縄文学』第一巻二号. 본고는 細田哲史(編),『復刻版 琉大文学』付録, 不二出版, 2014, 45쪽을 참조하였다.

는 것이지요. 그런데 우리들의 본질은 눈물이 마른 데에서부터 출발하고 있는 데 있지. 싸구려 동정 따위는 필요 없다는 생각도 가끔 들지요.[49]

〈끊겨진 밧줄〉 상연 당시 히노는 「슬픈 오키나와」라는 글을 공연 팸플릿에 기고하여, "연극의 막이 내린 후에는 무언가가 관객의 가슴에 남아 슬픈 오키나와를 이대로 두어서는 안 된다는 일본인으로서의 감정이 불타올라 서로를 잇는 계기가 되기를 기대"한다고 호소한 바 있다.[50] 따라서 상기 인용문의 오시로의 발언은 히노의 글에 대한 매우 직접적인 비판으로 읽을 수 있을 것이다. 오시로는 「끊겨진 밧줄」을 시모타의 「오키나와 섬」과 비교하면서, 후자에는 "감상感傷을 허락지 않는 태도"가 있으며, 양자의 차이는 "오키나와 문제를 자신의 문제로 느끼고 있"는지 여부에 있다고 피력한다.[51]

이처럼 오키나와의 작가들이 본토 일본이 오키나와 문제를 바라보는 시선과의 간극을 이야기하면서 본토의 '평화주의'에 대한 위화감을 토로했다면, 나아가 오시로가 후년 「끊겨진 밧줄」을 위시한 본토 작가의 오키나와 표상을 회고한 다음과 같은 논평은, 양자 사이의 '어긋남'의 지점을 보다 섬세한 언어로 짚어내고 있다.

49   大城立裕・池田和・池澤聰・新川明・眞榮城啓介, 위의 글, 48쪽.
50   火野葦平, 「悲しき沖縄」, 앞의 책, 5쪽.
51   大城立裕・池田和・池澤聰・新川明・眞榮城啓介, 앞의 글, 49쪽.

나를(혹은 우리를) 납득시킨 작품은 기노시타 준지木下順二의『오키나와沖繩』뿐이었다.

다른 작품들에는 위화감이 들 때가 많았다. (…중략…) 어느 작품이나 작가의 선의와 동정이 넘쳐나서 그것이 잘 느껴지는 만큼 인식이 다르다는 위화감이 더 크게 들었던 것은 아이러니였다. (…중략…) 본토가 던지는 소박한 동정은 두 가지 전제에 서 있었다. 함께 미국을 증오하는 것과 함께 '조국복귀'를 갈망하는 것이다. 즉 연대이다. 본토 동포 가운데 많은 이들은 역사적 관습이 되어버린 오키나와 차별에 대한 책임을 잊고, '동포를 껴안자'는 나르시시즘으로 흘러 있었다. 오키나와를 다룬 많은 작품들이 그러한 입장에 입각해 있었다.

우리의 솔직한 마음을 이야기하자면, 미국을 증오하는 것에도 복귀를 갈망하는 것에도 큰 유보를 두고 있었다. (…중략…) 즉, 우리의 본심에는 복귀 거부와 야마토본토 지향이 공존하고 있었다.(강조는 인용자)[52]

위의 오시로의 논평은 히노의 묘사가 오키나와의 현실을 단순화하고 있음을 폭로할 뿐만 아니라, 본토 일본과 오키나와 사이의 '연대'가 '미국'이라는 제3항의 존재에 의해 비로소 담보되는 것임을 날카롭게 지적하고 있다.

전후 오키나와 귀속문제를 둘러싼 전후 오키나와의 입장은, 패전 직후에 우세했던 '독립론'에서 1950~1951년을 전후하여 부상한 '복귀론'까지 큰 진폭을 보였다. 한편, 오키나와 귀속문제와 관련하여 히노는 한

---

52   大城立裕, 앞의 글, 1~2쪽.

에세이에서, "류큐라는 것은 대저 일본인가, 중국支那인가"라는 질문을 하는 사람들이 있다고 언급하면서, "오키나와에 가보면 모든 것에 있어 의심의 여지없이 순수한 일본임을 알 수 있다"고 피력한 바 있다.[53] 이 같은 히노의 주장은 1950년대 중반 오키나와에서 주류를 이뤘던 복귀론과 본토지향이라는 점에서 표면적 방향성이 일치하지만, 그 내실은 결을 달리한다. 즉, 1950년대 들어 오키나와에서 급격히 힘을 얻어간 '복귀론'은, 미국의 냉전전략 아래 '기지섬'이 되어 간 오키나와가 과도한 기지부담과 폭력에서 벗어나기 위해 취한 선택지였다는 맥락을 히노는 소거하고 있는 것이다.

이러한 맥락을 염두에 두고 볼 때, 앞서 인용한 오시로의 논평은 히노의 작품에 무엇이 결락되어 있었는지를 명징하게 비춰낸다. 니히라 다쿠마仁衡琢磨가 "현대 오키나와 출신 작가들만큼의 깊이와 당사자성은 없지만, 이 시기에 이 작품을 세상에 내보낸 히노 아시헤이는 작가로서 훌륭한 작업을 했다"고 평했듯이,[54] 소설/희곡 「끊겨진 밧줄」이 냉전기지 오키나와의 실상이 잘 알려지지 않았던 시기에 본토를 향해 오키나와 문제를 호소하고 관심을 환기하는 데에 일정한 역할을 수행했음은 평가되어야 할 것이다. 히노는 미국의 비인도적 오키나와 통치를 규탄함으로써 냉전 아메리카의 폭력성을 성공적으로 그려내고 있다. 그러나 다른 한편으로 「끊겨진 밧줄」에는, 본토 일본의 오키나와에 대한 뿌리 깊은 차별이나 오키나와전에서 있었던 일본군의 잔학행위 등의 묘사는 전혀 등장

---

53 火野葦平, 「琉球新記」, 앞의 책, 266쪽.
54 仁衡琢磨, 「「本土」人が描いた沖縄と基地問題ー火野葦平と当事者性」, 『脈』 95号, 63쪽.

하지 않으며, 본토 일본과 오키나와의 관계성에 대한 비판적 사고를 결락한 채, 텍스트 내 오키나와인들의 목소리는 "미군의 비인도성을 폭로"하면서 복귀를 요구하는 목소리로 수렴되어 간다.

프라이스 권고에 의해 촉발된 전도민 투쟁이 그려지는 소설 「끊겨진 밧줄」의 마지막 장면에서, 누이와 여동생을 성폭력으로 잃은 신가키 세이지와, 아내를 잃은 자니 프레드는 연단에 올라 다음과 같이 외친다.

> "오키나와는 일본이다. 미국이 오키나와를 훔치지 못하도록 막자."
>
> (…중략…) "오키나와를 일본에게 돌려달라."76~77쪽

히노는 1954년에 오키나와를 방문한 후에 발표한 기행문 「신류큐기 新琉球記」에서, 오키나와 내에 "빨리 야마토로 복귀하고 싶다"는 목소리가 있다고 전하면서, "팡팡パンパン경제의 붕괴 위기, 기지 확장을 위한 농경지 접수, 매일 급증하는 강도 살인 등의 악질 범죄, 여타의 일들이 겹쳐져서 류큐 사람들의 슬픈 눈은 곧바로 야마토 쪽을 보고 있다"[55]라고 적은 바 있다. 이러한 발언과도 상응하는 작품의 결말 장면은, 냉전체제의 제국적 헤게모니 미국의 폭력성을 이야기함으로써 증폭된 내셔널한 정동을 일정한 방향으로 회수하는 장치로도 기능할 것이다.

이 때 간과할 수 없는 지점은, 미국-오키나와-일본이라는 삼자 구도에서, 오키나와 여성의 상처 입은 신체가 '일본인'의 내셔널한 정동을 증

---

55 火野葦平, 「琉球新記」, 앞의 책, 297쪽.

폭하는 표상장치로서 반복적으로 제시되고 있다는 점이다. 물론 1955년 9월에 일어난 '유미코짱 사건由美子ちゃん事件'[56]이 말하듯이, 오키나와에서 미군에 의한 성폭력은 현재까지 지속되고 있는 엄연한 현실이다. 하지만 작품 속에서 과도하게 반복적으로 등장하는 미군 병사에 의한 오키나와 현지 여성에 대한 성범죄의 묘사는, 오키나와의 미국에 대한 종속상황을 나타내는 알레고리로 기능하면서 '민족'으로서의 일체감과 굴욕감을 강하게 환기하는 듯 보인다. 본토와 오키나와가 미국을 향해 저항적 시선을 공유하고 공동의 전선을 구축하도록 매개하고 추동하는 상징으로서 재현되는 상처 입은 여성 신체의 묘사에는, '미국에 의해 능욕당하는 오키나와'를 본토 일본이 끌어안고 저항한다는 가부장적 나르시시즘이 투영된 것은 아니었을까?

하지만 이처럼 일면적이고 '소박한' 내셔널리즘은 오키나와의 작가들에게는 불편함 없이는 받아들일 수 없는 것이었다. 여기서 소설의 주요한 무대가 된 이에지마를 중심으로 본토와 오키나와의 관계를 간략히 되짚어 보기로 하자.

태평양전쟁하에서 일본군은 1943년 중반부터 본토결전에 대비해 오키나와의 '전도全島 요새화' 방침을 본격화하고, 오키나와 북부, 중부, 남부, 동부 및 오로쿠와 이에지마를 비롯하여 섬 곳곳에 섬 주민과 조선인 노동자를 동원하여 비행장을 건설했다. 1945년 4월에 오키나와에 상륙한 미군은, 이들 일본군의 군사 기반 위에 한층 대규모로 비행장을 확장

---

56 가데나 기지 근방의 길에서 놀던 6세 유아 유미코가 가데나 고사포대(高射砲隊) 소속 미군에게 납치되어 강간당한 후 살해된 사건으로, 「끊겨진 밧줄」에서도 언급된다.

건설했다. 즉, 오키나와의 군사기지는 전시에서 냉전기에 걸쳐 일본군에서 미군으로 "말하자면 인수된" 것이었다.[57] 또한 이에지마, 게라마제도 慶良間諸島, 요미탄読谷 등지는 오키나와전 당시 일본군의 압력에 의해 오키나와 주민의 대규모 '집단자결강제집단사'이 있었던 곳이기도 하다.[58]

한편, 오키나와 기지에 대한 본토일본의 연루는 1950년대 중반 당시 현재진행형이기도 했다. 후에 '오키나와에 관한 천황 메시지'의 존재를 통해 밝혀진 것처럼, 전후일본은 '평화'헌법과 군사기지 사이의 모순을 안보조약에 의거해 미국에게 할애한 오키나와의 기지를 통해 해결해 왔다.[59] 그 결과, 1950년대에 본토 일본에 주둔하는 미군기지는 감소한 반면, 오키나와의 미군기지 규모는 확대되었고[60] 이는 1960년대에 베트남 전쟁을 거치며 더욱 공고화되었다. 여기에는, "본토 일본에서 반기지운동이 폭발하여 본토의 기지가 오키나와로 옮겨 왔"다는 사정 역시 작용했다.[61] 반기지 운동의 '연대'의 이면에서, 실제로는 본토와 오키나와 사이에서 억압 이양의 구조가 작동한 것이다.

---

57 若林千代, 『ジープと砂塵-米軍占領下沖縄の政治社會と東アジア冷戦 1945~1950』, 有志舍, 2015, 25쪽.

58 개번 매코맥 · 노리마쯔 사또꼬, 정영신 역, 앞의 책, 59쪽.

59 아라사키 모리테루, 정영신 · 미야우치 아키오 역, 앞의 책, 23쪽. 1947년 9월에 쇼와천황 히로히토는 측근인 데라사키 히데나리(寺崎英成)를 통해, "미국이 (오키나와의) 주권을 일본에 남겨 두고 조차(租借)하는 형식으로 25년 내지 50년, 혹은 그 이상 오키나와를 지배하는 것은 미국의 이익이 될 뿐만 아니라 일본의 이익도 된다"는 내용의 메시지를 GHQ에 전달했다.

60 平良好利, 『戰後沖縄と米軍基地-「受容」と「拒絶」のはざまで 1945~1972年』, 法政大学出版局, 2013, 3쪽.

61 개번 매코맥 · 노리마쯔 사또꼬, 정영신 역, 앞의 책, 147~148쪽.

이러한 역사적 사실이 드러내는 것은, 아시아의 전시체제에서 냉전체제로의 이행기에 성립한 신/구 두 '제국' 사이의 공모이며, 폭력의 교차지대로서의 오키나와이다. 즉, 전후 "오키나와가 미국의 단독지배와 배타적 통치하에서 군사거점이 되어가는 과정은 제국주의가 붕괴된 후의 일본이 '평화국가'로 재건되는 과정과 평행하여 진행"되었는데,[62] 그 과정에서 미-일의 군사주의는 상위/하위 파트너십 관계로 재편되었다. 1950년대 본토의 반기지 운동과 관련하여 아라사키 모리테루는, "섬 전체 투쟁에 대한 동정과 공감이 전후 일본의 내셔널리즘을 증폭시키기는 했지만, 대일평화조약 제3조 하의 오키나와와 미일안보조약 하의 일본과의 차이점에 관한 인식이 빠져 있었기 때문에, 오키나와의 현실을 타개할 방향성을 찾지 못했다"고 평가한 바 있다.[63] 이렇게 본다면, 스스로가 연루되어 있는 역사의 심연과 현재의 복잡한 구조를 들여다보지 않은 채 오로지 아시아에서 작동한 냉전기 미국의 폭력성을 고발하고, 그 그늘에서 제국일본의 군사식민주의의 역사를 사상捨象하면서 오키나와와의 연대를 내건 히노의 '평화주의'는, 애초에 균열을 내포한 것이었다고 할 수 있다. 종군작가로 제국일본의 전장을 누볐으며 전시기에 오키나와를 방문하기도 했던 히노가 군사식민주의의 연루에 여전히 무감각할 수 있었다면, 그것이야말로 냉전의 보호막에 기댄 것은 아니었을까? 히노가 내건 전후 '평화주의'의 내실은 이러한 지점에서 재고되어야 할 것이다.[64]

62　若林千代, 앞의 책, 17쪽.

63　아라사키 모리테루, 정영신·미야우치 아키오 역, 앞의 책, 45쪽.

64　히노의 '평화주의' 재심에 있어, 태평양전쟁 말기 오키나와를 무대로 하는 히노의 단편 「가희(歌姬)」는 중요한 작품이라 할 수 있다. 이 단편에서 히노를 모델로 한 주인공은,

6. 나오며 '냉전기지' 오키나와와 냉전 기억의 재심

이 글에서는 오키나와의 냉전기지화가 본격화된 1950년대 중반에 본토에서 나타난 오키나와 기지 관련 담론을, 히노 아시헤이의 소설/희곡「끊겨진 밧줄」을 중심으로 살펴보았다. 히노는 미군정 하에서 식민지적 양상을 노정하는 오키나와의 풍경과 핍박해진 경제, 미군 범죄에 일상적으로 시달리는 도민들의 모습, 총검과 불도저에 의한 강제적인 토지 접수가 진행되는 장면들을 작품 안에 생생하게 담아낸다. 이를 통해 군사식민지적 폭력이 일상적으로 발동되는 공간으로 오키나와를 비추어내고, 본토의 관심을 환기하며 적극적 저항 행동을 촉구한다. 1950년대 중반 반기지운동이 전국적으로 고조되는 가운데,「끊겨진 밧줄」은 미국의 냉전적 폭력에 대한 대항담론으로 수용되어 본토의 반기지 운동과의 연대를 이끌어냈다.

한편, 오키나와의 표상이 동서 양진영의 이데올로기의 우열을 다투는 문화냉전의 치열한 전장이 되는 가운데, 히노는 냉전적 대립으로부터 거리를 둔 보편적 '평화주의'를 표방했다. 하지만 본토 일본을 향해 오키나와의 목소리를 전하는 대변자의 위치에 선 히노의 오키나와 표상은, 기실 오키나와에서 작동한 제국/전후 일본의 군사식민주의의 흔적을 소거하고, 미국이라는 냉전체제 하 '상위 헤게모니'의 폭력성 고발에 기대

미군 상륙이 임박한 가운데 목숨을 부지하기 위해 본토로의 소개를 도와달라고 간절히 호소하는 오키나와 여성들과 곳곳에서 마주친다. 이들 여성들의 절박한 목소리에는, 본토를 방위하기 위한 '사석'이 된 오키나와의 목소리가 새겨져 있다. 전후일본의 '평화주의'는 이러한 목소리에 대한 응답으로서 구축되어야만 할 것이다.

어 본토와 오키나와 사이의 균열을 봉합하고자 하는 냉전서사적 측면을 지닌다. 그 수사는 일견 미국과 적대하는 듯 보이나 두 '제국' 사이의 결탁을 내포한 것이었다.

여기서 유념해야하는 것은, '냉전'이라는 역사적 특수성과 결부된 성립조건을 소거하고 보편적 담론으로서 스스로를 자리매김할 때, 이러한 서사에 내포된 두 제국 사이의 포옹과 담합은 은폐된다는 점이다. 이는 전후일본의 '평화주의'가 딛고 있는 기반에 대한 재고를 촉구한다. 냉전 구조를 떠받치면서도 이를 망각해온 일본을 향해, '냉전기지' 오키나와는 냉전의 기억을 묻는다.

마이너리티의 역사기록운동과
오키나와의 일본군 '위안부'

1. 머리말

해방된 지 30년이 지난 1975년에 처음으로 자신이 일본군 '위안부'였음을 증언한 생존자가 오키나와에서 나타났다. 바로 배봉기裵奉奇, 1914~1991가 언론매체를 통해 공개적으로 모습을 드러낸 것이다. 한국에서 김학순이 일본군 '위안부' 피해 생존자 중에 최초로 공개증언을 하기 16년도 전의 일이었다. 이렇게 이른 시기에 식민지 지배와 침략전쟁의 가해국 일본에서 어떻게 조선인 '위안부' 피해자의 공개증언이 가능했을까.

"일 안 해도 돈 버는 데가 있어. 옷도 필요 없고 이불도 버리고 가. 더운 곳이라 사람들이 벌거벗고 살아. 과일도 많이 있어. 파인애플, 바나나, 산에 가서 바나나 나무 아래서 입 벌리고 누워 있으면 바나나가 떨어져서 입으로 들어오거든."[1] 업자여자 소개인의 이러한 감언이설에 속아 배

---

[1] 川田文子, 『赤瓦の家-朝鮮から来た從軍慰安婦』, 東京 : 筑摩書房, 1987, 39쪽. 한국어 번역본, 오근영 역, 『빨간 기와집』, 평화를품은책, 2014.

256 제3부_ 오키나와/제주, 포스트 냉전의 시공간

봉기가 끌려간 곳은 오키나와의 한 섬 도카시키渡嘉敷島의 '위안소'였다. 1945년 3월에 오키나와전투가 개시되기 5개월쯤 전의 일이다. 본토 방위를 위해 시간을 끌면서 적에게 최대한의 출혈을 초래해 전의를 꺾겠다며 '커다란 도박'[2]을 감행한 이 전투에서 일본군은 미군을 상대로 격렬한 지상전을 전개하여 오키나와 주민 4명 중 1명이 목숨을 잃는 참극을 초래했다. 그중에서도 도카시키섬에서는 미군의 상륙 직후에 섬에 남겨진 700여 명의 주민 중 300여 명이 집단으로 자결하도록 내몰려 목숨을 잃었고, 미군에 대치하며 저항하던 일본군들에 의해 조선인 군부들이 잔인하게 학살당하기도 했다. 배봉기를 포함한 '위안소'의 조선인 여성 7명도 전쟁의 참상 한가운데로 휘말려 들어갔다. 그들 중 3명은 목숨을 잃거나 크게 다쳤고[3], 2명은 탈영한 일본군 및 조선인 군부들과 함께 탈출, 배봉기와 또 다른 여성 1명만이 마지막까지 일본군과 함께 남아 있었다. 조선인 군부가 허락 없이 감자를 먹었다고 일본군 장교한테 참수당하는 장면을 맨눈으로 지켜보기도 한 그녀들은, "군대를 위해서 지독하게 고생 많이 한" 끝에 8월 말에 일본군과 함께 투항했고, 최종적으로 민간인 수용

2　極東国際軍事裁判研究会 編,『木戸日記－木戸被告人宣誓供述書』, 平和書房, 1947.

3　도카시키섬 주민들의 증언에 따르면 미군의 공습으로 3명이 부상당했는데, 그 중 '하루코'라는 조선인 여성은 즉사했다(川田文子, 위의 책). 배봉기의 초기 증언을 기록한 야마타니 데쓰오(山谷哲夫) 감독의 다큐멘터리『오키나와의 할머니－증언 종군위안부(沖縄のハルモニー証言・従軍慰安婦)』(1979)에 따르면, 당시 일본육군 소위였던 지넨 조보쿠(知念朝睦)가 시체를 매장했다. 이후 1951년에 전몰자 위령탑으로 이 섬에 '백옥의 탑(白玉之塔)'이 건립되어 '일본군' 전사자들이 합사되자, 하루코의 유골도 함께 옮겨졌다. "군인이나 마찬가지"라는 이유에서였다고 한다. 도카시키섬에서는 하루코의 유령이 나온다는 소문이 계속 있었다고 한다.

시설이었던 이시카와石川수용소에 보내졌다.[4] 그 후 미군정이 실시된 오키나와에서 둘은 한국으로 귀환하는 동포들로부터도 소외된 채 방치된 후 뿔뿔이 흩어졌다. 배봉기는 초토화된 오키나와의 사방을 헤매다니며 식모살이나 식당 일에서 성매매까지 허다한 궂은일을 하면서 일본군 '위안부' 시절보다 더 처참한 방랑 생활을 보낸다.[5]

한편, 미군의 점령지가 된 오키나와의 통치기구인 미국민정부USCAR는 1953년 1월에 류큐열도 출입관리령을 공포하여 오키나와 거주 외국인들을 등록하기 시작했다. 미국민정부는 물론 오키나와, 일본, 남북한의 어떤 행정기관이나 동포 조직과도 관계를 맺지 않았던 배봉기는 이 과정에서 강제퇴거 대상인 무국적 불법체류자로 분류되어 미군통치기를 살아낸다. "떠올리고 싶지 않은 '과거' 때문에 수속 같은 것은 하지 않았던"[6] 것으로 보인다.

이렇게 어떤 국가의 법적 보호로부터도 배제되었던 배봉기는 오키나와의 시정권이 미국에서 일본으로 반환되고 3년이 지난 후에야 자신이 제2차 세계대전 당시 오키나와로 끌려온 조선인 일본군 '위안부'였다는 것을 증언하고 '특별 재류' 자격을 얻게 되었다. 패전 이전부터 일본에 거주한 외국인으로 등록됨으로써 추방의 위기에서 벗어나 오키나와에 안정적으로 체류하면서 병든 몸을 치료하기 위해서였다. 신경통이 악화되

---

4   한국정신대연구소, 「오키나와 거주 일본군 위안부 피해자 배봉기 증언」, 여성가족부, 2006, 48~49쪽.

5   위의 글; 金美恵, 「沖縄のなかの朝鮮人」下, 『月刊イオ』209, 朝鮮新報社, 2013, 66쪽.

6   「30年ぶりに自由の身に─戦時中"連行"の韓国婦人那覇入管事務所特別に在留許可」, 『琉球新報』, 1975.10.22.

어 더 이상 생계를 유지할 수 없게 된 배봉기를 보다 못한 지인들이 먼저 국가에 원조를 요청했다고 한다.[7] 이로써 배봉기는 30년 만에 국가에 등록되었다. 매년 재류 기간을 갱신하며 신원보증인이 있어야 했지만, 그녀의 소망대로 오키나와에서 여생을 보낼 수 있게 된 것이다. 당시 신원보증인이었던 신시로 규이치新城久一는 배봉기가 60년대에 식당 일을 도왔던 가게 주인의 사위였다. 배봉기의 부탁을 받은 그는 탄원서를 써서 절차를 밟으면 체류가 가능하다는 이야기를 듣고 신원보증인이 되었다고 한다.[8] 나하那覇입국관리사무소의 조사에서 배봉기는 "나는 '우군'일본군·필자 주한테 속았다" "전쟁터에서 있었던 '일'이 부끄러워 전후에 본국으로 돌아갈 수도 없었다"[9]고 심경을 밝히기도 했다.

그런데 이 사실을 전하는 오키나와의 주요 신문들은 첫 기사부터 배봉기에 대해 "오키나와전투에 강제연행된 한국인의 증언이 직접 얻어진 것은 처음"이라고 소개하여 그녀가 강제연행된 피해 생존자라는 사실을 인정했다. 또한, 그것이 재류 허가라는 국가로부터의 '특별한 배려'가 이루어진 이유라는 것도 강조한다. 나아가 나하입국관리사무소 소장大都安雄도 "강제연행에서 살아남은 사람들은 아직 더 있을 것 같다. 오키나와는 호적부가 소실되었기 때문에 전후에 본인의 신고로 다시 제작되었다. 성을 바꾸어 신청하거나 오키나와 사람과 결혼해서 일본인이 된 사람이 많지

---

7   川田文子, 『赤瓦の家−朝鮮から来た従軍慰安婦』, 東京 : 筑摩書房, 1987, 177~178쪽.

8   山谷哲夫 제작·감독, 〈沖縄のハルモニー証言·従軍慰安婦〉, 無明舎, 1979.

9   「30年ぶり "自由"の身−戦中, 沖縄に連行の韓国女性法務省が特別在留許可」, 『沖縄タイムス』, 1975.10.22.

않을까"[10]라고 언급하여, 그녀가 강제연행되었다는 사실에 추호의 의심도 표하지 않았다. 배봉기의 증언은, 그녀의 '불행한 과거'가 은폐되고 침묵되어야 할 수치가 아니라 강제연행으로 야기된 심각한 인권침해 피해였다는 사회적인 인식 위에서 이루어졌던 것이다. 배봉기의 신원보증인이 되었던 신시로도 "(배봉기는)전쟁의 희생자임에도 일본 국민이 아니라는 이유만으로 온갖 일을 당했"기 때문이라고 배봉기를 돌본 이유를 설명했다.[11] 당시 이러한 인식은 어떻게 가능했을까. 이 신문들은 이에 대해 다음과 같은 사실을 언급한다.

> 오키나와로의 조선인 강제연행에 대해서는 '오키나와 조선인 강제연행 학살 진상조사단'이 쇼와昭和 47년 8월에 조사한 적이 있으며, 그 숫자는 '군부' '위안부'를 포함해서 1만 명이라고도 3만 명이라고도 하는데 확실하지 않다.[12]

즉, 배봉기의 공개 증언이 있기 3년 전인 1972년에 오키나와로 강제연행된 조선인들에 대한 진상조사가 이루어졌던 것을 알 수 있다. 같은 해 5월에 오키나와가 일본으로 반환되고 3개월 후의 일이다. 본고에서는 오키나와에서 일본군 '위안부' 피해 생존자가 발견된 사회적 배경으로,

---

10 「30年ぶりに自由の身に－戦時中"連行"の韓国婦人那覇入管事務所特別に在留許可」, 『琉球新報』, 1975.10.22.

11 山谷哲夫 제작·감독, 위의 자료.

12 「30年ぶりに自由の身に－戦時中"連行"の韓国婦人那覇入管事務所特別に在留許可」, 『琉球新報』, 1975.10.22; 「30年ぶり"自由"の身－戦中, 沖縄に連行の韓国女性法務省が特別在留許可」, 『沖縄タイムス』, 1975.10.22.

오키나와가 처한 특수한 사정뿐만 아니라 오키나와 반환 직후에 이루어졌던 조선인 강제연행 진상조사 활동과 그와 연계되었던 오키나와 주민들의 오키나와전투 체험기록운동에 주목하고자 한다.

1991년에 한국에서 김학순의 공개증언이 가능했던 것은, 오랜 군사독재정권에 맞서 전개되었던 민주화운동과, 그 과정에서 성장한 인권의식과 여성운동, 1990년에 한국정신대문제대책협의회의 발족과 함께 본격화된 일본군 '위안부' 피해 진상규명과 책임자 처벌을 위한 활동이 한국사회에 피해자들의 '말'을 들을 '귀'를 마련했기 때문이라고 일컬어진다.[13] 물론 배봉기의 증언은, 피해의 억울함을 호소하고 일본 정부로부터 사과와 배상을 요구하고자 했던 김학순의 증언과는 달리, 스스로의 생존을 도모하기 위한 '강제된 자기증명'이었다는 차이가 있다.[14] 그럼에도 불구하고 일본 본토의 재일조선인 '위안부' 피해자였던 송신도宋神道, 1922~2017의 공개증언이 1992년 이후가 되어서야 이루어졌던 점을 고려하면, 배봉기가 굳이 이 시기에 증언을 하게 된 사회적 배경은 고려되어야 할 것이다.[15] 한국의 사례를 소급적으로 적용해 보면, 오키나와에서는

---

13 소현숙, 「기림의 날에 기억하는 김학순과 그녀의 증언」, 일본군'위안부'문제연구소 웹진 결, http://www.kyeol.kr/node/180, 게시일 : 2019.08.16.

14 김미혜, 「오키나와의 조선인—배봉기 씨의 '자기증명'의 이중적 의미를 중심으로」, 『나를 증명하기—아시아에서의 국적 · 여권 · 등록』, 한울, 2017.

15 1972년 오키나와 반환 이후에 일본정부가 오키나와의 조선인 중 1945년 8월 15일 이전부터 거주해온 무국적자들에게 3년의 유예기간을 두고 특별재류허가를 신청하도록 했기 때문에, 1975년은 배봉기가 강제추방을 당하지 않기 위해 불가피하게 공개증언을 할 수밖에 없었던 마지막 시기로 보는 견해가 있다(川田文子, 『イアンフとよばれた戦場の少女』, 東京 : 高文研, 2005, 13쪽). 하지만, 일본정부가 그러한 조치를 취했는지는 확인되지 않는다. 1965년 일한법적지위협정으로 해방 이전부터 일본에 거주해온

미군통치기에 미군의 강압적 지배와 구조적 폭력에 저항하여 본토복귀 운동, 반전·평화운동, 인권운동 등이 활발히 전개되었다. 뿐만 아니라 오키나와의 반환을 앞둔 1960년대 말부터 자위대의 오키나와 배치가 현실화되자 일본군의 기억을 상기하게 된 주민들은 오키나와전투의 역사를 되묻는 작업을 본격적으로 진행했다. 이 일련의 운동들과 밀접한 관계를 가지며 이루어진 조선인 강제연행에 대한 진상조사는, 오키나와 사회에 배봉기라는 피해 생존자의 증언을 들을 '귀'를 마련했던 것이 아닐까 추측되기 때문이다. 이를 명확히 하기 위해 우선 이 진상조사의 배경과 내용을 일본군 '위안부' 문제에 주목하여 살펴보고자 한다.[16]

재일조선인들에게 부여된 협정영주 허가의 신청기한이 협정 발효 시점으로부터 5년 후인 1971년이었음에도, 일본정부는 그 이후에 일본에 반환된 오키나와에 거주해온 조선인들에게도 적용하는 예외를 인정하지 않았다. 오히려 '특별한 배려' 같은 법적 구속력이 없는 방식으로 이 문제를 해결하려고 한 것으로 보아, '유예기간' 등은 따로 설정되지 않았다고 보는 것이 타당할 것이다.

16 이 진상조사에 대해서는 이미 신주백, 「한국근현대사와 오키나와 – 상혼과 기억의 연속과 단절」, 『한국민족운동사연구』 50, 한국민족운동사학회, 2007; 임경화, 「오키나와의 아리랑 – 미군정기 오키나와의 잔류 조선인들과 남북한」, 『대동문화연구』 89, 성균관대학교 대동문화연구원, 2015; 오세종, 손지연 역, 『오키나와와 조선의 틈새에서 – 조선인의 '가시화/불가시화'를 둘러싼 역사와 담론』, 소명출판, 2019 등에서 다루어졌다. 하지만, 이에 대한 본격적인 연구는 거의 없고, 본고와 같이 '일본군' 위안부 문제에 초점을 맞춰 이 진상조사의 내용과 의의를 분석하고 오키나와 주민들의 오키나와전투 체험기록운동과의 관련성을 밝히고자 한 연구는 없다.

2. 조선인 강제연행 진상조사와 오키나와의 일본군 '위안부'

해방 후 오키나와전투에 강제연행[17]된 조선인들에 대한 진상조사는 거의 이루어지지 않았다. 미군통치 시기의 오키나와에서는 오키나와전투에 대한 본격적인 조사가 이루어지기 힘들었던 만큼, 오키나와로 강제연행되었던 조선인에 대한 관심은 더욱더 희박했다. 그 가운데 오키나와에서 미군속으로 있던 민단계 재일조선인 김동선은 1966년에 현지 조사를 통해 오키나와전투 말기에 구메섬久米島에서 조선인 일가족 7명이 일본군에 의해 잔혹하게 학살된 사건을 파헤쳐 반향을 일으켰다. 그는 일가족의 유골을 수습하여 나하의 절에 안치하고 매년 학살일인 8월 20일에 오키나와 주민들과 함께 위령제를 지냈다.[18] 오키나와 반환의 해인 1972년 4월에는 이 학살사건이 일본의 매스컴에도 보도되었다.[19] 하지만, 이는 어디까지나 개인 차원에 머무는 일부에 국한된 조사였다.

한편, 일본 본토에서는 일본 정부가 조선인 강제연행 문제에 전혀 관심을 보이지 않고 은폐와 방관으로 일관하는 가운데, 총련계 재일조선인들이 진상규명을 위한 실태조사를 광범위하게 전개하고 있었다. 그 초기의 집대성이 1965년에 출간된 박경식의『조선인 강제연행의 기록朝鮮人

---

17 일반적으로 총력전 체제 아래 식민지 주민 전체를 '총동원'한 구조를 설명할 수 있는 보다 포괄적인 용어로 '강제동원'을 사용하지만, 본고에서는 조선인 강제연행 기록운동과 오키나와전투 체험 기록운동이라는 두 마이너리티의 역사기록운동 주체들이 일본군 '위안부' 동원의 강제성, 불법성을 강조하는 용어로 사용한 '강제연행'을 채택한다.

18 「27年 만에 벗겨진 日海軍 만행」,『동아일보』, 1972.8.16.

19 외무부,「오키나와에서의 조총련 동향」,『재외공관 설치-나하(오키나와, 일본) 영사관, 1971~73』, 관리번호 : BA0881171, 1972, 114쪽.

強制連行の記録』이다. 당시 총련이 운영하는 조선대학교의 교원이었던 그는 일본 전역의 공사 현장이나 탄광 등을 다니며 자료를 수집하고 생존자들의 증언을 들으며 강제연행된 조선인들의 실태를 조사했고, 그 성과를 단행본으로 출간한 것이다. '조선인 강제연행'을 역사용어로 학계에 정착시키기도 한[20] 이 연구서에서 박경식은 식민지 지배 폭력의 연장선상에서 1939년 이후의 조선인 강제연행이 이루어진 것으로 파악했다. 당시 그는 한일기본조약 체결을 일본 독점자본이 미 제국주의를 등에 업고 한반도를 재침략하려는 시도로 보고 이 연구를 제출했던 것이다. 그는 전시 조선인 강제연행 연구의 목적을 다음과 같이 설명한다.

우리는 조국이 없었던 과거의 비참한 경험을 두 번 다시 반복하지 않기 위해서도 제국주의의 정체를 정확히 파악하고 앞으로의 투쟁의 교훈으로 삼고자 한다. 그와 동시에 일본 제국주의의 죄악 규명이 조선 인민과 일본 인민의 진실로 평등한 국제적 연대를 강화하고 현재 강행되고 있는 미 제국주의의 아시아 침략정책을 폭로하고 아시아 지역에서 이 침략자를 몰아내기 위한 투쟁을 보다 진전시키기 위한 사상적 토양의 일부라도 되기를 바란다.[21]

즉, '일본 제국주의의 죄악 규명'은 한반도와 일본 인민들의 진정한 국제적 연대를 강화할 뿐만 아니라 미 제국주의의 베트남을 포함한 아시

---

20   최영호, 「박경식 선생님을 추모하며」, 『한국민족운동사연구』 18, 한국민족운동사학회, 1998, 310쪽.
21   朴慶植, 『朝鮮人強制連行の記録』, 東京 : 未来社, 1965, 331쪽.

아에 대한 군사적 전개에 맞서는 사상적 토양을 이룬다는 것이다. 또한, 박경식은 이 진상규명이 그저 과거에 집착하는 '반일'적 운동이 아니라는 것을 강조한다. 이는 식민지기에 일본 본토'내지'로 강제동원된 후에 일본에 정착해 재일조선인사회의 기층을 이루기도 한 조선인들이 해방 후에도 일본 사회에서 식민지기의 조선인 차별정책을 계승한 재일조선인에 대한 탄압에 지속적으로 노출되어 있기 때문이다.[22] 그는 재일조선인들은 여전히 식민주의 아래 놓여 해방되지 못한 조선 민족의 일부이며, 이는 조선과 일본의 진정한 연대를 방해하고 있다고 보았다. 따라서 박경식에게 진상규명은 일본사회의 마이너리티로서의 재일조선인의 권리수호운동이기도 했던 것이다.

하지만, 한국 국적을 택하지 않은 '조선적' 재일조선인들은 미군 통치하의 오키나와에는 갈 수가 없었으므로, 박경식의 조사 범위도 본토 안에 머물 수밖에 없었다. 미국민정부는 일본과 오키나와 사이에 출입역出入域을 관리했기 때문에, 오키나와로 도항하기 위해서는 내각총리대신이 발행하는 신분증명서여권에 미국민정부가 발행하는 입역허가증비자을 첨부하여 도항수속을 밟아야 했다. 하지만 한국 국적을 택하지 않아 실질적인 무국적 상태에서 일본 본토를 벗어날 수 없었던 '조선적' 재일조선인들은 오키나와에 출입할 수가 없었다. 그런데 1972년에 오키나와의 시정권이 일본으로 반환되면서 '조선적' 재일조선인들도 자유롭게 오키나와에 갈 수 있게 된 것이다.

22　위의 책, 3~4쪽.

도항이 가능해지자 이들은 곧바로 오키나와에 건너가 진상조사를 실시했다. 총련 중앙상임위원회 사회국장 하창옥河昌玉, 사회국부장 전호언을 포함한 4명[23]은 일본변호사연합회 인권옹호위원회 변호사 오자키 스스무尾崎陸, 평론가 후지시마 우다이藤島宇内 등 4명으로 이루어진 일본 측민간 조사단과 함께 '제2차 세계대전 당시 오키나와 조선인 강제연행 학살 진상조사단'단장은 오자키 스스무. 이하, '조일합동조사단'이라는 합동 조사팀을 구성하여 1972년 8월 15일부터 9월 4일까지 20일간 체계적이고 광범위한 진상조사를 실시했다. 이 조일합동조사단은 이후에 '조선인 강제연행 진상조사단'이라는 명칭으로 홋카이도北海道, 1973년, 규슈九州, 1974년, 도호쿠東北, 1975년, 히로시마広島와 나가사키長崎, 1979년로 현지 조사 활동을 이어가며,[24] 재일조선인과 일본 시민들의 조직적 조사와 연구라는 조선인 강제연행 연구의 특징을 확립해 간다.[25] 반환 직후의 오키나와 현지 조사는 그 시작을 고하는 기념비적 시도였던 것이다.

이 조사단이 같은 해에 제출한 60쪽 분량의『제2차 세계대전 당시 오키나와 조선인 강제연행 학살 진상조사단 보고서第二次大戦時沖縄朝鮮人強制連行虐殺真相調査団報告書』이하, 보고서에서는, 조사단 결성의 목적을 "오키나와의 조국 복귀를 계기로, 과거 오키나와전투에 강제연행되었던 조선인에 대

---

23 '보고서'에는 총련 소속 참가자 4명에 대한 정보가 명기되어 있지 않다. 이들의 신원에 대해서는 외무부,「오키나와에서의 조총련 동향」, 114쪽 참조.

24 김지형,「일제 강제연행 41만 명부 국내 첫 공개, "자료는 어딘가에 반드시 있다"」,『민족21』25, 민족21, 2003, 130쪽; 山田昭次・柳光守,「対談 強制連行の実態を明らかにした朝・日合同の現地調査」,『月刊イオ』196, 朝鮮新報社, 2012.

25 樋口雄一,「朝鮮人強制動員研究の現況と課題」,『大原社会問題研究所雑誌』686, 法政大学大原社会問題研究所, 2015, 5쪽.

한 학대, 학살의 실태와 진상을 조사함으로써 또다시 반복되려고 하는 일본 군국주의 재침략 의도를 꺾고, 재일조선인의 기본적 인권을 옹호하는 한편, 일조日朝 양국 인민을 비롯한 아시아 제 국민의 우호 관계 증진을 더욱더 도모하기 위해서"[26]라고 밝히고 있다. "그것은 단순히 과거의 사실 규명에 머무는 것이 아니라, 오늘날의 일본 정부가 미 제국주의의 베트남 침략에 가담하여 국토나 자재나 역무를 제공하고 혹은 남북한에 대한 침략을 상정하여 군사력을 증강하는 새로운 전쟁범죄를 규탄하는 사상적 기초도 되는 것"이라고도 했다.[27] 이는 강제연행 진상규명이 조일朝日 인민의 국제연대를 강화하고 미 제국주의의 아시아 침략을 막는 사상적 기반이 될 뿐만 아니라 재일조선인들의 권리수호운동이기도 하다는 것을 강조했던 박경식의 작업의 연장선상에서 그 의의를 계승한 것임을 알 수 있다.

하지만, 양자 사이에는 큰 차이가 있다. 박경식의 조사가 주로 탄광, 광산, 토목공사 등에서 강제노동과 학대, 학살된 조선인들을 대상으로 했다면, 이 조사는 전쟁터로 강제연행된 조선인들에 가해진 일본 제국주의 군대의 잔학성을 드러내는 것이었다. 그 과정에서 노무동원을 둘러싼 피해가 주목되었던 일본 본토의 경우와 달리 '군부'나 '위안부'처럼 전쟁 수행을 위해 일본군에 강제로 동원된 피해자들이 주목되었고 그중에서 특히 일본군 '위안부' 강제연행 문제가 두드러지게 포착되었던 것이다.[28]

---

26   第二次大戰時沖繩朝鮮人強制連行虐殺真相調査団 편, 앞의 책, 1쪽.

27   위의 책, 57쪽.

28   박경식도 "(위안부로 배치된)동포 여성은 중국이나 남방, 오키나와 각 전선에도 다수 연행되었는데, 전체적인 숫자는 수만 명에 이르는 것으로 보인다"고 하여, 오키나와에

그런데 '조선인 강제연행 진상조사단'의 이후의 조사 활동과 비교하여 이 진상조사의 배경으로 특히 주목되는 것은, 오키나와 현지 혁신세력이 조사단의 방문을 성대히 환영하고 지방정부가 조사 활동을 적극적으로 지원했다는 점이다. 조사단은 당시 혁신계 지자체장들이었던 오키나와 현지사 야라 조뵤屋良朝苗와 나하 시장 다이라 료쇼平良良松에게 지원을 요청했고 이들은 전폭적인 협력을 약속했다. 그뿐만 아니라 오키나와 본토 복귀 운동의 중심단체였던 오키나와현조국복귀협의회를 비롯해 오키나와교직원조합과 오키나와현 노동조합협의회, 오키나와인권협회 같은 각종 인권단체는 도착 직후 간담회를 열어 실질적인 협력을 논의했고, 조사 종료 시에도 보고집회가 열렸다. 이 모임들에는 현지 언론매체도 참석하여 많은 관심을 보였다.[29] 이 합동조사를 견제하는 입장에 있었던 한국 정부는 조사단의 활동 목적을 "자위대의 오키나와 진출에 반대하는 오키나와 혁신계의 움직임과 관련되는 한편, 조총련 오키나와현 본부 결성 및 재일 중앙예술단 '나하' 공연 준비도 목적으로 한 것"[30]으로 관측하고 있어, 이 조사를 통한 오키나와의 혁신세력과 총련의 협력과 연대에 가장 신경을 곤두세우고 있었던 것을 알 수 있다.

끌려간 조선인 '위안부' 피해자들에 대해 간단히 언급하고 있기는 하다. 朴慶植, 앞의 책, 169쪽.

29   第二次大戰時沖縄朝鮮人強制連行虐殺真相調査団 편, 앞의 책, 1~2쪽.

30   외무부, 「오키나와에서의 조총련 동향」, 115쪽. 오세종에 따르면, 『류큐신보』 1972년 8월 16일자에도 "이번 조선인 학살 실태조사가 진행되면 지금까지 알려지지 않았던 잔인무도한 실상이 밝혀질 것으로 보인다. 그렇기에 복귀협과 인권협회 등이 이 조사단에 반전평화와 자위대 오키나와 배치 반대 입장에서 적극적으로 지원을 아끼지 않을 것"이라고 보도했다고 한다(오세종, 앞의 책, 241~242쪽).

하지만 오키나와 혁신세력의 환대나 그들과 총련, 나아가 북한과의 연대는 이 시기에 갑자기 이루어진 것은 아니다. 사실, 북한의 시각에서 오키나와는 '미제의 조선 침략기지'인 반면, 극동의 군사적 긴장을 고조시키는 북한의 도발 가능성은 오키나와에 미군기지가 존속해야 하는 근거로 제시되었던 만큼, 오키나와와 북한 양자는 서로를 위협하는 적대적 관계에 세워져 있었다. 하지만 미군 점령하에서 주민들에게 희생을 강요하는 미군기지를 반대하고 일본으로의 복귀를 주장하는 본토 복귀 운동을 전개하면서 오키나와 주민들의 일부는 북한이나 북한의 견해를 대변하는 총련과 교류하기도 했다. 그 이유는 서로에게 긴장을 강요하는 원인을 미국에 의한 '조국' 분단으로 보고 그 해결 방안으로 미군 철수와 분단된 '조국'의 통일/복귀라는 저항 내셔널리즘을 공유했기 때문이다. 북한은 오키나와 주민들의 저항운동에 지속적으로 지지와 연대를 표시했다.[31]

더욱이 오키나와 반환의 실체가 미군기지의 안정적 운용과 자위대의 오키나와 배치를 전제로 한 미일군사동맹의 재편 강화와 한미일 삼각안보체제의 완성이었다는 것이 드러나자, 북한은 미 제국주의자들이 대동아공영권의 옛꿈에 여전히 사로잡혀 있는 일본 군국주의자들의 망상을 이용해서 아시아 침략의 돌격대로 삼으려고 한다고 비난했다.[32] 한편 오

---

31 임경화, 「'분단'과 '분단'을 잇다―미군정기 오키나와의 국제연대운동과 한반도」, 『상허학보』 44, 상허학회, 2015.

32 김일성, 「미제를 반대하는 아세아 혁명적 인민들의 공동투쟁은 반드시 승리할 것이다 ―캄보쟈 국가원수이며 캄보쟈 민족통일전선 위원장인 노로돔 시하누크친왕을 환영하는 평양시군중대회에서 한 연설 1971년 8월 6일」, 『김일성 저작집』 26, 조선로동당출판사, 1984.

키나와 주민들에게도 일본 정부의 자위대 배치 강행에 따른 군국주의 부활에 대한 두려움은 다시금 오키나와전투에서의 일본군의 잔혹성을 상기시키는 계기를 만들고 있었다.[33] 오키나와 주민들은 오키나와전투에서 '철의 폭풍'이라 불릴 만큼 미군의 맹렬한 공격에 노출되었을 뿐만 아니라, 자국의 군대로부터도 집단자결을 강요당하기도 하고 스파이 혐의로 학살당하거나 식량을 빼앗기고 방공호로부터 쫓겨나기도 하며 커다란 희생을 치러야만 했다. 따라서 오키나와전투에 대한 진상조사는 일본군에 의한 피해의 역사를 기억하며 일본의 재무장에 위기의식을 갖는 집단 모두에게 긴급한 과제였던 것이다.

이 '조일합동조사단'은 조선인 '군부'들이 물자수송, 진지 구축, 참호 파기 등에 동원되어 혹사당했을 뿐만 아니라, 많은 조선인 여성들도 일본군의 '위안부'로 끌려가 일본군을 상대하도록 강요받았음을 구체적으로 밝혔다. 이 조사는 우선 오키나와 현사沖繩縣史, 나하시시那覇市史 편찬 팀 등으로부터 자료를 확보하는 것에서 출발한다.[34] 사실 남북으로 길게 뻗어 있는 류큐열도의 섬들을 찾아다니며 20일이라는 기간 내에 진상조사를 수행한다는 것은 불가능한 일이다. 하지만, 이것이 가능했던 것은 본토 복귀 운동의 전개를 배경으로 1965년부터 류큐정부의 주도로 편찬되기 시작한 『오키나와 현사』전24권에 오키나와전투 기록 간행 계획이 3권 편성으로 수립되면서 오키나와에서 본격적인 오키나와전투 연구가 개시된 것과 관련이 있다. 그중 2권은 특히 주민들의 증언에 의한 오키나와

33　新崎盛暉, 『沖繩現代史』(新版), 東京 : 岩波書店, 2005, 30쪽.

34　第二次大戰時沖繩朝鮮人強制連行虐殺真相調査団 편, 앞의 책, 2쪽.

전투 체험기록에 할애되어 1969년부터 집필진들에 의해 각지에서 주민들에 대한 인터뷰 조사가 본격적으로 개시되었던 것이다. '조일 합동 진상조사'가 개시되었을 때는 이미 그 첫 권인 『오키나와 현사』 제9권 沖縄戦記録1, 1971[35]이 간행된 후였고, 두 번째 권인 『오키나와 현사』 제10권 沖縄戦記録2, 1974[36]이 준비되고 있었던 시기였다. 또한, 나하시사 편찬실도 1971년에 시민의 전시 체험기를 공모하여 『시민의 전시 체험기 市民の戦時体験記』 제1권[37]을 발행하기 시작했다. 이를 통해 일본군의 주민 학살 등의 생생한 증언이 기록되기 시작했던 것이다. 이외에도 1970년에 오키나와현교직원조합에서 전쟁범죄추급위원회가 조직되어 『이것이 일본군이다－오키나와전투의 잔학행위 これが日本軍だ－沖縄戦に置ける残虐行為』 1972[38]가 간행되었다. 여기에는 일본군이 주민들을 스파이로 간주하여 학살한 사건이나 집단자결 강요에 대한 내용이 담겨 있었다.[39]

'조일합동조사단'은 이들 성과를 계승하면서도 여기에는 "대체로 조선인 문제에 대해서는 관심이 부족하여 다른 사실에 관련해서 우연히 무의식적으로 언급"[40]되는 것에 그쳤음을 지적하고, 이를 바탕으로 오키나와전투의 또 하나의 주체인 조선인의 시점에서 역사를 기록하고자 했다

---

35 琉球政府 編, 『沖縄縣史』 9(沖縄戦記録1), 琉球政府, 1971.

36 沖縄県教育委員会 編, 『沖縄縣史』 10(沖縄戦記録2), 沖縄県教育委員会, 1974.

37 『市民の戦時体験記』 1, 那覇市市役所市史編集室, 1971.

38 沖縄県教職員組合・戦争犯罪追求委員会, 『これが日本軍だ－沖縄戦に置ける残虐行為』, 沖縄県教職員組合, 1972.

39 石原昌家, 「沖縄戦体験記録運動の展開と継承」, 『沖縄文化研究』 12, 法政大学沖縄文化研究所, 1986, 243~245쪽.

40 第二次大戦時沖縄朝鮮人強制連行虐殺真相調査団 편, 앞의 책, 14쪽.

표 1_ 오키나와 본도의 사례

미군 상륙 이전		미군 상륙 후	
사항	출전	사항	출전
사령부 호에서 조선인 위안부가 천여 명의 군인과 함께 기거	沖縄戦史	주민들과 분리되어 미군 감시 하의 2세 경영. 바에서 미군 위안부가 됨	大城将保
조선에서 특별간호부로 연행된 17, 8세 여성 50명이 위안부로 됨	日本軍を告発する	미군의 수용소에 조선인 '위안부'가 있었다.	仲宗根政善 千原繁子
양재학교 모집으로 알고 끌려와 위안부가 됨. 양가의 자녀로 보임	大城将保	미군의 병원에 조선인 위안부가 있었다.	天願恭子 大城博
조선인 '위안부'가 있었다.	山田義時 仲宗根政善 座喜味和則 上里金助 大城将保 大城政仁	미군의 북부지구 사령부 내에 조선인 위안부가 있었다.	
		조선인 위안부가 있었다.	伊良波ツル子 平良哲夫

표 2_ 본도 이외 섬의 사례

도서명	사항	출전
자마미섬 (座間味島)	에이코, 고나미, 미에코, 이케가미 도요코(池上トヨコ) 등 조선 여성 7명이 1945년 1월에 끌려와 에이코는 총탄을 맞고 사망.	宮城初枝
아카섬 (阿嘉島)	조선 여성 7명이 1944년 9월경 끌려옴. 1명은 19세, 나머지는 20대. '南風莊'이라는 클럽 설치. 오전에 병사들과 함께 일하고 낮 12시부터 밤 12시까지 전 부대(일본 장병 300명)를 상대하게 함. "빨리 돌아가고 싶다" "엄마가 보고 싶다"라는 말을 하거나 조선의 노래를 쓸쓸히 불렀다. 3명이 죽었는데 그중 1명은 총탄에 맞았다.	鎌島キク (위안소 취사 담당)
도카시키섬 (渡嘉敷島)	처음에 24~30세 조선 여성이 20명 있었다. 미군 상륙 당시 4~5명 피난, 2명이 폭탄으로 사망. 7명이 남겨짐.	米田惟好
	조선 여성은 7~8명, 간호부라고 했다.	小峰栄次郎
	날짜를 정해 섬의 몇 군데를 이동, 7~8명 있었는데 4~5명은 전사. 4명은 탈영하여 미군에 투항한 소네(曾根)와 함께 있었다.	大城良平
	도카시키에 3~4명 있다가 도카시쿠(渡嘉志久)로 옮겼다. 병사했다고 들음.	新城信平
	아하렌(阿波連)에 3~4명 있었는데 사라졌다.	玉城重保
미야코섬 (宮古島)	젊은 여성들을 50명 정도 데려왔다. 군의 행태는 너무 심했다.	与名覇正吉
이리오모테섬 (西表島)	일본 여성 약 20명을 데려와서 만든 위안소와 타이완에서 데려온 조선 여성으로 구성된 위안소가 있었는데, 전자는 장교와 하사관용, 후자는 병대용. 전쟁 격화 후 이들의 행방은 불명. 요나구니섬(与国島)에서 데려온 위안부 중에도 조선 여성이 1명 있었다.	

고 할 수 있다. 나아가, 오키나와전투 체험기록운동이 거의 돌아보지 않았던 강제연행에 희생된 조선인 '위안부'라는 오키나와전투의 새로운 주체를 역사의 전면으로 등장시켰던 것이다.

우선, 이 조사단이 자료와 오키나와 주민들의 증언을 토대로 밝혀낸 조선인 '위안부'에 대한 기록을 살펴보면, 〈표 2〉에서 알 수 있듯이, 이 시도가 공간적으로 오키나와 본도뿐만 아니라 류큐열도 여러 섬의 사례를 망라한 최초의 조사였다는 것을 알 수 있다. 실제로 조사단은 이시가키섬石垣島, 이리오모테섬西表島, 미야코섬宮古島, 도카시키섬渡嘉敷島, 자마미섬座間味島, 아카섬阿嘉島, 구메섬久米島에서 현지 조사를 실시했다. 그 20년 후인 1992년에 복귀 20년을 회고하기 위해 나하에서 개최된 제5회 전국여성사연구 교류 모임全国女性史研究交流のつどい에서 '오키나와의 여성사를 생각하는 모임沖縄の女性史を考える会'은 최초로 121개소의 위안소를 특정해 지도에 표시하고 조선인 위안부의 인원수를 554명 이상으로 추정한 획기적인 발표(모임 당시 추정치)를 해서 주목을 받았다.[41] '조일합동조사단'의 '보고서'는 '오키나와의 여성사를 생각하는 모임'의 발표가 있기 전의 유일한 종합적 보고였던 것이다.[42]

조사단은 오키나와 주민들의 적극적인 지원으로 조선인 일본군 '위안

41 「報告集」編集委員会, 『沖縄から未来を拓く女性史を－第五回全国女性史研究交流のつどい報告集』, 全国女性史研究交流のつどい実行委員会, 1994, 25~31쪽. 이후 제2차 세계대전 당시 일본군이 점령했던 전 지역으로 확충되어 오늘에 이르고 있는 '여성들의 전쟁과 평화 자료관(女たちの戦争と平和資料館, wam)의 '위안소 지도'(https://wam-peace.org/ianjo/map/)는 이렇게 오키나와에서 시작되었다.

42 九州弁護士会連合会, 『日本の戦後処理を問う－復帰二十年の沖縄から』(第45回九弁連大会シンポジウム報告集), 1992.

부'에 관한 증언과 자료를 수집할 수 있었던 것을 알 수 있다. 특히 배봉기가 끌려갔던 도카시키섬에 관한 증언이 비교적 상세히 기록되어 있어 3년 후의 그녀의 등장을 뒷받침하기에 충분한 것이었다. 증언자 중 신조 신페이新城信平는 현지에서 소집된 방위대원으로 야마타니 데쓰오山谷哲夫 감독의 다큐멘터리『오키나와의 할머니』1979에서도 증언을 남기고 있다.[43]

또 한 가지 이 보고서에서 주목되는 것은, 〈표 1〉에서 알 수 있듯이 시간적으로도 오키나와전투 당시뿐만 아니라 미군 점령 후 조선인 '위안부'에 가해진 미군의 폭력에 대해서도 다루고 있다는 점이다. 배봉기의 사례를 참조하면, 미군은 피해자들에 대한 진상조사를 하거나 즉각적인 귀국 조치를 취하지 않은 것으로 보인다. '보고서'에서는 "미군은 애초에 조선 여성을 그 조국으로 돌려보낼 의지가 없었다. 미군은 조선 여성을 송환을 위해 한곳에 모으지 않고 본섬 각지에 설치된 미군기지에 수 명에서 20명 정도의 단위로 분산배치했다"고 기록하고 있다.[44] 또한 양재학교에 보내준다는 말에 속아 위안부로 끌려온 조선 여성들을 미군 전용 바에서 일하게 했다든지, 간호사로 고용한다면서 실제로는 미군 장병의 노리개로 삼은 사례 등을 소개하고 있다. 『오키나와의 할머니』에서도 나하의 택시운전사 도마当間 씨는, 일본군을 상대할 때 '조선삐'라고 불렸던 조선 여성들이 미군 포로가 된 후로는 미군을 상대하는 '팡팡'이 되었다고 증언했다. 미군 점령 후 첫 번째 '팡팡'은 조선 여성들이었던 것 같다

---

43 山谷哲夫, 『沖縄のハルモニ一大日本売春史』, 晩聲社, 1979, 145~146쪽.
44 第二次大戰時沖縄朝鮮人强制連行虐殺真相調査団 편, 앞의 책, 13쪽.

고 언급하기도 했다.[45] 초기의 증언에 따르면 배봉기도 미군 장병들을 상대했던 것으로 보인다.[46] 일본군에 의해 군사기지화되고 전쟁터가 되었던 오키나와는 미군의 점령 이후에도 전쟁을 대비하는 군사기지로 더욱더 무장하게 되었던 만큼, 이 보고서는 조선인 피해 생존자들에게 일본군에 동원되어 '위안부' 생활을 강요당했던 구조와 역할이 변형되어 이어졌던 것으로 보았다. 이를 바탕으로, 일본 제국주의를 대신해서 미 제국주의가 점령 지배한 오키나와에서는 조선인은 해방되지 못하고 오키나와현민과 마찬가지이거나 그 이상으로 민족적인 멸시와 박해를 받았던 것으로 파악했다.[47]

한편, 조사단은 현지 교포들로부터는 그다지 정보를 얻지 못했던 것으로 보인다. 그 이유에 대해 한국 외무부 문서철에는 이들이 대부분 미군 기관에 종사하고 있어 현지 마찰에 개입되기를 원치 않고 있기 때문이라고 관측했다.[48] 그렇다고 조사단이 증언이나 자료 수집에 있어 오키나와 주민들에게만 의존한 것은 아니었다. 단 한 사례이기는 하지만, 그들은 어떤 조선인 일본군 '위안부' 피해 생존자를 직접 만나 그녀의 증언을 듣는 데에 성공했다.

'위안부'로 강제연행된 어떤 여성은 지금까지 자신의 과거를 숨기고만 있

---

45 山谷哲夫 제작·감독, 앞의 작품.
46 「일제시기 오키나와에 끌려온 한 할머니의 피의 고발—원쑤들의 발굽에 청춘과 삶을 짓밟혀」, 『朝鮮新報』, 1977.4.23..
47 第二次大戰時沖繩朝鮮人強制連行虐殺真相調査団 편, 앞의 책, 10~11쪽.
48 외무부, 「오키나와에서의 조총련 동향」, 117쪽.

었는데, 우리가 처음 방문했을 때, 공포와 경계, 의심에 찬 매서운 시선을 보냈다. 그녀는 조선이 해방되어 독립한 것조차 몰랐다. 더욱이 조국이 사회주의 공업국으로 급속한 발전을 이룬 현실을 알 리도 없었다. 철들기 전부터 남양의 사이판, 라바울 등으로 끌려간 그녀는 자신의 고향 이름은커녕 자신의 본명조차도 기억하지 못했다. 울면서 자신의 비참한 과거를 말한 그녀는 "처음에는 나를 속여 또 어딘가로 데려가려고 온 줄 알았다"라고 말했다.

'위안부'로서 필설로 다할 수 없는 모든 비참한 생활을 강요당한 그녀들의 마음의 아픔은 조국이 해방된 지 27년이 지난 지금까지 오키나와가 미국의 지배 아래에 있었기 때문에 치유되지 못했던 것이다.[49]

조사단은 배봉기의 증언이 있기 3년 전에 이미 어떤 피해 생존자를 만나 또 다른 증언을 들었던 것이다. 북한 체제의 우월성을 선전하는 정치적 목적이 노골적으로 드러난 부분을 감안하여 참조하면, 어린 나이에 남양군도의 전장으로 끌려가 일본군 '위안부' 생활을 강요당한 후 오키나와에 방치되어 비참한 삶을 살아야 했던 익명의 이 여성의 삶의 궤적이 그려진다. 하지만 "조선이 해방되어 독립한 것조차" 모른 채 이국땅에서 삶을 이어가야 했던 이 생존자는, 배봉기와는 달리, 이 시점에는 공개 증언을 하지 못했던 것이다.

49　第二次大戰時沖縄朝鮮人強制連行虐殺真相調査団 편, 앞의 책, 14쪽.

3. 상호 참조의 마이너리티 역사기록운동

이 조사단의 활동은 『류큐 신보』, 『오키나와 타임즈』 외에 본토의 신문 각지에도 보도되었을 뿐만 아니라 9월 4일에는 NHK TV로도 방영되어 커다란 반향을 불러일으켰다고 한다.[50] 9월 6일에 열린 중앙예술단의 공연도 류큐방송琉球放送에서 촬영되어, 한국 외무부는 이를 "조총련의 파상적 진출"로 표현하기도 했다. 또한 "앞으로도 조사를 계속할 태세인 것으로 사료됨으로 계속 주목해야 할 것으로 관측"된다고 보고했다.[51]

일본군 '위안부' 문제와 관련해 무엇보다 주목되는 것은, 오키나와전투 체험기록운동의 협력 속에서 진행되었던 이 진상조사가 역으로 기록운동의 당사자인 오키나와 주민들에게도 영향을 미쳤다는 것이다. 이 진상조사는 오키나와 주민들에게 오키나와전투 당시 주민들의 눈앞에 있었던 조선인 '군부'와 '위안부'의 존재를 망각한 것에 대한 자성을 촉구했다. 당시 오키나와현 사료편찬소 소장이었던 작가 오시로 다쓰히로大城立裕는 『오키나와 타임즈』의 특집 「또 하나의 오키나와전투'의 실체」에 기고한 글에서 "우리 오키나와인 전체가 의식적이지는 않지만, 아무런 거리낌도 없이 특히 조선인에 대한 '의식의 결락'이 있는 것이야말로 한 번 더 돌아보지 않으면 안 된다"라고 했다.[52] 보고서에 따르면, 조사단의 조사 활동 종료 시에 열린 보고집회에 참가한 오키나와 활동가들은 "앞으

---

50   위의 책, 3쪽.
51   외무부, 「오키나와에서의 조총련 동향」, 115쪽.
52   大城立裕, 「"もう一つの沖縄戦"の実体」, 『沖縄タイムス』, 1972.8.22.

로 오키나와현민의 손으로 계속적인 조사가 이루어져야 한다는 결의"를 했고, (이후의 활동에 대해서는 추적할 수 없지만) 현지 조사단 결성을 위한 연락 책임자들이 정해지기도 했다.[53] 오키나와문학 연구자인 신조 이쿠오新城郁夫는 이러한 자성의 목소리는 '오키나와인' 스스로를 조선인 '군부'와 '위안부'라는 "역사인식 속에서 공백 상태에 있던 '타자'의 존재와 직면하도록 촉구하여 역사인식의 폐색을 부수는 계기가 되어 강제연행 조선인, 위안부의 기록이 소생되었다"고 하며, 그 결과의 하나로 『오키나와 현사』 제9권 출간 3년 후인 1974년에 나온 제10권에는 '종군 위안부' '강제연행 조선인'에 관한 기술이 많이 담기게 되었다고 했다.[54]

오키나와 현사와 시정촌사에 수록된 조선인 '위안부', '군부', '위안소'에 대한 증언과 수기에 관한 데이터베이스를 작성한 데루야 다이테쓰照屋大哲의 조사를 참조하여 작성된 〈표 3〉에 따르면, 1971년에 간행된 『오키나와 현사』 제9권에는 위안소에 관한 증언이 2건, 『시민의 전시 체험기』 제1집에는 단 1건에 지나지 않았으나, 1974년에 편찬된 『오키나와 현사』 제10권에는 8건에 이르고, 『나하시사 자료편』 제2권의 증언을 더하면 총 12건의 '위안부' 관련 증언이 수집된 것이다. 앞의 〈표 1〉에서 조선인 '위안부' 피해자들에 대한 증언을 남겼던 오시로 마사야스大城将保와 야마다 요시토키山田義時는 『오키나와 현사』 제10권의 집필을 담당하기도 했다.

그런데, 배봉기의 증언과 관련하여 이 진상조사에서 가장 주목할 만

---

53   第二次大戦時沖縄朝鮮人強制連行虐殺真相調査団 편, 앞의 책, 3쪽.
54   新城郁夫, 『到来する沖縄-沖縄表象批判論』, 東京: インパクト出版会, 2007, 135~137쪽.

표 3_ 오키나와 현사·시정촌사의 조선인 '위안부' 관련 기사

출판연도	서명	증언자	내용
1971	오키나와 현사 9	安里要江	마카베(真壁)의 위안소
1971	오키나와 현사 9	新垣カメ	위안소
1971	시민의 전시 체험 기록 1	平田波津美	칸(喜屋武)의 위안소
1974	오키나와 현사 10	揚添福	이리오모테섬(西表島)의 위안소와 위안부
1974	오키나와 현사 10	池村恒正	미야코섬(宮古島)의 위안소와 위안부
1974	오키나와 현사 10	砂川昌良	미야코섬의 위안소와 위안부
1974	오키나와 현사 10	照屋忠次郎	모토부초(本部町)의 위안소
1974	오키나와 현사 10	知念朝睦	도카시키섬(渡嘉敷島)의 위안소와 위안부
1974	오키나와 현사 10	金東善	나하시(那覇市)의 위안부
1974	오키나와 현사 10	좌담회	미나미다이토섬(南大東島)의 위안소와 위안부
1974	오키나와 현사 10	粟国ヨシ	슈리(首里)의 위안부
1974	나하시사 자료편 2中6	字九田秀格	칸의 위안소와 위안부
1974	나하시사 자료편 2中6	宮里親輝	이토만(糸満)의 위안부
1974	나하시사 자료편 2中6	玉井亀吉	나하의 위안소
1974	나하시사 자료편 2中6	池宮城秀意	위안부

한 의의는 오키나와 주민들의 오키나와전투 체험기록운동의 역사 인식
에 영향을 미친 것이 아닐까. 오키나와전투 연구와 오키나와전투 체험기
록운동을 이끌며 『오키나와 현사』 집필에 관여했던 오시로 마사야스나
이시하라 마사이에石原昌家, 아니야 마사아키安仁屋政昭 등이 정리하고 있듯
이, 이 운동은, 그때까지 구일본군 출신이나 관청에 의해 편찬된 오키나
와전투 기록이 군대의 논리에 입각하여 주민들을 전투 협력이나 애국심
이라는 관점에서만 바라보는 시각을 비판하고, 주민의 입장에 서서 진상
에 다가가려는, 이른바 아래로부터의 역사쓰기 운동의 성격을 지닌 것이
었다.[55] 더욱이 반전평화의 희구이기도 했던 본토복귀운동이 복귀 이후

55　嶋津与志, 『沖縄戦を考える』, 那覇 : ひるぎ社, 1983; 石原昌家, 앞의 글; 安仁屋政昭, 앞

에도 미군기지의 존속과 자위대 배치로 귀결되면서 이러한 방법론에 입각한 전쟁체험의 발굴과 기록 작업은 오키나와 주민들의 주체성을 관철시키기 위한 시대적인 요청[56]이었던 것이다. 이를 통해 오키나와전투에 대한 인식을 군대의 논리에 입각한 것에서 주민의 논리에 입각한 것으로 획기적으로 전환시켰다.[57]

조사단은 이러한 방법론을 참조하면서도 "제2차 세계대전 말기 오키나와전투에서 본토 방위의 이름 아래 전쟁의 희생이 된 오키나와현민에 대한 구일본군의 잔학행위는 오키나와현민 스스로의 손으로 점차 밝혀지고 있지만, 오키나와전투에서 구일본군에 강제연행된 다수의 조선인의 실태에 대해서는 주목되는 일이 적었다"[58]고 비판하며, 오키나와 주민들의 주체 확립 기획 속으로 회수되지 못하고 배제된 조선인의 시점에서 조선인을 주체로 하여 오키나와전투의 진상을 파헤치고자 했다.[59] 일본제국주의의 장기에 걸친 식민지 지배와 탄압 속에서 침략전쟁에 동원되었을 뿐만 아니라 지금도 여전히 일본사회의 차별과 배제라는 식민주의에 노출되어 있는 재일조선인이라는 마이너리티의 논리는 주민의 논리 속으로 회수될 수가 없는 것이었기 때문이다. 즉 오키나와전투 체험기록 운동이 입각했던 주민의 논리는 조사단에게 마이너리티의 논리를 촉발

의 글.

56   安仁屋政昭,「庶民の戦争体験記録について」, 沖縄県教育委員会 編,『沖縄縣史』10(沖縄戦記録 2), 沖縄県教育委員会, 1974, 1114쪽.

57   嶋津与志, 위의 책, 127쪽.

58   第二次大戦時沖縄朝鮮人強制連行虐殺真相調査団 편, 앞의 책, 1쪽.

59   임경화, 앞의 글, 566쪽.

시키는 사상적 계기가 된 것이다. 보고서는 "이번 조사에서는 조선인 및 오키나와현민에 대한 구일본군의 만행이 밝혀진 반면, 구일본군에 박해받은 조선인에 대해 오키나와현민이 보여준 깊은 동정의 사실도 다수 존재했던 것이 명확해졌다. 나아가 조사에서는 현민 각위의 열의 넘치는 협력을 얻었다. 이 인민 연대의 씨앗은 앞으로 크게 키워나가지 않으면 안 된다."[60]고 하여, 오키나와 주민들의 아래로부터의 역사쓰기의 움직임이 마이너리티로서의 재일조선인들의 역사쓰기 운동과 연결되어 있음을 강조한다. 그러면서도 오키나와 주민들과 조선인들 사이에 가로놓인 차별의 중층적 구조에 대해서도 주목했다. 그것은 일본인과 오키나와 주민 사이에 가로놓였던 차별의 구조가 오키나와와 조선인 사이에서도 존재했음을 지적하는 것이었고, 이것은 오키나와전투의 최대의 피해자로만 표상되던 오키나와 주민들의 조선인에 대한 가해성을 지적하는 것이기도 했다. 실제로 보고서는, 오키나와에 강제연행된 조선인 '위안부'의 존재에 대해 "오키나와에서는 전후에 오키나와 여성이 무사했던 것은 조선의 여성 덕분이라는 말이 나돌았다."[61]는 등의 증언을 소개하기도 했다. 이 보고서는 일본군에 '소모품'으로 취급당했고 오키나와인에 의한 차별에도 노출되어 희생을 강요당했던 조선인을 주체로 한 오키나와전투의 기록이었다고 할 수 있다.

특히 조사단의 활동이 오키나와 주민들의 오키나와전투 체험기록운동의 역사인식에 영향을 미친 것은, 『오키나와 현사』제10권의 총설을

---

60   第二次大戰時沖繩朝鮮人強制連行虐殺眞相調査団 편, 앞의 책, 59쪽.
61   위의 책, 13쪽.

통해 구체적으로 확인할 수 있다. 집필자인 아니야 마사아키는 군대의 논리에 입각한 기록물들은 오키나와 주민들뿐만 아니라 조선인 군부의 생활도 완전히 배제했다고 하며, "그것은 조선인의 생명을 벌레처럼 여겼던 '황군=구일본군'의 생각의 반영이겠지만, 그러한 조선인의 운명에 대한 무관심과 무책임이 그대로 현재 방위청이 공간한 전사戰史에 계승되어 있는 것에 문제가 있다"라고 지적했다.[62] 동시에 그는 일본 국민이었으면서도 차별에 직면해야 했던 오키나와 주민들의 실상을 파헤치며, 일본군으로부터 "오키나와 여성은 비누 하나로 정조를 판다. 장교의 위안부가 되었으니 감사히 여기라"는 말을 들었던 오키나와 여성의 증언도 소개한다.[63] 하지만, 이러한 피해자로서의 오키나와 주민이라는 논리가 갖는 문제점도 동시에 지적했다.

　(오키나와현민이 전쟁체험을 기록하는 관점에서) 가장 커다란 문제로 조선에서 강제연행된 군부나 위안부, 야에야마八重山를 중심으로 대량으로 동원된 타이완인 노동자에 관한 것을 들 수 있다. 오키나와현민은 그들에 대해 말 그대로 가해자의 입장에 세워져 왔지만, 현민의 증언으로서는 불확실한 단편적 보고밖에 이루어지지 않았다.[64]

　나아가 아니야는 스스로의 피해에 항거하지 못하고 타자에게 피해

62　安仁屋政昭, 앞의 글, 1096쪽.

63　위의 글, 1101쪽.

64　위의 글, 1108쪽.

를 전가하는 가해자의 입장에 서서 지배계급에 가담한 오키나와 주민들의 가해성에 대해서도 반성을 촉구한다. 또한 일본 인민과 아시아 인민의 피해를 통해 그 원흉인 지배계급의 범죄를 고발하고, 스스로도 가해자의 입장에 서서 지배계급에 가담한 죄를 명백히 하는 것이 전쟁책임을 묻는 것이라고 했다.[65] 일본군 '위안부' 문제에 한정해서 부언하면, 조선인 '위안부'의 존재를 은폐하거나 무시하지 않고 그 피해의 진상을 규명하고 책임을 다하는 것은 가해와 피해가 중첩되어 억압받는 지역으로서의 오키나와의 해방과 불가분의 관계에 있는 것이다. 오키나와 주민들이 "아시아 민중에 대해서는 가해자임과 동시에 피해의 측면을 가지고 있다고 인식"하게 된 것은 이 운동의 성장을 의미하는 것이었다.[66] 전쟁과 냉전의 틈바구니에서 국가와 역사로부터 망각당한 배봉기와 같은 피해자가 발견되었을 때, 마이너리티의 시점을 공유한 이 '주민의 논리'는 피해자의 존재를 품고 역사 속으로 이끄는 안내자의 논리가 될 수 있었다.

4. 한국의 '진상조사'

한편, 이 진상조사 활동은 실은 한국의 언론매체에도 소개된다. 『경향신문』은 조사단을 일본변호사연합회 인권옹호위원회 변호사들로 구성된 일본인 단체로 소개하여 총련의 존재가 소거된 기사를 두 차례 실었

---

65 위의 글, 1111쪽.
66 石原昌家, 앞의 글, 250쪽.

다. 특히 "軍 위안부도 1천 명 이상이 섬 이곳저곳에 흩어져 있었는데, 그 중에는 14~15세의 어린 소녀도 끼어 있었다고 주민들은 증언하고 있다" 라고 하여, '보고서'에는 보이지 않는 내용을 전하기도 했다.[67] 반환 이후 오키나와에 대한 한국에서의 고조된 관심을 배경으로 이 진상조사에 대해서는 총련이나 북한의 존재를 은폐하면서까지 보도할 가치가 있다고 판단했기 때문일 것이다. 또한, 이 조사단 활동에 영향을 받았는지는 알 수 없지만, 제2차 세계대전에 미육군전략정보국OSS 대원으로 참전했던 장기영張基永도 1973년에 『경향신문』에 관련 증언을 한다. 그는 미군이 오키나와전투에서 승리한 후 선발대로 오키나와로 파견되어, 조선인 일본군 '위안부' 피해 생존자들과 조우하게 된다.

'오키나와' 시내 어느 찻집에 들어가니 스무 살 미만의 여자 10여 명이 모여 있었다. "당신네들 어디에서 왔소?" 日語로 묻자 "半島에서 왔다"고 日語로 대답했다. "半島면 어느 나라를 말하는 거요?"라고 묻자 "우리는 韓國人입니다"라고 여자들은 대답했다. "나도 韓國人인데 어떻게 여기까지 왔느냐"고 묻자 여자들은 엉엉 울었다. 그들은 日軍 위안부로 韓國에서 강제로 끌려왔던 것이다.[68]

이 진상조사 이후로 배봉기의 발견까지 한국에서도 오키나와 조선

---

67 「日 辯護士調査團이 밝혀낸 그眞相 2次 大戰 末 殘酷의 犠牲 오키나와 韓國人들」, 『경향신문』, 1972.10.27.
68 「내가 겪은 二十世紀 55-石正 張基永 씨」, 『경향신문』, 1973.8.11.

인 '위안부'의 존재가 주목되어 그것이 '강제연행'이라는 인식(강조부분)으로 파악되고 있었다는 것을 확인할 수 있다. 하지만, 한국 정부는 오키나와 반환을 둘러싸고 과거사에 대한 진상규명 요구를 촉발했던 일본의 재무장 문제보다는 대북 방위에 필수적인 미군기지의 축소에 더 큰 우려를 표명하며 일본 정부에 나하 한국영사관의 설치를 요청했다.[69] 이듬해 3월에 개설된 나하 영사관은 교민 보호나 영사업무 같은 일반 업무와 함께 "안보문제와 관련한 현지 상황의 신속한 보고"나 "민단조직 활동 강화와 조총련계 침투 공작 저지"라는 특수한 역할을 맡게 된다.[70] 특히 미군기지를 반대하는 오키나와의 혁신세력들과 총련의 우호관계는 한국 정부와 민단을 긴장시켰다. 예컨대 1973년 2월에 총련 오키나와현본부 주최로 나하에서 열린 북한 영화 〈꽃 파는 처녀〉1972의 상영회에 약 1천 명의 관객이 모여 성황을 이루자, 외무부는 "조총련의 허위 선전에 대처하고" 교민들이 이에 현혹되지 않도록 "조국의 발전상 소개 홍보 영화 상연 실현"과 "장기 홍보 계획 수립"을 주후쿠오카福岡 총영사관에 지시하기도 했다.[71]

그런데 1974년 3월에 갑자기 한국 정부는 "제2차 세계대전 당시 징용 또는 징병당한 한국인이 오키나와에서 몰살되었거나 대량 학살당한 사실"이 있는지를 조사하기 위해 참사관 1명을 오키나와에 파견한다.[72]

---

69 「日紙 注目할 報道 − "韓國의 오키나와領事館 計劃 美軍基地 縮小 牽制할 可能性"」, 『東亞日報』, 1972.2.3.

70 외무부, 「오키나와에서의 조총련 동향」, 118쪽.

71 외무부, 『조총련 동향, 1973』, 관리번호 : BA0881372, 1973, 111~114쪽.

72 외무부, 『오키나와 한국인 위령탑 건립, 1974~1975』 1, 관리번호 : DA0093946, 1974,

하지만 외무부 문서철에 따르면 이 '조사'의 실질적인 목적 또한 "이러한 사실을 탐지하고 위령탑 건립을 기도하고 있"는 북괴에 맞서 대책을 세우기 위함이었다. 이 참사관의 조사는, 1971년에 건립된 한반도 출신 희생자들을 위한 위령탑인 청구의 탑靑丘之塔과 조선인 일가족 학살사건이 있었던 구메섬을 답사한 것 외에는 오키나와 현사 편찬실을 방문하여 다음과 같은 정보를 얻는 것으로 끝나는 형식적인 것이었다.

제2차 세계대전 당시 징용, 징병당하여 또는 위안부로 강제로 오키나와에 파견된 한국인의 총수는 1만 명 내지 2만 명으로 추산하며 일본 전투병력 10만 명 중 생존자가 1만 수천 명에 불과하였다는 사실을 감안할 때 전투원보다 희생률이 많았던 한국인 노무자들의 희생수를 추측할 수 있다고 말하였음.

제2차 세계대전 당시 오키나와에서 희생된 한국인에 관한 종합된 조사자료로서는 별첨 제2차 세계대전 당시 오키나와 조선인 강제연행 학살 진상조사단 보고서(이는 동 문제에 관한 유일한 종합된 조사서임), 또한 오키나와 현사 편찬실 실무자들은 동 보고서는 다소 과장된 점과 정치 선전을 고려한 것은 사실이나 신빙도가 높은 것이라고 말하였음.[73]

즉, 한미일 삼각 안보체제를 비판하고 미군기지의 즉각적인 전면반

4쪽. 아울러 본 자료에 대해서 언지해 주시고 제공해 주신 한신대학교 김민환 교수께 지면을 통해 감사드린다.

73   위의 책, 11쪽.

환을 요구하는 오키나와 혁신세력과 연대하면서 반환 후의 오키나와에 착근하고자 하는 총련 측의 정치적 의도나 과장된 수사를 제외하면 이 '조일 합동 진상조사'의 보고서는 사실을 담고 있다는 등의 현사 편찬실 전문가들의 조언을 인용한 것이 한국 정부의 '조사'의 대부분이었다. 이후에도 이어지는 이 '조사'는 오로지 위령탑 건립에 초점이 맞춰져 있다. 건립 목적은 "망령을 위로하고 북괴에 기선을 제하여 아국이 동 지역에 위령탑을 건립함으로써 북괴의 오키나와 침투 여지와 구실을 없애고자 하는 데 있"[74]었으며, 이 사실들은 거의 그대로 대통령에게 보고되었다. 이후 대통령의 재가를 얻어 표면적으로는 민단을 비롯한 민간단체에 의해 추진되는 모양새를 취하면서 실질적으로 한국 정부의 주도 아래 위령탑 건설이 추진되었고, 1975년 8월에 이토만시糸満市의 평화기념공원 입구에 한국인위령탑이 건립되었다. 9월 3일에는 한국의 보건사회부 장관, 주일대사, 거류민단장 등 한일 각계 인사 300여 명이 참석한 가운데 제막식이 거행되었다.[75]

일반적으로 과거의 국가범죄에 대한 해결에서 철저한 진상규명과 희생자들의 명예회복을 위한 기념사업은 핵심적인 요소라고 할 수 있다. 그런데도 이때 한국 정부가 진상규명은 무시하고 위령탑 건립에만 집착했던 것은 피해자들을 돌아보기보다는 반환된 오키나와에서의 남북한 대치 상황 속에서 남한의 정통성을 알리고 그 주도권을 획득하기 위해서였다고 하지 않을 수 없다. 더욱이 위령탑의 비문에는 "1941년 태평

---

74   위의 책, 15쪽.
75   「沖繩 韓國人 위령탑 제막 高保社·金駐日 大使 등 참석」, 『경향신문』, 1975.9.4.

양전쟁이 일어나서 한국의 청년들이 일본의 강제 징모로 대륙과 남양 여러 전선에 배치될 적에 이곳에 징병 징용된 사람 1만여 명이 무수한 고초를 겪었던 것만이 아니라 혹은 전사도 하고 혹은 학살도 당하여 아깝게도 희생의 재물이 되고 말았다"라고 되어 있어, '조일 합동 진상조사단'이 역사의 무대로 끌어올린 조선인 일본군 '위안부' 피해자들의 존재는 삭제되어 있다. 하지만, 그럼에도 불구하고 배봉기가 공개 증언을 하기 1개월여 전에 완공되어 화제를 뿌린 이 위령탑이 현지에서 오키나와전투에서 희생된 조선인들의 존재를 다시 한번 각인시키는 역할을 했을 것은 부정할 수 없다. 이 또한 배봉기의 등장의 사회적 배경의 일부가 되었을 것이다.

5. 맺음말

1972년에 재일조선인들은 일본의 진보적 활동가들과 함께 오키나와전투 당시 조선인 강제연행의 진상을 밝히기 위한 조사단을 결성하여 반환 직후의 오키나와에서 조사 활동을 전개했다. 이 활동은 60년대 말부터 활발하게 전개되었던 오키나와 주민들에 의한 오키나와전투 체험기록운동과 연계하여 그 성과를 계승하고 발전시킨 것이었다. 오키나와 주민들은 1972년 오키나와 반환을 앞두고 오키나와전투 체험기록운동을 전개하여 그때까지의 국가와 군대에 의해 독점된 전쟁 기록에 대항하여 주민들의 전쟁 체험과 기억을 기록하고 역사화해 간다. 그 과정에서 그들은 주민들의 전쟁 체험 속에 자리 잡고 있던 조선인 군부는 물론 '위안부'를 둘러싼 체험과 기억을 떠올리기 시작한다. 한편, 총련계 재일조선인들을 중심으로 한 강제연행 진상조사단은 조사 활동을 통해 오키나와 전투 체험기록운동과 만나게 되고 오키나와 주민들의 조선인 '군부'나 '위안부'에 대한 체험과 기억을 되살리고 기록해내는 데 성공한다. 전후 일본사회에서 비슷한 시기에 전개되었던 조선인 강제연행 기록운동과 오키나와전투 체험 기록운동이라는 이들 두 마이너리티의 역사기록운동은 서로를 의식하고 참조하며 역사적 사실의 발굴뿐만 아니라 역사인식의 지평을 넓혀 갔던 것이다.

아울러, 이 성과는 한국에서 최근 제기되고 있는 역사수정주의적 주장의 허구를 드러내는 것이기도 하다. 이영훈은 2019년에 간행한 『반일 종족주의』에서 아시아태평양전쟁 말기에 일본으로 간 조선인 노무자들이 "노예로 강제연행되었다거나 혹사되었다는 오늘날의 통념은 1965년 이후 일본의 조총련계 학자들이 만들어 낸 엉터리 학설이 널리 퍼진 결과일 뿐"[76]이라며 다음과 같이 언급했다.

1965년, 일본 조총련계 조선대학의 교원 박경식朴慶植이 강제연행설을 처음으로 주장했습니다. "일제가 잔혹하게 조선인을 착취했다"고 선동하여 당시 진행되고 있던 한일 국교 정상화를 저지하기 위한 목적에서였습니다. 양국의 국교가 정상화되면 북한이 포위되기 때문입니다.[77]

---

76   이영훈 외, 『반일 종족주의 – 대한민국 위기의 근원』, 미래사, 2019, 19~20쪽.
77   위의 책, 67~68쪽.

1965년에 간행된 박경식의 『조선인 강제연행의 기록』을 두고 하는 말이다. 하지만, 한미일 삼각 안보체제 형성과정에서의 일본 재무장은 과거의 식민지 지배와 침략전쟁에 대한 진상규명과 책임을 묻도록 실천을 촉구하는 문제이기도 했다는 것은 오키나와의 사례를 통해서도 알 수 있다. 또한 이영훈의 위와 같은 인식에는 이 진상조사가 한반도와 일본의 아래로부터의 연대 강화를 목적으로 하고 있을 뿐만 아니라 일본사회의 마이너리티로서의 재일조선인의 권리수호 운동의 일환이기도 하다는 점이 간과되어 있다. 본고에서 다룬 재일조선인들과 오키나와 주민들의 진상조사는, 일본 제국주의 전쟁에 동원되어 막대한 희생을 강요당했음에도 불구하고 패전 이후에도 계속되는 식민주의 속에서 차별과 배제에 노출되면서 구제국 일본에서 삶을 이어가야 하는 일본의 마이너리티로서의 재일조선인과 오키나와 주민들의 시선과 그 교차가 이루어낸 성과이지 북한의 고립을 막을 목적으로 이루어진 친북 활동의 일환이 아니었음은 굳이 강조하지 않아도 될 것이다.

오키나와의 주민들이 조선인 강제연행 피해자들에 대해 본토와 다른 층위의 관계 맺기가 가능했던 것은 그들이 국가가 수행한 침략전쟁의 참상을 아래로부터의 시선으로 상대화하려는 시도를 부단히 축적한 결과였으며, 아래로부터의 시점은 오키나와전투의 또 하나의 피해 주체인 조선인을 발견하는 발판을 마련해 주었다. 오키나와전투 체험을 기록하는 운동의 질적 변화는 조선인 일본군 '위안부' 피해 생존자 배봉기의 등장을 준비했다고 보아야 할 것이다.

오키나와 한국인 위령탑 건립과 냉전체제[*]

나리타 지히로 | 임경화 옮김

1. 머리말

이 글의 테마인 한국인 위령탑은 1975년에 오키나와현영縣營 평화기념공원 일각에 건립된 것이다. 방문객이 많지는 않지만, 6월 23일 '위령의 날'과 관련해서 언급되는 경우가 많으며, 현재까지 오키나와전투 기간 중 한반도 출신자들이 다수 희생되었음을 전하고 있다. 이 위령탑 주변은 현재 '한국인 위령탑 공원'으로 조성되어 있으며, 입구 근처에는 한국 시인 이은상이 작성한 「영령들께 바치는 노래」라는 한국어 시와 함께 일본어, 한국어, 영어로 다음과 같은 설명문이 새겨져 있다.

〈그림 1〉 한국인 위령탑 공원 입구 모습. 왼쪽부터 순서대로 영어, 일본어, 한글 설명문과 이은상의 시가 새겨진 석판이 설치되어 있으며 그 안쪽에 위령탑이 있다.

---

[*] 이 글의 인용문 중 한국과 북한 문헌은 원문의 표기를 그대로 옮긴 것임을 밝혀둔다.

〈그림 2〉 한국인 위령탑을 정면에서 바라본 모습

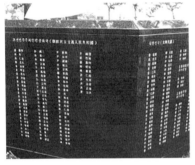

〈그림 3〉 평화의 주춧돌에 새겨진 한반도 출신 인사 이름

1941년 태평양전쟁이 일어나자 한국의 청년들이 일본의 강제 징모로 대륙과 남양 여러 전선에 배치될 적에 이곳에 징병 징용된 사람 1만여 명이 무수한 고초를 겪었던 것만이 아니라 혹은 전사도 하고 혹은 학살을 당하여 아깝게도 희생의 제물이 되고 말았다.

조국으로 돌아가지 못한 그들 원혼은 파도 드높은 이곳 하늘을 멀리 떠돌며 비 되어 흩뿌리고 바람 되어 불 것이라. 우리는 외로운 영혼들을 위로하고자 여기 온 민족의 이름으로 탑을 세우고 정성을 모아 영령들께 삼가 원하오니 부디 명복을 받으시고 편안히 쉬소서.

그 안쪽으로 가면 한반도의 방향을 가리키는 화살표가 놓인 원형 광장이 있고, 그 뒤로 한국 각지에서 모아온 돌을 주위에 놓은 돔 형태의 돌무덤이 있다. 무덤 앞에 있는 비석에는 박정희 대통령의 휘호에 의한 '한국인 위령탑'이라는 글씨가 새겨져 있다〈그림2〉. 한국 정부가 건립에 관여한 점에서 서두의 설명문에 있는 '1만여 명'은 오키나와전투 중에 희생된 조선인의 수를 '1만 명'으로 보는 근거가 되기도 한다.

한편 한국인 위령탑에서 조금 떨어진 장소에 있는, 오키나와전투에서 숨진 모든 사람들을 추모하기 위해 오키나와현이 1995년 건립한 '평

화의 주춧돌'에도 한반도 출신자의 이름이 출신지별로 대한민국과 조선민주주의인민공화국으로 나뉘어 새겨져 있다⟨그림 3⟩. 하지만 그 수는 2022년 현재도 464명에 불과하다. 오키나와전투에 동원된 조선인에 대한 조사·연구 활동을 적극적으로 하고 있는 NPO법인 '한의 비의 모임 恨之碑の会' 홈페이지에 따르면, 조선인의 각명이 진전되지 않는 이유는 ① 사망자 조사가 진전되지 않고 있으며 ② 한국, 북한 국내에서 오키나와의 '평화의 주춧돌'에 대한 각명 사업이 거의 알려지지 않았으며 ③ 유족 자신이 혈육이 오키나와에서 사망했다는 것을 모르는 경우도 많고, ④ 일부에서는 일본의 위령탑에 이름을 새기고 싶지 않다는 유족이 있으며, ⑤ 오키나와현의 각명 기준에서는 오키나와전투에서 사망한 것을 증명할수 있는 정식 서류가 필요조건이지만, 조선인 희생자는 대부분이 '행방불명'으로 되어 있어, 아직 정식 전사 인정을 받지 않았다는 것 등이 있다고 한다.[1] 이 모임의 회원인 오키모토 후키코沖本富貴子 씨는 다케우치 야스토竹内康人 편『전시 조선인 강제 노동 조사 자료집』2神戸学生青年センター, 2012 등에 기록된 동원 수를 토대로 3,461명이 동원되었고, 701명이 사망했다는 것을 밝혀냈다.[2] 명부 자체가 없는 경우나 명부에 기재되어 있지 않은 경우도 있는 점을 고려하면 명부에서 알 수 있는 것은 최소한의 숫자라고 생각되지만, 역시 1만여 명이라는 숫자와는 큰 차이가 있다. 오키나와전투에 동원된 조선인의 실체에 대해서는 아직 불분명한 부분이 많음

---

1 「平和の礎」NPO法人「恨之碑の会」; https://hannohinokai.jimdofree.com/県内の朝鮮人に関する慰霊塔/平和の礎-糸満市, 2020.10.28 열람.

2 沖本富貴子,『沖縄戦に動員された朝鮮人－軍人·軍属を中心にして』, アジェンダ·プロジェクト発行, 2020, 8쪽.

에도, 한국 정부는 왜 1975년 오키나와에 이 비를 세우고 거기에 '1만여 명'이라는 숫자를 새겼을까. 이 글은 한국인 위령탑이 오키나와에 건립되기까지의 경위를 일본에 복귀한 직후 오키나와의 사회 상황이나 한국과 오키나와의 관계를 규정해 온 냉전체제와의 관련성에서 밝히는 것을 목적으로 하고 있다.

이 한국인 위령탑 건립사업과 관련해서는 근대부터 현대에 이르는 한국과 오키나와의 관계를 검토한 신주백의 논문에서, 조선총련이 오키나와에 위령탑 건립을 위해 모금 활동을 전개하고 있다는 정보를 얻은 한국 정부가 북한 체제 우월 경쟁 속에서 북한을 배제하고 승리해야 한다는 차원에서 건립했다는 것이 탑 건립에 관한 한국의 외교문서 등의 분석을 통해 이미 밝혀져 있다.[3] 다만 이 논문은 위령탑 건립사업 자체에 대한 분석을 목적으로 하지 않아, 실제로 오키나와에 위령탑이 건립된 경위에 대해서는 밝혀지지 않은 부분이 아직 많이 남아 있다. 또한 오키나와전투에서 희생된 조선인 위령비탑과 추도비에 대한 조사와 고찰을 정리한 연구노트도 존재하지만, 한국인 위령탑의 건립 목적에 대해서는 한국 정부가 "북한의 오키나와 침투 저지'를 주요 목적으로 위령 사업을 대북 전략의 일환으로 시행했다"는 앞서 언급한 한국 외교문서 내용을 보도한 『류큐 신보』

---

3   신주백, 「한국근현대사와 오키나와─상혼과 기억의 연속과 단절」, 『한국민족운동사연구』 50, 2007. 또한 고바야시 소메이(小林聡明) 씨도 동일한 한국 외무부의 문서를 검토했으며, 연구회에서 보고한 발표문을 본인으로부터 제공받았다. 그 일부는 2011년 6월의 동북아역사재단 『뉴스레터』에 「해·외·통·신 오키나와 반환과 한반도」로 발표되었다.

의 기사를 인용하는 데 그치고 있다.[4] 복귀 전후의 조선인에 관한 담론과 오키나와의 사회 상황의 관계에 대해서는 최근 오세종의 연구[5]에서 고찰이 이루어졌는데, 한국인 위령탑에 대해서는 역시 한반도의 남북 대립 관계를 지적하며, "한국이라는 국가 체제의 중시, 그리고 반공 이데올로기가 베이스가 되었기 때문에, 피해를 당한 사람들을 남북 분단하에서 비가시화하는 성격을 띠게 되었다"[6]고 분석하고 있지만, 이 위령탑 건립사업에 대한 상세한 검토는 이루어지지 않았다.

이 글은 이러한 선행연구의 성과를 바탕으로 제2차 세계대전 후의 오키나와와 한반도의 관계 변화 속에서 한국인 위령탑 건립사업에 대해 검토하고, 이 탑이 어떠한 정치 상황 속에서 건립되었는지를 밝히고자 한다. 오키나와현내 다른 여러 곳에도 조선인에 대한 비석이나 탑이 세워져 있지만,[7] 한국 정부가 건립을 추진한 것은 한국인 위령탑뿐이며, 오키나와가

4 　金美恵, 「沖縄戦で犠牲となった朝鮮人の慰霊碑(塔)・追悼碑に 関する研究ノート」, 『地域研究』20, 2017.

5 　呉世宗, 『沖縄と朝鮮のはざまで－朝鮮人の〈可視化/不可視化〉をめぐる歴史と語り』, 明石書店, 2019.

6 　위의 책, 276~278쪽.

7 　구체적으로는 도카시키섬(渡嘉敷島)에 있는 '백옥의 탑(白玉之塔)'(渡嘉敷村遺族会, 1951)과 '아리랑 위령의 모뉴먼트(アリラン慰霊のモニュメント)'(モニュメントをつくる会, 1997), 기노완시(宜野湾市) 가카즈(嘉数) 언덕에 있는 '청구의 탑(青丘之塔)'(日本民主同志会, 1971), 구메섬(久米島)의 '통한의 비(痛恨之碑)'(沖縄在・在日朝鮮人久米島島民虐殺痛恨之碑建立実行委員会, 1974), 이토만시(糸満市) 마부니(摩文仁) 언덕에 있는 '평화의 주춧돌(平和の礎)'(沖縄県, 1995), 이시가키섬(石垣島)의 '유한의 비(留恨之碑)'(大田静雄, 1998), 요미탄촌(読谷村)의 '한의 비(恨之碑)'(アジア太平洋戦争・沖縄戦被徴発朝鮮半島出身者恨之碑の建立をすすめる会, 2006), 미야코섬(宮古島)의 '아리랑의 비(アリランの碑)'(宮古島に日本軍「慰安婦」の祈念碑を建てる会, 2008)이다.

일본에 복귀한 지 얼마 되지 않은 시기였다는 점에서도 어떤 상황에서 건립되었는지를 밝히는 것은 의미가 있다고 보기 때문이다. 사료로는 한일 외교문서 및 오키나와의 신문, 재일본대한민국거류민단^{이하 민단} 및 재일본 조선인총연합회^{이하 조선총련} 관계자가 발행한 신문 등을 사용했다.

2. 미군 통치하의 오키나와와 한반도의 관계

오키나와-한국 관계의 변천

제2절에서는 오키나와의 일본 복귀 후 한국인 위령탑이 건립된 전제로서 미군 통치하의 오키나와와 한반도의 관계가 어떠했는지를 개관한다. 또한 한국인 위령탑 건립의 기운을 조성한 것으로 보이는 구메섬久米島 조선인 학살 사건이 1960년대 후반에 주목된 것에도 초점을 맞춘다. 우선은 종전 직후부터 복귀까지의 오키나와와 한국의 관계에 대해 검토한다.

제2차 세계대전 중에 미일의 격전지가 된 오키나와는, 그 귀속이 명확하지 않은 채, 종전 후도 미군의 점령하에 놓이게 되었다. 한편, 일본의 식민 지배에서 해방된 한반도는 미소의 진주로 인해 남북으로 분단되었다. 그리고 1949년 10월 중화인민공화국의 성립과 1950년 6월 한국전쟁의 발발이 미국 정부가 오키나와를 배타적으로 군사 통치하는 방침을 결정하는 요인이 되었다. 한국전쟁 전후부터 오키나와의 기지 건설공사는 본격화되었고, 미군은 오키나와 기지를 보급·출격 기지로 사용했다.

1952년 4월에 샌프란시스코 강화조약이 발효되자, 1950년 12월에 설립된 류큐 열도 미국민정부United States Civil Administration of the Ryukyu Islands : USCAR가 그 제3조를 법적 근거로 하여 오키나와의 배타적 통치를 계속하게 되었다.

한편 1953년 7월 한국전쟁의 휴전협정이 체결되었는데, 10월에 한미 상호방위조약이 체결됨에 따라 미국 통치하에 있던 오키나와는 이 조약의 적용 지역이 되었다. 이 때문에 한국전쟁 때부터 오키나와의 안전보장 상의 중요성을 인식하고 있던 한국 정부이승만 정권는 그 후에도 오키나와를 자국의 안전보장에 중요한 지역으로 간주하게 되었다. 오키나와를 안전보장상의 이유로 중시하고 있던 것은 중화민국의 장제스 정권도 마찬가지였으며, 양측은 아시아민족반공연맹Asian Peoples' Anti-Communist League : APACL의 류큐 대표 참가 시도, 오키나와와의 교역 관계 수립 시도 등을 통해 반공주의 관점에서 오키나와와의 직접적인 연계를 모색하게 되었다.[8]

이승만 정권 퇴진 후 군사 쿠데타로 정권을 장악한 박정희도 1960년대 초반에는 이승만 정부와 마찬가지로 무역 확대, 영사관 설치 등을 통한 오키나와와의 관계 강화를 의도했다.[9] 1965년 한일 국교 정상화 후 1966년 일시적으로 오키나와에 잔류한 조선인의 존재에 주목했지만,[10]

---

8   高賢来,「1950年代の韓国・沖縄関係ー反帝国主義, 独立, そして米軍基地」,『琉球・沖縄研究』4, 2013; 成田千尋,「日韓関係と琉球代表APACL参加問題」, 吉澤文寿 編著,『歴史認識から見た戦後日韓関係ー「1965 年体制」の歴史学・政治学的考察』, 社会評論社, 2019 등 참조.

9   나리타 지히로,「한국 정부의 대(對)오키나와 인식의 변화에 대한 검토ー1948년~1975년을 중심으로」,『제14차 코리아학국제학술토론회 논문집』, 2019, 제2장 참조.

10   임경화,「오키나와의 아리랑ー미군정기 오키나와의 잔류 조선인들과 남북한」,『大東文

이후 미일 간에 오키나와 반환 교섭이 본격화되면서 박정희 정권은 오키나와 기지의 기능 유지를 요구하며 중화민국 정부 등과 함께 미일 양국 정부를 압박하는 데 주력하였다.

한편 같은 시기의 오키나와에서는 1952년부터 1967년에 걸쳐 류큐 정부의 주석이 USCAR에 의해 임명되었기 때문에 류큐 정부와 한국 정부 간에는 USCAR의 관리하에서 주로 통상을 통한 관계가 구축되었다.[11] 그러나 주민들 사이에는 남한에 대한 관심이 없었고, 점차 일본 복귀 운동이 확대되었다. 1968년 11월 첫 주석 공선 선거에서 '즉시 무조건 전면 반환'을 주장하는 야라 조뵤屋良朝苗가 주석에 당선되자, 기지 철거를 요구한 류큐 정부와 기지 기능 유지를 요구하는 박정희 정권과는 간접적으로 대립하는 상황에 놓였다. 이러한 가운데 오키나와 반환이 구체화됨에 따라 반환에 따른 오키나와 거주 한국·조선인의 신분 변화가 문제가 되어 1970년 11월에는 전쟁 전부터 거주해온 사람들, 미군 관계 기관 근무자를 중심으로 재일본대한민국거류민단 오키나와현 지방본부이하 오키나와 민단가 결성되었다. 이렇게 오키나와 반환이 가까워지면서 오키나와에서 한국인의 존재가 조금씩 가시화되어 갔다.

북한의 오키나와 인식

그렇다면 북한은 이 시기의 오키나와를 어떻게 인식했을까. 한국 정부가 안전보장상의 관점에서 오키나와 기지를 중시하여 류큐 정부와 직

化研究』89, 2015, 555~558쪽.

11   나리타, 앞의 글, 제2·3장 참조.

접적인 관계를 구축하려 한 데 비해 한국과 대립하는 북한은 오키나와 기지가 자국 안보에 위협이 된다고 여기고 있었다. 1963년 2월에 개최된 제3차 아시아·아프리카 회의에서 "미군의 계속되는 오키나와 점령에 반대하여 오키나와의 즉시 일본 복귀, 미군기지 철수를 목표로 한 일본 인민의 투쟁을 전면적으로 지지"하여, "4월 28일을 '오키나와의 날'로 하여 국제적 행동을 취하도록 모든 아시아, 아프리카 인민에 호소한다"는 결의가 채택되었을 때, 조선 로동당 중앙 위원회의 기관지 『로동신문』은 「오키나와는 일본에 귀속되어야 한다」는 논설을 발표했고, 그 후에도 북한에서는 오키나와가 반환될 때까지 '오키나와의 날'을 축하하는 행사가 열렸다.[12]

1960년대 후반에 오키나와 반환 협상이 본격화되자, 북한은 미일의 오키나와 정책에 대한 비판을 강화했다. 특히 1969년 미일 공동 성명이 발표되었을 때, 『로동신문』은 「극동에서 전쟁 책동을 격화시키려는 미일 반동의 흉악한 공모」라는 제목의 논평을 게재하여 "아세아인민들과 세계 모든 혁명적인민들은 침략과 전쟁의 원흉인 미제를 반대하여 격렬히 투쟁하는 동시에 미제의 충실한 동맹자이며 미제의 아세아전략의 공동 집행자인 일본군국주의를 반대하여 적극적으로 투쟁하여야 한다"고 주장했다.[13]

김일성 주석은 그 후 이듬해 4월에 중국의 저우언라이 총리를 북한

12 　임경화, 「'분단'과 '분단'을 잇다―미군정기 오키나와의 국제연대운동과 한반도」, 『상허 학보』 44, 2015, 247쪽.

13 　「극동에서 전쟁책동을 격화시키려는 미일반동들의 흉악한 공모」, 『로동신문』 1969.11.24, 4쪽.

으로 초청하여 정상 회담을 개최하고 공동 성명에서 "미 제국주의의 적극적 보호 아래 일본 군국주의는 이미 부활"했다며, 반미 투쟁을 추진하는 동시에 일본 군국주의에 반대하는 투쟁을 강화할 것을 결의했다.[14] 미중 접근 후에도 북한은 오키나와 반환에 대한 비판을 계속하여, 1971년 12월에 오키나와 반환 협정이 중참 양원에서 비준된 후에는 북한 외무성 대변인이 조선민주주의인민공화국 정부와 전 조선 인민은 오키나와 반환 협정의 무리한 비준을 "우리와 아시아에 대한 재침략을 한층 급속히 촉구하는 악랄한 책동으로 엄히 단죄하여, 이 '협정'에 반대하는 일본 인민의 정의의 투쟁에 굳건한 연대를 표한다"고 하여 "침략적인 '오키나와 반환 협정'은 즉시 파기되어 오키나와는 일본 인민에게 무조건 반환되어야 한다"는 취지의 성명을 발표했다.[15] 5월 15일의 오키나와 반환 시에도 평양의 신문들은 오키나와 반환의 기만성을 규탄했다. 『로동신문』은 오키나와 반환을 비판하고 미일 안보조약의 폐기와 오키나와의 무조건 전면 반환을 요구하는 일본 인민에게 조선 인민이 "굳은 전투적련대성을 표시하고 있다"고 보도했다.[16] 이처럼 오키나와의 안전보장상의 역할을 둘러싼 남북의 대립 구조가 명확해지는 가운데 오키나와는 다시 일본의 일개 현으로 편입된 것이다.

14 「日本に軍国主義復活 すでに危険勢力」, 『朝日新聞』 1970.4.9 석간, 1쪽.

15 「『沖縄協定』は即時廃棄され沖縄は日本人民に無条件全面返還されるべきだ」, 『朝鮮時報』 1972.1.8, 4쪽.

16 「일본인민의 리익을 끝끝내 저버린 사또일당의 추악한 배신행위」, 『로동신문』 1972.5.17, 5쪽; 「『沖縄返還』の欺まん劇糾弾」, 『朝鮮時報』 1972.6.3, 4쪽.

구메섬 사건에 대한 높아지는 관심

지금까지 확인한 바와 같이, 남북 양측이 서로 다른 입장에서 오키나와에 눈을 돌리는 한편, 일본 복귀가 현실화되는 가운데 오키나와에서는 1960년대 후반부터 민중의 입장에서 오키나와전투를 재구성하는 기록 운동이 개시되어 주민들의 전쟁 체험 증언 속에 오키나와전투 당시의 조선인에 대한 증언이 등장하게 되었다. 더욱이 1969년 이후 오키나와의 신문사들이 구메섬의 조선인 학살 사건을 크게 보도하면서 이것이 사회적으로도 관심을 끌게 되었다.[17] 이 사건은 해방 직후인 8월 20일 구메섬에서 일용잡화 매매 등으로 생계를 유지하던 구중회具仲會 일가족 5명을 미군의 스파이로 간주한 가야마 다다시鹿山正 조장의 명령에 의해 일본군이 학살한 비참한 사건으로, 미군 관계 방송기자로 오키나와에서 근무하던 김동선에 의해 1966년 처음으로 보도되었다. 당시 구메섬에서는 조선인 일가족뿐 아니라 섬 주민 15명도 똑같이 간첩으로 몰려 살해되었고, 자결이나 아사로 몰린 사람도 포함하면 70여 명이 가야마 부대에 의해 목숨을 잃었다. 그러나 복귀 직전인 1972년 3월 25일 『류큐 신보』가 다시 구메섬 학살 사건을 보도하면서 살해 명령을 내린 가야마가 자신의 행위를 정당화하는 발언을 게재하여, 오키나와에서는 때마침 문제시되었던 자위대 배치 문제와도 겹쳐 큰 반발이 일었다.[18] 기타나카구스쿠촌北中城村 의회가 "전쟁 범죄인 가야마를 극형에 처하라"라는 취지의 결

---

17 오키나와의 기록 운동과 구메섬 사건에 대한 상세한 내용에 대해서는 吳世宗, 앞의 책, 56~64 · 176~184쪽 참조.

18 吳世宗, 앞의 책, 189~191쪽; 「『残酷な旧日本軍』告発へ動く」, 『朝日新聞』, 1972.3.30, 23쪽.

의를 3월 30일 만장일치로 채택한 데 이어 4월 3일 구메섬 구시가와具志
川 의회에서 가야마의 책임 추궁, 사죄 등을 요구하는 결의가 채택되었다.
오키나와에서 선출된 국회의원인 우에하라 고스케上原康助, 걍 신에이喜屋
武真栄, 세나가 가메지로瀨長亀次郎 등도 이 사건을 국회에서 다루어 일본 정
부의 책임을 추궁했다.[19] 그러나 일본 정부의 답변은 조사를 한 후 각 성
으로 그 조사 결과를 옮겨, 각각 담당하는 관청에서 그에 대한 해결책과
처치 방법을 명확히 하고자 한다는 것이었고,[20] 실제로 조사가 이루어졌
지만 8월이 되어도 명확한 방침은 제시되지 않았다.[21]

이런 가운데 한국의『동아일보』가 8월 17일 구메섬 사건에 관한 기사
를 게재한 것을 계기로 구중회의 조카인 구자식具滋植이 부산의 지사를 방
문하고, 그 후 부산의 총영사관을 방문하여 가해자의 처벌 및 유골 반환
을 요구함에 따라 외무성은 이 문제를 재검토할 필요를 느낄 수밖에 없
었다.[22] 외무성이 법무성 형사국에 문의한 결과, 가해자인 가야마 조장의
소추 및 처벌은 이미 시효가 완성되었기 때문에 법적으로는 불가능한 것
으로 드러났다. 한편, 유골의 반환에 대해서는 후생성 원호국에 문의한
결과, 가을에 오키나와에 유골조사단을 파견할 예정이 있기 때문에 그때

---

19   吳世宗, 위의 책, 191~192쪽 및 국회 회의 검색 시스템에서「第68回国会 衆議院 決算
     委員会 第3号」1972.4.4;「第68回国会 参議院 予算委員会第5号」, 1972.4.5;「第68回国
     会 衆議院 内閣委員会第9号」, 1972.4.12 등 열람.

20 「第68回国会 衆議院 沖縄及び北方問題に関する特別委員会第8号」, 1972.4.14.

21 「第69回国会 衆議院 沖縄及び北方問題に関する特別委員会第3号」, 1972.8.8.

22 「遺族인 친조카 나타나」,『東亜日報』, 1972.8.18, 7쪽: 在釜山田村総領事発大平正
     芳外務大臣宛電報 第696호,「沖縄虐殺事件韓国人被害者遺族の陳情について」,
     1972.8.30,『旧軍関連案件(久米島における旧日本軍による韓国人虐殺事件)』, 분류번
     호:2010-4108, 外務省外交史料館. 이하『旧軍関連案件』로 약기.

조사에 임한다고 답변했다. 전체적인 「응답」은 "본건이 전시중, 게다가 미군의 오키나와 상륙 후라는 말하자면 일종의 극한 상태 아래에서 일개 병조장에 의해 행해졌다는 사정이 있는 것은 차치하고라도, 정부로서는 이런 종류의 사건이 실제로 존재했던 것에 대해 진심으로 애석하게 생각하고 있으며, 불행히 돌아가신 분의 유족의 심중을 헤아릴 때, 충심으로 애도와 사과를 표하고자 한다"는 것이었다.[23] 부산 총영사가 9월 28일에 유족 대표인 정갑출鄭甲出을 초치하여 위와 같은 내용을 전하자, 정 씨는 유골의 인수에 관하여 되도록 호의적으로 배려해 줄 것과 조위금 내지 위로금 같은 모종의 형태로 일본 정부의 마음을 표시해 줄 것을 요청했다.[24] 그 후의 전개에 대해서는 제4절에서 다루지만, 오키나와가 일본에 복귀한 것은 이처럼 오키나와전투 중 일본군의 잔혹 행위가 드러나 그 책임이 거론된 시기이기도 했다.

---

23 大平正芳外務大臣発在釜山田村総領事宛電報 第351号, 「沖縄虐殺事件韓国人被害者 遺族の陳情」, 1972.9.13, 『旧軍関連案件』.

24 在釜山田村総領事発大平正芳外務大臣宛電報 第804号, 「沖縄虐殺事件韓国人被害者 遺族の陳情」, 1972.10.2, 『旧軍関連案件』.

3. 위령탑 건립 기운

제2차 세계대전 당시 오키나와 조선인 강제 연행
학살조사단의 오키나와 방문과 한국 영사관 설치

그렇다면 남북한 대립구조는 일본 반환 후 오키나와에 대한 양국 정부의 접근법에 어떤 영향을 미쳤을까. 그리고 오키나와 반환 전후부터 오키나와전투 당시의 조선인에 대한 관심이 오키나와에서 집중되기 시작한 것은 어떻게 '한국인 위령탑' 건립으로 이어졌을까. 제3절에서는 오키나와 반환 후 한국 정부에 의해 한국인 위령탑 건립이 결정되기까지의 경위에 대해 검토한다.

오키나와가 일본에 반환됨에 따라 한국 정부와 오키나와 민단에 커다란 걱정거리가 된 것은 그때까지 USCAR에 의한 엄격한 출입역 관리정책에 의해 도항을 방해받았던 조선총련의 오키나와 방문이 가능해진 것이다. 오키나와 민단은 1972년 4월 23일의 제2회 정기대회에서 "오는 五月十五日로 予定된 오끼나와의 日本復帰와 더불어 저이들 全団員은 朝總聯의 挑戰을 받게되는 새로운 狀況에 놓이게 될것입니다. 그러나 저이들 全団員은 鉄石과 같이 団結하여 勝共國是를 받들어 그들과 싸워 이길 覚悟입니다"라는 문구를 담은 박정희 대통령에게 보내는 메시지를 채택하고 되도록 빠른 영사관 또는 영사출장소 설치를 호소했다.[25] 또한 주

---

25 「朴大統領閣下에게 보내는 멧쎄지」,, 1972.4.23, 『재외공관 설치-나하(오끼나와, 일본) 영사관』, 등록번호 : 5820, 분류번호 : 722.31, 한국외교사료관. 이하 『재외공관 설치』로 표기.

일 한국 대사관 직원도 1971년 7월경부터 수차례 오키나와로 출장을 다니며 오키나와 민단의 실태 파악, 이 조직의 강화 문제 등을 협의하고 외무부에 영사관 설치를 건의했다. 설치 필요성으로는 "안보 문제와 관련한 현지 상황의 신속한 보고, 수출시장의 개척, 여권, 사증 등 영사사무의 신속한 처리"와 함께 "민단조직 활동 강화와 조련계 침투공작 저지"가 거론되었다. 그 이유는 "오키나와에는 좌익세력의 조직이 강하여 현지인들은 대부분이 한국과 북괴에 대한 정확한 인식을 갖고 있지 못하는 실정이어서 조총련 및 북괴의 침투를 용이케 하는 소지가 있으므로 오끼나와 주민들에게 옳바른 한국관을 인식시켜 조총련과 북괴의 침투공작을 저지해야" 한다는 것이었다.[26] 다만, 영사관 설치를 위해서는 일본 정부의 허가가 필요했지만, 일본 측은 오키나와에 재류하는 한국인 수가 적다는 이유로 가까운 후쿠오카 총영사관이 오키나와를 관할할 것을 제안하여 1972년 7월에는 아직 허가를 내주지 않았다.[27]

1972년 8월 15일부터 9월 4일까지 일본변호사연합회 인권옹호위원회의 변호사인 오자키 스스무尾崎陞를 단장으로 한 '제2차 세계대전 당시 오키나와 조선인 강제 연행 학살 진상 조사단'이하, 진상 조사단이 오키나와를 방문하자 한국 측의 위기감은 고조되었다. 여기에 오자키를 포함한 일본인 4명에 조선총련에서도 4명이 참가했기 때문이다.[28] 진상 조사단의 활동은 그 뒤를 이은 조선인 강제 연행에 관한 전국적인 조사로 이어지게

---

26 「아북700-, 오끼나와 상주공관 설치에 관한 건의」, 『재외공관 설치』, 1972.5.19.
27 「출장보고서」, 『재외공관 설치』, 1972.6.3. 「WJA07288, 發信 : 外務部長官, 受信 : 駐日大使」, 1972.7.20, 위의 문서철.
28 신주백, 앞의 글, 142~145쪽.

된다. 오키나와에서 조사를 시작한 배경에는 오키나와 반환이 실현되어 총련계 재일조선인이 전후 처음으로 오키나와에 도항할 수 있게 되어 조선인과 일본인의 합동 조사가 가능해졌기 때문이다.[29] 진상 조사단은 오키나와전투 당시 조선인에 대한 학대, 학살의 실태와 진상을 조사하여 "다시 반복되려는 일본 군국주의의 재침략 의도를 꺾고 재일조선인의 기본적 인권을 옹호함과 동시에 북일 양국 인민을 비롯한 아시아 각 국민의 우호 관계를 한층 더 증진시키는 것"을 목적으로 하고 있으며, 오키나와 측도 야라 오키나와현지사를 비롯해 나하 시장, 노동조합, 각 민주 단체가 협력하여 현내에서도 높은 관심을 모았다.[30] 같은 해 10월 진상조사단에 의한 『제2차 세계대전 시 오키나와 조선인 강제연행학살 진상조사단 보고서』가 발표되어 조선인에 대한 차별, 박해가 있었음을 구체적으로 드러냈으며, 숫자를 확정할 수 있는 종합적인 사료는 없지만 오키나와현지 연구자들 사이에서는 강제 연행된 조선인의 수를 수만 명으로 추정하고 있다는 것 등이 공표되었다.[31]

또한 조사가 종료된 직후인 9월 6일에는 조선총련 오키나와현 본부가 발족하여 야라 지사, 다이라 료쇼平良良松 나하 시장, 혁신계 인민당, 사회당 등이 축전을 보냈다.[32] 초대 위원장이 된 이상윤李相胤은 "오키나와현민과

---

29 山田昭次・柳光守(対談), 「強制連行の実態を明らかにした朝・日合同の現地調査」, 『イオ』, 196, 2012, 25쪽.
30 第二次大戦時沖縄朝鮮人強制連行虐殺真相調査団, 『第二次大戦時沖縄朝鮮人強制連行虐殺真相調査団報告書』, 1972, 1~2쪽.
31 위의 책, 58쪽.
32 「朝鮮総聯沖縄県本部を結成」, 『朝鮮時報』, 1972.9.23, 4쪽.

의 연대의 고리를 넓히고 동포의 권리를 지키며 미제, 일제가 기도하는 기지화와 싸우며 평화 국가 건립 노선을 천리마의 속도로 달리고자 한다"라며 오키나와현민과 연대하는 담화를 발표했다.[33] 다음 날에는 나하 시민회관에서 재일조선중앙예술단의 공연, 8일에는 조선민주주의인민공화국 창건 24주년 기념 파티가 개최되어 야라 지사를 비롯해 오키나와의 자민당 대표를 포함한 각 정당, 혁신 단체들이 참가하는 등, 오키나와현민과의 교류를 심화하는 행사를 가졌다. 이듬해 9월에는 "조선의 역사는 일본 근대사 속에서 오키나와가 처해 온 역사적 경과와 공통된 부분이" 있으며, "미군 점령하의 고통스러운 경험도 공유하고 있다"는 인식 아래 조선과의 교류를 의식적으로 추진하기 위해 오키나와현 일조日朝협회가 결성되어 다이라 나하 시장이 회장에 취임했다.[34]

조선총련이 오키나와의 혁신계 인사들과 연대를 강화하는 것은, 물론 한국 정부에게 바람직한 일은 아니었다. 한국 측의 적극적인 협상 결과, 외무성은 11월 14일 한국 측에 영사관 설치에 동의하기로 결정했다고 전했다.[35] 그 후 정식 절차를 거쳐 1973년 3월 15일 나하에 한국 총영사관이 설립되었다.

33 「朝鮮総聯沖縄県本部初代委員長になった李相胤」, 『沖縄タイムス』, 1972.9.10, 5쪽.
34 福木詮, 「沖縄から韓国をみる」, 『法学セミナー』 232, 1974, 98~100쪽.
35 「JAW-11287, 発信 : 駐日大使, 受信 : 外務部長官」, 1972.11.15, 『재외공관 설치』.

도미무라 준이치富村順一의 '통한의 비' 건립

남북한 모두 오키나와에 대한 관심이 높아지면서 개인 입장에서 오키나와전투 중에 희생된 조선인을 추모하기 위해 비석을 세우려는 움직임이 나타났다. 그 주체가 된 인물은, 후술하는 '도쿄 타워 점거 사건'으로 이름이 알려진 도미무라 준이치였다. 도미무라는 1930년에 오키나와현 모토부本部町에서 태어나 소학교 때 천황의 초상화에 경례를 하지 않아 퇴학 처분을 당하고, 그 후에는 대장간이나 농가의 심부름 등을 하며 살게 되었다. 그가 오키나와나 일본에 존재하는 조선인 차별에 관심을 기울이게 된 배경에는 어린 시절 구메섬 조선인 학살 사건의 희생자인 구중회와 한때 교류를 가졌고, 이에섬伊江島에서 일하던 중 기지건설 등을 맡았던 고쿠바 구미国場組 관계자가 기지 건설을 위해 부리고 있던 조선인 군속을 학대하는 광경을 목격한 적이 있었다고 한다. 게다가 종전 후에도 오키나와의 매춘가 등에서 조선인의 신분을 숨기고 살아가는 조선인한테서 이야기를 듣는 등 일본과 오키나와에 존재하는 조선인 차별에 대해 문제의식을 갖게 되었다.[36] 그 후 도미무라는 1955년 본토로 건너가 일자리를 전전하면서 "오키나와의 현실과 전전부터 전시와 전후의 일본 정부가 우리 오키나와 인민에게 취한 진실"을 말했으나, 호소에 대한 반응이 없었을 뿐 아니라 직장 사람들과의 관계가 나빠져 절도, 공무집행방해 등으로 종종 교도소에 입소했다.[37] 1969년 3월에 마지막 형사 사건

---

36 富村順一, 『死後も差別される朝鮮人－沖縄で虐殺された朝鮮人の慰霊塔を建立するために』, 富村順一, 1973.

37 井出孫六, 「行為の語る思想－富村順一の獄中手記によせて」, 『思想の科学 第6次』8, 1972, 29쪽.

의 형을 마치고 출소한 후에는 후지富± 제철의 하청 노동자로 일하며 저축해 두었던 돈으로 구입한 녹음기에 오키나와 차별에 대한 자신의 생각을 담아 황궁 앞 광장 등에서 재생하거나, "오키나와의 매춘부에게 행복한 생활을!"이라고 어깨띠를 두르고 유흥가로 나가는 등 오키나와의 문제를 호소하려 했지만, 모두 잘되지 않았다. 이러한 과정을 거쳐 도미무라는 1970년 7월 도쿄 타워를 점거하고 오키나와에 대한 미일의 식민주의와 조선인 차별을 고발하는 사건도쿄 타워 사건을 일으키게 된다.[38]

도미무라는 이 사건으로 다시 입소했지만, 도미무라의 행동은 본토 거주 오키나와 출신자들에게 충격을 주어 공판 당시에는 지원 그룹이 결성되었다. 도미무라 자신은 사건을 일으킬 때까지는 읽고 쓸 줄을 몰랐지만, 옥중에서 의사소통의 수단으로 글자를 외웠고, 그 안에서 쓰인 편지와 수기는 『내가 태어난 것은 오키나와わんがうまりあ沖縄』라는 서적으로 출판되었다.[39] 도미무라는 그 후 1973년 3월에 형무소에서 출소해 문집 출판 등을 통해 모금 활동을 벌이고 구메섬 사건 희생자의 위령탑 건립을 위한 작업을 시작하게 된다.[40] 9월에 발행된 팸플릿 『사후에도 차별받는 조선인 — 오키나와에서 학살된 조선인의 위령탑을 건립하기 위하여死後も差別される朝鮮人—沖縄で虐殺された朝鮮人の慰霊塔を建立するために』에는 위에서 언급한 바와 같은 자신의 경험과 함께 위령탑을 건립하려고 한 경위가 실려 있는데, "비인도적 차별과 눈을 뜨고 볼 수 없을 정도의 학대를 받고

---

38 위의 글, 31~32쪽.
39 위의 글, 29쪽.
40 上江洲盛元, 『太平洋戦争と久米島』, 上江洲盛元, 2005, 57쪽.

혹사당하다 결국 오키나와에서 학살된 조선인의 '위령탑'을 그 수난의 땅 오키나와에 건립하는 것은 오랜 나의 생명을 건 소원이었고, 도쿄 타워 궐기도 그 소원이 만들어낸 행동이었습니다"라고 사건과 위령탑 건립의 관련이 언급되며 "이 세상에서 부당하기 그지없는 차별을 없애고 두 번 다시 이와 같은 비극을 반복하지 않는다"는 결의가 쓰여 있었다.[41]

1974년 1월에는 '통한의 비' 건설 실행 위원회가 결성되었고, 도미무라는 같은 해 4월에 도쿠시마德島에 사는 가야마 조장을 방문했다. 이어서 6월에는 오키나와 패전 기념집회를 주최하여 통한비 건설을 호소하는 동시에, 『아이고! 그만하자! 천황!!哀号!あきよう!天皇!!』이라는 새로운 팸플릿을 간행했다. 이 책자에 수록된 「슬픈 민족」이라는 글에는 "나의 목적은 통한비를 세우고 단지 희생당한 오키나와인과 조선인의 넋을 위로하는 것이 목적이 아니다. 왜 그러한 희생자가 나오는 원인을 만들었는지, 그 원인을 추궁하고자 하는 것이 최종 목적이다"[42]라고 언급해, 도미무라가 한층 더 생각을 심화시킨 것을 엿볼 수 있다. 여기에서 도미무라는 학살을 지시한 가야마나 행동에 옮긴 병사만을 문제 삼는 것이 아니라 구메섬 사건이 오랫동안 방치되어 온 원인이 아시아 인민을 살해해도 당연하게 여긴 황민화 교육, 그리고 그러한 교육을 낳은 국가와 천황에게 있다며 전쟁의 책임을 근본적으로 물으려 했다.[43]

---

41 富村順一,「〈慰霊塔〉建設カンパのお願い」,『死後も差別される朝鮮人－沖縄で虐殺された朝鮮人の慰霊塔を建立するために』,富村順一, 1973.

42 富村順一,「悲しむべき民族」, 沖縄在朝鮮人久米島々民虐殺痛恨碑建設実行委員会,『哀号!あきよう!天皇!!』,沖縄在朝鮮人久米島々民虐殺痛恨碑建設実行委員会, 1974, 20쪽.

43 위의 글, 20~22쪽.

1974년 8월 구메섬에 '통한의 비'를 세운 뒤, 도미무라는 '통한의 비 실행 위원회'의 몇몇 멤버와 함께 일본 정부에 대해 유족에 대한 사과와 국가배상을 요구하는 행정소송을 내기로 계획했다.[44] 구메섬 소송을 지지하는 모임 사무소가 발행한『구메섬의 학살久米島の虐殺』에 기록된「구메섬 소송의 운동 경과」[45]에 따르면, 1976년 6월 23일에 '구메섬 소송을 지지하는 모임'이 발족되었으며, 그 후에도 활동이 계속된 것 같지만, 활동의 자세한 내용은 현재 수중에 있는 자료에서는 파악할 수 없다.

이상과 같이, 도미무라의 위령비 건립 운동과 그 후의 소송 운동은 도미무라의 개인적 경험과 생각에서 실시된 것으로 보인다. 그러나 도미무라의 모금 활동이 진상 조사단의 오키나와 방문 시기 직후에 개시된 탓에 한국 정부에 뜻밖의 오해를 불러일으키게 되었다. 즉, 한국 정부는 도미무라의 활동을 조선총련의 활동과 직결된 것으로 본 것이다. 여기에서는 같은 시기 한국 정부의 반응에 대해 자세히 살펴보고자 한다.

한국 정부에 의한 위령탑 건립 계획 검토

도미무라가 모금 활동을 시작한 지 1년 뒤인 1974년 3월에 한국 외무부는 북한이 제2차 세계대전 당시 징병 또는 징용된 조선인 학살 사건에 대해 탐지하고 위령탑을 건립하려 한다는 정보를 입수했다. 외무부 장관은 주일 대사관에 정보 확인을 위한 오키나와 현지 조사를 지시하고 정보가 사실일 경우 현지 주민의 의견과 관련한 제반 사정을 고려하여

44 　桑田博,「沖縄の虐殺に国家賠償を」,『現代の眼』16-7, 1975, 211~212쪽.
45 　久米島訴訟を支える会事務所,『久米島の虐殺』, 久米島訴訟を支える会, 1979, 56~58쪽.

대책을 건의할 것도 의뢰했다.[46] 이에 주일 대사관 양구섭 참사관이 3월 13일부터 18일에 걸쳐 오키나와를 방문하여, 조선인 위령탑이 세워져 있는 가카즈, 마부니의 전몰자 위령비와 조선인 일가가 학살된 구메섬을 방문하고 오키나와현사 편찬실에서 자료 조사 등을 실시하였다.[47] 양구섭은 오키나와현사 편찬실의 전문가로부터 제2차 세계대전 당시 오키나와에 있던 한국인 수는 1만 명에서 2만 명이라는 점, 제2차 세계대전 당시 희생된 한국인에 대한 종합적인 조사 자료는 조선총련 등이 발행한 보고서뿐이지만, 이는 약간의 과장이나 정치 선전이 있지만 신빙성은 높은 것이라는 사실 등을 확인했다. 또한 북한의 위령탑 건립 계획에 대해서는 "조총련이 일본인 '도미무라'로 하여금 위령탑 건설기금 모금을 하고 있는 것은 사실이나 그 구체적인 계획과 동 계획의 진도에 관하여는 계속 조사 중"이라고 말했다. 여기서 별첨으로 도미무라의 활동에 관한 참고로 첨부된 자료명은 「위령탑 건설을 위한 모금을 위한 책자」로 되어 있는데, 실물이 첨부되어 있지 않아 양구섭이 어떻게 이를 조선총련과 관련시켰는지는 알 수 없으나, 이는 한국 측이 도미무라의 위령탑 건립 운동을 조선총련과 연관시켜 인식하는 근거가 되었다고 볼 수 있다. 그리고 양구섭은 "전문 연구가들의 의견에 의하면 적어도 1만 명 전후가 희생된 것으로 사료"되며 조선총련이 위령탑을 건립하기 전에 한국 측이

---

46 「WJA-03115, 發信 : 外務部長官, 受信 : 駐日大使」, 1974.3.11, 『오끼나와 한국인 위령탑 건립. 전3권 V.1 1974년』, 등록번호 : 8016, 분류번호 : 722.6, 韓国外交史料館. 이하 『V.1 1974년』으로 표기.

47 「JAW-03297, 發信 : 駐日大使, 受信 : 外務部長官」, 1974.3.16, 『V.1 1974년』.

위령비를 세울 것을 건의했다.[48] 여기에서 보고된 '1만 명 전후'가 나중에 비문에 새겨질 '1만여 명'의 근거가 되었던 것으로 보인다.

이 보고를 받고 한국 외무부는 3월 22일에 "오끼나와에서의 아국 위령탑 건립의 주된 목적은 망령을 위로하고 북괴에 기선을 제하여 아국이 동 지역에 위령탑을 건립함으로써 북괴의 오끼나와 침투 여지와 구실을 없애고자 하는데 있"으며, 주일 대사관에 위령탑 건립 지역이나 개수, 규모, 소요 경비 등에 대해 시급히 보고할 것을 요구했다.[49] 이어 3월 26일에도 "의도적인 구실밑에 오키나와 침투를 기도하는 북괴의 책동을 완전히 봉쇄"할 것을 주목적으로 하여 한국이 먼저 위령탑 건립을 위해 주일 대사관에 부지 선정, 경비 추산 등을 지시했다.[50] 이후 주일 대사관의 지시를 받은 오키나와 총영사관에 의해 신속히 현지 조사 등이 진행되어 3월 28일에는 아래와 같은 사항이 외무부에 전해졌다.

1. 위령탑 건립지역 : 마부니 지역에 전 희생자를 위령하는 탑 1개를 건립하는 것이 좋을 것으로 사료됨.

2. 탑 규모 : 각 현이 건립한 위령탑과 비등한 규모의 위령탑 건립을 요함. 이를 위하여서는 대지 500 내지 600평평당 약 1만 5천 엥을 요하며 탑 건립을 위한

48　「일영 722-55, 제목 : 오끼나와에서의 한국인 희생자등에 관한 조사보고, 발신 : 주일 대사관, 수신 : 외무부 장관」, 1974.3.19, 『V.1 1974년』.

49　「WJA-03286, 발신 : 외무부 장관, 수신 : 주일 대사」, 1974.3.22, 『V.1 1974년』. 아울러 "망혼을 위로하고"와 '구실' '시급히'는 나중에 삽입되어 있어 북한보다 빨리 위령비를 건립하는 것이 가장 중요시되었던 것을 엿볼 수 있다.

50　「WJA-03329, 발신 : 외무부 장관, 수신 : 주일 대사」, 1974.3.26, 『V.1 1974년』.

시공비와 재료비는 최소한 800만엥을 요할 것임. (…중략…) 또한 동 지역은 국정 공원이므로 토지 소유자로부터 토지를 매수한 후 일본중앙정부, 오끼나와 현 지사, 전사자 유족회, 위령탑 봉안회의 허가를 득하여야 할 것임.[51]

이에 따라 외무부에서 위령탑에 대한 검토가 이뤄졌으며, 대책으로 ① 조선총련의 위령탑 건립 저지를 위해 일본 정부가 건립 허가를 하지 않도록 협상하고 ② 한국의 위령탑 건립에 대해서는 일차적으로 민단이 건립하도록 하고 민단의 경비 부담이 어렵다면 외무부에서 경비를 지출하도록 결정되었다.[52] 외무부는 이 같은 내용에 대해 주일 대사관에 협조를 구하고, 오키나와 지역에서 희생된 한국인은 제2차 세계대전 당시 일본 정부에 의해 징병 또는 징용, 혹은 종전 후 일본군에 의한 학살로 사망했다는 점을 이유로 부지를 무상으로 사용할 수 있도록 일본 정부와 교섭할 것도 요구했다.[53] 이에 대해 주일 대사관은 오키나와현이 유지하고 있는 마부니 언덕에 위령탑을 건립할 경우 현청과 토지 사용 문제 등을 협상해야 하는데, "혁신계 지사와 혁신세력이 강한 현청과의 교섭에 많은 애로와 비밀누설의 우려가 있다"며 외무부의 지시를 요구했다.[54] 외무부는 토지 사용 허가를 받을 대상이 무엇인지를 명확히 밝히고 일본 정부와 지방자치단체 양측의 허가를 받아야 한다면 "교섭상 난점이 많은 현청보다는 정부 당국과의 교섭에 치중하시며 민단에 의한 탑건립용 토지를 무상으로 사

---

51 「JAW-03561, 발신 : 주일 대사, 수신 : 외무부 장관」, 1974.3.28, 『V.1 1974년』.
52 「오끼나와 韓国人犠牲者慰霊塔建立問題」 날짜 없음, 『V.1 1974년』.
53 「WJA-0419, 발신 : 외무부 장관, 수신 : 주일 대사」, 1974.4.2, 『V.1 1974년』.
54 「JAW-04100, 발신 : 주일 대사, 수신 : 외무부 장관」, 1974.4.4, 『V.1 1974년』.

용할 수 있도록 계속 노력하시기 바란"다고 지시했다.[55] 또한 4월 18일에 ①위령비 건립 경비는 대부분 정부가 부담하고 일부 경비만 민단이 부담한다는 방침 아래 조속히 탑을 건립할 것, ②일본 정부에 계속 부지 무상 사용을 적극적으로 협상해 무상 사용이 가능한지, 매수할 수밖에 없을 경우는 그것이 용이한지를 조사하도록 지시하고 그간의 경위를 대통령에게도 보고했다.[56] 이상 살펴본 바와 같이, 한국 정부는 북한보다 먼저 위령탑을 건립하여 북한이 오키나와에 침투할 여지와 구실을 없애는 것을 최대의 목적으로 한국인 위령탑 건립사업에 착수한 것이다.

한일 무용단을 통한 위령탑 건립 계획

그런데 4월 14일에 뜻밖의 단체가 한국인 전몰자 위령탑을 건립하려는 것으로 밝혀졌다. 지역 신문인『오키나와타임즈沖縄タイムス』가 한국 국립극장 전속 민속 무용단이하, 한국민속무용단과 일본 창작 무용단이 중심이 되어 한국인 전몰 희생자 위령탑 건립 위원회가칭를 발족할 예정이며 나하 시의회 의장의 협력을 얻어 건립 예정지인 이토만시糸満市에 협조를 요청했고, 이토만시도 영지의 제공 작업에 착수했다고 보도한 것이다. 보도에 따르면 두 무용단은 위령탑 건립 비용은 일반의 기부 외에 두 무용단이 각지에서 공연 캠페인을 하면서 순이익금 등으로 마련하기로 했다고 한다.[57] 이에 대해 4월 18일 이상윤 조선총련 오키나와현본부 위

55 「WJA-0495, 발신 : 외무부 장관, 수신 : 주일 대사」, 1974.4.8, 『V.1 1974년』.
56 「북일 700-494, 제목 : 오끼나와 한국인 희생자 위령탑 건립 문제」, 1974.4.18, 『V.1 1974년』.
57 「韓国人戦没者慰霊の塔 摩文仁に建立」, 『沖縄タイムス』, 1974.4.14, 『V.1 1974년』에

원장이 ①과거 일본의 조선 침략의 과오는 지금도 반복되고 있다, ②제2차 세계대전 희생자는 조선인이지 한국인이 아니다, ③조선인 위령비가 있는데[58] 새로 탑을 짓는 것은 희생자를 모독하는 것이다, ④위령탑 건립은 박정희 정권의 지원으로 이어지고 대북 적대시 정책이 될 것이라는 등의 이유로 반대 성명을 발표한 것도 보도되었다.[59] 그렇다면 이 위령탑 건립 계획은 어떻게 추진되었을까.

두 무용단이 탑 건립을 추진하려고 한 배경에는 한국 민속 무용단을 그해 2월에 일본에 초청한 국제협력기술연수재단의 다카오 쓰네히코高尾常彦 사무국장이 일본군으로 오키나와전투를 체험했다는 사실이 있었다. 다카오는 오키나와에 끌려갔던 조선인이 병사, 전사한 것을 여러 차례 목격하고 "한 사람의 동료로서 또한 한 사람의 전우로서" 오키나와 현지에 위령탑을 건립하겠다고 결의했다.[60] 다카오는 1973년에 일본 창작 무용단의 일원으로 한국을 방문했을 때 한국 민속 무용단의 조택원 단장과 조선인 희생자에 대해 대화하는 한편「혼백」이라는 제목의 무용을 안무하여 상연하고, "한일이 우정을 맺기 위해서는 일본인으로서 해야 할 일이 있다"고 생각하고 있었다.[61] 한국 민속 무용단이 2월 13일부터 공연 때문

수록.

58 이미 복귀 전에 조선인 희생자를 모신 '백옥의 탑', '청구의 탑' 등이 건립된 것을 가리키는 것으로 보인다.

59 「"韓国人戦没者慰霊塔"の建立を阻止」,『沖縄タイムス』, 1974.4.18,『V.1 1974년』;「『韓国人戦没者慰霊塔』に反対」,『琉球新報』, 1974.4.18,『V.1 1974년』. 아울러 양 신문에 게재된 위원장의 성명 내용은 조금 다르지만, 성명의 원문을 확인할 수 없다.

60 「沖縄に"韓国人慰霊塔をつくりたい"」,『統一日報』, 1974.2.6;「韓国人戦没者 沖縄に慰霊塔」,『韓国新聞』, 1974.2.16.

61 「沖縄に"韓国人慰霊塔をつくりたい"」,『統一日報』, 1974.2.6.

에 일본에 왔을 때 다카오는 조택원의 알선으로 다음 날 한국 민단 중앙본부 김정주 단장과 만나 오키나와전투에서 전사한 한국인의 영혼을 위로하는 위령탑을 건립할 계획이 있어, 한국 민속 무용단의 일본 공연 수입금을 위령탑 건립 기금으로 헌금할 예정이라고 밝혔다. 이에 대해 김정주 단장은 민단의 전 조직을 동원, 기금 모금 운동을 전개하여 위령탑 건립을 적극 지원하겠다고 약속한 것으로 알려졌다.[62] 그 후, 다카오는 1974년 5월에 도쿄에서 한국인 희생자의 위령탑 건립 계획에 관한 첫 번째 발기인회를 개최하고 건립을 위한 준비를 시작한 6월에는 회장을 전 다쿠쇼쿠대학拓殖大學 이사장 사이고 다카히데西鄉隆秀, 부회장을 후지키 유藤木優, 사무국장을 다카오 쓰네히코로 한 무궁의 탑 건립 위원회가 결성되었다.[63]

한국 외무부는 이 보도를 보고 두 무용단과의 협력도 시야에 넣어 진위를 확인하도록 4월 27일 주일 대사관에 지시했다.[64] 이를 위해 양구섭 참사관은 오경복 민단 중앙본부 사무총장과 함께 다시 5월 8일부터 14일까지 오키나와로 출장 갔다. 양구섭 등은 최공천 오키나와 총영사와 위령탑 건립에 관한 사무 협조를 한 뒤 5월 9일에 이토만시를 방문했다. 일행은 이토만시장으로부터 위령탑 건립에 협력하겠다는 약속을 받아낸 뒤마부니 지역을 답사하고 이 지역에는 국유지가 없어 소유자한테서 매수하지 않으면 안 된다는 것 등을 확인했다.[65] 그 후 도쿄로 돌아온 양구섭은

62　「韓国人戰没者 沖繩に慰霊塔」, 『韓国新聞』, 1974.2.16.

63　尹英九 編, 『鎮魂』, 韓國人慰靈塔奉安會, 1978, 173쪽.

64　「WJA-04367, 発信 : 外務部長官, 受信 : 駐日大使」, 1974.4.27, 『V.1 1974년』.

65　「JAW-05126, 発信 : 駐日大使, 受信 : 外務部長官」, 1974.5.10, 『V.1 1974년』; 「양구섭 참사관 오끼나와 출장 보고(날짜 없음)」, 『V.1 1974년』.

토지 매수가 시급하며, 토지 사용 허가를 얻기 위해서는 "총련과 일본의 혁신계가 방해할 구실을 주지 않기 위하여 가급적 유족 대표나 일본인 독지가 등으로 하여금 일선에서 교섭토록 하는 것이 좋을 것으로 사료"된다고 외무부에 건의했다. 그 일환으로 5월 13일 히가 유초쿠比嘉佑直 나하 시의회 의장을 방문하여 한국의 위령탑 건립 신청 시의 허가 취득에 대한 협조를 부탁하고 "최선을 다할것"이라는 확약을 얻은 것도 보고되었다. 양구섭에 따르면 히가 자신 또한 오키나와전투에 참전하여 중상을 입고 구사일생으로 살아남은 경험이 있어 전쟁 중의 희생의 크기를 알고 있어 신속한 위령탑 건립을 장려한 것으로 알려졌다.[66] 게다가 양구섭은 조선총련은 아직 현청 등에 위령탑 건립 허가 신청을 하지 않았는데, "조총련과 일부 혁신계 일본인은 아측에 기선을 제하기 위하여 형식적이며 소규모의 위령탑을 건립할 가능성도 있다"고 하여, "동인의 유족 구자식 씨로 하여금 도일토록 하여 현재 나하시 신덕사에 봉안되어 있는 구 씨의 유해를 한국으로 봉한하며 구 씨의 거주지였으며 참변을 당한 "구메시마", "구시가와무라"에 소규모의 위령비를 조속 건립하도록 조치하는 것이 좋을 것"이라고 건의했다.[67] 이 보고에서는 유족의 기분을 거의 헤아리지 않고 남북의 경쟁 관계 속에서만 위령탑 건립을 계획했던 것을 엿볼 수 있다.

이 조사 결과를 바탕으로 오키나와 총영사관, 주일 대사관, 외무부 사이에서 필요 경비 등에 대해 자세한 검토가 이루어졌고, 5월 30일에 위

---

66 「일영 725-102, 제목 : 위령탑 건립을 위한 조사, 發信 : 駐日大使館, 受信 : 外務部長官」, 1974.5.14, 『V.1 1974년』.

67 「일영 725-102, 제목 : 위령탑 건립을 위한 조사, 發信 : 駐日大使館, 受信 : 外務部長官」, 1974.5.14, 『V.1 1974년』.

령탑 건립 방침에 대해 다음과 같은 건의가 이루어졌다.

주일 대사관과 민단 간부로 구성되는 위령탑 건립 위원회를 일본 동경에 설치하여 탑 건립을 위한 일체 사무를 관장시키며 정관 작성과 운영 및 본건 추진의 세부사항에 대하여도 정부 감독하에 동 위원회에 일임하나, 본건 위령탑이 민단에 의하여 자율적으로 건립된다는 인식을 대내외에 주도록 노력하며, 이와같은 노력의 일환으로 위원장을 다음과 같이(인용자 주 : 위원회 창설 당시부터 공정의 80%가 진행될 때까지는 주일 대사가 위원장, 공정의 80% 이후부터 완공 때까지는 민단 단장이 위원장) 주일대사와 민단 단장으로 하여금 교체 케 한다.[68]

이는 실질적으로는 주일 대사관이 처음부터 끝까지 위원회를 운영하지만, 대내외적으로는 민단이 자율적으로 건립하는 인상을 주도록 노력한다는 방침이었다. 나아가 탑 건립에 사용되는 사유지의 매수를 위해 한국 정부가 소요 총액 중 미화 10만 달러를 정부 예비비에서 보조하고 나머지 소요 경비 전액을 민단의 모금 운동을 통해 충당한다는 것 등도 건의되었다.[69] 이 방침은 6월 13일 박정희 대통령에 의해 재가되어 당시 박 대통령이 직접 "건의대로 정부에서 즉각 지원 조치할 것"이라고 특별히 지시한 점에서[70] 외무부는 1주일 후에 관계자를 모아 실무자 회의를

---

68 「북일 74-631, 제목 : 오끼나와 한국인 희생자 위령탑 건립 문제」, 1974.5.30, 『V.1 1974년』.

69 위의 글.

70 「북일 700-, 제목 : 오끼나와 한국인 희생자 위령탑 건립」, 1974.6.17, 『V.1 1974년』.

개최하게 되었다. 회의에서는 사용 자재, 설계 및 시행 업자, 비문 작성 및 번역, 토지 구입 경비 등의 논의가 이루어졌고, 그 내용이 "위령탑을 최단시일내에 준공시켜야 할 필요가 있으니 이 점에 특히 유의하여 가급적 금년내에라도 완공하도록 최선을 다하"라는 말과 함께 주일 대사관에 전달되었다.[71] 더욱이 외무부 장관은 6월 26일 김영선 주일 대사에게 보낸 편지에서 오키나와의 위령탑 건립에 대해서는 "안보 문제와도 관련되어 당초부터 대통령 각하의 특별한 관심사이여서 청와대에서 그 진행을 몹시 궁금히 여기고 있"다고 하며, 모든 권한을 부여받고 있는 주일 대사가 부지 매수에서부터 즉시 착수하여 "시공기간도 최소한으로 하여 년내에 준공되도록 최선의 노력을 경주하여" 주기 바란다고 다시 요청했다.[72] 이에 주일 대사관은 부동산 업자를 통해 토지의 가격을 확인하는 등, 탑 건립 준비에 나섰다. 대사관은 그 뒤 토지 매입에 대해서는 "오끼나와 지사가 동 토지에 위령탑 신축을 허가하지 않을 최악의 경우를 고려하여" 민단 단장 명의로 가계약하는 안을 제시했다. 또한 위령탑 신축 허가를 얻을 때는 "오끼나와가 혁신새력이 강한 지역이며 조총련의 치열한 방해 공작이 예상됨으로 거류민단 단장 명의와 최근 결성된 일본인 독지가의 모임가칭 : 무궁화탑 건설 위원회의 대표인 "사이고 다까히데"의 양인 명의로 하는것이 허가 취득에 유리할 것"이라며 허가 신청 시에는 양쪽에 정부 추진 계획을 알리고 위령탑 건립 추진에 협조하게 만들 필요가 있

71   「WJA-06299, 発信 : 外務部長官, 受信 : 駐日大使」, 1974.6.24, 『V.1 1974년』.

72   문서명 없음(외무부 장관이 주일 대사에게 보낸 편지), 1974.6.26, 『V.1 1974년』.

다고 건의했다.[73] 이상과 같이 한국 정부의 위령탑 건립 계획은 도미무라 준이치의 개인적인 동기를 통한 위령탑 건립 운동을 전년에 열린 조선총련의 오키나와로 진출과 연계하여, 북한의 침투를 막겠다는 목적 때문에 추진되었다. 그리고 같은 시기에 계획된 한일 무용단의 위령탑 건립 계획은 혁신 세력이 강한 오키나와현과의 교섭을 유리하게 하기 위해 이용되었던 것이다.

4. 위령탑 건립 추진

위령탑 건립 계획의 구체화

그렇다면 위령탑 건립사업은 실제로 어떻게 추진되었을까. 6월 20일 열린 실무자 회의에서 비문 작성에 관한 업무는 문화공보부가 담당하고, 비문은 시인으로 유명한 이은상이 맡을 예정이었다.[74] 문화공보부 담당자는 비문을 작성하면서 외무부에 다시 위령탑 건립의 구체적인 취지 및 목적, 비문에 포함시켜야 할 내용 등에 대해 문의했다.[75] 그 회답은 이래와 같았다.

73 「일영 725-151, 제목 : 오끼나와 한국인 희생자 위령탑 건립 문제, 発信 : 駐日大使館, 受信 : 外務部長官」, 1974.7.9, 『V.1 1974년』.

74 外務部亜州局, 「오끼나와 한국인 희생자 위령탑 건립 문제 관계원 부처 실무자 회의」, 1974.6.20, 『V.1 1974년』.

75 「문화1740-63, 제목 : 오끼나와 한국인 희생자 위령탑 건립」, 1974.7.10, 『V.1 1974년』.

아국 정부에서 입수한 정보에 의하면 북괴는 혁신세력이 강한 오끼나와에 제2차 세계대전중 희생된 한국인 위령탑 건립을 추진 중이라고 하는바, 정부에서는 이를 저지하여 오끼나와에 북괴 및 조총련의 침투를 방지하는 한편 북괴보다 먼저 위령탑을 건립함으로써 대한민국 정부의 정통성과 유일성을 과시하려는데 위령탑 건립 목적이 있읍니다.

동 위령탑 비문은 건립 추진 목적이 여사함을 감안하되 비문 내용에는 이를 밝힐 필요가 없으며 일반적으로 일제에 의하여 강제 징병, 징용되어 간 동포들로서 제2차 대전 중 오끼나와에서 희생된 동포의 영혼을 위로하는 내용이 포함되면 될 것으로 사료됩니다.[76]

여기서는 위령탑 건립 목적으로 "한국 정부의 정통성과 유일성을 과시"한다는 새로운 구절이 추가되었다. 그러나 "비문 내용에는 이를 밝힐 필요가 없다"고 적혀 있어, 이는 어디까지나 정부 내부에서 공유해야 할 목적이었음을 알 수 있다. 다만 비문 작성을 위한 경비를 구할 수 없었으므로 비문 작성은 10월 이후로 연기되었다.

또한 그사이 한국 측이 위령탑 건립을 예정했던 땅이 7월 20일에 한 차례 매매 계약을 했는데도 1975년에 실시 예정인 해양박람회에 사용되기 위해 쓸 수 없게 된 것으로 밝혀졌다. 다만 빨리 건립하는 것이 중요시되어 10월 11일 열린 실무자 회의에서는 건립 예정지는 주일대사관이 오키나와현청과 사전 절충해 건립 허가를 받을 수 있는 땅을 선정하여

---

76 「북일 700-1107, 제목 : 위령탑 건립」, 1974.7.29, 『V.1 1974년』.

가계약한 사실이 보고되었고, 위령탑 관련 경비 10만 달러는 10월 14일 주일 대사관으로 송금되었으며 비문 작성 경비가 거기에서 지출되는 것으로 확인되었다.[77] 경비는 이날 주일 대사관으로 송금되었으며 이은상은 비문 작성을 시작했다.[78] 그밖에 위령탑의 공식 명칭은 문화공보부와의 협의에 의해 '한국인 위령탑'으로 결정되었고, 10월 30일에는 오키나와현청으로부터도 위령탑 건립 허가를 취득했기 때문에, 외무부는 위령탑의 즉시 건립이 가능해졌다고 판단하고 이를 박정희 대통령에게 보고했다.[79]

준비가 끝난 후 문제가 된 것은 건립 허가 취득을 위해 협력해 온 두 무용단의 일본인 역할이었다. 8월 개최된 무궁탑 건립 위원회 이사회에서는 탑 건립 예산 및 건립 모금 목표, 모금 방법 등이 협의되었다. 그 후 한국 정부의 요청에 따라 10월에는 다카오가 오키나와로 출장을 가서 관계자에게 위령탑 건립 취지를 설명하고 부지 확보에 협력을 요청했다.[80] 이에 따라 건립 허가는 민단 단장인 윤달용 및 무궁의 탑 건립 위원회 회장인 사이고 다카히데의 이름으로 받게 되었으나, 한국 측은 비밀유지를 목적으로 일본 측에 한국 측의 계획에 대해서는 구체적으로 알려주지 않았다.[81] 외무부는 이에 위령탑 건립은 일제에 의해 희생된 한국인들을 위

77 外務部亜州局,「오끼나와 한국인 희생자 위령탑 건립 문제 관계원 부처 실무자 회의」, 1974.10.11, 『V.1 1974년』.
78 「WJA-10141, 発信 : 外務部長官, 受信 : 駐日大使」, 1974.10.14, 『V.1 1974년』.
79 「북일 700-1559, 제목 : 오끼나와 한국인 희생자 위령탑 건립문제」, 1974.11.6, 『V.1 1974년』.
80 尹英九 編, 앞의 책, 173쪽.
81 「북일 700-1559, 제목 : 오끼나와 한국인 희생자 위령탑 건립문제」, 1974.11.6, 『V.1

령하기 위한 것이라는 이유로 "어디까지나 우리 국민에 의해 추진되어야한다"는 원칙을 들고나와 일본인의 관여를 최소한으로 해야 한다며 주일 대사관에 사이고나 발안자인 다카오의 그간의 협력 내용과 필요성을구체적으로 보고하라고 지시했다.[82] 이에 대해 탑 건립 위원회 구성을 고려하던 주일 대사관은 양측에 대해서는 비밀유지를 위해 구체적인 한국정부의 위령탑 건립 계획을 알리지 않았으나 건립 허가 취득을 위해 적극 협조해 왔다며, "앞으로 건립 공사를 잡음 없이 진척시키기 위하여 이들의 계속적인 협조가 필요하므로 금반 새로 발족되는 '위령탑 건립 위원회'에도 참여시킬 필요가 있다고 사료"된다고 보고했다.[83] 또한 같은전문에서는 11월 28일에 위원회 창립총회가 개최될 예정인데 건립 위원회는 민단 현역 간부를 중심으로 구성해 사이고를 고문, 다카오를 부회장3명 중 1명으로 선임함으로써 극히 형식적으로 사업에 참가시키는 것으로만 하고 어디까지나 한국 측의 주도하에 추진할 것이 전해졌고, 위원회 회칙 및 구성도 첨부되었다. 그러나 이를 확인한 외무부는 "위령탑 건립 취지는, 태평양전쟁 중 '징병', '징용' 등의 명목하에 강제로 연행되어일제 때문에 억울하게 희생된 모든 한국인 원혼의 명복을 빌고저 하는것"이라며 위원회 설립 취지문 등에 있던 '전몰', '일본인(전우)'이라는 단어는 삭제하라고 지시했다. 또한, "위령탑은 한국인의 손으로 건립하는것이 당연하겠으므로 동 위원회 회장단에 일본인이 포함되는 것은 바람

1974년』.

82 「WJA-11237, 発信 : 外務部長官, 受信 : 駐日大使」, 1974.11.19, 『V.1 1974년』.

83 「일본(영)725-8231, 発信 : 駐日大使, 受信 : 外務部長官」, 1974.11.21, 『V.1 1974년』.

직스러운 것이 되지 못"하다고 말해 다카오는 고문 등으로 하는 것이 바람직함을 시사했다.[84] 이에 따라 무궁의 탑 건립위원회는 발전 해소되고 사이고, 다카오는 고문으로 하는 형태로 11월 28일에 위원회가 발족되었다. 이 단계에서 한국 측이 건립비, 일본 측이 건립을 위한 관청과의 제반 절차 및 건립 용지 확보와 모든 협상을 담당하기로 내정되었고 위령탑의 정식 명칭은 '한국인 위령탑'으로 정해졌다.[85] 이와 같이 발안자가 다카오였음에도 불구하고, 한국 정부가 관여함으로써 일본인 관계자가 종속적인 위치에 놓이게 되는 측면도 생기게 되었다.

또한 그사이 이은상이 비문을 보내면서 문화공보부가 주최하는 자문위원회가 12월 26일 개최되었다. 이은상이 송부한 것은 시의 형식을 취한 「영령들께 바치는 노래」〈그림 4〉와 이 글의 서두에 인용한 설명문의 두 종류였는데, 그 어느 쪽에도 수정이 가해졌다.[86] 설명문에 대해서는 "이곳에 징병, 징용된 사람들이 1만여 명 무수한 고초를 겪었던 것만이 아니라 잔인무도한 일본인들의 손에 의하여 모두 다 집단 학살을 당하고 말았다"(강조는 인용자)는 문구의 강조 부분이 "혹은 전사도 하고 혹은 학살을 당하여 아깝게도 희생의 재물이 되고 말았다"로 수정되었다. 학살 사건의 여부에 대해서는 양구섭 참사관도 오키나와 현지를 방문했을 때 조사했으나 구메섬

<hr />

84 「WJA-11327, 発信:外務部長官, 受信:駐日大使」, 1974.11.26, 『V.1 1974년』.

85 尹英九 編, 앞의 책, 174쪽.

86 「북일 700-, 제목:오끼나와 한국인 희생자 위령탑 건립 문제, 発信:外務部長官, 受信:駐日大使」, 1975.1.7, 『오끼나와 한국인 위령탑 건립. 전3권 V.2 1975년』, 등록번호 8017, 분류번호 722.6, 韓国外交史料館. 이하 『V.2 1975년』로 표기. 수정된 비문은 이 전문에 첨부되어 있다.

〈그림 4〉 석판에 새겨진 이은상의 〈영령들께 바치는 노래〉. 10행과 11행 사이에 있던 문장이 삭제되었다.

학살 사건 외에 학살 사건은 발견되지 않았다고 한 점으로 보아,[87] 오키나와로 끌려간 한반도 출신자들이 "모두 다 집단 학살을 당하고 말았다"는 것은 사실과 다르다고 판단한 것으로 보인다. 시에 대해서는 원문에 있던 "조국 때문에 십자가 등에 지고 굴복이 싫어 죽음을 달게 받으며" 및 "미친 개처럼 날뛰던 악몽의 역사 정의의 용광로 속에 재가 되고"라는 부분이 삭제되고 처음에 삭제되었던 부분에 이어진 "마지막 외마디"가 "조국을 향하여"로 변경되었다. 이 부분이 삭제·변경된 이유를 알 수 있는 사료는 현재까지 확인되지 않으며, 실제 탑에 새겨진 시도 삭제·변경 후의 것이다.〈그림 4〉

그 후 재일교포 설계사 정수상鄭壽相이 설계도를 작성하였고 1975년 4월 9일에는 위령탑 기공식이 개최되었다. 여기에는 재일 한국 대사관, 나하 시의회, 민단 중앙본부 등에서 80여 명이 참가했으며 민속 무용단도 공연을 펼쳤다. 이에 대해 조선총련은 북일 국교 정상화 오키나와현 민회의 이름으로 한국인 위령탑 건립에 반대하는 성명을 발표했다.[88] 또

---

87   앞의 글, 「일영 722-55, 제목 : 오끼나와에서의 한국인 희생자등에 관한 조사보고, 發信 : 駐日大使館, 受信 : 外務部長官」. 단, 진상 조사단의 보고서에서는 게라마제도(慶良間諸島) 등에서 조선인 군속에 대한 학살(처형)이 있었던 것은 밝혀졌다.

88   「JAW-04245, 發信 : 駐日大使, 受信 : 外務部長官」, 1975.4.9, 『V.2 1975년』.

한, 평론가 후지시마 우다이藤島宇内는 잡지『현대의 눈現代の眼』에「'한국'과 오키나와를 연결하는 심리작전」이라는 논고를 실어 "과거 조선에 대한 구일본 제국주의 식민 지배의 희생자를 오늘날의 새로운 일본 제국주의의 '한국'에 대한 재침략과 관련을 짓지 않고 지나간 옛이야기로 위령하는 것은 박 정권의 심리작전 중 하나이며, 일본 정부나 대기업이나 군국주의 세력도 그에 협력하고 있다"고 비판했다. "새로운 일본 제국주의의 재침략"은 일본 기업의 한국 진출을 가리키며, 과거를 '위령', '반성'한다는 '양심'의 연막으로 새로운 식민주의를 호도함으로써, "과거 침략의 대상이라는 구실에 의해 박정희 정권은 보다 많은 '원조'를 일본 정부로부터 얻어낼 수가 있고, 그로 인해 일본 기업은 대 '한국' 경제 침략에 더욱 더 박차를 가할 수 있고 일본의 '한국 로비'의 지갑도 두터워진다"는 견해에 입각한 것이었다.[89] 후지시마는 진상 조사단의 한 사람으로 조선인 강제 연행 학살 조사에 참여했는데, '한국인 위령탑' 건립에 대해서는 매우 비판적이었던 것이다. 그러나 공사는 순조롭게 진행되어 8월 중순 완공에 이르렀다.

위령탑 제막식 개최

그렇다면 이 위령탑의 제막식은 어떤 자리가 되었을까. 제막식 개최일은 당초 이 시기에 오키나와에서 개최되었던 해양 박람회에서 설정된 '한국 주간' 시기에 맞추어 10월 3일로 예정되어 있었다.[90] 그러나 조선

---

89 藤島宇内,「『韓国』と沖縄を結ぶ心理作戦」,『現代の眼』16(6), 1975, 143쪽.
90 「沖縄의 韓国人慰靈塔」,『中央日報』, 1975.8.7,『V.2 1975년』.

총련과 좌익 계열의 과격분자들이 탑을 파손하려는 움직임이 있어, 그로 인해 경비는 한국 측에서 담당할 필요가 있다는 것, 또한 8월 중에는 해양 박람회 때문에 항공권 예약이 불가능하며 9월 후반에는 다른 행사 때문에 참여자가 적다는 점에서, 기일은 9월 2일(후에 3일)로 변경되었다.[91] 이어 외무부는 "위령탑은 민족의 얼을 되새기는 영원한 기념비일 뿐 아니라, 각하박정희의 특별한 관심과 배려로 건립된 것"이라는 점에서 위령탑 건립의 의의와 성격에 비추어 정부 요인으로 고재필 보건사회부 장관이 참석할 것을 제안했고, 8월 28일 대통령의 재가를 받았다.[92]

이러한 경위를 거쳐서 9월 3일에는 위령탑 제막식이 개최되어 오키나와 거주 한국인, 전우, 현 대표, 관계자 등 약 120명이 참가했다. 다만, 조선총련이 사전에 성명을 발표하면서 조선총련과 혁신 계열 사람들의 방해를 두려워하여 300명 이상으로 이루어진 엄중한 경비태세가 깔렸다. 성명 내용은 "오키나와현민이 두 번 다시 전쟁을 일으키지 않겠다는 강한 결의를 담아" 조성한 전적 공원에 "호전가이자 인민 탄압의 원흉인 박정희 일당이 '한국'인 위령탑을 건립한 것은 큰 문제"라고 한 것으로, 구체적인 문제점으로는 ①박정희 정권이 강제 연행된 사람들은 '한국'인이 아닌데, 그것을 "박정희 파쇼 정권이 정치의 도구로 이용하려고" 하는데, 그래서는 그들의 영혼을 달래지 못하며, 진정한 위령은 조선이 자주적 평화 통일을 달성한 이후에 이루어져야 할 것, ②박정희 정권이 군

---

91 「JAW-08265, 発信 : 駐日大使, 受信 : 外務部長官」, 1975.8.9, 『V.2 1975년』.

92 「북일700- 제목 : 오끼나와 한국인 희생자 위령탑 제막에 즈음한 아국 정부대표 파견」, 1975.8.26, 『V.2 1975년』.

사적 의도에서 오키나와에 대한 접촉도를 긴밀히 하고 있으며, 위령탑을 일본 정부의 원조를 끌어내기 위한 도구로 이용하려는 것 등이 지적되었다.[93] 이는 앞에서 살펴본 후지시마의 지적과도 통하는 시각이었다.

한편 제막식에서는 민단 본부 민생국장의 개회사가 행해진 후, 국민 의례, 위령 독경, 관계자에 의한 제막에 이어 관계자들이 각각 기념사를 말했다. 서두에 인사한 윤달용 민단 단장은 다카오, 사이고 등의 위령탑 건립 지원에 대해 "진정한 한일 친선이 결실을 맺었다"고 높이 평가하면서 "한국의 안보는 일본의 안전으로 직결된 중요한 과제이다. 한국 안보에 관련이 깊은 오키나와에 한국인 위령탑이 건립된 의의도 거기에 있다"고 언급했다.[94] 안보와 오키나와의 관계에 대해서는 외무부가 애초 지적한 것이었지만, 민단 역시 동일한 의식이 공유된 것은 흥미롭다. 한편 정부 대표로서 참가한 보건사회부의 고재필 장관은 "이 위령탑 건립을 계기로 이 지상에서 다시 전쟁의 비극을 일으키지 않을 것을 다시 확인하고 한일 양국 간 협력 관계를 더욱 공고히 하는 것이 희생자에게 보답하는 길이며 여기에 위령탑 건립의 의의가 있다"고 언급하며 안보와의 관계는 입에 담지 않았다.[95] 이런 가운데 마지막으로 오키나와전투 생존자 대표로 인사한 다카오 쓰네히코의 추념사는 전장에서 한반도 출신자와의 만남에 대한 회상도 떠올린 숨진 '전우'에 대한 그리움으로 가득한 것이었다.[96] 후에 한국인 위령탑 건립을 기념하여 출판된 『진혼』의 건립

93　「"政治の道具に利用"」, 『琉球新報』, 1975.9.3, 2쪽.
94　「『韓国人慰霊塔』を除幕」, 『韓国新聞』, 1975.9.6, 1쪽.
95　「沖縄 韓国人慰霊塔が除幕」, 『統一日報』, 1975.9.5, 3쪽.
96　尹英九 編, 앞의 책, 193~196쪽.

취지 부분에도 다음과 같은 글이 포함되었다.

> 저희들 전화 속에서 고난을 함께 하며 어렵게 생존한 동지들은 돌아가신 한국 출신 희생자들의 넋을 위로하며 위령탑을 건립하여 그 넋을 위로하고자 했습니다.
>
> 이는 일본인이 과거의 비참한 전쟁을 다시 되풀이하지 않겠다는 결의와 전쟁이 자칫하면 지난날의 비극으로 망각되려는 현재, 스스로의 반성과 평화를 위한 기념으로 삼고자 하기 때문입니다. 그리고 나아가 이 한국인 위령탑 건립이 한일 양국민의 진심에서 우러나는 우호친선의 상징으로 삼고자 합니다.[97]

취지문에는 이 계획이 종전 후 오키나와에서 한국인 희생자의 유골 수습 당시부터의 현안이었으나 제반 사정으로 실현되지 못하자 한국 정부와 민단의 전면적인 동참과 협력으로 건립될 수 있었다는 점도 기록되어 있다. 이리하여 관계자들의 다양한 의도가 엇갈리는 가운데 위령탑은 완성되었다.

구중회 일가의 유골 반환

마지막으로 일련의 사건 발단에 있었던 구메섬 사건의 피해자인 구중회 일가의 유골 반환이 어떻게 이루어졌는지를 확인해 두고자 한다. 제2절에서 언급한 것처럼 부산 총영사가 9월 28일에 유족 대표인 정갑

97　위의 책, 171~172쪽.

출을 초치해 가을에 오키나와에 유골조사단을 파견할 예정이며, 그때 조사에 임할 것 등을 전했을 때, 정갑출은 유골의 수령에 관하여 되도록 호의적으로 배려해 줄 것과 조위금 또는 위로금 등 모종의 형태로 일본 정부의 마음을 표시해 줄 것을 요청했다. 이후 후생성이 11월 24일에 구중회 일가의 유골이 나하시 하치만신토쿠지八幡神德寺 사찰에 안치되어 있는 것을 확인하고 12월에 원호국 담당관을 오키나와에 파견하여 오키나와현 전체의 유골 수집 조사를 실시할 예정이며 그때 일가의 유골을 도쿄에 지참할 의향이라며 외무성에 유족의 의향을 확인할 것을 요구했다. 다만, 구중회의 아내였던 오키나와인 지넨 우타知念ウタ의 유골에 대해서는 이미 지넨의 유족이 인수하기로 결정되어 있었다. 구중회와 그 자녀의 유골에 대해서는 원호국 담당관이 도쿄에 지참한 후 한국으로 보낼 예정이었던 것으로 보인다.[98]

그러나 부산 총영사관 직원이 일본 측의 의향을 구중회의 유족에게 전달하자 유족 측은 사건 조사 등을 위해 오키나와를 방문하기를 희망하며 일본 측의 지원을 요청했다. 총영사관 직원이 원조가 불가능하다고 하자, 유족 측은 유골 인수 시에 일본 측의 보상금 또는 위로금이 나와야 하고, 그렇지 않으면 앞으로 언론을 통해 여론에 호소하고 법원에도 제소해도록 변호사와 상담 중이라며 이에 응하지 않았다.[99] 부산 총영사로부터 보고를 받은 외무성은 후생성과 협의한 뒤 유골은 당분간 나

98   大平正芳外務大臣発在釜山田村総領事宛電報 第198号,「沖縄虐殺事件韓国人被害者
     の遺骨引取り」1972.11.25,『旧軍関連案件』.
99   在釜山田村総領事発大平正芳外務大臣宛電報 60921号,「オキナワぎゃくさつ事件韓
     国人ひ害者の遺こつ引取り」1972.12.5,『旧軍関連案件』.

하에 안치한다는 방침을 결정했다. 또한 구중회 유족의 오키나와 방문에 대한 여비 지급에 관해서는 일본인 유족의 경우에도 선례가 없기 때문에 요청에 응하기 어렵다고 하고 보상 문제에 대해서도 원호법의 적용 대상이 되지 않으며 현행 법령으로는 구제의 근거 법규가 없다고 하여, 종래 유골 인도 시에 공지해 온 대사 내지는 총영사로부터의 촌지 이상의 것은 할 수 없다고 했다.[100] 원호법의 적용을 받지 못하는 이유는 조카인 구자식이 한국인이고 유족급여금 지급 대상이 될 수 있는 구중회의 직계존비속이 아니라는 것이며, 조약상으로는 1965년 12월에 발효된 한일청구권협정 2조 제1항에 의해 양국 간의 청구권에 관한 문제는 완전하고 최종적으로 해결된 것이 확인되었기 때문에 유족은 일본 정부에 대해 아무런 청구권도 가지지 않는다고 해석된다는 것이었다. 다만, "인도적 견지에서 볼 때 매우 동정할 만한 사건이라는 점, 한국 국민 감정에 강하게 호소하는 바가 있다는 점, 일본 국내에서도 이런 종류의 사건이 국회에서 추궁되었고 나아가 일본변호사연합회 등의 조사 활동 움직임도 있다는 점 등 제반 사정에 비추어" 가능하다면 관계 각성 간에 모종의 구제 방법을 검토하고자 한다고 하였다. 또한 한국 국민 여론에 미칠 영향을 고려해 필요 이상의 매스컴 노출이 안 되도록 당부했다.[101] 외무성에 소장된 구메섬 사건 관련 사료는 여기에서 끊겼기 때문에 이후 관계 각성 간에 구제 방법이 검토되었는지 여부는 확인할 수 없다. 그러나 결론부터

---

100 大平正芳外務大臣発在釜山田村総領事宛電報 第206号,「沖縄虐殺事件韓国人被害者の遺骨引取り」, 1972.12.12, 『旧軍関連案件』.

101 大平正芳外務大臣発在釜山田村総領事宛電報 第208号,「沖縄虐殺事件韓国人被害者の遺骨引取り」, 1972.12.19, 『旧軍関連案件』.

말하면, 유골 반환은 1977년 12월 말로 미루어지게 되었다. 이 유골 반환에 진력한 것은 한국인 위령탑 봉안회 사무국장이 된 다카오 쓰네히코였다.[102] 나아가 조카인 구자식과 그 여동생이 구메섬을 방문할 수 있게 된 것은 그로부터 10년이 더 지난 1987년 11월 말이었다. 방문 당시 구자식은 77세였다.[103]

5. 맺음말

이상 살펴본 바와 같이, 한국인 위령탑 건립은 한국 정부, 민단, 다카오 쓰네히코를 중심으로 한 일본인 유지의 다양한 의도가 중첩된 가운데 실현된 것이다. 냉전체제 속에서 북한과의 관계를 강하게 의식하고 있던 한국 정부에게 위령탑 건립의 목적은 "오키나와에 북한과 조선총련의 침투를 방지하는 한편 북한보다 먼저 위령탑을 건립함으로써 대한민국 정부의 정통성과 유일성을 과시"하는 것이었다. 또한 북한과 오키나와 혁신 세력의 결합을 경계했던 한국 정부의 인식에 따르면 위령탑 건립 허가를 받을 대상인 오키나와 지사나 오키나와현청 직원은 혁신계여서 한국 정부에 허가를 내주지 않을 가능성이 있을 것으로 간주되었다. 이 때문에 같은 시기에 부상한 한일 양 무용단의 위령탑 건립 계획에 편승하여 민단과 다카오, 사이고 같은 일본인 독지가를 전면에 내세우게 되었

---

102 「33년만에 "無言"의 歸鄕」, 『東亞日報』, 1977.12.26, 7쪽.
103 「『むごい』泣き伏す遺族」, 『朝日新聞』, 1987.11.25, 30쪽.

다. 당시 오키나와에서는 한국 정부가 오키나와를 안전보장상의 이유로 중시하고 있다는 것은 일반적으로는 별로 인식되지 않았기 때문에 한국 정부가 단독으로 위령탑 건립 허가를 얻으려고 했을 경우에 야라 오키나와현청 직원이 한국과의 대립 관계를 이유로 이를 허가하지 않을 가능성이 있었는지는 의심스럽지만, 한국 정부뿐만 아니라 일본 측, 오키나와 측으로부터도 협력을 얻을 수 있었던 것은 지체없는 탑 건립으로 이어진 것으로 보인다.

한편, 발안자인 다카오에게도 한국 정부와 민단의 지원은 소중한 것이었다고 생각된다. 무용단의 자금력이 그리 크지 않아 성금을 모아봤자 한국 정부의 10만 달러 지원을 능가하는 액수를 모으기는 어려웠을 것이다. 다카오가 추도사에서 "우리는 지하에 잠든 여러분의 넋을 대신해 위령탑 건립에 협력해 주신 분들에 대해 마음속 깊이 감사드린다"고 언급했듯이, 한국 정부의 의도가 무엇이었든 간에 다카오에게는 탑 건립이 실현된 것 자체가 기쁜 일이었다고 생각된다. 다카오는 이후에도 1977년 구메섬 사건 희생자인 구중회의 유골 반환에 협력하는 등 한일 친선을 위한 노력을 계속했다. 냉전체제 속에서 오키나와와 한국의 관계가 규정되어 있는 가운데 오키나와전투의 기억을 매개로 한 한일 우호가 모색되고 있었던 것은 주목할 만한 점이 아닐까.

또한, 민단의 입장에서도 위령탑 건립은 바람직했던 것으로 보인다. 다카오가 위령탑 건립을 제기한 것과 같은 날, 시인 이기동이 기고한 「오키나와에 동포의 위령비를」이라는 글이 게재되었고, 그 속에서 아마도 1973년 2월에 전세균 오키나와 민단 단장과 만나 오키나와의 위령비 건립에 대해 논의했다는 내용이 담겨 있기 때문이다. 다만, 이 글의 끝에 쓰인 것은, "민단에서 하지 않으면 반드시 이 위령비 건은 총련에서 하는 것"이라는 인식에서 두 사람이 일치했다는 점이었다.[104] 민단도 한국정부와 마찬가지로 조선총련과의 대항의식에서 열심히 협력한 측면이 있었다고 할 수 있다.

한국 정부의 한국인 위령탑 건립에 대한 적극성은 같은 시기 히로시마에 건립된 '한국인 원폭 희생자 위령비'와 비교하면 보다 명백해진다. 히로시마의 위령비는 자신이 피폭자이며 원폭에 의해 자식과 조카 3명이 희생된 히로시마시에 거주하는 윤병도尹炳道가 제기해 건립되었다. 윤병도는 전후 20년이 되도록 한국인 희생자를 위한 위령비가 없다는 것을 안타까워하며 2년에 걸쳐 70명의 발기인을 모아 히로시마 시장의 협력도 얻어냈고 건립 기금은 모금활동을 통해 마련했다. 당초에는 박정희 대통령에게 비문의 휘호를 의뢰했으나 다망하여 이효상 대한민국 국회의장 국회의장이 휘호했으며 비석 제막식에는 김재권 공사 등이 참석하게 되었다.[105] 1970년은 박정희 정권이 주한미군 철수 문제로 흔들리던 시기로, 위령비 건립에 관여할 여유가 없었을 수도 있지만, 어쨌든 당시 한국 정부에게 가장 중요한 것은 안전보장 문제였다고 할 수 있다.

이런 가운데 본래대로라면 가장 중시되어야 할 오키나와전투 희생자와 피해자, 그리고 희생자의 유족은 구자식의 예처럼 방치되어 버렸다.

---

104 「沖繩に同胞の慰霊碑を」, 『韓国新聞』, 1974.2.16.
105 「全国在日朝鮮人教育研究協議会・広島」, 有志, ピカ資料研究所 編, 『資料・韓国人原爆犠牲者慰霊碑』, 碑の会, 1989, 26・28~30쪽.

오키나와의 마부니라는 격전지에 한국인 위령탑이 건립된 것은 오키나와전투 중에 한반도 출신자가 희생되었음을 후세에 전하는 데에는 의의가 있는 일이며, 거기에는 다카오 쓰네히코와 같이 진지하게 피해자, 희생자의 위령을 위해 비석 건립에 진력한 인물이 없지는 않았다. 그러나 한반도의 남북 대립이라는 체제가 지속되는 가운데 건립된 탑의 정치성이나 희생자가 등한시되어 버린 점은 재검토될 필요가 있다고 생각된다. 또한 도미무라 준이치가 제기한 것처럼, 사건에 대해 파악하면서도 시효가 지난 사건으로서 명확한 대응을 하지 않은 일본 측의 책임도 되물을 필요가 있을 것이다.

최근에 오키나와현 모토부정 겐켄健堅에서 제2차 세계대전 종전 전에 조선인 유골이 일본인과 함께 가매장되었던 것이 발견되었고, 2020년 2월에는 한국, 타이완, 일본의 민간단체의 공동작업으로 발굴 작업이 이루어졌다.[106] 유골을 발굴하는 데에는 이르지 못했지만, 이러한 노력에 대한 관심이 확산되는 것이 식민지체제, 그리고 그 후의 냉전체제하에서 비가시화되어 온 사람들에 대한 진정한 의미의 위령으로 이어지지 않을까.

---

106 모토부정의 조선인 유골 발굴 배경이나 경위에 대해서는 沖本, 앞의 책, 48~57쪽 참조.

참고문헌

1부_ 오키나와라는 질문

「포스트 이하 후유 시대의 '주체'의 행방」 사키하마 사나

Chen, Kuan-Hsing, *Asia as Method : Towards Deimperializaion*, Durham : Duke University Press, 2010.

Harootunian, Harry, *Overcome by Modernity : History, Culture and Community in Interwar Japan*, New Jersey : Princeton University Press, 2000.

James C Scott, *Against the Grain : A Deep History of the Earliest States*, New Haven : Yale University Press, 2017.

Nick Srnicek and Alex Williams, *Inventing the future : Postcapitalism and a World Without Work*, London and New York : Verso, 2016.

Rancière, Jacques, *La Mésentente*, Paris : Galilèe, 1995.

ハリー・ハルトゥーニアン, 梅森直之訳, 『近代による超克ー戦間期日本の歴史・文化・共同体』上・下, 岩波書店, 2007.

高橋哲哉, 『沖縄の米軍基地ー「県外移設」を考える』, 集英社, 2015.

崎濱紗奈, 『伊波普猷の「日琉同祖論」ー「政治神学」から「政治」へ』, 東京大学大学院総合文化研究科超域文化科学専攻表象文化論コース博士論文, 2021.

金城正篤・高良倉吉, 『伊波普猷ー沖縄史像とその思想』, 清水書院, 1972.

大城立裕, 「伊波普猷の思想ー「琉球民族」アポリアのために」, 外間守善編, 『伊波普猷ー人と思想』, 平凡社, 1976.

大田昌秀, 「伊波普猷の学問と思想」, 『沖縄学の黎明ー伊波普猷生誕百年記念誌』, 沖縄文化協会, 1976.

琉球新報社編集局, 『琉球新報が挑んだファクトチェック・フェイク監視』, 高文研, 2019.

立木勝訳, 『反穀物の人類史ー国家誕生のディープヒストリー』, みすず書房, 2019.

冨山一郎, 『近代日本社会と「沖縄人」ー「日本人」になるということ』, 日本経済評論社, 1990.

_____, 『暴力の予感ー伊波普猷における危機の問題』, 岩波書店, 2002(한국어판은 송석원・손지연・김우자 역, 『폭력의 예감』, 그린비, 2009).

_____, 『流着の思想』, インパクト出版会, 2013(한국어판은 심정명 역, 『유착의 사상』, 글항아리, 2015).

比屋根照夫, 『近代日本と伊波普猷』, 三一書房, 1981.

森宣雄・鳥山淳, 『「島ぐるみ闘争」はどう準備されたかー沖縄が目指す〈あま世〉への道』, 不二出版, 2013.

小熊英二,『単一民族神話の起源-〈日本人〉の自画像の系譜)』, 新曜社, 1995(한국어판은 조현설 역,『일본 단일민족신화의 기원』, 소명출판, 2003).

松島泰勝,『琉球独立への道-植民地主義に抗う琉球ナショナリズム』, 法律文化社, 2012.

松葉祥一・大森秀臣・藤江成夫訳,『不和あるいは了解なき了解-政治の哲学は可能か』, インスクリプト, 2005.

新城郁夫,『沖縄に連なる-思想と運動が出会うところ』, 岩波書店, 2018.

新川明,『異族と天皇の国家-沖縄民衆史への試み』, 二月社, 1973.

安藤礼二,『神々の闘争』, 講談社, 2004.

屋嘉比収,「「反復帰」論を, いかに接木するか-反復帰論, 共和社会憲法案, 平和憲法」,『情況』第3期第9巻第8号, 情況出版, 2008.10.

外間守善 編,『伊波普猷-人と思想』, 平凡社, 1976.

_____,『伊波普猷論』, 平凡社, 1993.

伊佐眞一,『伊波普猷批判序説』, 影書房, 2007.

伊波普猷,「琉球史の趨勢」,『伊波普猷全集』第1巻, 平凡社, 1974.

_____,「琉球史の趨勢」, 服部四郎・仲宗根政善・外間守善編,『伊波普猷全集』第7巻, 平凡社, 1975.

_____,「飛行機」,『伊波普猷全集』第10巻, 平凡社, 1976.

_____,「布哇産業史の裏面」,『伊波普猷全集』第11巻, 平凡社, 1976.

_____,『沖縄考』,『伊波普猷全集』第11巻, 平凡社, 1974.

_____,「琉球民族の精神分析」,『伊波普猷全集』第7巻, 平凡社, 1974,

酒井直樹,『日本思想という問題-翻訳と主体』, 岩波書店, 1997.

仲里効,「ふるえる三角形-いまに吹き返すく反復帰)の風」,『世界』第759号, 岩波書店, 2006.12.

中村生雄,『折口信夫の戦後天皇論』, 法蔵館, 1995.

知念ウシ,『シランフーナーの暴力』, 未來社, 2013.

陳光興, 丸川哲史訳,『脱帝国-方法としてのアジア』, 以文社, 2011.

川田稔,『柳田国男-知と社会構想の全貌』, 筑摩書房, 2016.

沖縄タイムス社編集局,「幻想のメディア取材班」,『幻想のメディア-SNSから見える沖縄』, 高文研, 2019.

馮啓斌・崎濱紗奈,「第三次反安保運動下的沖縄基地問題-従SEALDs談起」,『文化研究』第21期(秋), 國立交通大學出版社, 2015.

向井清史,『沖縄近代経済史-資本主義の発達と辺境地農業』, 日本経済評論社, 1988.

「이민의 이동론적 전회와 오키나와 출신 – 이민자 · 피차별 부락 출신 이민자」 도모쓰네 쓰토무

Ethnic Studies Oral History Project, *Uchinanchu : A History of Okinawans in Hawaii*, University of Hawaii, 1981.

George, De Vos. Hiroshi Wagatsuma, *Japan's Invisible Race : Caste in Culture and Personality*, University of California Press, 1966.

Hirooka Kiyonobu, Tomotsune Tsutomu, "Buraku Immigrants in the American West", *Journal of Japan Studies*, No.8. International Center for Japanese Studies, Tokyo University of Foreign Studies, 2018.

ニアリー, イアン, 森山沾一 監訳, 『松本治一郎』, 明石書店, 2016.

パッシン, ハーバート, 磯村英一, 「戦後「同和行政」史を行く占領行政下の部落問題」, 『部落解放』第211号, 1984.

関口寛, 「アメリカに渡った被差別部落民 – 太平洋を巡る「人種化」と「つながり」の歴史経験」, 田辺明生 · 竹沢泰子 · 成田龍一編『環太平洋地域の移動と人種 – 統治から管理へ, 遭遇から連帯へ』, 京都大学学術出版会, 2020.

友常勉, 「アメリカ黒人暴動史」, 河出書房新社編集部編, 『ブラック · ライブズ · マター 黒人たちの叛乱は何を問うのか』, 河出書房新社, 2020a.

友常勉, 「部落出身者のハワイ · 北米移民」, 『部落解放』797号, 2020.

伊豫谷登士翁 · テッサ · モーリス＝スズキ · 吉原直樹 外 編, 『応答する〈移動と場所〉』, ハーベスト社, 2019.

「트랜스퍼시픽 연구로서의 '오키나와학' – 오키나와와 하와이 간 '원조 · 구제 네트워크' 분석」
마스부치 아사코

Asako Masubuchi, "Nursing the U.S. Occupation : Okinawan Public Health Nurses in U.S. – Occupied Okinawa", In Pedro Lacobelli and Hiroko Matsuda, eds. *Beyond American occupation : Race and Agency in Okinawa*, 1945-2015, Lexington Books, Rowman and Littlefield, 2017.

Chieko Omine, "Rainbow over Sprinkler", in *Bridge of Rainbow : Linking East & West Fifty Years History of East-West Center Grantees*, Okinawa : East – West Center Alumni Okinawa Chapter, 2014.

Christina Klein, *Cold War Orientalism : Asia in the Middlebrow Imagination, 1945-1961*, Berkeley : University of California Press, 2003, p.244.

East West Center, *Annual Report 1972*, xvi. University of Hawai'i Hamilton Library, Hawaiian and Pacific Collection, Honolulu, Hawai'i.

Juliet Nebolon, "Life Given Straight from the Heart : Settler Militarism, Biopolitics, and Public Health in Hawai'i during World War II", *American Quarterly*, Vol.69, No.1, March 2017.

Lisa Lowe, *Immigrant Acts : On Asian American Cultural Politics*, Durham : Duke University Press, 1996, p.10.

Lisa Yoneyama, *Cold War Ruins : Transpacific Critique of American Justice and Japanese War Crimes*, Durham : Duke University, 2016.

Masako Yamashiro, "What I have learned at East－West Center", in *Bridge of Rainbow : Linking East & West Fifty Years History of East-West Center Grantees*, Okinawa : East－West Center Alumni Okinawa Chapter, 2014.

Mire Koikari, *Cold War Encounters in US-Occupied Okinawa : Women, Militarized Domesticity and Transnationalism in East Asia*, Cambridge : Cambridge University Press, 2015.

Ock－Joo Kim, "The Minnesota Project : The Influence of American Medicine on the Development of Medical Education and Medical Research", *Korean Journal of Medical History* vol.9, June, 2000.

Office of International Programs University of Hawaii, *The Peace Corps and Hawaii : A Discussion Paper*, 1 (date unknown), University of Hawaii Hamilton Library, Hawaiian Pacific Collection.

Okinawan Studies No.1, *The Okinawans : A Japanese Minority Group, Summary Statement* (Second Edition), Honolulu, Hawaii : Office of Strategic Services, Honolulu, Hawaii, March 16, 1944, University of Hawaii, Hamilton Library Hawaiian and Pacific Collection.

Quoted in Krauss, Bob, "Hawaii's Role in Helping East－West Understanding", *Honolulu Advertiser* (date unknown), clipped and collected in AID/ITI documents, Box 182 Newspaper Clippings, University of University of Hawai'i Hamilton Library, Honolulu, Hawai'i, University Archives and Manuscript Collections.

Setsu Shigematsu and Keith L.Camacho, eds, *Militarized Currents : Toward a Decolonized Future in Asia and the Pacific*, Minnesota : University of Minnesota Press, 2010.

Simeon Man, *Conscripts of Empire : Race and Soldiering in the Decolonizing Pacific*, Ph.D. Dissertation, Yale University, 2012

United States Civil Administration of the Ryukyu Islands, *High Commissioner Report, 1968-69*.

amey Essex, *Development, Security, and Aid : Geopolitics and Geoeconomics at the U.S. Agency for International Development*, Athens : University of Georgia Press, 2013.

『布哇之沖繩縣人』, ホノルルー実業之布哇社, 1919.

下嶋哲郎, 「豚, 太平洋を渡る」, 『琉球新報』, 1994.5.9~1995.1.9.

_____, 『海から豚がやってきた』, くもん出版, 1992.

伊波普猷,『沖縄歴史物語』, 平凡社, 2001.

_____,『沖縄歴史物語』, 沖縄青年同盟中央事務局, 1947.

佐々木嬉代三,「移住民問題を通して見た沖縄と日本」,『立命館言語文化研究』5−3, 1994.

冨山一郎,『近代日本社会と「沖縄人」−「日本人」になるということ−』, 日本経済評論社, 1990.

_____,『流着の思想』, インパクト出版会, 2013(한국어판은 심정명 역,『유착의 사상』, 글항아리, 2015).

北山(新城銀次郎),「自由沖縄論」15,『ハワイ・スター』, 1947.6.12.

原山浩介,「労働者向け新聞『ハワイスター』の時代−太平洋戦争後のハワイにおける思想状況の断面」, 朝日祥之・原山浩介編,『アメリカ・ハワイ日系社会の歴史と言語文化』, 東京堂出版, 2015.

在米沖縄復興連盟書記局,「全米定期総会報告」, 1949年7月号外.

宮城悦二郎,『占領者の眼』, 那覇出版社, 1982.

小川真知子,「太平洋戦争中のハワイにおける日系人強制収用−消された過去を追って」,『立命館言語文化研究』25巻 第1号, 2013.

山里勝己,「大学の誕生−湧川清栄とハワイにおける大学設立運動」,『更生沖縄』創刊号, 1947.11.

_____,『琉大物語1947−1972』, 琉球新報社, 2010.

岡野宣勝,「占領者と被占領者のはざまを生きる移民−アメリカの統治政策とハワイのオキナワ人」,『移民研究年報』第13号, 2007.

_____,「戦後ハワイにおける「沖縄問題」の展開−米国の沖縄統治政策と沖縄移民の関係について−」,『移民研究』4号, 2008.2.

_____,「戦後ハワイにおける「沖縄問題」の展開−米国の沖縄統治政策と沖縄移民の関係について」,『移民研究』第4号, 2008.

比嘉太郎,『ある二世の轍−奇形児と称された帰米二世が太平洋戦を中心に辿った数奇の足取り』, 日賀出版局, 1982.

_____,『移民は生きる』, 日米時報社, 1974.

湧川清栄,「ハワイ沖縄県人の思想活動抄史」,『季刊沖縄』創刊号(創刊 1979年, 4月),

_____,『アメリカと日本の架け橋・湧川清栄−ハワイに生きた異色のウチナーンチュ』, ニライ社, 2000.

_____,「沖縄の救済は先づ教育より」,『ハワイタイムス』, 1947.8.11.

琉球政府統計庁,「琉球統計年鑑」, 沖縄県統計資料,(https://www.pref.okinawa.jp/toukeika/)

米山リサ,『暴力・戦争・リドレス−多文化主義のポリティクス』, 岩波書店, 2003.

豊見山和美,「琉球列島米国民政府が実施した「国民指導員計画」について」,『沖縄県公文書

館紀要』第17号, 2015.

Interview with Neal L. Gault Junior, by Associate Dean Ann M. Pflaum, University of Minnesota, January 18 and 19, 1999, University of Minnesota Libraries Digital Conservancy https://conservancy.umn.edu/handle/11299/5842 [last accessed December 5, 2017]

Letter from Jensen to Gault, October 22, 1969, U8080023B [Box No. 43 of HCRI－HEW, Folder No. 7, Gault, NealL., Jr. M.D.], 沖縄県公文書館.

2부_ 상흔의 기억과 기억의 상처

「국가폭력의 전후적 기억, 국가폭력을 내파하는 문학적 상상력
－메도루마 슌과 오시로 다쓰히로의 대비를 통해」손지연

目取真俊,「平和通りと名付けられた街を歩いて」,『沖縄文学全集』9巻, 国書刊行会, 1990.

_____,『群蝶の木』, 朝日新聞社, 2001.

_____,「一月七日」,『魚群記』(目取真俊短篇小説選集1), 影書房, 2013.

_____,「沖縄の文化状況の現在について」,『けーし風』13号, 1998.12.

_____,『ヤンバルの深き森と海より』, 影書房, 2020.

目取真俊・仲里効,「行動すること, 書くことの磁力」,『越境広場』4号, 2017.12.

大城立裕,『普天間よ』, 新潮社, 2011.

_____,「神島」,『大城立裕全集』9, 勉誠出版, 2002.

新川明,「『主体的出発』ということ一大城立裕氏らの批判に応える」,『沖縄文学』2号, 1957.12.

_____,『沖縄・統合と反逆』, 筑摩書房, 2000.

가노 미키요, 손지연 외역,『천황제와 젠더』, 소명출판, 2013.

고명철,「'해설' 문학적 보복과 문학적 행동주의」, 메도루마 슌, 곽형덕 편,『메도루마 슌 작품집1 어군기』, 문, 2017.

오시로 다쓰히로, 손지연 역,「후텐마여」, 김재용 편,『현대 오키나와문학의 이해』, 역락, 2018.

_____,「신의 섬」,『오시로 다쓰히로 문학선집』, 글누림, 2016.

조정민,『오키나와를 읽다』, 소명출판, 2017.

「번역과 연대－김석희의「땅울림」 번역에 대하여」사토 이즈미

「『火山島』刊行記念シンポジウム」, 成蹊大学アジア太平洋研究センター・岩波書店共催,

2015.11.8.

金煥基・金鶴童訳,『火山島』,報告社, 2015.

金石範・安達史人他,『金石範《火山島》小説世界を語る!』,右文書院, 2010.

「海鳴りの島から沖縄・ヤンバルより」2015.11.4.(https://blog.goo.ne.jp/awamori777/e/69c7c912c8bf8
　　08cdcaba191ddb918aa)

ヴァルター・ベンヤミン,「翻訳者の課題」,山口弘之編訳,『ベンヤミン・アンソロジー』,河
　　出書房新社, 2011.

「'번역'되는 강간과 남성 섹슈얼리티
─오시로 다쓰히로의『칵테일파티』와 오시마 나기사의〈교사형〉사이에서」고영란

マイク・モラスキー,『占領の記憶・記憶の占領 戦後沖縄・日本とアメリカ』,青土社, 2006.

佐藤泉,「李珍宇の文学的形象と「半日本人」の思想と」,『戦後日本文化』,坪井英人編,三人
　　社, 2019.

四方田犬彦,『大島渚と日本』,筑摩書房, 2010.

大城立裕,「番外日本人への道」,『波』,新潮社, 1989.5.

＿＿＿＿,『カクテル・パーティー』,岩波現代文庫, 2011.

＿＿＿＿・大江健三郎,「(対談)文学と政治」,『文学界』, 1967.10.

大岡昇平,「文芸時評(上)」,『朝日新聞』夕刊, 1967.8.28.

大島渚,『大島渚1968』,青土社, 2004.

＿＿＿,『魔と残酷の発想』,芳賀書店, 1966.12.

小野沢稔彦,『大島渚の時代』,毎日新聞社, 2013.

新城郁夫,『沖縄文学という企て 葛藤する言語・身体・記憶』,インパクト出版会, 2003.

本浜秀彦,「沖縄というモチーフ,『オキナワ文学』のテクスト」,『沖縄文芸年鑑』,沖縄タイム
　　ス社, 2000.

松下優一,「作家・大城立裕の立場決定─「文学場」の社会学の視点から」,『三田社会学会』
　　16, 2011.7.

波平恒男,「大城立裕の文學にみる沖縄人の戦後」,『現代思想』, 2001.9.

琉球政府立法院事務局法制部分法考査課監修,『一九六九年版 琉球法令集(布告・公布編)』,
　　大同印刷, 1969.

神崎清,『買春』,現代史出版会, 1974.

趙慶喜,「『朝鮮人死刑囚』をめぐる専有の構図─小松川事件と日本/『朝鮮』」,『東方学志』
　　158, 2012.6.

鈴木直子,「大城立裕におけるアイデンティティと言語─二つの「カクテル・パーティー」

をめぐって」,『青山学院女子短期大学総合文化研究所年報』21, 2013.12.

高榮蘭,『戦後というイデオロギー』,藤原書房, 2010.

鹿野政直,『戦後沖縄の思想像』,朝日新聞社, 1987.

黃鎬德,「『もっと朝鮮人らしく』,芝居としての『在日』大島渚, 法を超える文法」,『KAWADE夢ムック文藝別冊総特集大島渚』(藤井たけし訳), 河出書房新社, 2013.5.

손지연,「국가폭력의 전후적 기억, 국가폭력을 내파하는 문학적 상상력 – 메도루마 슌과 다쓰히로의 대비를 통해」,『일본학보』126, 2021.

3부 오키나와/제주, 포스트 냉전의 시공간

「개발과 근대화 프로젝트 – 제주와 오키나와가 만나는 방식」 손지연 | 김동현

大城立裕,『普天間よ』, 新潮社, 2011.

宮田裕,「日本政府の沖縄政策 – 戦後処理から沖縄振興へ」,『域研究所』22, 沖縄大学地域研究所, 2018.

来真泰男,「那覇市の戦後復興 – 「首都化」の必要性説く」, 那覇市歴史博物館 編,『戦後をたどる – 「アメリカ世」から「ヤマトの世」へ』, 琉球新報社. 2007.

강남규·황석규·김동주,「제주도 개발과 주민운동 사료집 해제」, 제주민주화운동사료연구소,『제주민주화운동사료집』II, 2018.

고명철·김동윤·김동현,『제주, 화산도를 말하다』, 보고사, 2017.

_____,「4·3소설의 현재적 좌표 – 1987년 6월항쟁 이후 발표된 4·3소설을 중심으로」,『반교어문연구』제14집, 2002.

김동윤,「역사적 상상력과 생태학적 상상력의 만남 – 현기영의 「마지막 테우리」론」,『4·3의 진실과 문학』, 각, 2003.

김동현,「반공주의와 '개발'의 정치학 – 제주의 사례를 중심으로」,『한민족문화연구』65, 2019.3.

김영관,『제주개발 50년의 서막을 열다』,『제주일보』, 2014.

루이 알뛰세르, 김동수 역,『아미엥에서의 주장』, 솔출판사, 1991.

메도루마 슌, 안행순 역,『오키나와의 눈물』, 논형, 2013.

박근호, 김성칠 역,『박정희 경제신화 해부 – 정책 없는 고도성장』, 회화나무, 2017.

박태균,「1960년대 반공 이데올로기의 진화」, 김동춘 외,『반공의 시대 – 한국과 독일, 냉전의 정치』, 돌베개, 2015.

발터 벤야민, 최성만 역,「폭력 비판을 위하여」,『역사의 개념에 대하여, 폭력 비판을 위하여,

초현실주의 외―발터 벤야민 선집』 5, 2008.

아라사키 모리테루, 정영신·미야우치 아키오 역, 『오키나와현대사』, 논형, 2008.

에드워드 사이드, 박홍규 역, 『문화와 제국주의』, 문예출판사, 2014.

이상철, 「제주도 개발정책과 도민 태도의 변화」, 『탐라문화』 12호, 1995.

_____, 「제주도의 개발과 사회문화 변동」, 『탐라문화』 17호, 1997.

정영신, 「오키나와의 기지화·군사화에 관한 연구」, 『기지의 섬, 오키나와』, 논형, 2008.

조덕송, 「현지보고, 유혈의 제주도」, 『신천지』, 1948년 7월호.

카를 슈미트, 김항 역, 『정치신학』, 그린비, 2010.

현기영, 「마지막 테우리」, 창비, 1994.

신문자료

『경향신문』, 1969.7.18·1972.1.5·1989.3.18.

『동아일보』, 1975.7.19.

제주개발문제연구소, 『개발제주』 창간호, 1975.8.

『제주신문』 1965.3.6.

『제남신문』 1976.1.1.

『한성일보』 1946.10.22.

「1950년대 본토 일본문학에 그려진 '냉전기지' 오키나와
―히노 아시헤이의 소설·희곡「끊겨진 밧줄」을 중심으로」 김지영

Mire Koikari, *Cold War Encounters in US Occupied Okinawa : Women, Domesticity, and Transnationalism in East Asia*, Cambridge : Cambridge University Press, 2015.

劇団文化座@web. (http://bunkaza.com/sp/okinawa/okinawa1.html)

「火野氏の戯曲, モスクワでテレビ放送―沖縄を描く反戦劇「ちぎられた縄」」, 『東京新聞』, 1959.1.31.

『文化座創立15年記念公演―「ちぎられた縄」パンフレット』, 文化座, 1956.

マイク・モラスキー(著), 鈴木直子(訳), 『占領の記憶/記憶の占領―戦後沖縄·日本とアメリカ』, 青土社, 2006.

仁衡琢磨, 「「本土」人が描いた沖縄と基地問題―火野葦平と当事者性」, 『脈』 95号, 脈発行所, 2017.

仲本和彦, 「ロジャー·N·ボールドウィンと島ぐるみ闘争」, 『沖縄県公文書館研究紀要』 16, 沖縄県公文書館, 2014.

仲程昌徳, 『小説の中の沖縄―本土誌で描かれた「沖縄」をめぐる物語』, 沖縄タイムス社, 2009.

北野辰一, 「沖縄―火野葦平と木下順二」, 『脈』 95号, 脈発行所, 2017.

原田種夫,「実説・火野葦平(抄)ー 九州文学 とその周辺」,『現代日本文学大系 75 石川達三・火野葦平集』, 筑摩書房, 2010.

坂口博,「火野葦平と沖縄」,『脈』95号, 脈発行所, 2017.

増田周子,『1955年 アジア諸国会議とその周辺』, 関西大学出版部, 2014.

大城立裕,「神島 の作者から」,『木下順二集5』月報13, 岩波書店, 1989.

大江健三郎,『沖縄ノート』, 岩波書店, 1970.

小川忠,『戦後米国の沖縄文化戦略ー琉球大学とミシガン・ミッション』, 岩波書店, 2012.

小熊英二,『〈日本人〉の境界ー沖縄・アイヌ・台湾・朝鮮 植民地運動から復帰運動まで』, 新曜社, 2012.

屋嘉比収・近藤健一郎・新城郁夫・藤沢健一・鳥山淳(編),『沖縄に向き合うーまなざしと方法』, 社会評論社, 2008.

山里勝己,『琉大物語 1947-1972』, 琉球新報社, 2010.

岩尾正勝,「石川達三 火野葦平 研究案内」,『現代日本文学大系』第75巻月報, 筑摩書房, 1972.

平良好利,『戦後沖縄と米軍基地ー「受容」と「拒絶」のはざまでー1945-1972年』, 法政大学出版局, 2013.

我部聖,「琉球大学における 表現と検閲ー一九五〇年代 琉球大学学生新聞 を中心に」,『沖縄文化研究』38, 法政大学沖縄文化研究所, 2012.

新城郁夫 編,『撹乱する島ージェンター的視点』, 社会評論社, 2008.

_____,『沖縄文学という企てー葛藤する言語・身体・記憶』, インパクト出版会, 2003.

曽野綾子,『ある神話の背景ー沖縄・渡嘉敷島の集団自決, 文藝春秋, 1973.

松下博文,「資料 山之口貘ー火野葦平「戯曲 ちぎられた縄」パンフレット掲載作品」,『文献探究』27, 文献探究の会, 1991.3.

松島淨,「火野葦平ノート」,『脈』95号, 脈発行所, 2017.

渡辺考,『戦場で書くー火野葦平と従軍作家たち』, NHK出版, 2015.

溝口聡,『アメリカ占領期の沖縄高等教育ー文化冷戦時代の民主教育の光と影』, 吉田書店, 2019.

火野葦平,「ちぎられた縄」,『現代日本戯曲大系』第三巻, 三一書房, 1971.

_____,「地獄島沖縄」,『脈』95号, 脈発行所, 2017.

_____,「解説」,『火野葦平選集』第六巻, 創元社, 1959.

_____,『ちぎられた縄ー琉球物語』, 小壺天書房, 1959.

_____,『河童会議, 文藝春秋新社, 1958.

_____,「「ちぎられた縄」モスクワ, テレビ放送に関するメッセージ」, 受入番号 HA4 0081, 北九州文学館 所蔵.

目取真俊,『ヤンバルの深き森と海より』, 影書房, 2020.

日取真俊, 『沖縄「戦後」ゼロ年』, NHK出版, 2005.

秋山道宏, 『基地社会·沖縄と「島ぐるみ」の運動－B52撤去運動から県益擁護運動へ』, 八朔社, 2019.

細田哲史(編), 『復刻版 琉大文学』付録, 不二出版, 2014.

若林千代, 『ジープと砂塵－米軍占領下沖縄の政治社会と東アジア冷戦 1945－1950』, 有志舍, 2015.

藤沢健一(編), 『反復帰と反国家－「お国は?」』, 社会評論社, 2008.

門奈直樹, 『アメリカ占領時代 沖縄言論統制史』, 雄山閣, 1996.

阿波根昌鴻, 『米軍と農民－沖縄県伊江島』, 岩波書店, 2017.

鹿野政直, 「否の文学－ 琉大文学 の航跡」, 『沖縄文化研究』12. 法政大学沖縄文化研究所, 1986.

_____, 『戦後資料 沖縄』, 日本評論社, 1969.

_____, 『生贄の島－沖縄女生徒の記録』, 講談社, 1970.

개번 매코맥·노리마쯔 사또꼬, 정영신 역, 『저항하는 섬, 오키나와－미국과 일본에 맞선 70년간의 기록』, 창비, 2014.

곽형덕, 「해방과 점령, 전후와 냉전의 교차－시모타 세이지의 오키나와섬을 중심으로」, 『일어일문학연구』Vol.117. 한국일어일문학회, 2021.

김지영, 「히노 아시헤이의 냉전기행－붉은 나라의 여행자 와 아메리카 탐험기 사이에서 바라본 전후일본의 '친미'와 '반미'」, 『일본학보』No.120. 한국일본학회, 2019.

_____, 「히노 아시헤이의 전후 평화주의와 냉전의 심상지리－'반핵평화' 담론을 중심으로」, 『일본비평』Vol.12 No.1. 서울대학교 일본연구소, 2020.

도미야마 이치로, 「오키나와 전쟁 트라우마와 냉전」, 『한국학연구』No.28. 인하대한국학연구소, 2012.

마루카와 데쓰시, 장세진 역, 『냉전문화론－1945년 이후 일본의 영화와 문학은 냉전을 어떻게 기억하는가』, 너머북스, 2010.

손지연, 「오키나와 '집단자결'을 둘러싼 일본 본토(인)의 교착된 시선」, 『비교문화연구』Vol.57. 경희대비교문화연구소, 2019.

아라사키 모리테루, 백영서·이한결 역, 『오키나와, 구조적 차별과 저항의 현장』, 창비, 2013.

_____, 정영신·미야우치 아키오 역, 『오키나와현대사』, 논형, 2008.

「마이너리티의 역사기록운동과 오키나와의 일본군 '위안부'」 임경화

九州弁護士会連合会, 『日本の戦後処理を問う－復帰二十年の沖縄から』(第45回九弁連大会シンポジウム報告集), 1992.

金美恵,「沖縄のなかの朝鮮人(下)」,『月刊イオ』209, 朝鮮新報社, 2013.

那覇市市役所市史編集室,『市民の戦時体験記』1, 那覇市市役所市史編集室, 1971.

嶋津与志,『沖縄戦を考える』, ひるぎ社, 1983.

琉球政府 編,『沖縄縣史』9(沖縄戦記録1), 琉球政府, 1971.

朴慶植,『朝鮮人強制連行の記録』, 未来社, 1965.

山谷哲夫,『沖縄のハルモニー証言・従軍慰安婦』, 無明舎, 1979.

_____,『沖縄のハルモニー大日本売春史』, 晩聲社, 1979.

月刊イオ編集部 著,「対談 強制連行の実態を明らかにした朝・日合同の現地調査 山田昭次
　×柳光守」,『月刊イオ』196, 朝鮮新報社, 2012.

石原昌家,「沖縄戦体験記録運動の展開と継承」,『沖縄文化研究』12, 法政大学沖縄文化研究
　所, 1986.

新崎盛暉,『沖縄現代史』(新版), 岩波書店, 2005.

新城郁夫,『到来する沖縄－沖縄表象批判論』, インパクト出版会, 2007.

安仁屋政昭,「庶民の戦争体験記録について」, 沖縄県教育委員会 編,『沖縄縣史』10(沖縄戦
　記録2), 沖縄県教育委員会, 1974.

第二次大戦時沖縄朝鮮人強制連行虐殺真相調査団,『第二次大戦時沖縄朝鮮人強制連行虐
　殺真相調査団報告書』, 第二次大戦時沖縄朝鮮人強制連行虐殺真相調査団, 1972.

照屋大哲,「沖縄県史・市町村史に収録された朝鮮人「慰安婦」「軍夫」「慰安所」についての
　証言・手記に関するデータベース」,『琉球アジア社会文化研究』19, 琉球アジア社会文
　化研究会, 2016.

川田文子,『赤瓦の家－朝鮮から来た従軍慰安婦』, 筑摩書房, 1987.

_____,『イアンフとよばれた戦場の少女』, 高文研, 2005.

沖縄県教育委員会 編,『沖縄縣史』10(沖縄戦記録2), 沖縄県教育委員会, 1974.

沖縄県教職員組合・戦争犯罪追求委員会,『これが日本軍だ－沖縄戦に置ける残虐行為』, 沖
　縄県教職員組合, 1972.

樋口雄一,「朝鮮人強制動員研究の現況と課題」,『大原社会問題研究所雑誌』686, 法政大学
　大原社会問題研究所, 2015.

김미혜,「오키나와의 조선인－배봉기 씨의 '자기증명'의 이중적 의미를 중심으로」,『나를
　증명하기－아시아에서의 국적・여권・등록』, 한울, 2017.

김일성,『김일성 저작집』26, 평양 : 조선로동당출판사, 1984.

김지형,「일제 강제연행 41만 명부 국내 첫 공개, "자료는 어딘가에 반드시 있다"」,『민족21』
　25, 민족21, 2003.

소현숙,「기림의 날에 기억하는 김학순과 그녀의 증언」, 일본군'위안부'문제연구소 웹진 결,
　http://www.kyeol.kr/node/180, 게시일 : 2019.8.16.

오세종, 손지연 역, 『오키나와 조선의 틈새에서 ─ 조선인의 '가시화/불가시화'를 둘러싼
　　역사와 담론』, 서울 : 소명출판, 2019.
외무부, 『오키나와 한국인 위령탑 건립, 1974~1975』 1, 관리번호 : DA0093946, 1975
＿＿＿＿, 『재외공관 설치 ─ 나하(오키나와, 일본) 영사관, 1971~73』, 관리번호 : BA0881171, 1973.
＿＿＿＿, 『조총련 동향, 1973』, 관리번호 : BA0881372, 1973.
이영훈 외, 『반일 종족주의 ─ 대한민국 위기의 근원』, 미래사, 2019.
임경화, 「'분단'과 '분단'을 잇다 ─ 미군정기 오키나와의 국제연대운동과 한반도」, 『상허학
　　보』 44, 상허학회, 2015.
＿＿＿＿, 「오키나와의 아리랑 ─ 미군정기 오키나와의 잔류 조선인들과 남북한」, 『대동문화연
　　구』 89, 성균관대 대동문화연구원, 2015.
최영호, 「박경식 선생님을 추모하며」, 『한국민족운동사연구』 18, 한국민족운동사학회, 1998.
한국정신대연구소, 「오키나와 거주 일본군 위안부 피해자 배봉기 증언」, 여성가족부, 2006.

「오키나와 한국인 위령탑 건립과 냉전체제」 나리타 지히로

井出孫六, 「行為の語る思想 ─ 富村順一の獄中手記によせて」, 『思想の科学 第6次』 8, 1972.
上江洲盛元, 『太平洋戦争と久米島』, 上江洲盛之, 2005.
沖本富貴子, 『沖縄戦に動員された朝鮮人 ─ 軍人・軍属を中心にして』, アジェンダ・プロジ
　　ェクト, 2020.
呉世宗, 『沖縄と朝鮮のはざまで ─ 朝鮮人の〈可視化/不可視化〉をめぐる歴史と語り』, 明石
　　書店, 2019.
金美恵, 「沖縄戦で犠牲となった朝鮮人の慰霊碑(塔)・追悼碑に関する研究ノート」, 『地域
　　研究』 20, 2017.
久米島訴訟を支える会事務所, 『久米島の虐殺』, 久米島訴訟を支える会, 1979.
桑田博, 「沖縄の虐殺に国家賠償を」, 『現代の眼』 16(7), 1975.
高賢来, 「1950年代の韓国・沖縄関係 ─ 反帝国主義, 独立, そして米軍基地」, 『琉球・沖縄研
　　究』 4, 2013.
小林聡明, 「沖縄返還をめぐる韓国外交の展開と北朝鮮の反応」, 竹内俊隆 編著, 『日米同盟
　　論 ─ 歴史, 機能, 周辺諸国の視点』, ミネルヴァ書房, 2011.
第二次大戦時沖縄朝鮮人強制連行虐殺真相調査団, 『第二次大戦時沖縄朝鮮人強制連行虐
　　殺真相調査団報告書』, 1972.
崔慶原, 『冷戦期日韓安全保障関係の形成』, 慶應義塾大学出版会, 2014.
富村順一, 『死後も差別される朝鮮人 ─ 沖縄で虐殺された朝鮮人の慰霊塔を建立するため
　　に』, 富村順一, 1973.

富村順一,「悲しむべき民族」沖縄在朝鮮人久米島々民虐殺痛恨碑建設実行委員会,『哀号!
　　あきよう!天皇!!』,沖縄在朝鮮人久米島々民虐殺痛恨碑建設実行委員会,1974.
成田千尋,「朴正熙政権の集団防衛構想と沖縄返還問題」,『コリア研究』7,2016.
＿＿＿＿,「日韓関係と琉球代表APACL参加問題」,吉澤文寿 編著,『歴史認識から見た戦後
　　日韓関係―「1965年体制」の歴史学・1政治学的考察』,社会評論社,2019.
福木詮,「沖縄から韓国をみる」,『法学セミナー』232,1974.
藤島宇内,「『韓国』と沖縄を結ぶ心理作戦」,『現代の眼』16(6),1975.
山田昭次・柳光守(対談),「強制連行の実態を明らかにした朝・日合同の現地調査」,『イオ』
　　196,2012.
尹英九 編,『鎮魂』,韓國人慰靈塔奉安會,1978.
劉仙姫,『朴正熙の対日・対米外交―冷戦変容期韓国の政策,1968～1973年』,ミネルヴァ書
　　房,2012.

나리타 지히로,「한국 정부의 대(對)오키나와 인식의 변화에 대한 검토―1948년~1975년을
　　중심으로」,『제14차 코리아학국제학술토론회 논문집』,2019.
신주백,「한국근현대사와 오키나와―상흔과 기억의 연속과 단절」,『한국민족운동사연구』
　　50,2007.
尹德敏,「美日 오키나와 返還協商과 韓國外交」,『國際政治論叢』31,1992.
임경화,「오키나와의 아리랑―미군정기 오키나와의 잔류 조선인들과 남북한」,『大東文化硏
　　究』89,2015.
＿＿＿＿,「'분단'과 '분단'을 잇다―미군정기 오키나와의 국제연대운동과 한반도」,『상허학
　　보』44,2015.

미간행 자료
『旧軍関連案件(久米島における旧日本軍による韓国人虐殺事件)』(分類番号：2010-4108),
　　外務省外交史料館.
『재외공관 설치―나하(오키나와, 일본) 영사관』(등록번호 5820, 분류번호 722.31), 외교사료관.
『오끼나와 한국인 위령탑 건립. 전3권 V.1 1974년』(등록번호 8016, 분류번호 722.6), 외교사료관.
『오끼나와 한국인 위령탑 건립. 전3권 V.2 1975년』(등록번호 8017, 분류번호 722.6), 외교사료관.

필자 소개

손지연 孫知延 Son, Jiyoun
경희대학교 일본어학과 교수, 글로벌 류큐오키나와연구소 소장. 전공은 일본근현대문학이며, 최근에는 오키나와문학과 사상, 동아시아 젠더스터디에 관심을 두고 연구를 진행하고 있다. 주요 저역서로는 『전후 오키나와문학을 사유하는 방법-젠더, 에스닉, 그리고 내셔널 아이덴티티』, 『오시로 다쓰히로 문학선집』, 『기억의 숲』, 『오키나와와 조선의 틈새에서』, 『오키나와와 영화론』 등이 있다.

김동현 金東炫 Kim, Donghyun
경희대학교 글로벌 류큐오키나와연구소 연구원. 제주 4·3문학을 연구하고 있다. 최근에는 동아시아 지식의 공동체를 화두로 삼아 오키나와문학과 재일조선인문학을 연구하고 있다. 저서로는 『제주, 우리 안의 식민지』, 『욕망의 섬 비통의 언어』, 『김시종, 재일의 중력과 지평의 사상』(공저), 『김석범×김시종-4·3항쟁과 평화적 통일독립』(공저) 등이 있다.

오시로 사다토시 大城貞俊 Ohshiro, Sadatoshi
작가, 전 류큐대학 교육학부 교수. 1949년 오키나와현 오기미손(大宜味村) 출신. 시인·작가·평론가. 구시카와시문학상, 야마노구치바쿠상, 사키가케 문학상 등 수상. 대표작으로는 『시노카와(椎の川)』, 『아이고 오키나와(六月二十三日 アイエナー沖縄)』, 『섬 그림자(島影)』, 『오키나와의 기도(沖縄の祈り)』 등이 있다.

사키하마 사나 崎濱紗奈 Sakihama, Sana
도쿄대학 동양문화연구소 동아시아예문서원 특임연구원. 전공은 오키나와·일본근현대사상사. 철학, 현대사상, 포스트 콜로니얼 이론을 바탕으로 근대 이후 '오키나와'의 '주체'화 문제에 관심을 갖고 연구를 진행하고 있다. 주요 논문으로 「이하 후유의 '일류동조론'-'정치신학'에서 '정치'로」(도쿄대 박사학위논문), "Political Philosophy' of Ifa Fuyū : the Limits of Identity Politics" 등이 있다.

도모쓰네 쓰토무 友常勉 Tomotsune, Tsutomu
도쿄외국어대학 대학원 국제일본학연구원 교수. 전공은 일본사상사, 부락사(部落史). 주요 저서로는 『꿈과 폭탄-서벌턴의 표현과 투쟁』, 『전후부락해방운동사-영속혁명의 행방』, 『탈구성적 반란-요시모토 다카아키, 나카가미 겐지, 지아장커』, 『시원과 반복-모토오리 노리나가에게 있어 언어라는 문제』 등이 있다.

마스부치 아사코 増渕あさ子 Masubuchi, Asako
도시샤대학 정책학부 조교. 전공은 오키나와 전후사, 냉전사. 미군 통치하 오키나와 사회를 냉전 문화정책과 미국 군사 네트워크 확대라는 관점에서 연구를 진행하고 있다. 최근에는 점령하 사회정책과 군사주의 문제에 관심을 갖고 있다. 주요 저서로는 『『8월 십오야의 찻집』을 둘러싼 '시선'의 정치학』, "Stamping-Out the 'Nation-Ruining Disease'：Anti-Tuberculosis Campaings in US-Occupied Okinawa" 등이 있다.

사토 이즈미 佐藤泉 Sato, Izumi
아오야마가쿠인대학 문학부 일본문학과 교수. 전공은 일본 근현대문학. 최근에는 비평과 문학사 등 문학을 어떻게 자리매감할 것인가를 둘러싼 담론 연구에 관심을 갖고 있다. 주요 저서로는 『전후 비평의 메타히스토리―근대를 기억하는 장』, 『국어교과서의 전후사』, 『이향의 일본어』, 『1950년대 비평의 정치학』 등이 있다.

고영란 高榮蘭 Ko, Youngran
니혼대학 문리학부 교수. 전공은 일본근현대문학과 문화. 일본제국의 합법 비합법 출판시장과 검열의 문제에 관심을 갖고 있다. 최근에는 미일안보, 베트남전쟁, 한일국교정상화와 문화정치에 대한 연구를 진행 중이다. 주요 저서로는 『전후라는 이데올로기』, 공편저로는 『검열의 제국』 등이 있다.

김지영 金志映 Kim, Jiyoung
숙명여자대학교 인문학연구소 HK교수. 전공은 일본근현대문학, 비교문학. 일본 전후문학과 GHQ점령 및 문화냉전을 중심적 주제로 고찰해 왔으며, 여성서사와 문화번역에도 관심을 두고 연구를 진행하고 있다. 주요 저서로는 『일본문학의 〈전후〉와 변주되는 〈아메리카〉-점령에서 문화냉전의 시대로』, 참여한 책으로 『반미―공생의 대가인가, 투쟁의 태동인가』, *Multiple Translation Communities in Contemporary Japan* 등이 있다.

임경화 林慶花 Lim, Kyounghwa
중앙대·한국외대 HK+ 접경인문학연구단 HK교수. 도쿄대학대학원 인문사회계연구과 일본문화연구 전공 박사학위 취득. 일본 마이너리티 연구, 코리안 디아스포라 연구 전공. 역서로 『해방 공간의 재일조선인사』(푸른역사, 2019), 『나의 1960년대―도쿄대 전공투 운동의 나날과 근대 일본 과학기술사의 민낯』(돌베개, 2017), 『누구를 위한 화해인가―〈제국의 위안부〉의 반역사성』(푸른역사, 2016) 등이 있다.

나리타 지히로 成田千尋 Narita, Chihiro
리쓰메이칸대학 기누가사 총합연구기구 전문연구원. 오키나와 현대사, 동아시아 국제관계사 전공. 저서에『沖縄返還と東アジア冷戦体制－琉球/沖縄の帰属·基地問題の変容』(人文書院, 2020)이 있으며, 그 한국어역으로『오키나와 반환과 동아시아 냉전체제－류큐/오키나와의 귀속과 기지 문제의 변용』(소명출판, 2022)이 있다. 공저로『歴史認識から見た戦後日韓関係－「1965年体制」の歴史学·政治学的考察』(社会評論社, 2019),『植民地主義, 冷戦から考える日韓関係』(同志社大学コリア研究センター, 2021) 등이 있다.